U0548517

拉美研究译丛——左翼领袖系列

Desde la primera línea

从第一行开始

——查韦斯随笔

[委内瑞拉]乌戈·查韦斯 著

刘波 范蕾 王帅 译 袁兴昌 审校

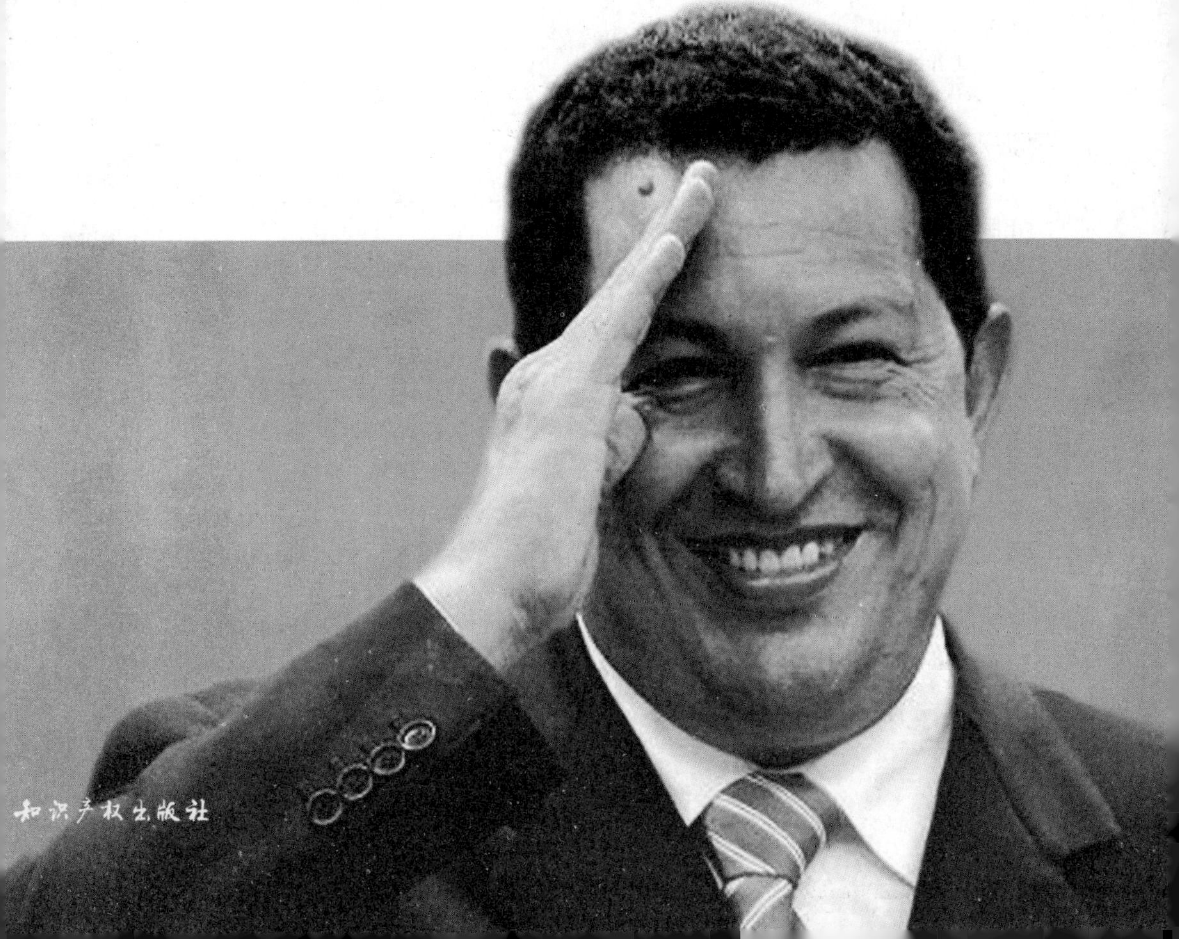

知识产权出版社

责任编辑：刘　睿　罗　慧　　　　**责任校对：**董志英
特约编辑：陆　洋　　　　　　　　**责任出版：**卢运霞

图书在版编目（CIP）数据

从第一行开始——查韦斯随笔/乌戈·查韦斯著，刘波、范蕾、王帅译，袁兴昌审校.——北京：知识产权出版社.2013.3
ISBN 978-7-5130-1717-6
Ⅰ.①从…　Ⅱ.①弗…②中…　Ⅲ.①随笔-作品集-委内瑞拉-现代　Ⅳ.①I774.65
中国版本图书馆 CIP 数据核字（2012）第 272647 号

此书原版由奥里诺科邮报出版社 2011 年 3 月印于委内瑞拉玻利瓦尔共和国，
注册号：lf2692011320528，ISBN：978-980-7426-00-8，Rif：G-20009059-6。

从第一行开始
——查韦斯随笔
Cong Diyihang Kaishi
——Chaweisi Suibi
乌戈·查韦斯　著
刘波　范蕾　王帅　译　　　袁兴昌　审校

出版发行：知识产权出版社

社　　址：北京市海淀区马甸南村 1 号	**邮　　编：**100088
网　　址：http://www.ipph.cn	**邮　　箱：**bjb@cnipr.com
发行电话：010-82000860 转 8101	**传　　真：**010-82005070/82000893
责编电话：010-82000860 转 8113	**责编邮箱：**liurui@cnipr.com
印　　刷：保定市中画美凯印刷有限公司	**经　　销：**新华书店及相关销售网点
开　　本：787mm×1092mm　1/16	**印　　张：**26.5
版　　次：2013 年 3 月第一版	**印　　次：**2013 年 3 月第一次印刷
字　　数：389 千字	**定　　价：**58.00 元

ISBN 978-7-5130-1717-6/I·250（4569）
京权图字：01-2013-1752

查韦斯总统

序　言

“拉美研究译丛——左翼领袖系列”为中国社会科学院拉丁美洲研究所主持的翻译项目，以逐批翻译和出版拉美左翼代表人物的传记、著作或言论集等形式，向中国读者展现带有拉丁美洲独特魅力的左翼领袖风采，生动而直观地了解和认识拉美当代社会主义思潮，并且顺应中拉关系迅速发展的实际需求，介绍拉美相关国家的政策导向与近期发展前景。这个翻译项目，是在中国社会科学院“马克思主义理论研究和建设工程”的框架下完成的，同时，也是目前正在实施的创新工程的重要内容之一。

在世界范围内，拉丁美洲是马克思主义思想传播最早的地区之一，而拉美左翼则是世界社会主义运动的重要组成部分。20世纪早期，拉美主要国家出现了十分活跃的社会主义和共产主义思想和活动。第二次大战结束以后，拉美左翼力量更向世人呈现了丰富而多样的理论和实践，菲德尔·卡斯特罗领导的古巴革命、萨尔瓦多·阿连德领导的智利改革运动以及桑地诺民族解放阵线领导的尼加拉瓜革命成为这一时期拉美政治发展史上的重要里程碑，在整个地区，甚至世界范围内产生了深远的影响。

“冷战”结束以后，拉美一批中左翼力量积极把握时代机遇，开始打出“推动社会公平和公正”的政治口号，通过选举等民主政治方式来实现政治诉求，主张经济和社会政策向中低收入阶层民众倾斜。拉美左翼党派、运动和组织包括委内瑞拉第五共和国运动以及在此基础上组建的委内瑞拉统一社会主义党、玻利维亚争取社会主义运动、巴西劳工党、阿根廷胜利阵线、乌拉圭广泛阵线、厄瓜多尔祖国主权联盟运动、尼加拉瓜桑地诺民族解放阵线、萨尔瓦多法拉本多·马蒂民族解放阵线、巴拉圭变革爱国联盟、秘鲁民族主义党，等等。拉美地区这一政治版图的变化趋势引起了全世界的广泛关注。

尤为值得一提的是，在崛起的拉美左派阵营中，一批极具传奇色彩的左翼领袖脱颖而出，他们多以选举中的绝对优势赢得执政地位，通过修改宪法或其他立法形式推动制度变革，提出了“21世纪社会主义”“社群社会主义”“劳工社会主义”等代表性思想，更是推出了资源国有化等新政策，深刻地塑造着当代拉美的政治、经济和社会生活，并对世界经济和政治发展产生着深远影响。这些代表人物表现出各具特色的执政理念、领导能力和个人风格，在其国内和世界舞台上均拥有众多的拥戴者和反对派，他们不仅是影响和决定国家发展方向的重要力量，也不仅是学术研究领域中常见常新的重要课题，而且成为大众文化和媒体传播中的一道亮丽风景。

我们相信，拉美所特设的“左翼领袖系列”翻译项目，将向国人提供一个了解上述动态的独特角度。

中国社会科学院拉丁美洲研究所所长　郑秉文

中国社会科学院马克思主义研究学部主任　程恩富

2013年3月9日

目　录

介　绍 …… 1

第一篇 2009年1月22日 …… 3

第四阶段："运动的开展"2009年1月25日 …… 5

"是"获胜了 2009年1月27日 …… 8

骑兵！2009年1月29日 …… 10

2月，又是2月！2009年2月1日 …… 13

第五阶段：双重装甲进攻！2009年2月3日 …… 18

2月4日！2009年2月5日 …… 21

"马伊桑塔"，美好的生活，美丽的爱 2009年2月8日 …… 24

构建尊严 2009年2月10日 …… 28

与未来的约定 2009年2月12日 …… 31

今天是2月15日！"是"或"不"2009年2月15日 …… 34

2月27日，革命开始 2009年3月1日 …… 36

女性、女性、女性……2009年3月8日 …… 39

"全面危机"……2009年3月15日 …… 44

委内瑞拉：反危机 2009年3月23日 …… 49

亚雷：魔鬼的学校 2009年3月29日 …… 52

德黑兰随笔 2009年4月5日……57
“回到祖国……” 2009年4月12日……60
特立尼达与没有殖民地的帝国 2009年4月26日……64
5月的十字架，基督的十字架！2009年5月3日……69
神圣的母亲，马伊桑塔……2009年5月10日……73
你好，南方也是存在的 2009年5月25日……78
玻利瓦尔与“神秘的未知之谜……” 2009年6月1日……83
圣佩德罗·苏拉之战 2009年6月7日……88
就像阿亚库乔的苏克雷！2009年6月14日……93
思想炮弹 2009年6月21日……99
我们美洲人民玻利瓦尔联盟到来……莫拉桑守护！2009年6月28日……103
美洲玻利瓦尔替代计划与吹响号角的时刻 2009年7月5日……107
暴风骤雨中的西蒙 2009年7月14日……110
男孩子和女孩子们：我们必胜！2009年7月19日……113
无情的法律，革命的法律！2009年7月26日……116
思想与民兵，多么伟大的创造！2009年8月2日……120
哥伦比亚，哥伦比亚！2009年8月9日……124
菲德尔，菲德尔万岁！2009年8月16日……128
我热爱的大草原！2009年8月23日……132
巴里洛切：喧闹的争吵 2009年8月30日……135
德黑兰之声 2009年9月6日……138
多核心世界：新的世界 2009年9月13日……141

非洲，非洲！2009年9月20日……144

我们是非洲！我们是南美！2009年9月27日……147

委内瑞拉的劳动者，联合起来！2009年10月4日……150

切·格瓦拉万岁！2009年10月11日……154

玻利瓦尔联盟科恰班巴峰会 2009年10月18日……159

格林纳达，一面沉痛的镜子 2009年10月25日……163

我们的独立、卫星和大豆 2009年11月1日……167

千万个马伊桑塔 2009年11月8日……170

“欲讲和，先备战”2009年11月15日……173

为祖国而战 2009年11月22日……176

玻利瓦尔的冠军们！2009年11月29日……180

11年之后的12月6日 2009年12月6日……184

从南方共同市场到美洲玻利瓦尔联盟 2009年12月13日……188

哥本哈根战役 2009年12月20日……192

为在2010年捍卫我们的主权做好准备！2009年12月27日……196

令人钦佩的战役，令人钦佩的祖国！2010年1月10日……200

海地，海地！2010年1月17日……204

玻利瓦尔式的反击 2010年1月24日……209

我承认，我曾历经沧桑 2010年1月31日……214

2月：1、2、3、4！2010年2月7日……219

来自巴尔基西梅托 2010年2月14日……222

走向社区国家！2010年2月21日……226

从加拉加斯起义到革命！2010年2月28日……229
向前飞奔急，哪顾犬吠狂！2010年3月7日……233
追随马克思、基督和玻利瓦尔的足迹！2010年3月14日……237
完美交流的等式！2010年3月21日……241
圣周 2010年3月28日……245
独立！2010年4月4日……248
政变和反政变：革命！2010年4月11日……252
祖国的伟大节日！2010年4月18日……257
盛大的检阅！2010年4月25日……260
五月，五月到了！2010年5月2日……264
献给我的妈妈："意志力坚强的叛逆者之母"！2010年5月9日……268
社会主义联邦！2010年5月16日……273
诗歌终于到来！2010年5月23日……277
"边境以南"2010年5月30日……281
令人赞叹的战役，令人钦佩的胜利！2010年6月6日……285
加油：社区加电力！2010年6月13日……290
父亲节快乐！！2010年6月20日……294
又见玻利瓦尔的部队！2010年6月27日……299
曼努埃拉归来！2010年7月4日……305
哎哟，红衣主教……2010年7月11日……309
年轻的祖国万岁！！2010年7月17日……315
伟大的玻利瓦尔！！2010年7月25日……320

56！2010年8月1日 ……324

南美洲体系结构！2010年8月8日 ……329

“应该继续发挥作用”2010年8月15日……333

他们不会得逞！！2010年8月22日……337

以胜利者的步伐！2010年8月29日 ……341

橡树和萨满树 2010年9月5日……345

威廉万岁！2010年9月12日……349

威廉·拉腊行动！2010年9月19日 ……351

你好，祖国，千万次向您敬礼！啊，我的祖国！2010年10月2日 ……354

农业祖国！2010年10月10日 ……359

“你的光芒与芬芳撒在我的皮肤上……”2010年10月24日 ……364

永远的内斯托尔！加油，克里斯蒂娜！2010年10月31日 ……368

“不要让我们脱离正轨”2010年11月7日 ……373

玻利瓦尔战士！2010年11月14日 ……377

解放政治！2010年11月21日 ……381

11月27日！2010年11月28日……385

人民与政府紧密团结！2010年12月5日……389

经得起艰难困苦的人们！2010年12月12日……393

玻利瓦尔万岁！玻利瓦尔还活着！2010年12月19日 ……398

“山之布道”2010年12月26日 ……403

2011年，新年快乐！2011年1月1日 ……407

介　绍

从2009年1月23日那个值得纪念的日子起，已经过去了两年时间，当时在不同的媒体出现了共和国总统总司令撰写的《查韦斯随笔》。

如今,《查韦斯随笔》成了指导玻利瓦尔革命的理论灵感必不可少的源泉。总统对祖国历史、国内政治、经济、国际形势、社会主义建设和人民政权的发展、社会主义道德等不同问题的思考，在工作中心和研究中心、在社区和社区委员会、在委内瑞拉统一社会主义党的营地，也在我们的边界之外，都展开了讨论。它是革命时期不可缺少的政治建设的重要组成部分。

为此，本书编撰了上百份历史文献，反映了玻利瓦尔进程的演变，其领导者的思想，对革命力量的团结发出的号召，对美帝国主义对我们这些国家内政的多次干涉的揭露，为拉美一体化做出的承诺和坚定不移的努力以及为争取民族自决权而进行的斗争。

《查韦斯随笔》在两年中引导了21世纪社会主义的建设。

2009年1月22日
第一篇

我一生中最激烈的抨击言论总是针对右派阵营的。

如今，在革命和政治舞台上，今天的这些文字将以同样激烈的程度针对所有右派势力。

只是现在是用思想、信念和爱国热情的力量。

从本质上讲，我是一名战士。作为战士，我在遵守承诺和服从合法权力的学校里得到了锤炼。这种合法权力指导着集体的努力去寻求策略目标和战略目的。

我生活的环境和条件很早就把我塑造成为一名革命战士。因此，从那时起，我一直把委内瑞拉人民的主权作为合法的和最高的权力，现在，我完全服从于这个权力；在我的余生仍将服从于这个权力。

今天我说这些，正是2009年年初，委内瑞拉发生了一些事件，两个世纪以前在我们祖国爆发的政治斗争更加激烈了：一些人，我们当中的大多数人，希望民族独立；另一些人，他们是少数人，要重新把委内瑞拉变为殖民地，一个从属于帝国主义的国家，一个从属的共和国。

实现委内瑞拉的独立，除了民族革命，没有其他道路。

没有其他道路能够实现祖国的繁荣，这就是已经开始的社会主义道路；我们的玻利瓦尔社会主义！社会主义民主！

另一条道路是那些崇美殖民主义者企图带我们走的道路，那是导致我们的国家降低价值、变得低贱和葬入历史坟墓的道路。这是资本主义道路及其政治表现形式："资产阶级民主"。

我们，独立主义者，为实现誓言前进，这就是我们的领袖西蒙·玻利瓦尔于1805年8月15日在圣克罗山发出的誓言。我们爱国者拥有一项计划，我们打起一面旗帜……

他们，殖民主义者，既没有誓言，也没有计划，更没有旗帜。更确切地说，就像我们在崇美主义者的各项活动中看到的，他们摇动的是七颗星旗帜，而不是我们的玻利瓦尔在安戈斯图拉（现玻利瓦尔城）那样的八颗星旗帜。这一切说明：殖民主义者代表反祖国势力，是反旗帜的、反委内瑞拉的、反玻利瓦尔的。他们是对立面，祖国的对立面。

我想在随笔中表明这一点，尤其现在当我们完全置于即将迎来的2月15日的全民公决运动的时刻。

2月，又是2月！从若干年前开始，我的生活就与这个夏季的草原星火和狂风的月份强烈地联系在一起：2月27日，2月4日，2月2日！

现在：2月15日。

2月，是培育我的"加拉加索"运动的20周年，是造就我的玻利瓦尔军事起义的17周年，是我就任现在职位的10周年。我再次把自己的生命和全部未来交给人民掌握和自主决定。这位革命战士将遵从人民的意愿。

如果大多数人说"不"，我将在2013年的那个2月离开。

反之，如果诸位委内瑞拉男人和女人的大多数人说"是"，支持修正案，那么，我也许能够在2013年之后继续掌舵。

但实际上这并不是最重要的。

现在最关键的是，如果说"不"者获胜，将强制推行的是殖民地政策和反对祖国的政策。

如果说"是"者获胜，将实施的是祖国的政策，独立的政策。

因此，我向你们重申，男人和女人，委内瑞拉的年青一代：

凡热爱祖国者，请跟我来！

凡跟我来者，将拥有祖国！

2009年1月25日
第四阶段："运动的开展"

60年代有一首老歌唱道："世界旋转……"世界确实在旋转。

歌中还唱道："任风儿吹……"风儿确实在吹。

巴拉克·奥巴马是在一个世界说"已经够了"的强烈期望中上台的，面对的是一个衰落的帝国的诸多侵略。他说过"企图制造冲突的领导者们已经准备好放开拳头了"，因此，"我们要对他们伸出手"。

那好吧，从这里地球的南部，从我们在相当长的时期内遭受了美帝国主义拳头蹂躏的数百万民众的立场，我确定，我汇集了受压迫人民的心声，我说谁应该真正打开拳头，恰好是美国政府。如果那样，所有人都将伸出充满兄弟般情谊的双手。毫无疑问，其中包括这位革命战士及数百万委内瑞拉女人和男人的双手。尽管奥巴马先生还不了解我们这里正在建设的深入的民主：民主的社会主义！

与此同时，"我们任风儿吹"。如同圣托马斯所说："眼见为实。"如同我们的朋友乌拉圭著名作家爱德华多·加莱亚诺所说："但愿"。

菲德尔从生活赋予他的思想战壕，继续投身在21世纪的战斗之中。他一直遵照西蒙·玻利瓦尔在安戈斯图拉说过的"出版物是思想大炮"的战略方针。菲德尔在几小时前的文稿中推进了上述含义：

> 然而，尽管承受了所有考验，但奥巴马还是没有通过主要的考验。当掌握在他手中的巨大权力对战胜体系的不可调和的对抗性矛盾绝对无用之时，他将怎么办呢？

几天前，卢拉在广阔的马拉开波大平原也发表了自己的看法。在那里，我们正在建设的一个发展的社会主义中心，拥有巴西的支持。卢拉说："查韦斯，我们必须在奥巴马被其机构束缚之前跟他谈谈。"

与此同时，在风云变幻的世界形势下，在我们玻利瓦尔祖国，这场围绕宪法修正案的政治斗争愈演愈烈。我再次强调：这里，是爱国者；那里，是殖民主义者。

在我经常性的全国巡访中，从巴塞罗那到卡维马斯，在那里我向属于社会主义阵线的成百上千个委员会许下"是"的誓言。我走遍1月23日英雄教区的大街小巷，发现委内瑞拉人民的热情逐渐高涨，伴随着一种真正的狂热，并溢满爱国激情。

现在必须在全阵线和各个地方加强全面进攻。今天是1月25日，星期日，我们的运动进入第四阶段：运动的开展。

我号召全体人民、联盟内各政党、社会阵线、社会主义小分队、争取"是"委员会，发挥一切主动性、创造性、快乐性、组织性、机动性和鼓动性，每时每刻、日复一日地投入这场遍及每个家庭、每条街道、每个街区、每个城市的具有智慧、激情和理性的大规模进攻行动！

必须消除反革命势力一直进行的反人民的制造谣传的强大运动。他们不断用操纵和欺骗的手段，用实验室制造的许多传媒故事作为荒谬的和愚蠢的"无限期连任"的依据。

每当我听到亲美的可怜虫们说修正案是"无限期连任"，我就会想起莎士比亚在《麦克白》中的诠释："一个蠢人讲的故事，只充满喧哗和骚动，没任何意义。"

是这样，"无限期连任"毫无意义。简单地说，连任是有限期的，或无限期的。我们看到：重新选举行为必然意味着要确定召集选举，确定公民投票的日期，准确限定总统任期。宪法规定了总统任期为4～6年，对任何普选产生的职位都是如此……

因此，根本不存在亲美的可怜虫所宣称的"无限期连任"这类东西！

重新选举就是再次选举。任何希望连任民选职位的人都必须遵从人民的裁决。如果选民不支持，谁还能够永远保持他的权力地位？为什么不能由人民来决定政府的去留呢？为什么反对派像害怕魔鬼一般回避这些简单的问题呢？什么是他们恐惧的理由呢？

我很清楚，他们害怕的是人民，如同一个伟大的集体的拉萨罗般觉醒的人民！

我建议你，我祖国的同胞，男人或女人，年轻人，你和我，我们所有人，在2月15日投票选“是”。让我们继续为委内瑞拉人民掌握政权，继续深入推进国家西蒙·玻利瓦尔计划，实现完全的民族独立。只有在未来的社会主义社会，两个辉煌理念才会永恒地崇高至上：平等和自由！

我，战士查韦斯，你的朋友查韦斯，相信你并对教父玻利瓦尔表示：“我相信人民的决定胜过智者的意见。”

我要和你一起说：“是！”

2009年1月27日
“是”获胜了

在玻利维亚，“是”获胜了。也就是说，玻利维亚人民通过了国家新的政治宪法。我很幸运地与埃沃·莫拉莱斯总统在获胜当晚进行了一次谈话。

埃沃再次胜出。事实上他赢得其所。无论过去还是现在，他都是一个伟大的领袖人物。他抵抗了布什帝国主义政府利用无国籍的资产阶级和法西斯右派作为工具所发动的各种形式的侵略和阴谋。

他保障了下层人民的选举权，印第安人500年来一直被排斥在外。

然而必须说，这场胜利意味着玻利维亚进入了厄瓜多尔总统拉斐尔·科雷亚定义为时代性变革的历史进程。

在我看来，这个进程在本质上是一场深刻的社会革命，尤其表现在政治领域和司法领域。

正如在南美洲诞生的基于我们的人民最初的制宪权的新宪法理论。

正如我们所知，在委内瑞拉，人民一旦激活了制宪权，通过了我们最先进的玻利瓦尔宪法，这发生在1999年12月15日，将近10年了，这一事件不仅意味着共和国的重建，也启动了西蒙·玻利瓦尔国家计划和向社会主义的过渡。

如今，经历了革命最初十年的许多事件，必须确保玻利瓦尔民主进程的持续性，并以更大的强度走向21世纪的第二个和第三个十年，不惜一切代价避免回到过去的任何危险。如果那样，对祖国将是一场真正的灾难。

因此，男女读者们、所有同胞们，宪法修正案建议的唯一目的，是在决定政府去留问题上赋予人民更大的权力。

毫无疑问，我们力量的进攻在全国范围内在深度和广度上正在以逐渐加速和精确的步伐扩展。

我想祝贺他们，同时鼓励他们加倍做出一切努力，因为斗争绝非易事。

警惕被胜利冲昏头脑！任何人都不能放松丝毫的警惕！对我们而言，“运动的开展”阶段已经开始。我要强调一下第四阶段的基本目标：必须确保投票顺利进行！必须把我们阵营中的弃权降至最低点，这是获胜的关键，必须大胜！同志们，我们总是认为我们必胜，这种好的迹象就是玻利瓦尔所说的“胜利的意志”。但是，我们必须意识到，我们并不是常胜将军。我们曾在2007年的全民公决中失利，失败的原因就是弃权问题。我们近300万的选民没有参加投票。

这次一个都不能缺席！这是我们的先锋队、我们的组织机构、我们的运动当前面临的严峻挑战之一。

为此，我们应该发动一切可能发动的媒体力量，加强宣传教育力度，更清楚、准确、坚决地传播信息。用玻利瓦尔的话说，发挥“思想大炮的威力”。

比方说，现在还有人对修正案的影响认识不清。究其原因是《波多黎各合约》的指挥者们所发动的大规模的造谣运动和心理战。

我们必须澄清：并非如反对派发言人一再声称的那样，2月15日并不是要选举出一个“终身的查韦斯（或是其他人）”。无论男女，所有人都会看到：只是要决定目前在位的总统、州长、市长或议员是否能够成为下次选举的候选人。

因此，诸位将根据自己的喜好进行投票选举！

正如大家经常说的：就这么简单！运动宣传队和争取“是”委员会，我们必须以神秘、喜悦和爱国的热情加强我们的进攻……

正如同美洲元帅安东尼奥·何塞·德·苏克雷指挥的那次阿亚库乔解放战役的口号：前进，胜利者们前进！

2009年1月29日
骑兵！

革命的攻势以不断增加的热情继续进行。这一点于本月27日星期二，我们在圣克里斯托瓦尔和瓦伦西亚分别召开的运动的地区领导人会议和选举中心领导人、宣传队的男女队长，争取“是”委员会的男女发言人，社会主义委员会和社会阵线以及运动成员参加的大会得到证明。

这些会议的确激情洋溢并带有强烈的宣传教育内容。在这些会上，我得以阐述我们的运动在第四阶段初期取得的进展以及针对不同的战术和战略目标实行的不同性质的多种行动。

我们应巴西总统卢拉·达·席尔瓦和美洲大陆各种社会运动众多领导人的邀请，即将出发前往巴西北部的贝伦帕拉，参加世界社会论坛2009年会议。我希望今天的文字能够促进这次攻势获得最具成效的成功，继续推动在2月15日全民公决中进行争取“是”的伟大斗争。我们号召一定要获得这一难忘的胜利。

首先，当然要达到争取“是”的伟大胜利的战略目标，我们必须争取人民的选票，动员人民群众参加2月15日的选举，争取达到我们的历史性顶峰。

那么该如何达到这个目标呢？那就是明确战术行动的细节，这是为了战斗而进行的一种基本的正确组织。

我想就这一点进行说明。为此，我订出以下指导方针：

（1）同胞们，每个选举中心都必须有一个负责人和相关的头领，必须具备最基本的管理、沟通和监控机制。该辖区所有执行单位都必须由选举中心的负责人领导。

（2）应在负责人的领导下设后勤巡逻队，在相应的选举中心设几个执行巡逻队作为办公点。每个巡逻队都应有队长，或者说领导。他/她的主要工作是组织、训练、协调、动员和指导其单位完成任务。

（3）但此刻我必须对你们作如下提醒：经验告诉我们，巡逻队是不足以完成发动人民广泛投票的宏大任务的。我们要发动工人、学生、专业人士、农民、企业家、渔民、军人、印第安人，男人和女人，他们是数百万之众！

（4）从这个角度看，这场运动的确影响深远。社会运动和使命冲破了社会内部的纯动力的界限，为了马上在政治版图上占据自己的斗争位置：在全国各地，以飓风之势涌现出数十万争取"是"委员会！

这场如此振奋、喧嚣和势不可挡地爆发的运动令我想起类似的爱国骑兵扑向敌人的那些难忘的冲锋场面。他们最终冲破抵抗防线，在战场上彻底击溃敌人。

我还想起马上最后一个骑士马伊桑塔冲锋的故事。他的传奇经历激发了安德列斯·埃罗伊·布兰科的灵感，写下如勇士驰骋一般的诗句：

霍罗波舞曲响起
冲锋到来
在灰鸫群中
一个骑士在指挥冲锋
敌人来临
他竖立在马镫上
头发金黄
在浆果和板栗丛中
砍刀伴随呼喝亮起
刀刃锋利，还有护手
这是佩德罗·佩雷斯·德尔加多
他在高呼：
马伊桑塔（Maisanta)!!

那么，极重要的是任何一个争取“是”委员会都不能与组织机构失去联系。因此，每个委员会都应高效率地致力于两方面的斗争。一方面，要开展从属于使命的自己的和自然的活动，比如说里瓦斯和苏克雷教区的宣传员在小学、中学和大学等教育领域的活动……

另一方面，要作为支持单位加强选举中心巡逻队的工作。

总之，每个巡逻队员、每个传教士都应该有男女选民的名单，使之能够被找到、联系到和工作到，并使之成为在2月15日投“是”票的选民。

同志们，这非常重要！

马伊桑塔，冲锋的骑兵，多么多呀！

是！为了祖国！

2009年2月1日
2月，又是2月！

现在，我在电视8频道看到豪尔赫·罗德里格斯和阿里斯托布罗在加拉加斯街区，看到哈克林·法里亚和迪·马尔蒂诺在马拉开波被包围在巡逻队员和传教士的喧嚣和嘈杂声中。这些巡逻队员和宣传员从来都是一支真正的和坚定的革命先锋队。

1月份的最后一天,这个星期六的一早,开始了红色机构的全国模拟投票。这是我们的玻利瓦尔运动第四阶段（运动的开展）的既定活动，旨在争取2月15日“是”的伟大胜利。

我们需要提醒各位，“运动的开展”阶段将延续至2月4日。这样，那一天将变成第五阶段和最后阶段的纪念日：“双重装甲进攻”。

我11点坐在主要指挥的位子上发表演说。雷耶斯坐在计算机前，即时跟进“运动的开展”。有两个公开的电视台转播演说。一是通过电话系统连接每个州的实地转播室；二是通过远程信息处理系统连接每个选举中心的指挥部，那里集中了流动巡逻队、执行巡逻队和争取“是”委员会。来自“战场”的各路消息说明，近90%选举中心指挥部此时（11点20分）已经活跃起来了。

现在，我正在发布即时消息，承认做出的努力，鼓励那支由我们的组织机构、先锋队、骑兵构成的精锐部队。

这次模拟投票让我回想起自己的军旅生涯。当时，我们每年都进行军事演习，我们的部队展开实战，以增强实战能力和斗争意志。如何能够忘记在乌里卡的演习和特里比林士官是侦察兵的那个排！又怎能忘怀在阿瓜布兰卡和加梅洛塔对付一个侦察巡逻队的演习！还有开着布拉沃斯·德·阿普雷装甲营坦克在科赫德斯平原上的那些闪电行动……哦，天哪！现在回忆都向我袭来！坦白地说，这些回忆不禁勾起我的怀旧之情。我的那段生活非常美好。我真的很喜欢黑南希·科尔门娜雷斯；我那个简陋的家是那么的漂亮；罗萨、马利亚、小乌戈的到来是那么动人心弦。用诗人的话来形容：我坦白，我活过了！

正是在那几天，陆军中尉乌戈·查韦斯·弗里亚斯告别当时驻扎在我很热爱的马拉凯的布拉沃斯·德·阿普雷装甲营，转到在富尔特图那堡的军事学院，他写给战友如下文字：

马拉凯，1981年3月30日

对我而言，真的无法跟我们这个勤劳的、不知疲倦的、无私的和团结的团队不辞而别……这个团队充满那些微小的牺牲，这是为了把每个人培养成为能够应对未来形势，祖国委内瑞拉真正需要我们付出巨大牺牲的人才……

……我是带着曾经属于“布拉沃斯·德·阿普雷”成员的伟大的职业自豪离开的，其名字本身就意味着无数的传奇和荣耀，源于委内瑞拉英勇人民的历史……

士兵，士兵，我就是士兵！

好吧，让我们停止回忆吧……模拟选举的报道继续涌来。有平原地区的、东部地区的、安第斯地区的、苏利亚地区的和中部山谷地区的。

我想再次请各位同胞读读我写的有关2月15日全民公决重要性和深远影响的文章。“是”就像一把钥匙，能够打开通往新前景的大门；“是”就是未来。若非如此，不仅将这种可能性拒之门外，甚至更糟：打开了通往过去的黑暗大门。你，委内瑞拉女人、男人和青年人，钥匙在你的手上。

我请你想想你已经有的或将要有的子孙后代，然后决定你要打开哪扇门。

专栏作家安东尼奥·阿朋特在《一粒玉米》中以真正的戏剧方式写道：

这短短的20天将告诉我们将如何走向历史，我们的子孙将怎么看我们：

如果人民浪费了一个建设对全人类来说都是榜样的幸福世界的机会，那就是说纯朴的人民沦为寡头操纵的牺牲品，陷入他们的折磨之中。

或者作为伟大的人民随同解放者们建立的功绩，仍然回荡在历史最辉煌的篇章；这就是慷慨无私的人民，成为休戚与共典范的4月和12月的人民。

继承玻利瓦尔遗志的人民，决不能任由那些鄙视我们的人贬低。我们要让他们看看，我们是勇敢的人民，我们坚持尊严和荣誉，决不出卖自己的领袖，也决不为一盘扁豆改变自己的未来。

2月到了！又一个2月！

当这些文字发表的时候，日历应该翻到1日了。如同今天这样的一天，埃塞基耶尔·萨莫拉在库亚那个镶嵌在炎热的托伊谷地的村镇出生。那时，独立战争正处于最残酷的时期。那一年是1817年，埃塞基耶尔的父亲亚历杭德罗·萨莫拉是玻利瓦尔麾下的陆军上尉。他的母亲保拉·科雷亚是狂热的革命积极分子。

毫无疑问，是人民的将军埃塞基耶尔·萨莫拉接过了玻利瓦尔的传统旗帜。同时他也是建设委内瑞拉社会主义道路的先驱者之一。

2月，2月2日！星期一（明天）我们要在政府，人民的政府庆祝革命10周年。正如菲德尔所说，“在人民的海洋”里，我们到达了总统府米拉弗雷斯宫。

10年了！

我敢毫不夸张地说：在革命造就人民政府、人民获得政权的第一个10年，在我们共和国的历史上是前所未有的。我们在10年里完成了1个世纪都不敢想的事情。实际上我想跟你们说：我们所实现的跨越绝非小事。

委内瑞拉像从后面赶上来那些马匹那样，从一个附属于美帝国的黑暗的、弱小的国家，变成在全世界人民争取解放的斗争中占据先锋队的光辉位置的国家。

明天，2月2日将是个不用工作的日子。我们将有特别安排，包括举行美洲玻利瓦尔替代计划特别峰会。已经确认参加峰会的总统有埃沃·莫拉莱斯、拉斐尔·科雷亚、丹尼尔·奥尔特加、曼努埃尔·塞拉亚，还有古巴副主席马查多·本图拉和总理罗斯福·斯凯里特。当然，伴随峰会的将是全国各地热烈的民众动员活动。

这是在国家生活各个领域进行抵抗和取得进展的10年，是我们从人民的胜利走向人民的胜利的10年，从而走向委内瑞拉彻底独立，把我们的祖国建设成为美洲大陆的强国。

然后，2月4日……

2月4日！17年之后我对你歌唱，向你宣誓，你的孩子们绝对没有白白地牺牲。

今天，我引用克利塞·马洛基的优美诗句为你歌唱：

指挥官，让我们为您的学生们举杯
穿蓝色、白色和金色军服的军校学生们
您用西蒙·玻利瓦尔的真正思想和自由的爱培养他们
为了戴着红色贝雷帽的军团
为了共和国的军队
为了陪伴着军队的老百姓
为了学生们，像路边播下的种子以您为榜样成长
为了跟您一样勇敢的、关在狱中的同志
为了母亲、寡妇和孩子们，他们在星期日向庄严的墓碑敬献鲜花
为了埃莱娜，代表委内瑞拉女性的英雄

让我们敬上最后一杯：

对人民的承诺，永远不能存在托词。

您不是附属品。

2月4日那天授予您的晋升和荣誉要求您必须走向胜利！

2月27日！我向你哭诉，我向你宣誓，在加拉加斯这块印第安人的山谷仍回响着痛苦的呼喊，它继续是每天推动我们坚持为人民生活、为社会主义而斗争的号角。

20年之后的2月27日，再次向你证明作为新时代的第一次人民起义，以前藏匿在地平线的那边，现在已经变成灿烂的黎明。

现在，起义的2月，我们已经准备好在你这块具有生命的石头上刻上辉煌的另一篇！2月15日！

我们的人民将说“是”，将开启未来的大门：通向社会主义。

绝不要被胜利冲昏头脑！

让我们加强攻势！

双重装甲进攻！

我们必胜！

2009年2月3日
第五阶段：双重装甲进攻！

一些同志在国家公墓纪念萨莫拉将军的诞辰，向他敬献漂亮的黄色花束之后，向我询问我们把“西蒙·玻利瓦尔”运动的第五阶段称为“双重装甲进攻”的原因。

这是因为从2月4日起，一旦“运动的开展”阶段结束，玻利瓦尔力量将开始势不可挡地进攻，类似装甲营的进攻。就像布拉沃斯·德·阿普雷装甲营的诗句所说：

大地摇晃，
空间颤动，
装甲部队，
威武出动，
其口号是，
热爱祖国；
其希望是，
增添荣耀。

只是我们这次的进攻带有双重含义。

好吧，包含什么呢？

让我们看看：我们攻击的第一次行动应该由已经遍布的组织机构领导的一系列演习组成。从每个选举中心的指挥部开始，巡逻队和争取“是”委员会行动起来。目标非常明确：所有爱国者，无论男女，2月15日，让我们投赞成票！

我们必须科学地进行工作，运用分析、计算、统计的方法…… 我应该对你们坦白地说，在玻利瓦尔城我与州长兰格尔和选举指挥部、巡逻队及争取“是”委员会的负责人一起见证了令我印象极其深刻的规划的组织水平和质量。

要知道，离2月15日只有12天了。因此，我们决不能再浪费时间了，一秒钟都不行。在我们势力强大的城市、教区和/或选举点，历史上我们获得过明显多数的地方，必须把弃权票尽可能地降至“零”。在我们与对手打成50：50平手的地方，必须要让天平向“是”倾斜，决不放过一张支持查韦斯的票。在我们势力占下风的地方，尽一切可能不减少我们的选票。

比如说，几分钟前，我听取了一个从瓜里科大草原“战斗”归来的加拉加斯女巡逻队员的报告。她对我说：“我的指挥官，查瓜拉马斯、索姆布雷罗、卡拉沃索、帕斯夸谷镇的人民绝大多数支持‘是’。”我回答她说：“我亲爱的巡逻队员，请你提醒我的所有同胞，如果动员到所有投票，在我们曾经以70：30获胜的地方，现在我们完全能够以90：10获胜。”大家都去投票吧！这就是口号。

这就是必将前进的第一次装甲进攻。

那什么是第二次装甲进攻呢？现在你们将这样问我。

好，下面我说说实现双重装甲进攻的重点。

首先我们必须证明，应该最大限度地发挥自己的能力，防止反对战略已开始掀起的针对我们胜利的威胁，如同《波多黎各合约》的部分内容：暴力和动荡。

我们应当注意，大概15天前，反革命势力已经开始显现绝望的迹象。于是他们发动了一系列暴力事件，并企图把这些事件归咎于玻利瓦尔政府和人民。

事实上，这些事件是在资产阶级的战争实验室里制造出来的。他们企图用这些事件影响日益高涨的支持“是”的趋势。甚至连他们自己的调查公司和某些发言人都不否认有利于“是”的倾向在日益增长。

因此，安全机构、警察和军人部队，特别是革命先锋队和街头战斗的人民，应当加倍努力消除暴力。暴力只有利于反革命势力。

任何革命者、任何真正属于人民的团体或力量都不能容忍挑衅行为！更不能走无政府主义的道路，迎合反对势力、迎合人民的敌人。

他们代表暴力!

我们是委内瑞拉整个大家庭和平、社会进步和经济发展的保障!

这就是双重装甲进攻……

最后，我必须要说，这简短的篇幅并不能包括政府的10年工作，为委内瑞拉人民所取得的成就。但十载春秋可以归纳为三个词:

革命！独立！社会主义!

我们必胜!

2009年2月5日
2月4日！

在起义风云笼罩的加拉加斯，清晨天空晴朗。像往常一样，我端着一杯咖啡从小屋的窗口探出身去。正如一天下午来总统府看我的一位博学的老朋友埃尔南多·克里桑蒂·阿韦莱多博士所说："比亚雷好点儿。"回想起在那个监狱炎热的午后我们的聊天。旁边画架上放着一幅我已经开始画但还没有完成的油画。我想在这幅画上展现向西边望去的景象。那里，在山坡上，在1月23日雄伟的建筑群和埃尔卡尔瓦里奥区中间，坐落着古老的普拉尼西埃军营。那天半夜，我们冒着枪林弹雨和"染红黎明的浓重硝烟"到达那里，我们把"埃塞基耶尔·萨莫拉"起义总指挥部设立在那里。

更近处，在连接普拉尼西埃军营与我所处位置的视线上，闪光的基督像张开双臂耸立着，如同漂浮在树丛间。他眺望南方，如同指引着我们美洲人民应该前进的方向，以建设耶稣两千年前所宣告的"王国"。

如今，那个王国就是社会主义！2月4日！把我们带到你面前的那条漫长道路。把我们从你的黎明带到这里的道路也很漫长。

我在去马拉凯前写下这些文字。那里组织了一系列国家尊严日的纪念活动。今天下午，将以民众和军队游行的形式结束纪念活动。马拉凯是个令人难忘的花园般的城市和驻军城市，"那里的街道纵横交错"，也是200周年的玻利瓦尔革命运动的摇篮。

爱国热情从这个星期开始高涨，达到2月和其历史冲锋的高度。

2月2日，星期一，加拉加斯降下倾盆大雨，但在大雨中，庆祝玻利瓦尔政府成立10周年的爱国之火猛烈燃烧。真正的狂热汇集在我们穿着蓝色和酒红色服装的军校学生们的英雄大道和荣誉园。

埃沃、科雷亚、塞拉亚、罗斯福、马查多和丹尼尔·奥尔特加的演说将成为中美洲、加勒比、南美洲人民对勇敢的委内瑞拉人民、对你们诸位同志的最佳鼓舞。在革命政府的第一个10年你们已经为历史刻下了真正英勇的、不可磨灭的篇章。

昨天，2月3日，星期二，苏克雷元帅在库马纳获得重生。在丹尼尔·奥尔特加和拉斐尔·科雷亚总统令人难忘的访问期间，我们的城市首次溢满自始至终沐浴着我们的一种热情的红色浪潮。

阿亚库乔公园，高大美丽的百年树下人潮涌动。

随后，我们到达曼萨纳雷斯河北岸，我们几乎要投入那神奇般的水流之中。

“一切都能嗅到苏克雷的味道。”拉斐尔·科雷亚说，特别是当我们穿过圣弗朗西斯科历史老区里的殖民时代的房子，前往圣安东尼奥城堡时。从那里的山坡上，我们眺望美丽的库马纳、卡里亚科湾、阿拉亚半岛……再往北，朝蓝色的北方，是那英雄的玛格丽特岛上遥远的高地。

我们在这片圣地上的圣火中热血沸腾。1795年2月3日，美洲元帅、大哥伦比亚的第二个儿子，托尼托·苏克雷出生……

同胞们、同志们，让我们现在就行动起来。2月4日星期三，我们运动的第五阶段开始了：双重装甲进攻！现在离2月15日的黎明仅有11天了。

我想重申一下通向正确终点的几个关键方面：

动员群众不能是自发之举和即兴之举。社会阵线和使命团体的男女成员们，我要对你们说；统一社会主义党的男女巡逻队员们，我要对你们说；盟党的党员们和所有男人和女人，我要对你们说：击败我们队伍中的弃权必须通过具有科学战术战略的一种实际口号，而不能靠唯意志论。

我们绝不允许民意测验把我们引向被胜利冲昏头脑的危险道路，那样会导致可怕的对群众不进行动员的情况发生。

我们必须看清群众运动，它们有时候可能具有欺骗性。没有比我们将在2

月15日星期日进行的公决更好的民意测验了。我们必须在那一天取得“是”的绝对胜利。只有保证获得人民和劳动者、青年和学生、男人和女人的真正的投票，总之，获得我们爱国者的真正的投票，才能实现这一目标。让我们全面投入双重装甲进攻吧！

以胜利者的步伐！

冲啊！

2009年2月8日
“马伊桑塔”，美好的生活，美丽的爱

“在具有指挥作用的国徽下面，幸福的公民，召唤的是民族主权，以行使自己的绝对意志。”大家都知道，这些话是父亲玻利瓦尔在1819年2月15日，在壮观的奥里诺科南岸，在安戈斯图拉代表大会成立时发表的那篇令人难忘的演说中的句子。190年后，这正是将在委内瑞拉发生的事情。玻利瓦尔的伟大后代，委内瑞拉人民将再次行使主权，表达自己的民主意志。

就如最近这革命的10年之中，将再次由大多数人在选举桌前作出决定。

2月4日在马拉凯的纪念活动如同一场真正的民众－军队的精彩演练。我再次参观了古老的帕埃斯军营，向安东尼奥·尼古拉斯·布里赛诺营的英勇的伞兵部队官兵致意。

高大的树木环绕着训练场，一切都是原貌，仿佛时间已经停止。从原样的螺旋楼梯上去，指挥官办公室、旗帜……回忆……“好像昨天似的”。

然后，在挤满民众和士兵的宪法大道，我见到老伙伴们，伟大的同志们，所有人都用自己的到来履行着我们的爱国承诺。

玻利瓦尔运动的第五阶段继续前进。一场真正的“飓风”席卷了马里亚拉、圣霍金、瓜卡拉和洛斯瓜约斯这些村镇。

人们释放出来的感情、狂热和激情是无法用语言描述的。

当我们来到“拉迈萨特拉”那座房子，从1989～1992年我和南希、小罗萨、玛丽亚和小乌戈居住过的简陋的家的时候，我的感情也是无以言表。

这条街道，令人无法忘怀的街道挤满了人，那些老邻居，他们的孩子都已长大成人，成为青年学生和专业人员。我的教父何塞·拉斐尔、教母米米纳和我的教子罗纳尔德……毛罗·阿劳霍，那时的上尉，如今已是我们玻利瓦尔空军部队的将军……最热情的邻居阿雷霍和苏拉伊，当时他家总有多米诺牌局，特别是每个星期五的晚上。

格拉纳迪约夫妇、珍妮和阿尔诺尔多和他们的子女一起，都在为革命而工作。儿子们是斗牛士，女儿们出落得十分漂亮。

而和我在一起的，我的女孩们罗萨·维尔西尼亚和玛丽亚·加布列拉，她们像附如草一样，在做一次神秘的悸动、一次魔术般的现身。我们进到最里面，来到那扇门前。17年零3天前的那个暴风雨的清晨，我就是从这里离家，至今方归。今天，一个美好的葡萄牙人与委内瑞拉人结合的家庭满怀着理解、情感和爱在这里迎接我们。女主人安娜·玛丽亚·佩雷拉出生在葡萄牙风景如天堂般的小岛马德拉。她的孩子安索尼·加布列尔尚在襁褓，刚出生15天。

这位慷慨的母亲把孩子放入我的臂弯。这个睡着的婴儿，丝毫不理会周围的喧嚣。他安静地倚在我的怀里。

父亲弗雷迪·莫雷诺就出生在圣霍金。他是个工人和家长。他面带慈祥的微笑，搂着莫雷诺·佩雷拉夫妇的大孩子们弗雷迪·亚历杭德罗和安娜·帕特里西亚。

我的眼泪夺眶而出。我任由眼泪流淌，滋润着这块神圣的地方。为了曾是我的一个真正的爱巢、崇高爱的巢；为了那里流露出的过去，尤其为了到处显现的未来。

主人慷慨地允许我参观每个房间。主卧室的窗户朝向车库。一天下午，就是从这扇窗户传来我的教母米米纳·安加丽塔独特的声音，如同子弹呼啸般的一声喊叫："教父，他们杀了费利佩·阿科斯塔！"

那是在"加拉加索"事件期间，确切地说，是在1989年3月1日太阳刚下山的时候。

为金黄头发的阿科斯塔献上发自肺腑的诗句：

他们杀了费利佩·阿科斯塔，

费利佩·阿科斯塔·卡尔莱斯，

人们群情激昂

涌向街头，

横扫一切。

从佩塔雷斯到埃尔巴耶……

哦，那瞬间的子弹

夺走了教父的生命！

再往那边，走廊的尽头，哦，我的上帝，那是孩子们的房间。左边那间总是很整齐的是小罗萨和玛丽亚·加布列拉的窗户朝向院子的房间。我们曾在院子里种了一棵芒果树，现在树已经不在了。院子有一小块“亲爱的南希”种植丰产的西红柿和大辣椒的地方。右边那间卫生间的门在中间，那是小乌戈·拉斐尔总是很嘈闹的房间，我的小儿子在那里唱歌、画画、睡觉。

然后我们走进厨房。一模一样的厨房！我喝了两小杯咖啡，觉得那是我最近这17年来喝到的最美味醇香的咖啡。

最后，我们在热情的告别中离开，感觉实现了一次重温过去之旅。我的两个女儿，就是我美好生活和爱情的活生生的美丽的象征……我发自肺腑地说谢谢！

随后，我们浩浩荡荡进入圣霍金，长长的街道上挤满了人群……还有回忆。然后我们又到了瓜卡拉和洛斯瓜约斯，已经快晚上10点了。

双重装甲进攻不停地前进！

我怀揣着一个威力与日俱增的武器，这是道路、人民、子女、回忆赐予我的礼物：

爱，

爱，

爱！

为了爱，让我们大家都在2月15日说：

是，

是，

是。

2009年2月10日
构建尊严

总是起义的2月继续前进。玻利瓦尔政府也在继续前进，和人民、劳动者们一起推动国家的西蒙·玻利瓦尔计划。

上星期五发布了今年的信贷计划，总额将超过90亿势玻利瓦尔硬通货。

信贷通过新型公共金融体系贷给合作社、微型企业、中小型工业、公社经济和社会经济，利率很低，年利率在6%～12%。

这真的是玻利瓦尔革命为委内瑞拉带来的巨大变革！以前，没人为小型企业提供信贷支持，更谈不上合作社了。

以前，一切都掌握在野蛮的资本主义及其贪婪的投机者之手。在委内瑞拉，那段历史结束了；而这正是2月15日我们坚持投赞成票的原因。

第二天，2月7日星期六，我们再次走访了佩塔雷区腹地。这是个快乐的、反叛的、可爱的大区。

我们沿着喧闹的街道往上走。往上走时，我想起了杰出的佩塔雷斯人塞萨尔·伦希福和他热情洋溢的诗句：

大家听

被戴上马笼头

一匹暴躁的烈马

因为埃塞基耶尔·萨莫拉

已经醒来

一场风暴

正在路上

谁会怀疑呢，塞萨尔，这些路上正在酝酿一场风暴!!

更上面，拉邦比亚是大会所在地。我们启动了对社区委员会、社区银行和技术处，就是说对人民政权的支持计划。这就是4月13日的使命!

2009年的目标是40亿势玻利瓦尔硬通货（相当于20亿美元）到位。

我们把将近2亿玻利瓦尔硬通货投入社区委员会，全都用于取代棚屋和翻新成千上万的居民住宅!

正如克莱伯·拉米雷斯所说，除了科学和食物，革命还应当制造尊严。为此目标，诞生了社会主义的使命。

革命前，这在委内瑞拉从未见过。

这正是2月15日，下星期日，我们投赞成票所要维护和不断推进的目标!

随后，当我们沿下坡返回时，太阳已经下山，佩塔雷爆出了欢乐和爱国激情的场面。

我仿佛在远处的人潮中看到了塞萨尔·伦希福，他骑着疾风骤雨般的烈马。一面红旗高高飘扬：哦，人民支持“是”!

2月8日星期日，我们去了法尔孔。150年前，在那里，埃塞基耶尔·萨莫拉和胡安·克里斯托莫·法尔孔发起了联邦革命：

自由的土地，自由的人们

人民选举

让寡头统治恐惧

我们为西部玻利瓦尔大水渠举行了揭幕。大水渠历经5年紧张施工终于建成。胡安·里斯卡诺的感慨：“这片土地要渴死了”，不复存在了。

水，为了人民的水!

水渠长150千米，从马蒂科拉到朋托菲霍。通过布奇瓦科亚现代化的大型自来水厂，使我们现在可以为整个法尔孔海岸60多万人供给可饮用水。

只有玻利瓦尔革命才能做到在不到10年的时间里为90%以上的委内瑞拉人供给可饮用水!

这就是我们大家通过2月15日投赞成票所要维护、保持和加强的。

随后，我们经由拉古尼亚斯去了苏利亚。烈日炎炎，一个像着了火似的镇子。最后，我们到了马拉开波，参观了战斗的克里斯托·德·阿兰萨辖区和那里拥挤不堪的街区。

但是，同胞们，别忘了，目前我们所面临的严峻考验是让人民群众投赞成票，为了继续建设具有尊严的祖国和社会主义社会。

我们大家行动起来吧。只有我们行动起来才能拥有一切。双重装甲进攻应当是所向披靡的。

赞成票……赞成票……赞成票！……

2009年2月12日
与未来的约定

在20世纪开始骚动的60年代，从我在萨瓦内塔普通教堂做侍童的时候起，我的心灵被受压迫人民的救世主耶稣基督如鞭打、似火焰般的语言所征服。

从那时起，我就觉得塞尔蒙·德拉·蒙塔尼亚及其为地球上的穷人寻求公正的诺言令人相当激动。

那时，罗萨妈妈给我们讲“两千零一夜”的故事。故事里，人类的未来或是沿着基督所指示的道路，平等、兄弟般地生活在一起；或是相反，“世界灭亡”。

罗萨·伊内斯·查韦斯已经很久没有读过另一个罗萨，那个克拉拉·塞特金称之为“有生命的革命之剑”的罗萨·卢森堡的篇章了。

但同时，我的老妈妈在思想上是多么接近那位伟大的革命女性啊！她的传世之句精辟、扼要：要么社会主义，要么野蛮状态！基督把商人从庙堂驱赶出去，用他神圣的语言彻底揭穿了伪君子的真实面目。“他们只洗净了杯子的表面，却隐藏了里面的肮脏。”

正如最近再次发生的令人谴责的事件，这些所谓的委内瑞拉反对派领导人亵渎了西纳戈加（教堂）。

伙同完全失去自我个性而成为政治政党工具的媒体，他们又一次绝对轻率地把上述罪行归咎于政府和革命。

他们中有个人几乎到了发现温水相当热那样俗套的子虚乌有。他向大众宣称：这次事件的主谋非常清楚，因为他已经发现了一个结论性的证据：“墙上留下的油漆是红色的，和玻利瓦尔主义者的颜色一样！”结果，国内外反对势力一秒钟都不停止地对革命展开了轰炸。

但俗话说“上帝会保佑无辜的人”。此外，革命政府及其调查机构也迅速、高效地展开了“媒体战”。

通过在事件现场展开搜查，我们已获得大量证据。目前已经逮捕了11个人，主犯已经承认罪行。当证实了西纳戈加的一名警卫积极参与了内部的共谋时，那些号称“领导人”“自由捍卫者”“寺庙的勇敢保卫者”就开始折中，一切都变成省略号。先是解释他们的理论，然后是竭尽一切之说辞，就是做不到认错。

伪君子！我的桌上放着雷耶斯协调的形势厅呈报的几份报告。检查细节的同时，我注意到双重装甲进攻如何继续朝着2月15日的最终目标前进。

我想用文字向由巡逻队和争取“是”委员会组成的庞大的精英部队，向它们的负责人、协调人，向巡逻队员和宣传员表示祝贺。我要特别祝贺勇敢的委内瑞拉女性。她们更喜欢自称：查韦斯派女性！也祝贺正在发挥着先锋队作用的强大的青年力量。他们是人民群众中的伟大的关键性动力，应继续以飓风般的势头向前发展。

我们的统一社会主义党以及委内瑞拉共产党、全民祖国党、人民选举运动和委内瑞拉民众团体等盟党，我们应当共同前进，大步迈向胜利。

说真的，今天是2月12日，是伟大的革命者、戴着弗里吉亚帽子的雅各宾派青年何塞·菲利克斯·里瓦斯喊出斗争口号的日子。他的口号仍回响在他揭竿而起的英雄城市拉维多利亚：“我们不能在胜利或死亡中选择其一。胜利是必需的。”

投身斗争的青年男女们，让我们以应有的方式庆祝青年节吧。协调组织机构，说服那些犹疑不决的人，召集所有人参与那个值得纪念的日子。

为了继续争取独立！为了继续建设社会主义的祖国！为了继续把委内瑞拉变成强国！今天是2月12日星期四。只有两天了。

让我们怀着喜悦、兴奋、智慧和爱国热情，孤注一掷。

星期日，2月15日一早，你，无论男女，委内瑞拉青年人，你和我一起定下与未来的约定。

我衷心地邀请你，如同那首歌里所唱："我会在那个地方等你。"

请你不要失约，我决不会对你失约……

你知道，我，你的战士，为你而生。

是的，先生……我们必胜！

2009年2月15日

今天是2月15日！“是”或“不”

通往今天这个2月15日的路途非常之漫长。这是一个荣耀的日子，一个光辉的日子。这是巩固人民的充分权利和民主权力的日子。因为这是我们之前所描绘的终点，是我们已经准备以全身心投入而争取的目标。这是为了我们的祖辈也为了我们的后代履行承诺的历史时刻。这不再是一次战斗：这次，我们有机会开辟天地，不断促使人民肩负起这个时刻的崇高目标。

我们继续着解放者之父的自由梦想和事业，使之得到体现并实现。今天，经历的这个约定正在期待着我们。这是从19世纪初就在思想锋刃和刀剑锋刃之间开始谋划的事业，是我们可以在这个星期天用坚定的意志巩固的事业，从而保障我们自己的真正权利——自由和主权。

今天2月15日要进行的事情可以归结为一种两难抉择：要么继续在完全行使人民主权的道路上前进，要么实施抑制人民主权的反革命意图，阻止革命民主。这个难题应该由人民来解决。这是莎士比亚笔下的哈姆雷特难题：是（“是”）或不是（“否”）。

从10年前开始，我们就在为委内瑞拉历史赋予意义：玻利瓦尔的、开放的和民众的意义；建设性的、创造性的和解放性的意义。以前，我们不属于历史，另外一些人主导着历史，而我们只有忍受苦难。我们不过是一场由帝国主义及其无国籍买办主导的可怕棋局的奴隶。从10年前开始，这一切都变了，永远变了：继承伟大战斗传统的人民，在我们的所有斗争中生动地再现了这种精神。他们浴血奋战、全身心地投入这场革命。我们所有人过去和现在都是正在进行的变革的唯一的和重要的主角。这场变革还没有结束，因为需要继续完善赋予我们的神圣愿望：拥有自由的祖国、美好的和美丽的祖国、社会主义的祖国，为了我们自己、为了我们的子子孙孙。

我想说，我们为国家规划的这一方针的确遇到了很多不确定性和困难。但从方针诞生之日起，一直坚持着同样的前景：我们的人民日益成长为更有尊严的人民，我们的人民认可所走过的道路，明白未来对他们的要求。归根结底：我们的人民只有如同兄弟姐妹一般地团结奋战，坚持我们的道路，才会有一天接近我们的梦想，祖国彻底解放的最高梦想。那么，就不要再犹豫了！那才是我们要决定的未来，今天是2月15日。

伟大的诗人威廉·布莱克的警句说："有播种的时候，就有收获的时候。"这句话体现出我所要提醒你们的意思。从执政之前到执政期间，我们所做的，都是艰辛的、需要耐心的播种期。我们已经收获了一些东西，但还不够。今天，2月15日，是为了保证我们开始大丰收的日子，是在这条美好的道路上布满硕果的时刻，在这条道路上，我们所有人为建设真正属于我们的未来而努力，不让它成为时间和生命中简单的偶然。今天，2月15日，在"是"取得胜利后，我们就能用团结一致的人民的声音宣布：未来将是我们的！

我们不是居住和生活在一个国家里，而是居住和生活在一个挑战中。这个挑战就是祖国。因此，我们的胜利都是在原有基础上又推进了一步；因此，巩固民主社会主义是对我们永久性的要求，是一个每天都要争取胜利的阵线。

这是一场无休止的事业，因为只有我们永远和完全值得拥有：实现真正的、革命的民主的挑战；实现人民完全参与和充分当家做主的挑战。这是让我们敲开我们的历史大门的思想；这是鼓舞我们的强大思想。用维克多·乌戈的话说："没有比你所处的时代赋予你的更强大的思想了。"

最后，《传道书》中也写道："将要在太阳下发生的一切都有它的时间。"

那么，此刻是人民的时间……

为此，我再次对你说：

我正在那个地方等着你！

我们必胜！

2009年3月1日
2月27日，革命开始

罗德里格斯·奥乔亚将军费了很大劲儿，终于把我从卡洪德阿劳卡河谷谷底救了出来。阿劳卡河谷位于阿尔科尔诺卡尔大草原上，库瓦罗隧道穿过深邃的峡谷通向卡帕纳帕罗。“我觉得你很像洛伦佐·巴克罗。”那天他看到藏在枯伊洼和椏栌椤（cuivas y yaruros）丛中的我时这样说道。那天，他指挥着一队士兵，更确切地说，更像游击队员。

阿耶格罗、海因茨·阿兹普鲁阿和佩纳罗萨·萨姆布拉诺将军，他们都曾发誓要给我惩戒，但他们也都没能阻止。就像日复一日的循环交替，我进入米兰弗雷斯的白宫工作，是作为国家安全与防务理事会秘书的第一助理。那是1988年8月，玻利瓦尔革命运动200发展了十多年的庞大网络已经渗透委内瑞拉青年军人的心灵和意识深处。从1982年萨满·德·盖雷宣誓起，我的战友们认可和委任我为革命领导集团的指挥官。

从那以后，我经历了几个月的动荡生活，远离了伊罗尔萨那个美丽小镇的安宁和英雄的阿普雷平原。几星期后，他们把我赶出国，我待在危地马拉。这是当时的最高军事指挥机构私下交易的后果。我10月回国，当时总统选举已进入最后阶段。“埃尔戈乔”（El Gocho）和“埃尔提格雷”（El Tigre）是选举激战的主要竞争者。左翼力量被小资产阶级及其改革思想所压制，无力参与竞争，甚至连出来争取参与竞争一席之地的希望都没有。

我回国后才两三个星期，就发生了永远无法澄清的战争，坦克包围卡尔梅里塔斯并开到米兰弗雷斯街角的事件。虽然那天晚上我们正在帕基塔场地进行一场垒球比赛，但我仍被指控为那次攻击政府要害部门的部队行动的责任者之一。那几天在阿尔托阿普雷区还发生了拉斯克洛拉达斯管道的屠杀事件。

事情就这样发生着，黑暗的海梅·卢辛奇政府苟延残喘。这位总统荣膺“世界最佳再融资者”和“当代最可爱微笑”称号。那时，我生活在“怪物腹中”，近距离见证了那些结束旧时代、开启新时代的事件。12月，卡洛斯·安德列斯·佩雷斯在总统选举中获胜，于1989年2月2日开始了被称为“巨大转折”的时代。

现在必须说说国内这些政治事件发生时的国际环境。

戈尔巴乔夫的改革（Perestroika）举世震惊地终结了苏联。这对全世界几乎所有的革命斗争都是一个真正的致命打击。恐怖主义和美帝国主义领导、资助和策划的反革命活动导致尼加拉瓜桑地诺政府摇摇欲坠。在我们拉丁美洲，除了革命的、社会主义的古巴硕果仅存之外，所有政府都跪倒在所谓的“华盛顿共识”面前及其通过国际货币基金组织强行推动的新自由主义殖民政策面前。

当卡洛斯·安德列斯·佩雷斯开始执政时，黑色星期五几乎过去了6年。委内瑞拉成为一个破产的、负债累累的国家。此外，委内瑞拉人民陷入贫困和巨大的苦难之中。

雪上加霜，新自由主义及其“休克疗法”的“瘟疫”又无情地降临。

于是该发生的终于发生了：“加冕”仅仅25天，起义爆发。我记得很清楚，仿佛一切发生在昨天。

2月26日是星期日，我们查韦斯－科尔门娜雷斯一家人在家里度过。我们是最幸福的家庭之一。共同生活了15年后，我和黑皮肤的南希生了3个孩子——小罗萨、玛丽亚和小乌戈；我们还借助IPSFA银行和“未来保险”的资助，在卡拉沃沃的圣霍金买了我们的小房子。我们刚刚搬家几个星期，憧憬着开始新生活。我们一直很清楚，这种恬静的家庭生活随时会受到动荡未来的威胁，因为没人怀疑：风雨欲来。

家里只有一件新鲜事儿：我们的孩子有了奶喝；而我在晚上来到加拉加斯，我已经被传染，感到了最初的不舒服。

2月27日，星期一，抗议活动开始了。抗议活动的出现毫不为怪，因为这已经成了我们的家常便饭。将近下午4点，我离开总统府，沿苏克雷大街驱车前往弗洛雷斯·德·卡蒂亚，准备从那里上塔松高速公路，经由萨尔特内哈斯街到达西蒙·玻利瓦尔大学，我非常热爱和难忘的大学。我正开始在那里攻读政治学硕士学位。我察觉到周围弥漫着如同军队驰骋战场般的暗流。那时我还没有意识到那么多，没人能意识到。但就在那一历史瞬间，加拉加斯发生了如此多的历史大事件。在遥远的以前，印第安酋长瓜伊凯普洛指挥土著人英勇抗击西班牙殖民者的侵略。这是旨在变为一个真正的时代变革先锋的进程。20年后的今天，这一进程已经成为在整个拉丁美洲大地愈演愈烈的真正的进程。

是的，的确如此。我开着简朴的车行进在苏克雷大街上，带着充满我对儿女们的爱的牛奶。我的儿子还是个婴儿，已经出现那种疾病和发烧的迹象。国家安全与防务理事会秘书第一助理、玻利瓦尔革命运动200的革命领导班子的总指挥乌戈·查韦斯·弗里亚斯，同时他亲眼见证了时代和人民所希望的大事件：玻利瓦尔革命开始！然后是大屠杀和种族灭绝。

那天，起义的人民缺少自己的军队、自己的士兵和自己的步枪。

3年后的1992年2月4日，玻利瓦尔军队、起义士兵缺少的是自己的街头民众。

20年后的今天，人民与士兵，共同建设当时开始的通往社会主义委内瑞拉的道路。

现在，在取得了2月15日的伟大革命胜利后，我们启动玻利瓦尔社会主义革命的第三个历史周期，2009～2019年的时期。

借用豪尔赫·埃列塞尔·盖坦的话，今天我要对阅读我文字的委内瑞拉男女同胞说：一直向前，永不后退，该是什么，就是什么吧！

2009年3月8日
女性、女性、女性……

今天，我用全部的爱国热情、满腔热爱、崇高理想和建设更美好世界的梦想写下这些文字，写给无私的委内瑞拉战斗女性，写给祖母们、母亲们、女同志们、女儿们、孙女们……写给所有女性……

杰出的思想家和伟大的作家西蒙·玻利瓦尔给后来者留下了这样的文字：

> 女性对于我们（男性）而言是更高等的……上帝赐予她敏锐的洞察力和灵敏度。上帝在她的心上放置了最最敏感的神经，能够体察一切高贵和上等的东西。爱国主义、敬慕和爱都会触动这些神经，迸发出慈善、无私和牺牲的品德。

50年代末，我还是个生活在萨瓦内塔的小孩子，还没有成为神甫祭坛侍童，只是个“小蚂蚁”（我父亲和几乎他所有的朋友都这么叫我）。那时我有“3个妈妈”：一个是埃莱娜妈妈，我崇敬的母亲；另一个是萨拉妈妈，某天从遥远的山那边的拉马尔凯塞纳来的一个美丽的姑娘，她来我们这儿做护士；还有一个是我的老妈妈，祖母罗萨·伊内斯·查韦斯，罗萨妈妈，我们在她的泥巴苇子墙和棕榈叶屋顶的小屋子里出生，度过了无法忘怀的童年。

从那时起，那是在半个世纪以前，直到今天，我要说，我的整个生活都深深地印有作为高等人类女性的存在、鼓励、激励和魔术般的力量的引导和塑造的标记。

我以前这么说，现在也这么说。没有女性的真正解放，就不可能实现民族的彻底解放。我深信，一个真正的社会主义者也应该是个真正的女性主义者。

今天是国际妇女节，星期日。今天下午我要与玛丽亚·雷奥纳和玻利瓦尔妇女军团在一起！我多么爱她们啊！

读我文字的男女同胞们，一刻也不要忘记这一点：刚刚过去的2月份我们开始了社会主义玻利瓦尔革命的第三个历史周期，这个周期将持续10年，直到2019年2月。那一年不仅是安戈斯图拉大会200周年，也是宪法和第三共和国，伟大的共和国诞生200周年。那个在玻利瓦尔的思想和梦想中孕育的“国家的母亲，共和国的王后”，在200年后的今天得到了重生：玻利瓦尔共和国，社会主义祖国……

我们以骑兵迅速驰骋整个战线的方式开始了第三个历史周期。

3月开始的日程，在夏季的这几天，我们一直在加强攻势。委内瑞拉统一社会主义党政治局对最近的运动状况和2月15日全民公决的结果进行了恰当的分析。

一个小时接一个小时的努力工作，最终在这个星期二的政治局会议上形成了一系列决议。参加会议的包括各位政治局的副主席和战略委员会的部分顾问。为你们写下这些文字的那个小士兵主持了会议。下面我作一总结和列举：

（1）我们决定重新启动委内瑞拉统一社会主义党的党员和申请加入党人员的登记工作。同时，更新所有现存党员的注册信息，发放党员证。我认为这些工作具有重大战略意义。我们任命了一个由豪尔赫·罗德里格斯同志领导的委员会，负责这些工作的规划、准备和推进。我发表我的见解是为了我们所有人都做好开始工作的准备。这些工作在4月初必须启动。

（2）另一方面，我们一致同意重新启动社会主义营活动。为此，我号召我们全体党员进行参与、形成集体的主人翁……为革命而斗争不息！

（3）上述一切都是为了从现在就开始筹划的委内瑞拉统一社会主义党特别代表大会。会议将在今年八九月间举行。在长期征询基层意见的基础上，在会议上将讨论和决定党的组织，党的领导机构，党的短期、中期和长期行动方案，我们所面临的挑战，资本主义的世界性危机，委内瑞拉21世纪社会主义建设，国际形势，拉丁美洲的团结等问题。看看，我们要做的工作多么多啊！没有时间可以浪费！

（4）此外，我们认为继续加强与其他政党、盟党或潜在盟党的团结十分重要。为此，我以这种方式向这些政党的领导层及其基层组织致以崇敬的、深切的和承载革命承诺的问候。

（5）毫无疑问，任何形式的，特别是2月15日击垮反革命势力的闪电攻势所取得的主要成果和进步之一，都是对社会宣传小组的政治和战略性鼓舞。它们因此而冲破了惯例工作的界限，变成真正的具有创新性、创造力、活跃和鲜明特色的政治力量。同时，我想起了革命哲学家西蒙·罗德里格斯的一句格言："物质的力量在群众之中，道德的力量在运动之中。"

基于上述评价，通过对政治现实的直接观察，我向政治局提交了一份成立全国群众大阵线（Gran Frente Nacional de Masa）的建议。该阵线既吸纳社会宣传小组，也吸纳社会运动。在争取"是"的艰苦斗争中，这些社会运动为人们所认识和展现出来，日益壮大，越来越与所处的斗争环境的现实合拍，为争取其自身的利益，也追求人民和革命的更高利益而进行斗争。青年们、学生们、工人们、农民们、渔民们、印第安人们、专业人员及技术人员们……当然还有热情四射的妇女运动，上述所有人构成了最强大的革命的政治武器。

让我们共同建立全国群众大阵线吧！以后就晚了！烈士埃洛伊·阿尔法罗总统满怀尊严地对我们说："耽搁就意味着危险。"

因此，我围绕这个中心发表了另一篇随笔。各位争取"是"委员会身经百战的同胞们，立刻聚集起来，把你们的组织变成"社会主义委员会"。

为此，我们必须在每个社会宣传小组、每个社会运动中逐渐构建社会主义委员会网络。

在积极推动所有这些战略和历史工作的同时，委内瑞拉统一社会主义党应继续发挥主要作用，成为爱国人民和整个国家的臂膀和先锋、头脑和心脏、灵魂和肌肉……

说到这个，让我们回想一下切·格瓦拉对我们说的话：

……政党是一个先锋队组织……政党是活生生的典范。其干部们应当强调勤奋和牺牲精神；应当以实际行动带领群众实现革命目标。这需要若干年的艰苦斗争，克服建设中遇到的困难，抵御阶级敌人、过去的疮疤和帝国主义。

我今天跟你们说这个，男人和女人，青年读者们：让我们所有人肩负起我们建设伟大的委内瑞拉统一社会主义党和创立全国群众大阵线的责任！

我要在你们的节日里对你们妇女说：致以我对祖国的热爱！

妇女们：有了我们的爱，才会有我们子孙的祖国！

社会主义委内瑞拉！

我们必胜！

● 查韦斯与女儿玛利亚·博妮塔

● 查韦斯一家合影

● 查韦斯回到家乡萨瓦内塔

2009年3月15日
“全面危机”……

刚刚过去的3月8日，菲德尔写了一篇相当有价值的文章，题目是“一次值得的会晤”，指的是他与我们的共同朋友、阿根廷思想家和知识分子阿蒂略·波隆长达数小时的交谈。

阿蒂略当时在哈瓦那参加全球化与发展会议。这次会议有来自全世界的1 500多名经济学家和学术界人士参加。

在他精彩的发言中，菲德尔就当前世界资本主义危机的主题精心挑选了很多例子。

在此，我引用菲德尔和阿蒂略·波隆有关这个重要主题的部分阐述，特别是因为我认为我们的人民应该日益深入地研究这一全球现象。

我还认为，国家领导层的职责之一就是正确地引导对这场继续肆虐全球的危机的严肃而透明的讨论。一些分析家把这场危机称为“全面危机”。

让我们认真看看、读读下面一段：

> ……我们正在面对一场资本主义的普遍危机，这是 1929年爆发的危机和1873～1896年“大萧条”以来，第一次爆发如此大规模的危机。这是一场全面的、文明世界的、多方面的危机。这场危机的持续时间、深度和涉及的地域都高于以前的几次危机。
>
> 这场危机从金融和银行业危机开始蔓延，影响到实体经济的各个部门。它影响了全球经济，远远超越了美国的国界。
>
> 危机的结构性原因：这是一场超规模生产伴随次消费的危机。这

场危机在美国爆发并非偶然，因为美国早在30年前就人为地依靠外部储蓄、外部信贷生存。这两样东西都不是可以无限制使用的：企业负债率超出了它们的承受限度；国家负债率也超出了它的承受限度。国家为此要同时应对两场“战争”。不仅没有增加税收，反而减少税收。公民在商业广告系统的驱动下开始负债，以维持脱轨的、不合理的、奢华的消费主义。

除了上述结构性原因外，还必须加上以下几点：经济加速金融化，风险越来越大的投机活动趋势无法抑制。发现资本的“再造之源”，让钱产生出更多的钱，而舍弃开发劳动力所得的价值。大量虚拟资本可以在几天、最长几个星期的时间里获得。对资本的“毒瘾”导致任何计算或疑虑都被束之高阁。

另外一些条件也诱发了危机的爆发。主张放松管制、自由化的新自由主义政策使那些繁衍市场的最强大的行为者能够强行实施“丛林法则”。

……失业加速增长。全球失业人口（2008年约1.9亿）在2009年可能增加0.51亿。贫困工人（日薪不超过2欧元）将达到14亿，也就是说，占全球经济活跃人口的45%。

在美国，经济衰退摧毁了360万个就业岗位，其中一半都是发生在最近这3个月的事情。在欧盟国家，失业人口达到1 750万，比一年前增加了160万。2009年预计将损失350个万就业岗位。墨西哥、秘鲁和几个中美洲国家由于与美国经济联系紧密，将在危机中遭受沉重打击。

这是一场蔓延到所有经济部门的危机：银行业、工业、保险业、建筑业，等等。危机席卷了整个国际资本主义体系。

奥巴马承认，危机尚未触底。迈克尔·克莱尔前几天写道：“如果现在的经济灾难演变成奥巴马总统所说的‘失去的十年’，结果将是出现因经济问题引发全球充满动乱的景象。”

1929年，伴随着农产品价格和初级产品价格的下降，美国的失业率达到25%。10年后，虽然富兰克林·罗斯福推行了新政（El New Deal），失业率仍高达17%，国家经济亦未能走出萧条。

“二战”爆发结束了这段时期。为什么那次危机持续时间比较短呢？我刚才说过，1873～1896年“大萧条”持续了23年！

考虑上述先例，这次我们怎么能在几个月时间里走出危机呢？一些报刊撰稿人和华尔街的“领袖们”这样预言。

这场危机不是靠G20或G7开一两次会议就能解决的。如果要为完全没有能力解决危机寻找一个证据的话，那就是世界各主要证券交易所对每一次新的拯救措施所通过的法律的每一个声明或每一次批准：“市场”的答复始终是否定的。

布雷顿森林条约产生在资本主义的凯恩斯阶段的框架下，与稳定一种资产阶级霸权的新模式相一致。这是战争和反法西斯斗争的产物，具有新的和出乎意料的背景：工会的作用、左派政党的作用，国家调控和干预能力的加强。

苏联已经不在了。以前，苏联存在的本身及其范例向西方世界扩张的威胁，都有利于谈判的天平向左翼力量、群众组织、工会等倾斜。

现在，中国在世界经济中发挥着不可比拟的重要作用。但在世界政治领域尚未达到同样的重要性。苏联虽然经济相对较弱，但当时却是军事和政治强国。中国是个经济强国，但在国际事务中缺少军事和政治的参与，尽管在世界政治领域已经开始了一个非常谨慎而渐进的确认进程。

中国对外围国家的重构战略将发挥积极的作用。北京正逐渐把巨大的国家能源用于国内市场。鉴于多种原因，对一个经济需要年增长率达到8%的国家是无可争议的，要么是对世界市场的刺激的回应，要么是对其——仅仅进行了部分开发的——巨大的国内市场的原因的回应，只要这一转变被证实，就可以预计中国将需要很多来自第三世界国家的产品，如石油、镍、铜、铝、钢、大豆和其他原材料与食品。

在30年代的大萧条中，苏联在世界市场中的参与程度还很低。中国的情况完全不同：中国仍将继续发挥非常重要的作用，和俄罗斯、印度（尽管这两个国家没有那么大的规模）一样，中国将从外部市场购买所需的原材料和食品。这与苏联在“大萧条”时期的情况是不同的。

……现在的形势与30年代不同。列宁曾经说过：“如果没有一个社会力量推倒它，资本主义是不会倒下的。”现在，这种社会力量没有出现在大都市的资本主义社会，包括美国。

以前，美国、英国、德国、法国和日本在军事领域争夺帝国主义霸权。

现在，很明显美国掌握着霸权和占据统治地位。这是世界资本主义体系的唯一保障。如果美国垮了，将会产生多米诺效应，引发几乎所有大都市资本主义社会的崩塌，无须提及对资本主义体系外围国家的影响。如果华盛顿受到群众运动的威胁，所有资本主义国家都会前去救援，因为它是资本主义体系的最后一根支柱，是唯一能够在需要的时候，援助其他资本主义国家的国家。

……这是一场经济和政治方面难以持续的文明模式的全面危机。越来越无须诉诸反人民的暴力；生态状况也难以持续，因对环境进行了某些不可逆转的破坏；社会发展也难以持续，因为人类的生活条件已经降至无法想象的临界点，破坏了社会生活的各个环节。

因此，对这场危机的回应不应仅仅局限于经济领域或金融领域。统治阶级将要做的恰恰是这些：使用大量的公共资源让社会分担亏损，让大的寡头垄断重新浮起。这些垄断寡头只注重保护自己的切身利益，根本不会考虑一种更全面的战略。

危机尚未触底。我们面临的是一场普遍的资本主义危机，大于以前任何一次。发生于1873～1896年的危机持续了23年，称为“大萧条”。另一次很严重的危机发生在1929年，同样至少也持续了20年。当前的危机是全面的、文明的、多层面的危机。

这场危机从金融业和银行业危机开始蔓延，影响到实体经济的各个部门。

我要把这些看法和思考写进随笔，希望各位读我的文字的同胞更详细地跟踪这场“全面危机”的演进，尽管它还没有波及我们。这多亏了几年前玻利瓦尔革命采取的政治和经济决策。目前，玻利瓦尔革命所面临的战略时刻，正是在委内瑞拉开始感受其影响的时刻。

但是，在工人、农民、妇女、学生、青年、革命政党、玻利瓦尔武装力量等全体人民的支持下，革命政府将继续及时地采取必要措施，以确保国家发展计划的持续性。

最近几天，我们正在修改一些战术方案和相应的战略活动环节。

这个星期肯定适宜发布一些将有助于进一步加强委内瑞拉立场的消息，以面对严峻的世界形势。

请各位相信：不管危机多么“全面”，都无法阻挡委内瑞拉走向社会主义、走向独立和伟大的步伐！

我们必胜！

2009年3月23日
委内瑞拉：反危机

当资本主义经受的危机越来越全面之时，正是走向祖国独立和伟大的委内瑞拉社会主义道路更加稳固和广阔之时。

法新社（AFP）报道，危机鼓动美国人向下层职业求职。美国的“炒鱿鱼”浪潮开始越来越明显，不仅反映在宏观经济数据的赤字方面，也反映在美国人来竞争传统上由拉美移民从事的下层职业服务员、泊车员和洗车工。

“我们没有再辞退职员，但也不雇用职员。几乎每天都有人来求职，其中的美国人比以前多得多，大部分是黑人。”位于西好莱坞上等街区的Santa Palm洗车公司的一名负责人伊萨克·冈萨莱斯在接受AFP采访时说。

事实上，美国失业率增加的数据十分可怕：最近3个月，平均每月减少65万个就业岗位！

但在我们委内瑞拉，由于玻利瓦尔革命近几年来一直实行的经济政策，失业率在极严重的全球危机背景下仍持续降低。用美国总统的话说，这场危机已逐渐接近灾难性水平。

我手头有一份题为“委内瑞拉劳动力状况”的月报，是国家统计局2009年2月份的报告。我从第4条（失业人口）中摘录下面一段：

4.2 比较分析：2009年2月，对比2009年1月

2009年2月，失业人口927 045人（占总人口7.4%），比上个月（失业人口1 200 890人，占总人口9.5%）减少273 845人，其中男性143 230人，女性130 615人。

按年龄分组，15～24岁失业人口125 386人，25～44岁失业人口121 592人，65岁及以上失业人口8 390人。

按失业类型分组，失去工作人口减少了306 464人（男性160 233人，女性146 231人）。但第一次找工作未果人口增加了32 619人。

我只要求各位读我的文字的同胞放弃任何主观看法，抛弃政治偏见和思想意识形态差异，认真地看看现实情况，评判它的内容，特别是它的经济、社会和道德意义。

法新社 3月20日还有另一篇报道：

2009年，世界经济将可能负增长。本周五，经济合作与发展组织秘书长、墨西哥人安赫尔·古里亚在北京这样说。

我们将面对经济负增长的世界，印度和中国的正增长都不足以弥补发达国家的经济负增长。

毫无疑问，这就是目前撼动世界的令人震惊的现实情况。面对这样的现实，我们玻利瓦尔政府不能袖手旁观。我们要捍卫已经取得的巨大社会成就，通过深化玻利瓦尔革命来巩固革命成果。

面对这样的现实，这场超越了美国国界影响全球经济的称之为“全面”的危机，我们肩负的刻不容缓的责任是作出具体的、彻底的决策，不回避把我们与我们的人民，特别是几个世纪以来被排斥的、贫苦的大多数人，联结在一起的神圣承诺。在我们政府执政的这10年里，他们终于开始亲身体会到，是能够获得最大限度的幸福的。

我不过是个与困难相伴的人：如果不经历重重障碍与危险，我就不舒服。在1825年的时候，当所有人，甚至最主要的人好像都反对社会事业的时候，解放者之父这样对桑坦德说。

继承了如此神圣精神的委内瑞拉女人和男人，我们也表现出同样的坚定。尽管我们的经济和金融稳定，但世界上很多政府面临的窘境对我们的形势仍是一种威胁，甚至是一种很大的危险。

面对外部的威胁和危险，我们必须更加努力地从内部加强自己。为此，部长委员会在昨天通过了一系列措施和决议，我已经对各位宣布了。

从这种意义上说，受篇幅所限，我简略说说我们国家政府做出的措施和决策：维护取得的社会成果；保障就业；保持石油和天然气产业的生产能力；加强与国家发展相关的国内生产部门；在充分考虑世界经济危机的性质、深度和持续时间对委内瑞拉经济可能产生的影响的基础上，引导公共金融运作。

我要强调一点：当资本主义经受的危机越来越全面之时，也正是走向祖国独立和伟大的委内瑞拉社会主义道路更加稳固和广阔之时。总是预示凶兆的反对派食腐鸟们歪曲事实，毫无根据地认为我们的努力是为了那些特权集团，总是在与所有委内瑞拉男人和女人的前途进行交易。

基于上述原因，我们决定保持对宣讲团、教育、医疗、工资、薪酬、家庭收入、养老金和社会保障的社会开支。这几方面对保持购买力和家庭消费水平非常重要。我们确认，决不动摇的信念是：我们的政府是人民的、是为了人民的、是服务于人民的。

我一直这样说：我们处于这样一个时期，我们的玻利瓦尔革命创造的新世界还没有诞生，建立在邪恶的、不平等体系的本质基础上的资本主义旧世界还没有消亡。

因此，我们还要更加深入地观察国际形势。我们正面临一场全面的危机。资本主义霸权也开始感到越来越无力真正地实行极权统治，意识到仅仅是只纸老虎，从而注意到所面临的危险性。

因此，我们意识到，这也是委内瑞拉人民趁这场全面危机发展起来的大好时机，我们是与困难相伴的人民。

誓死捍卫社会主义祖国！

我们必胜！

2009年3月29日
亚雷：魔鬼的学校

今天是3月26日，星期四，地震纪念日。

15年前的今天，我出狱了，发生了我生命中的一次真正的地震。那是一个星期六，第二天是复活节前的星期日，开始了1994年的圣周，并以多种形式记录下了把我们引向这里的方向。

那天，我离开了那所监狱般的，用锻造炉和日复一日地用道德、政治和思想斗争进行教育的学校。一座监狱一次战斗从圣卡洛斯军营的最初的日子开始，逐渐变成了关于新生的政权、进行的革命、繁荣的祖国和历史的分娩的选择性核心。

2年零50天的监狱生活形成了一股强大的、有创造力的、创新性的力量，像一台开动起来的大机器，开辟着未来的道路。

上帝啊，往事如潮水涌来！15年后的今天，我清醒地意识到，那是一所解放的监狱。多么绝妙的矛盾啊……

在一些老同志的慷慨支持下，近几年我一直不断地得到很多珍贵的文献。在这些文献中，我选取了一些有关监狱的那些斗争的难忘的和重要的片段。

那些战斗中重要的一次结果在很大程度上决定了革命的未来，进而决定委内瑞拉祖国的命运。

今天，我应该承认那是一场上千魔鬼的斗争。在某些时候，我甚至感觉到了孤独感的恐怖的瑟瑟响。

我所说的那场重要的战斗，是与企图摧毁玻利瓦尔革命运动200的所有势力和阴谋作战，它们企图扼杀这个在群众运动中影响越来越大的新生革命组织；企图毁灭我们刚刚萌芽的玻利瓦尔、鲁宾逊和萨莫拉的思想建设；企图耗尽和消除来自新一代青年军人和平民的未受到污染的起义领袖人物的作用，因为他已经重新举起玻利瓦尔的旗帜，开始拔剑出鞘地前进。

各位想听听那场激烈斗争的一个小片段吗？下面是亚雷一份很有意思的文件中的记载，日期是1993年5月29日，在“腐败大王”卡洛斯·安德列斯·佩雷斯被废黜的几天之后。据说这份文件只是“为了出示样板”。这是被称为“黎明的文件”之一，共12页，被作为“绝密”文件发送给圣卡洛斯老军营和富尔特·蒂奥纳的每个监狱长和副监狱长。

在用一台小打字机写下那些文字的差不多16年后，当下起5月雨的时候，今天我与各位分享其中几段文字：

> ……在敌人猛烈而持续的心理攻势下，我们不能再继续盲目作战，继续磕磕绊绊地前进，继续可怕地消耗。敌人企图腐蚀、迷惑乃至分化我们的家人、律师和朋友。面对这种情况，我们只有紧密团结在一起，别无选择。否则，我们就会被蚕食和毁灭掉。我们决不允许这样的情况发生！我们付出了那么大的代价，坚持了那么长的时间，绝对值得继续高举我们的旗帜。
>
> 在全体人民对我们寄予期望的时候，我们能在此刻放下旗帜吗？民族历史决不允许我们这样做，甚至像忧伤的海梅·卢辛奇说的那样都不行：“他们骗了我”……
>
> 下面的这些文字是对当时我们所处的形势的判断，充满威胁和危险。
>
> ……另一种危险是无政府状态，它的危害程度决不亚于敌人的行动。我们应当毫不犹豫地与之进行斗争。我们的最高领袖、总司令和解放者西蒙·玻利瓦尔说过：“在战争中，需要一切都行动一致，不要做任何计划外的事情，因为团结才能取得最佳结果。”
>
> 我们正处在全方位的战争中。我的朋友们：这是政治战争、思想

战争、经济战争、军事战争……

这是一场刚刚开始的战争。随着它的推进，要求我们将付出很多牺牲，需要更加团结。

遭受的打击可以教育我们。自然沉降的过程即是越来越凝固的过程。

经过仔细分析，我们会发现这份文件说明了应对当时那个历史时机的形势具有三条战略路线。

这些路线充满了烦恼、磨难和悲痛，但同时也充满了坚定和希望：

……另一方面，在对卡洛斯·安德列斯·佩雷斯的判决终于被迫告一段落后，现在迫切需要我们以果敢和决心重启关于今年12月选举这个棘手的话题。为此，我们要回想一下，经过一系列的内部协商，其结果已经存入我们的档案，玻利瓦尔革命运动200在今年3月作出了以下决定：

（1）不组建政党（有一条这样的提议，而且确实非常认真）。

（2）在选举中不结盟，也不支持任何一个政党。

（3）要加强军事工作（这意味着所有的责任）。

虽然经过了充分的集体讨论才作出这个决议，但最近由几派政党发动了一场攻势，旨在争取得到玻利瓦尔革命运动200对参加选举的某一党派的支持，他们是革命事业派的安德列斯·韦拉斯克斯，或拉斐尔·卡尔德（争取社会主义运动，基督教社会党的派别，也称埃雷拉主义和卡尔德拉主义，还包括其他政党和政治团体）。最后谈到了其他选择，即支持两位候选人，条件是两人中的哪一个对国家来说坏得少一点。还有一个类似的选择，即同时支持两个相互冲突的党派，但我认为鉴于我国动乱的政治历史，在任何时期都无法实现。

我要告诉你，我已做好充分的准备，与这种趋势做斗争。我将全力应对这一企图。对我而言，我们对这场斗争的期许是没有意义的。

尽管我要冒着孤独的风险。

然而，我绝对相信，这一企图的构成渊源久远、通过各种途径、拥有很多资源：

消灭玻利瓦尔革命运动200，如同在毁灭收复被掠夺的祖国被侵占的大部分资源的希望，撕碎我们的玻利瓦尔主义、鲁宾逊主义和萨莫拉主义的旗帜；消灭三个根源之树。每次当我想起为这个计划所付出的代价，那么多年的斗争和牺牲，那么多随菲利佩·阿科斯塔·卡尔雷斯指挥官而逝的英灵，卡雷加尔·克鲁兹、卡布雷拉·兰达埃塔、哈拉·本哈拉诺，等等，前仆后继，很多名字在这个亚雷的清晨我一时想不起来……那些被捕的人、被驱逐的人、被流放的人……因此我会对自己说，我们无法证明旗帜的变化发生在这样的高度，斗争才刚刚开始。如果我们观察我们历史性起义开始以来的这几个月，我们会发现执政者丝毫没有表现出要进行深刻变革的确凿迹象。我们见证了统治系统实施欺骗和阴谋诡计的巨大能力。

尽管他们企图不承认，但我这里着重强调一点：在这种结构框架中，支持任何一个候选人都等同于支持同一个体系，那个让我们拿起武器反对的体系。那个让我们成为一年多的政治人质，那个疯狂攻击无自卫能力的人民的体系。

读我的文字的女人、男人、年青人和同胞们，15年过去了，今天我们在这里会晤，开启玻利瓦尔革命的第三个历史周期。

鉴于这个伟大战略的含义，我们要全面发起国内和国际的攻势。

为此，这个星期在军事学院成功召开了革命政府首脑及议员的第一次峰会。会上提出了很多因素、看法、建议、计划，为了进行自下而上的、从社区做起的建设社会主义的紧迫任务，并在道德、政治、社会、经济和领土方面把人民政权当做革命进程的灵魂和武器。

国际舞台上正上演着资本主义的世界性大危机。各位知道，今天我们要开始对阿拉比加半岛的卡塔尔进行出访。阿拉伯国家与南美国家联盟峰会将在那里举行。

之后，我们要穿越波斯湾，对伊朗伊斯兰共和国进行工作访问，在那里重要工作之一是为委内瑞拉—伊朗银行揭幕。我们希望将来把它发展成国际石油银行。

最后，我们要穿越整个亚洲大陆，访问日本。我们正在设想签订一份让人感兴趣的双边能源协议。这对我们的人民非常重要。

与此同时，委内瑞拉资产阶级继续存在，将继续狂吼乱吠。

没关系！我们想起游侠骑士的话："让狗乱叫去吧，我们上马。"

战略继续是同一个，亚雷的魔鬼谷地炎热清晨的那个战略：人民的团结！军队的团结、武装警察的团结！委内瑞拉统一社会主义党与革命政党的团结！我们将与国家大阵线及其社会主义委员会、统一社会主义党及其社会主义营一起，继续加强道德、政治、经济和社会方面的巨大攻势。在委内瑞拉建设21世纪的社会主义！我们必胜！

2009年4月5日
德黑兰随笔

我在德黑兰写作，这个庞大的千年城市。黎明，窗口就传来嘈杂的喧嚣声。今天是4月4日，星期六，我在早上6点起床，加拉加斯还是4月3日星期五的晚上9点。还在昨天！时间和空间的法则和相对性是多么玄妙啊！

我打开直接连接卫星的电视机，正在播放瓦内萨在马拉开波港现场主持的“反政变”节目。大风强劲地从湖上刮来，祖国突然通过屏幕来到我身边。我听到了出现在那里的社区委员会中的人民的声音；我听到了港口主席陆军上校体现的武装力量的声音；当然我也听到了正在前进的革命的声音。

我在这里对所有阅读我的文字的男人、女人和同胞说：我们决不能在整个斗争前线展开的革命攻势中气馁！

我和瓦内萨进行了电话交谈，还有多谢尔·德·沃尔特·马丁内斯。我们谈了好几个小时。太阳从德黑兰积雪覆盖的大山那边渐渐升起。德黑兰位于中东的中心。

与此同时，整个世界都十分关注在古老的大不列颠帝国首都伦敦举行的20国集团峰会。尽管峰会大吹大擂地开幕，但我们可以说它平淡无奇地闭幕了，虽然一些参会主角在发言中表示了乐观。

我在加拉加斯，在多哈说过，在德黑兰这里也这样说。想起伟大领袖何塞·赫尔瓦西奥·阿蒂加斯说过：“我们不能期待别的，只有靠我们自己。”是这样的，的确如此。

难道这不正是那些不愿意看清现实的人才会产生，把灭火任务交给一个纵火犯的念头吗？

但这恰恰是他们所决定的：再次把巨额美元交给国际货币基金组织、世界银行……上帝啊！……并赋予世贸组织更大的权力，甚至威胁那些第三世界国家使之被扣上“保护主义的罪名”。谁能够救他们呢！

他们只是不想或无法逃脱邪恶的新自由主义逻辑，企图坚持野蛮的资本主义模式的准则。这就是原教旨主义者！

而我们将继续沿着我们建设的道路前进，奉献我们微不足道的力量，构建多极的、多中心的世界，从而实现玻利瓦尔的那个“全球均衡”理念。

今天星期六，在德黑兰，20国集团峰会结束之际，伊朗和委内瑞拉两国签订了一系列新协议，构成2010～2020年新蓝图的起跑线。我们这两个共和国、两个兄弟人民及其革命将根据这一蓝图向前进。

昨天，我们在德黑兰为伊朗－委内瑞拉两国新银行（BBIV）揭幕。我们花了两年多时间紧张地进行工作。从现在起，这家银行已成为正好把我们从美元独裁中解放出来的一个新工具。

波斯国家和我国两国银行的建立让我们想起马丁·路德·金1963年说的那些话：“我们拒绝相信公正的银行已经破产了。”当整个世界，特别是大金融中心继续破产、大银行纷纷垮台时，在我们南方国家诞生了新型的金融机构，建立在与自由跌落的资本主义截然不同的一种崭新的理念基础之上。我们还和伊朗开始商讨建立一家大型国有医药公司，这将有助于制造死亡的大型跨国制药公司的破产。加强其他项目——农牧业、食品业、矿业和能源业的计划也是我们日程的重要组成部分，以实现把我们的国家尽可能地变成为拥有主权和独立的强国的战略目标。

在多哈的南美洲和阿拉伯国家峰会与这次伊朗和委内瑞拉的两国峰会清楚地证明，另一个世界已经开始成为可能。同时，我们也关切地注意到与我们截然相反的20国集团峰会的凄凉情景。

今晚我们将前往日本，将是一次长途旅行。随后，我们会去北京，21世纪世界新超级大国的首都，那个庞大的都市。

现在我几乎没什么时间写作，所以今天写的比通常少一些。这样，杰西和埃莱亚萨才不会抱怨。

当各位阅读我的文字时，我们将会坐在菲德尔借给我们的古巴飞机上前往日本。又将是复活节前的星期日了。我从上帝的国度祈求基督真正重生，再现其价值、热情和希望。我祈求基督每天都复活在所有女人和男人的心中，并祈求我们宣布的那个王国成为美好的现实：实现社会主义！

永远向着胜利。

我们必胜！

2009年4月12日
“回到祖国……”

今天是复活节星期日，我们已经回到了祖国，这个伟大的玻利瓦尔的祖国。解放者基督完成的周期，永远地记录在人类的历史上。同样的历史，正是我们这些天在纪念的2002年4月11～13日期间人民的光荣篇章。我们回想着委内瑞拉祖国的复活，人民基督的复活。这标志着委内瑞拉的崭新历史。

复活节星期日，从死到生的跳跃的伟大的复活节星期日。让我们回想起美洲的圣·罗梅洛在1978年3月26日也是一个复活节星期日说的话：

> ……教会决不能对遭受千般奴隶制度压迫的数百万人民高喊解放的呼声装聋作哑。教会必须对他们说：什么是应该寻找的真正自由，正是基督在这片土地上挣破罪行、死亡和地狱的锁链复活之时开创的自由。像从罪行中解脱出来的基督一样，只有真正的解放才能获得真正的自由。真正的基督教徒，要秉承复活事业的信念，以争取一个更加公正的世界；要反对现行体制的不公，反对滥用权力的践踏，反对人剥削人的不合理制度；要坚持从伟大的解放者复活以来开始的一切斗争。

这个星期日再神圣不过了。缺衣少食的人民恢复了宪法秩序，全力以赴地用鲜血和勇敢拯救了祖国。今天，他们集体重温这段美好的记忆。7年前，人民组织起来，重新集合了他们的力量，冲上街头，冒着培尼亚的宪兵和外国雇佣军的枪弹，尽管遭到信息封锁，尽管全面的危险正在向祖国袭来。从4月12日开始，人民成为抗击第四代战争武器的主要力量。即使是在最黑暗的镇压中，寂静的媒体阻止了他们的信息，还有无数的不知名的人民在通讯上进行了交战，做了应该做的报道：为了解放而报道。委内瑞拉人民给了通讯媒体多大的教育啊！

那个4月12日，委内瑞拉人民会聚在所有地方。几个小时过去了，他们震耳欲聋的喧哗声包围着、占据着政权和军事中心，致使害怕他们的那些人落荒而逃。他们之所以害怕是因为他们总是憎恨和轻视人民。

“一个教会如果不与贫苦人站在一起，从他们的立场揭露其遭遇的不公正，就不是真正的耶稣基督教会。”1980年2月17日，罗梅洛主教这样对我们说过。如今这番话准确定义了委内瑞拉教会等级最高的成员。他们现在又一次和强权者站在了一起，那些总是用枪弹和屠杀对付我们人民的强权者。

正义已经得到伸张，尽管只有一点点，但没人怀疑这对国家的未来是一个好的迹象，相关法庭已经对4月11日大屠杀案的涉嫌军官作出了判决的决定。

委内瑞拉人创造了三个具有深远影响的历史事件。1810年4月19日拉丁美洲的独立；1989年2月27日反对国际货币基金组织的第一次全国大起义；还有这个10年中最长的一个星期，那个2002年4月13日结束的星期，我们艰苦作战，赢得了首场媒体战。著名作家路易斯·布里托·加西亚在他题为《委内瑞拉的媒体独裁：抛开一切怀疑对一些媒体的调查》一书开头写道：4月案件中委内瑞拉的牺牲者是伊拉克战争的第一批伤亡者。这三个日子证明了委内瑞拉的女人和男人对自由的追求。战斗的加拉加斯人民无愧于国歌歌词：“如果专制政府提高声调，请效仿加拉加斯的榜样。”

但这个珍贵的日子是以生命为代价的。双方付出的生命滋养了这场精心策划的政变的无序状态和混乱局面。那些成为无祖国企业家头目的煽动者、刽子手、迫害者和凶手们的确没有出现在决定性的时刻，但他们从狙击手那里获得和了解阴谋进展的细节并采取相应的行动。他们抛弃了自己的人，把他们抛弃在自己议定的旋涡和混乱之中。但他们不拥有所面对的人民。因此，这就是历史赋予我们的理由。

卢多维克·席尔瓦常说：在一个单调重复谎言的世界里，我们应该不倦地重复真理。我们永远也不会停止重复的伟大真理，即：4月11日发生的事件是一次懦弱的政变，企图推翻政府系统和1999年我们的人民建立的新型共和国。这场怯懦而罪恶的政变企图破灭几个世纪以来一直被排斥在福利之外的绝大多数委内瑞拉女人和男人的全部希望。

犹如风中的一根稻草，在反对如此伤害我们人民的不公正的广泛斗争中，已经出现了一点正义。在我们的祖国，已经成为现实的那种幸福开始让那些因犯罪者逍遥法外而长期忍受饥饿和饥渴的人们感到安定，令人诅咒的那该死的逍遥法外，制造了那么多的饥饿和饥渴，就像伟大的巴耶赫表述其特征时所说的那样：终于开始伸张正义了！司法机关审判了直接肇事者、实际肇事者和那些策划者的近身帮凶；但还没能惩治那些主谋，那些和美国大使馆的官员们协调一致地策划、挑起和领导了“亚古诺桥事件”以及后来几天对受害者施行屠杀和定罪。

好像证据还不够充分似的，支持政变的媒体继续把“亚古诺桥事件”的维护者妖魔化，继续贬低他们为“枪手”，那些牺牲在警察局局长手下的受害者仍然没有出现在摄像机镜头中。他们只有伪造的证据给出的理由。尽管如此，一切科学的检验、分析和调查都说明了真理在哪儿。我们可以在安赫尔·帕拉西奥斯的那个伟大的纪录片中详细地看到亚古诺桥：一场大屠杀的关键。

很多人都看不到4月事件那天的意义。我要重提一下布里托·加西亚在同一份稿件里的一段话。是这样的，很多人没有意识到委内瑞拉在世界范围里的地缘政治作用。他们低估了我国能源资源的战略意义，特别是那次帝国主义冒险发动对伊战争，这是需要我国的原油加以维持的。帝国需要再次恢复自己的走狗。在新的世界地缘政治中，当帝国主义变成一只巨大的纸老虎的时候，如同兄弟国家中华人民共和国的伟大“舵手”毛泽东说过的那样，委内瑞拉在此时发挥的重要作用是毋庸置疑的。从4月11～13日，正如伟大的瓜里凯纽歌手吉诺·冈萨雷斯所说，我们“从绝望到喜悦”。我们的经历成为全球的先例，与此同时，作为我们时代最重要的插曲之一载入历史。

我给各位讲一个4月11日过去仅仅几星期后所发生的一件生动的轶事。那是在南非的大城市约翰内斯堡召开的被称为国家和政府首脑的一次世界峰会上。在一条长廊里，说各种语言的人们来来往往，声音喧闹。我们遇到了一个欧洲国家的女总统，我们以前曾在一些场合打过交道。在简短的问好、提了几个问题、说了说政变之后，这位女士在人群的簇拥下告别的时候，用几乎听不见的声音嘀咕说：“您是个流动的奇迹。”

“事实上，委内瑞拉人民才是奇迹。”我回答道。

人民，我爱你，我将把生命全部奉献给你！

我将很高兴地竭尽全力地为你服务，亲爱的人民，如同大草原上的干草遇到夏天的烈火那样尽情燃烧。

我们已经进入这个圣周的高潮。对于我们而言，就是到了建设和规划时期，把我们已经置于2030年阶段的时期。这是从中东和千年亚洲紧张地巡回访问归来时的情况。今天，我们比以前更有理由说，随着世界地缘政治重心继续加速转动，新的权力中心正在形成，新的世界正在诞生。

我们从北京乘坐古巴航空IL-96航班向东方飞。我们穿过太平洋，在加拿大温哥华作了停留,经由美国领土上空,4月10日星期五破晓时分在哈瓦那着陆,伴着一轮满月。

我们美洲的新挑战将在美洲玻利瓦尔替代计划峰会上规划。峰会将于本周在马利斯卡拉城的库马纳举行。为此，我们将只有一个目的、一个声音。这个声音就是我们人民的声音，将在西班牙港听到，将在下周末举行的美洲峰会上听到。

为什么没有古巴？那将是我们美洲人民的第一个问题。

我们必胜！

2009年4月26日
特立尼达与没有殖民地的帝国

时代变化了。我们的总统兄弟拉斐尔·科雷亚作了这个英明的判断，可能是对目前时代精神的最确切的定义。

毫无疑问，一种新的宪法理念正在酝酿中。否则，我们就无法解释如今在厄瓜多尔发生的和正在我们的解放者的宠儿、兄弟国家玻利维亚酝酿着的一切。

在把宪法构思成为如同一部精英主义风俗派小说的年代，宪法认同的只是地方寡头政治及其传统做法和具有典型诉讼阴谋的社会特征。毫无疑问，这些做法和特征在我们美洲已经濒临死亡。现在，诞生了现场投票和属于所有人的宪法，优先考虑历史上被轻视的群体。

我们将近距离跟踪厄瓜多尔的选举进程。所有的分析都表明，伟大的曼努埃拉·萨恩斯、埃洛伊·阿尔法罗和我们的苏克雷大元帅的人民将取得毋庸置疑的、辉煌的胜利。

现在，我们人民的历史由以前被禁止书写历史的那些人在撰写。历史已经不再由以前那些获胜者讲述。尽管是兄弟人民的进程，但我们不能否认勇猛的委内瑞拉人民在已经开始的这些进程中的核心作用，与此同时，还在逐渐地继续突破历史。是玻利瓦尔之烛火点燃了烧毁寡头政治的干草！纯日晒时期已经结束，收获季节已经开始，让我们所有应得的人们拥有树荫吧！我们美洲的倡导者何塞·马蒂说：“是点燃炉火的时候了，人们看到的只有光明。”

现在，我们的美洲已经成为人民的美洲。我们能够证明其新的含义，即人民拥有“投票”和“宪法”这两个词。伟大的秘鲁革命思想家何塞·卡洛斯·马里亚特吉在他对《真相》撰稿人的信中已经这么说了……那是1924年，但仿佛就在昨天！他写道：

> 我们的事业是人类的伟大事业。尽管存在怀疑和消极观念，尽管存在资产阶级特权利益的无意识的和无能的同盟军，但一种新的社会秩序正在形成。我们的资产阶级不能理解，更丝毫没有注意这一点。这对资产阶级来讲糟糕透了。我们必须听从我们时代的声音，我们必须准备占据我们的历史地位。

在南方国家，政府开始站在人民的角度考虑问题。在北方国家，我们将会看到这一刻吗？玻利瓦尔的祖国厄瓜多尔万岁！在我们绝大多数国家将于2010年4月19日，开始纪念我们所称的200周年之际，在我们这个伟大的祖国正在预演一些重大事件和一些新功绩。为此，我们在上周周日宣布届时举行盛大的阅兵式，向如此伟大的日子表示我们的敬意。纪念活动将接连在整个美洲大陆展开。

让我们回想一下玻利瓦尔1820年4月19日在圣克里斯托瓦尔解放军总部里所写的话：

> 解放军队的士兵们！自由的10年在今天无比庄严，这是付出了奋战、英勇牺牲和光荣伤亡的10年。但这也是把世界上一半人口从耻辱、不幸的枷锁中解放出来的10年。

玻利瓦尔特别强调："士兵们！4月19日哥伦比亚诞生了！从那时起，你们拥有了10年的生命。"

从这个星期日开始启动的200周年活动的准备工作，是不亚于美洲国家峰会那样的盛大场合的，我们几个国家表现出的全部尊严，从第一次独立时期开始就已经被整个世界所熟知。

让我们回想一下4月19日最高委员会发布的一份文件里的一段话：

> 委内瑞拉已经成为自由国家的一员。要立刻向邻国宣布这件大事。如果新世界的规定与其一致，请帮助其已经开始进行的既伟大又极艰难的事业。

在同一份文件中还谈到了“提升美洲的政治尊严，赋予其应有的权利”。

1810年，在加拉加斯点燃的火花最终燃遍整个大草原。5月25日，布宜诺斯艾利斯追随其榜样，组建了临时代表大会。接着在7月20日，波哥大的总督被推翻。

没过多久，智利和墨西哥也发生了同样事件。用玻利瓦尔的话说，300年的沉寂结束了，殖民主义政治制度垮台了。一切都是从加拉加斯开始的。委内瑞拉成为我们美洲解放事业的先锋。

今天，又一次轮到我们开辟道路和成为从1810年开始就推动和陪伴我们的历史力量，以实现最终的独立。

正是几乎远隔200年之久的1810年4月的这种相同的解放精神，贯穿于我们在历史性的马利斯卡拉城库马纳召开的美洲玻利瓦尔替代计划国家峰会。

我们不得不坚持说，美洲玻利瓦尔替代计划是一个具体的空间，它抛弃了一直在召开的许多峰会的特有的纯漫无边际的言论。最终，苏克雷（货币名）诞生了！

在说我们的新货币之前，请允许我讲点题外话。我读到一条俄罗斯国际新闻通讯社4月16日的消息。这条消息摘录了国际货币基金组织执行主席多米尼克·施特劳斯·卡恩在华盛顿新闻俱乐部发言中的一段话。施特劳斯·卡恩说：“现在，美元比一年前更坚挺了……没有理由认为美元已经不能继续履行它的职能了（世界主要外汇的职能）。”

这段话只不过是解释资本主义在最后时刻的负隅顽抗，推测资本主义在我们的人民和历史的现行要求中还能够幸存。

如果美国和布雷顿森林体系的帝国体系坚持使其汇制破产，那对他们来说更糟糕。但在这片主权的土地上，我们采取了民主的决定，提出一种区域性选择，使我们远离新自由主义动荡的风险和美元及其全球独裁造成的财政上不负责任的风险。

我们的回应是：区域性补偿的统一体系（苏克雷）。这种外汇开始以虚拟形式出现，然后因我们充满活力的经济的发展而变为具体的和坚固的实体表现形式。我们的外汇储备将以苏克雷的形式实现，不受美元纸币幻觉的影响。

我们美洲玻利瓦尔替代计划国家将依据公正、主权、负责的交换政策，建立我们之间的贸易关系。我们必须远离资本主义造成的邪恶竞争。

美洲玻利瓦尔替代计划的银行和共同货币，是我们迈出的世界性的重要一步，以区域性的回应反对金融危机。因此，加入到时代变革的国家的新型的金融体制开始诞生。

可能美元作为外汇一时不会破灭……但在政治和道德领域毫无疑问将立刻破产。美元是一种虚伪的道德。

我们将带着同一个声音去西班牙港。这个声音不会把我们的兄弟国家古巴排斥在外。古巴是我们美洲未来前途方面关键而重要的一员。重要的是，我要再说说在第五届美洲国家首脑会议上发生的事儿；也很重要的是，我也要再说说在美洲玻利瓦尔替代计划峰会上证明的事儿。

我们所有国家一致认为，应当撤销对古巴罪恶的、懦夫般的封锁，所有国家应同时加入拥有主权的宏大"音乐会"。今天，我们比以前更强调这一点，无须任何庇护和附属色彩。

如果说我们美洲领土的某个地方，那里的人民不畏惧巨大的艰难险阻，抵抗着美帝国主义的无数次侵略，始终保持着尊严，这个地方就是古巴。

如同席卷整个加勒比地区的强飓风，我们绝大多数国家极大地超出了美洲国家首脑会议的最后声明。我认为科雷亚对此作了绝妙的概括："这份最终文件既不切正题也无关紧要，远不能涵盖峰会的内容。"

马蒂曾在1891年的《我们美洲》的神圣文献中说过同样的话：独立的问题不在于形式的改变，而在于精神的改变。让我们从现在开始谈改变，这仍是我们的问题。精神的改变是决定性的：虚伪的竞争精神应该被兄弟精神彻底取代。

精神的真正改变将引起形式的真正改变。无论是在美洲玻利瓦尔替代计划还是在第五届美洲国家首脑会议上，我们已经证实是能够实现精神的改变的。

从这个意义上讲，今天我们最好引用以特立尼达风味的英语表达的那句精彩口号，以此向总是给予我们厚爱的特立尼达和多巴哥的兄弟人民致以最崇高的敬意和感谢：Massa day done！——殖民主义时代已经结束了！

帝国没有了殖民地，垂死的美洲国家组织已经成为一具“行尸走肉”。这就是这个时期，这个崭新时代的现实。

附注：我建议所有人读一读，或重读一下《拉丁美洲：被切开的血管》一书。我们的文化部和我们统一社会主义党应当发行普及版本，甚至邀请爱德华多·加莱亚诺来撰写序言，并出席发行仪式。

我们必胜！

2009年5月3日

5月的十字架，基督的十字架！

谁不品尝记忆泉水，谁就可能迷失在遗忘的迷宫中。如果我们遗弃记忆，我们就要遭受每天都从头开始的命运。如同一种永恒的惩罚，就像在希腊违抗神意的那些人。因此，我想用何塞·马蒂的话作为这个“五月十字架”星期日所写文章的开头：

> 走廊到了尽头，行刑结束，他们被绞杀，他们踏进了陷阱，悬挂的绳索，高昂的头颅，四位逝者。
>
> 斯皮埃斯的脸上流露祈祷之色，费斯切尔的脸上带着坚定神情，帕尔松斯的脸上带着容光焕发的骄傲，恩赫尔对按下他头颅的刽子手面带嘲笑。

马蒂接着写道：

> 斯皮埃斯的声音在回响，四位同伴的头颅被掩盖之时，那是渗入听者血肉的声音：“你们要扼杀的声音在未来会比我现在所说的更加强大。”

这是报道员1888年1月为阿根廷日报《国家报》写下的文字。在那个悲痛的1887年11月11日，四名芝加哥烈士被处决。他们成为烈士，是因为他们忠诚于激发1886年5月1日起义的正义的愤怒活动，直至献出生命。

那个11月11日是一个悲惨的日子，伤痛难以平复，象征着广大工人及其斗争的历史记忆：是从工业革命与资本不幸联姻而掌控权力开始以来所进行的无穷蛮横和压迫的直接后果。但斯皮埃斯的声音仍然渗入我们的血肉。对所有相信过、并继续相信转化为生命的公正与平等的人们，对所有下注尘世救赎的人们，对所有忠于生存和反对死亡的人们来说，那是尊严的声音。

对于共同支持人类最高利益的我们而言，国际劳动节的意义不仅在于对持久的人民斗争记忆的崇敬，而且在于重申我们继续实现社会主义目标的承诺。

我想引用我国一名妇女在5月1日举行的社会主义工人集会上的一段话："今天是泥瓦匠胡安和厨娘胡安娜日。今天是他们在委内瑞拉的尊严日。"为了泥瓦匠胡安和厨娘胡安娜，芝加哥烈士献出了他们的生命。为了泥瓦匠胡安和厨娘胡安娜，为了他们赢得完全的尊严，我们要斗争。

为了在芝加哥烈士之一的阿伯特·斯皮埃斯身上寻求鼓舞，我引用下面一段精彩的话。这段话是阿伯特·斯皮埃斯为自己及其同伴在将要宣判他们死刑的法庭上做的辩护词：

> 但如果你们认为绞死我们就能制止工人运动，这是一场撼动成千上百万生活在苦难中的、以工资为生的奴隶们所进行的持续不断的运动；如果你们期望获救并相信这一点，那就绞死我们吧……你们正处在一个火山上，在这里，在那里，在远处，在下面和在旁边，在所有的地方都孕育着革命。这是破坏一切的地下之火。

从那时的芝加哥穿越到我们今天的委内瑞拉，我们必须说，我们的玻利瓦尔革命也正在穿越同样的地下之火，激励了那个光荣日子里的劳动者和工人们的地下之火。

为此，我们对每天走向田间和工厂的我们的男人和女人承诺：建设祖国。我看重各位，因为没有你们不懈的努力，我们提出的彻底的革命变革就不可能实现。你们是我们正在建设的社会主义委内瑞拉的富有活力的、关键的和主权的力量，我向你们致敬。

世界经济危机是一场资本主义的结构性危机。它无法阻挡委内瑞拉向社会主义前进。

我们要成为一个真正的工人阶级的政府，一个所有男女劳动者的政府。我们这么说，也这么做：制度或政府行为都不能违背我们工人阶级的定义。

首要的是：在建设我们的社会主义模式过程中，不能与劳动者建立监护关系。无论国家、政府，还是委内瑞拉统一社会主义党都没有组织和领导劳动者的权利。只有劳动者自身才能承担这一属于他们的历史的和阶级的责任。

莱昂·托洛茨基对因斯大林主义而得到巩固的专制国家作了定义：堕落的工人阶级国家。与之相反，一个真正的男女劳动者的工人阶级国家，不仅能够产生新的生产关系、新的等级关系和时间及工作条件，而且能够推动权力转移进程，逐渐扩大工人、劳动者对所有生产进程的控制权。确实，这是一个需要时间的进程，但其活力必须从现在就开始。

我们必须建立和巩固一种新的劳动意识。用法国伟大的斗士和哲学家西蒙娜·韦伊的话说，它不应以资本的暴利，或是卑劣的个人私利为特征，而应以越来越大的自由为特征。我还要补充一点：真正的自由，即每天与排斥、不平等做斗争所获得的自由。

祖国的男女劳动者们！你们要知道，我是你们的坚定盟友。根据国际劳动者组织2008年的估计，全球失业者已达到1.9亿。我们要为此进行一场没有军营的斗争。用玻利瓦尔的话说：为了最高的社会幸福。

没有工人阶级，就没有革命！

没有工人阶级，我们就无法深入革命！

没有工人阶级的参与和领导，就没有社会主义！

一个伟大的历史目标尚未实现：这就是把委内瑞拉变成女性和男性读书识字者的国家，活跃的、有批评头脑的和有归属感的女性和男性读书识字者的国家。为此而实施的“革命读书计划”在4月25日启动之后，已经开始在祖国各地具有创造性的和解放性的活力。

这个计划是要以读书来促进变革：要通过这个崭新的读书培养过程，让每个男人和女人都成为国家实际变革的主体从而走向社会主义。

必须读书再读书，不仅要在书本上学习，还要在实际环境中学习。不可否认，强大的读书运动的冲击力将有助于培养一种新的主体观念：我们需要这种主体观念来建设我们的真正的社会主义。让我们想想，在每天的媒体战中，我们每一个人都是沟通和传播信息的途径。从这种意义上说，“革命读书计划”将优化我们的媒体宣传战略，并使之变成一件实际的和真正集体的事情。

“革命读书计划”考虑和想到的是那些由来已久被文化和识字最残酷地排斥的人们。他们遭受着无知暴力之痛苦。这种把他们变成未来的男女读书者的进程，目的是提高他们的能力，使之成为新社会和新的生活世界的男女建设者。

用马蒂的话说：受教育是为了成为自由人。文化是我们自由的根本基础。良好的阅读是通向彻底解放的绝妙途径。

5月的十字架，基督的十字架，所有男人和女人的十字架！

我们与你一起前进，受压迫者圣洁的十字架。

我们在前进中高唱：

誓死捍卫社会主义祖国！

我们正在获取胜利！

我们必胜！

2009年5月10日

神圣的母亲，马伊桑塔……

母亲节。我们感谢委内瑞拉母亲们体现出来的爱：我们绝对忠于她们的爱。这种爱已经变成对祖国、革命和人类的爱。对祖国母亲、革命母亲和人类母亲、神圣的母亲，马伊桑塔的爱。

我想用诗歌这种唯一的形式祝贺所有的母亲。她们中间有赋予我生命的母亲，有指导我生活的母亲。

卢多维克·席尔瓦通过他动人的长篇诗歌《致我母亲的唯物主义信函》进行表达。事实上，唯物主义的实质与马克思主义有关。他是这样回忆自己出生的：

母亲，我不知道怎样给你写信
尽管你给我写了信
你的胯骨张开双腿如同大教堂一样展开
据说，我出生在凌晨5点
黎明与复活的时刻

怀着对母亲的情感和革命者的激情，卢多维克接着写道：

生命就是疼痛，妈妈，你已经知道这一点了
对于资本的主人来说，生命可能不是疼痛
他们没有感觉，他们的神经中只有金钱
他们用金牙咬食他们的同类
他们总是寻求中间状态
他们是平庸的

他们不像你和我那样四处寻找极限

从极限中找到智慧

这让他们很勉强，恐惧得要死

因为他们是害怕死亡地那样活着

相反，我们这些男人和女人为了热爱生命而活着：为了我们正在创造的被称为社会主义的新生活而活着。

除了卢多维克的诗歌，我们还要加上巴勃罗·聂鲁达的《歌颂牺牲的民兵们的母亲》，这篇诗歌写于西班牙内战最激烈的时期（1936～1939年）：

因为这么多的躯体而屹立起一种无形的生命

母亲，旗帜，儿女！

唯一活着的躯体如同生命

那张伤残眼睛的面孔监视着黑暗

那把佩剑则充满人间的希望

委内瑞拉的母亲们，请你们和所有人民一起，紧紧握住那把充满人间希望之剑，继续给予世界以最伟大的尊严的范例。我们把聂鲁达的诗歌和库马内斯人安德列斯·埃罗伊·布兰科的诗歌联合起来。在后者写的《神圣母亲马伊桑塔，骑兵颂》中，赋予游击队将军佩德罗·佩雷斯·德尔加多"马背上的最后一人"的称号：

佩德罗·佩雷斯·德尔加多

已经没有母亲，也没有祖国

甚至没有一幅母亲的肖像

甚至没有一幅祖国的肖像

他面对饥渴的母亲

他面对煎熬的祖国

但他的心

如同地毯似的大草原

他把母亲与圣母放在一起

他把圣母与祖国放在一起

在他投入战斗的时候

他把母亲、祖国和圣母都放在一起

5月10日是非洲－委内瑞拉日。1795年的5月10日，一种自由的呼声传遍整个克罗山区，撼动了殖民制度的基础。

那次伟大起义的指挥官是何塞·莱昂纳多·奇瑞诺。起义的目标是建立山区起义者称之为“法国式的法律”，即共和国制度——废除奴隶制，抑制特权。用费德里科·布里托·费格洛阿的话说：这是一场真正的社会革命。

哪些人追随了何塞·莱昂纳多？是洛安格斯的后代，是被从刚果带来做奴隶的矿工。是非洲母亲在委内瑞拉进行的起义，反抗那么多的压迫、剥削和屈辱。

在这里，我们必须要回想一下我们的解放者及其生命中最大的失望之一：与他所想、所说和所做的一切相反，废除奴隶制并没有付诸实践。让我们回想他1819年2月15日在安戈斯图拉大会上演说中的那些话：“我追求奴隶获得绝对的自由，如同追求我的生命和共和国的生命一样。”

就是那些最终背叛玻利瓦尔的人一直在反对废除奴隶制。

阿里怎么没有声称何塞·莱昂纳多的业绩：

何塞·莱昂纳多是/黑人的汗水与可可/当拍打糖蜜的时候/是要赶走西班牙人/后来成为美国佬/在这里今天就有他们。

正是从这种意义上说，我们是这种伟业的继承人和追随者。也由于同样原因，5月10日成为非洲－委内瑞拉日。

反对各种形式的种族主义和歧视的斗争仍在继续。这是一场媒体战，因为这是一场文化战：私人媒体对各种种族主义进行分类，企图粉饰委内瑞拉的现实，蓄意忽略我们是什么人和我们从哪里来。这种虚假意识以前和现在都试图把文化殖民主义强加于我们。

委内瑞拉社会的文化非殖民化是玻利瓦尔革命的宏伟目标之一：我们不能忘记，只要殖民主义继续存在，就会在一些人的头脑中蠢蠢欲动。旧事物不灭亡，新事物就不会诞生。

委内瑞拉统一社会主义党开始了党员登记和资料更新的工作。玻利瓦尔革命已经进行了一场国家政治文化的真正变革。正是因为这个原因诞生了委内瑞拉统一社会主义党。

在这10年里，我们对民主的理解逐渐深入，我们逐渐扩大和强调了人民权力的主导性。这正是我们从2005年起大胆喊出的最名副其实的名字：社会主义。

社会主义的委内瑞拉是我们不懈地前进的基点。社会主义既是要求也是承诺；社会主义是那些感到获得越来越高的尊严的男人和女人们创造的；社会主义是要实现公正和平等、赋予我们集体的美德和幸福；社会主义存在于基督教的、美洲印第安人的、委内瑞拉人的和我们的美洲人的以及工人和农民的代码之中；社会主义引导我们人道地生活是因为祖国是人性化的。

自从取得了2006年12月3日人民的伟大胜利，迫切需要建立一个政治组织，使之变成作为社会主义建设者的人民的工具和发动机。就这样，委内瑞拉统一社会主义党诞生了，其目标是从政治上和思想上深化我们制订的计划（可以理解为党不能取代人民在社会主义建设中的作用）。

任务是艰巨的，但也是绝对必需的。请允许我作个比喻：如果说一条河的河水是民众组织的力量，那么同一条河的河道就是政党。缺少了河道和河水，就没有河，而只是井中的水、分散的水、无生命的水。

我作出这些思考是为了接下来的5个星期：从5月8日星期五开始的5个星期里，委内瑞拉统一社会主义党开始了资料更新和新党员登记的进程，以迎接我们将要在10月召开的特别代表大会。

2009年是决定性的一年，是加速过渡进程的关键一年，即超越作为世界体系的资本主义的一年，其危机具有结构性危机的性质。它是面向历史时期作出重大决策的一年，我们被召唤赋予这个历史时代以社会主义的连贯性。

我们不能忘记3R继续有效——修改、纠正和强化——仍然存在于所有空间，是从委内瑞拉统一社会主义党开始的。

特别是，在思想领域强化党极其重要。每个党员都应该保持清醒、警惕的意识，每天致力于社会主义的研究、承诺和建设，既避免无成效的教条主义，也远离糖弹型的偏差。

在今后几周的时间里，从这一思想战壕里，已有和将有许多关于委内瑞拉统一社会主义党的思考和建议。同时，要鼓励和激励委内瑞拉统一社会主义党的全体党员，并欢迎新的男女党员的加入，使他们了解并感到自己是所有女人和男人的同伴。让我们共同努力，日益强化委内瑞拉统一社会主义党，使之成为革命需要的重要政治工具。

祖国，要么社会主义，要么死亡！

我们必胜！

2009年5月25日
你好，南方也是存在的

东方的歌，朋友的歌
唱了千百次的歌
唱响了雄鸡的嘹亮号角
在黎明来临时分
如同贝内代蒂所说
歌唱还没有结束

这是我们人民的一位歌手阿里·普利梅拉的歌词。我想用这段歌词再次荣幸地回忆人民的另一位歌手、我们的诗人和同志马里奥·贝内代蒂，我们美洲的声音和意识。他曾经是、现在是、也将永远是我们敬爱的老师：东方的歌，朋友的歌，唱了千百次的歌，永远不会停止的歌，所有雄鸡的号角都在宣告着我们所有人的伟大祖国的无限的黎明。

贝内代蒂全身心地投入社会主义事业。他的声音将永远提醒着世界：南方也是存在的。

我们南方，现在比以前任何时候都更加确实地存在着，还将继续存在下去。也许这是我们对诗人表达的最诚挚的敬意。他离开的坏消息越过了潘帕斯草原，正是在阿根廷的巴塔哥尼亚地区的心脏令我们震惊，在那里我们加强了加拉加斯—布宜诺斯艾利斯轴心。一体化地缘政治的中心是为了实现大南美强国的计划。

如同吞噬一切的旋涡，全球资本主义的“全面危机”仍在快速蔓延，我们不知道它将到达哪里，也不知道它将何时停止。实际上，我们认为由北方强国宣布的补救措施和处理办法，连同其金融结构和霸权政策，都克服不了世界资本主义帝国内部爆发的巨大矛盾，如今，这些矛盾构成一场真正的世界性灾祸。

我们要问问自己，什么才是治疗这场世界性如此严重病症的真正有效的药方呢？

我毫无疑问地断然肯定地说：玻利瓦尔是拯救方案的主旗手，是200年之后又一次充当先锋的总向导。

从圣克罗山到罗马郊外，1805年8月15日那天他开始这样说（当时他刚满22岁！）：

> 这个人民贡献了一切（指罗马及其帝国），唯独没有为了人类的事业作出贡献……但是为了精神的解放，为了忧患的消除，为了提高人的地位，为了其理性的最终完美，做得很少，不是说什么都没做。

然后他继续概述其乌托邦，将其变成为誓言和生活的理由：

> 从东方吹来的文明已经在这里显示出它的所有阶段，让人看到其所有的因素。特别是解决人的自由的大问题，似乎这个问题还并不为人所知，搞清这个神秘的未知之谜只能在新的世界得到证实。

他的思想是深刻的、强烈的、有哲理的甚至是确定无疑的。从那时直到现在，不断地剖析出“神秘的未知之谜”的破解方法。

13年后的解放战争期间，玻利瓦尔在奥里诺科岸边写给拉普拉塔河联合省最高领导人胡安·马丁·普埃伊雷东一封信，说以自己巨大的手术室为背景，正在孕育着一次伟大的历史性分娩：

> 委内瑞拉武装斗争的胜利即完成了独立的伟大事业。我们处在最有利的时期，可以更经常地联系，进一步密切关系。我们要以最积极的态度抓紧行动，由我们推动美洲协议，促使我们所有的共和国构成一个政治实体，向世界展现出摆脱以前旧国家影响的既庄严又伟大的美洲形象。

在信的结尾，他巧妙地指出了最高目标：“统一的美洲，如果上天赐予我们这期望的一票，统一的美洲就是国家的王后，共和国的母亲。”

多么好的方案！多么好的向导！对我们的挑战多么大呀！

1824年12月7日，玻利瓦尔在新世界的活地图上继续发明拯救方案。在利马，他召集所有脱离西班牙殖民统治而新生的共和国家举行巴拿马大会：

> 经过15年为争取美洲自由而作出的牺牲之后，为了获得保障体制使之在和平与战争时期都能成为我们新的命运的盾牌，现在是把过去的西班牙殖民地现在的美洲各共和国之间的利益和关系统一起来的时候了。如果可能，建立一个能够使这些政府长期延续的基础。

推迟举行已经加入邦联的各共和国全权代表的大会，直到确认其他共和国的加入，这将是剥夺这一代表大会自成立以来可能对我们产生的优势。如果考虑政治世界给我们提供的前景，特别是欧洲大陆前景，这种优势就会进一步增加。

最后，玻利瓦尔用一个至今包括我们、召唤我们和敦促我们的强制性的预言来做结论：“如果阁下认为不值得坚持，我预见的将是巨大的延误和损失，而与此同时，世界的运动将加速一切，可能也加速对我们的损害。”

毫无疑问，这就是道路。今天，只要我们有时间，我们就要加快脚步，履行至高无上的义务。

在国内，我们要在社会主义建设中加快全部机器的运转。同时，在委内瑞拉的对外方面，我们要加快全部的一体化动力。几天前，我们在布宜诺斯艾利斯引用庇隆的话说：“21世纪我们得到的，要么是团结一致，要么被统治。”

在著名的《超越资本》一书中，梅扎罗斯指出：“危机是一场远远超出预先假定的一般禁令……”这里的“预先假定”是指把世界市场作为严密的整体，作为“天定命运”，作为历史的必然归宿和作为世界弊病的解决办法。最后，他用他的未来主义的、过渡主义的和社会主义的观点总结道：“（危机）迫使我们采取一种新的历史形式。”

毋庸置疑，目前的世界性资本主义危机是向这种新的历史形式过渡过程的一部分，即21世纪的社会主义！

我们正在沿着这条道路前进，今天这个星期日，这篇随笔在厄瓜多尔的这座英雄城市首都基多发表。

这里是拉斐尔·科雷亚总统领导下的玻利瓦尔国家，也是社会主义国家，正在全面地进行着公民革命、玻利瓦尔革命、苏克雷革命和阿尔法革命。

今天是5月24日。187年前，在皮钦查火山的队伍中，人民组成的解放者军队在厄瓜多尔全境实现了最终的独立。从那时起，那个城市就叫作基多。1822年5月24日，美洲元帅安东尼奥·何塞·德·苏克雷展现出杰出战略家和优秀部队指挥者的风采。皮钦查战役是两年后阿亚库乔战役的辉煌前奏。西班牙在南美洲的统治遭受了最沉重的打击，摇摇欲坠，只剩下秘鲁作为最后的堡垒。但更重要的是，皮钦查的范例依然有效地影响着现今的南美洲。皮钦查就在这里，现在它是激发我们的人民进行时代变革的具有生命力的源泉。皮钦查是我们共同走向未来的必不可少的承诺。在地平线上，我们最终独立的阳光正在闪耀，其光辉开始照耀我们。让我们男人和女人都加入玻利瓦尔、苏克雷、曼努埃拉的阵线，开辟出通往最终胜利的道路。

刚刚结束的这个星期获得了非常令人满意的成果。我们的油气和冶金产业得以加强，达到我国独立以来最高的战略价值。在莫纳加斯、埃尔特赫罗，我们控制了国家东部的天然气压缩和注气行业。在奥达斯港，我们向前迈出的另一大步是实现了冶金行业和一家陶瓷厂的国有化。正如我们的宪法规定的那样，我们的政权保留我国所有具有战略价值的生产活动的控制权。但绝不、永远不反对我们油气产业和基础产业的真正主角：这些产业的工人。在一个又一个部门，对男人和女人的一种实际的真正的公正行为已经逐渐加强，他们大多数人都曾经生活在“外包的”屈辱条件下，这是数十年新自由主义给我们留下的新奴隶制。通过上述主权行为，明朗化的前景旨在建设工人阶级的政府，然后再逐步掌握对所有上述企业的控制权。我曾在奥达斯港说过，我也相信：正如圭亚那是结实的圭亚那人一样，也将是奠定以工人阶级为先锋队的建设社会主义的平台的坚实基础。

《你好，总统》节目已经开播10年，感谢所有使之成为可能的男人和女人们。你，同胞们，你们，同志们，你们赋予这一节目以生命。

因此，我们星期日播放的《你好，总统》节目不仅欢乐而且好看，为了继续“解开神秘的未知之谜”。那边有人满怀憎恨，这边我们满心欢喜。

我们必胜！

2009年6月1日
玻利瓦尔与“神秘的未知之谜……”

我们的国父玻利瓦尔在追寻革命真谛过程中付出的那么卓越的努力和那么深刻的思考是令人惊讶的。用他自己的话说，是“解开自由人类的神秘的未知之谜”。在这一里程碑式的使命中他的思想超越了过去两个世纪的伟大知识分子和哲学家的思想。结果也极其令人震惊的是，他最先进的思想如同瀑布飞流直下，倾注到被称为社会主义的奇妙的河流之中。

这恰恰是平等的主题，让我们用将近200年的时间得以确认。

巴西思想家特奥托尼奥·多斯桑托斯在他题为《社会阶级的概念》一书（狗与蛙出版社）中写道：

> 资产阶级社会作为个体的基本整体的代表必然是资产阶级意识形态的组成部分，它可以分化成聚集体……这种代表形式正确地体现了资产阶级既掩盖社会的阶级本质，又主张其社会为所有个体提供平等机会的实质性利益。

确实，机会是平等的；但这种平等却是建立在经济权力、司法权力和物质特权越来越不平等的基础之上的。正是这些权力和特权在大力地再造各种条件的不平等。

120年前，卡尔·马克思在1875年的《哥达纲领批判》一文中写道：

> 自相矛盾的是，社会主义的目标似乎恰恰是全面发展人们之间的“不平等”，他们的追求和能力的“不平等”，他们的个性的“不平等”。但这种个体的“不平等”并不意味着经济权力的差异，更不包括与权利

或物质特权的不平等。上述“不平等”只能在经济和物质平等的环境下发展。

在马克思说这番话的56年前，我们的玻利瓦尔就在1819年的安戈斯图拉大会上非常清楚地指出了这一点：

> 议员们，我的意见是，我们体制的基本原则必须立即和特别地依赖于在委内瑞拉实行和建立的平等……自然天性使人们在性情、气质、力量、特征上不一样。法律会纠正这些差异，因为法律把个体置于社会之中，用教育、工业、艺术、服务和道德给予个体一种臆造的，自称为政治和社会的平等。这是一种十分有益的启示，把各个阶级集中在同一个状态，其中多样性倍增是鉴于种类的传播。只要做到这一点，就彻底根除了残酷的不和谐，避免了多少嫉妒、敌对和仇恨啊！

正是这些理由，使我们越研究思想史，就越深入地了解那些人类的、为了人类的伟大思想家，从基督到菲德尔；我们越大力深入地研究了解，就越感到我们的革命比任何时候都更加具有玻利瓦尔革命的性质。

我说到了基督，毫无疑问，我是在说基督。

耶稣是真正的社会主义思想家。更重要的是，他自始至终是一名社会主义的斗士，直至他的最后吟诵：“一切都结束了。”

一部《旧约》陪伴我度过了在布拉沃斯·德·阿普雷装甲营的岁月，军队中我们一小部分爱国青年军官开始创建玻利瓦尔运动第一批支部的那些日子也是《旧约》陪伴着我， 我摘录下面一段话：

> 在内外局势特别紧张的时代，面对穷人的苦难日益加深，财富过度集中在少数人手里，开始出现一些伟大的预言家，告诫人们这种局面将完全扭转。公元前765年，出现了最古老、乃至最伟大的预言家阿莫斯。他以耶和华的名义诅咒富人：“我想给犹大降一把烈火，烧毁耶路撒冷的宫殿……因为他们为了金钱出卖正义的人，为了一双鞋出卖穷人。他们把穷人的头埋进土里，阻止穷人的脚步。”（阿莫斯， 第2页，第5～7页）

《旧约》中还写道：

> 我们在奥西亚斯，特别是伊萨亚斯发现了同样的论调：那些人就知道把一样东西加进另一样东西，把一片地加进另一片地，直到没有任何空间，而只有他们拥有这片地域！（Is.，5～7）。

然后耶稣来了，他是来谴责富人的。我在这里引用《（耶稣基督）山之布道》中的一段话：

> 你们贫穷的人有福了，因为上帝的王国是你们的；你们饥饿的人有福了，因为你们将要饱足；你们哀哭的人有福了，因为你们将要喜笑……但是，相反的是，唉，你们这些富人有祸了，因为你们将远离你们的安慰；你们饱足的人有祸了，因为你们将要挨饿；你们喜笑的人有祸了，因为你们将要哀恸哭泣。（Luc.，6，20～25）

这些文字写在星期日，5月的最后一天。正在读这些文字的男女同胞们、男女青年们，我要对你们说：有眼睛的人就要看，有耳朵的人就要听！

资本主义到处大肆宣传没有阶级，也没有任何不平等，因为存在一种所谓的机会均等，从而保障地球上所有人的一切快乐、特权和权利。我们知道，资本主义的邪恶恰恰是要打破合法性与公正性之间可能存在的任何平衡。特别是在危机时期，当假面具掉下时，很多资本家暴露出他们的真实面目：他们通过一切传播媒体展开昂贵的宣传战，目的是让人们认为，我们的玻利瓦尔革命将会夺走你的汽车、住所、仓库、小店等所有你通过努力和劳动合法拥有的财产。事实上，这么宣传的那些人才是真正囤积大批量汽车、厚颜无耻地搞不动产销售与租赁投机的人。

最近10年，在我们国家活动的这些寡头们损害了我们人民获得的食品、教育和医疗的神圣权利。那么，他们还将同样地侵犯我们委内瑞拉人获得哪怕一点财产（动产或不动产）的权利，就毫不为怪了。当我们努力根除玻利瓦尔所说的“残酷的不和谐”时，为帝国主义和我国最腐败的寡头阶层服务的媒体正在竭力加重这种“不和谐”，以掩盖他们的破坏行为。

因此，我呼吁大家保持革命的警惕和戒备，也包括那些不同情我们革命的同胞们，他们正在遭受那些夸口说是他们的保护者和代表者的人的肆无忌惮的邪恶行为。我们要继续努力树立和实践平等理念，按以下原则实现平等：尽每个人能力之所及，应每个人需要之所需。基督教的这一原则可以追溯至久远的年代，但原始的基督教主义至今仍具活力。

时间和历史的变迁已经证明，人民的成长和成熟需要一个过程。现在的政治、组织和意识形态上的成熟与10年前不同，委内瑞拉的和人民的共同见识、永恒团结和组织形式以及对其街道、教区、城区、乡村和历史的了解形式从未像现在这样存在过。

沃尔特·马丁内斯所说的“全面展开”的事件说明，政府应当始终联合为之服务的已高度成熟的人民。学习是永无止境的，我们的学习过程很艰苦，但非常宝贵。委内瑞拉克服了重重艰难险阻，创造了尊严与斗争的历史。事实已经证明，委内瑞拉人民的成熟程度，已达到足以由人民自己来治理和决定的成熟程度。我们正在证明伟大的阿基莱斯·纳佐亚所认为的我们所拥有的创造性政权！

已经到了赋予社区民主以实质、力量和运动的时刻了。这种民主是克莱伯·拉米雷斯所说的“平民民主”。现在，委内瑞拉进入了一个崭新的时代，发展的中心战略目标旨在“实现食品、科学和尊严”并巩固社会主义参与式民主的活力。已经到了社区开始向充分行使政治权力和履行政治义务过渡的时刻，我们的道路已经开辟，需要继续走下去。就像梅扎罗斯在《历史时期的挑战和任务》一文中写到的：“要建立一个真正平等的社会，就必须彻底推翻几千年来建立的剥削性的结构性的等级制度。”

但社区模式应当是我们自己的，产生于人民的智慧，产生于对其领土、历史和国家的关系清楚的了解，产生于自称为委内瑞拉人民正在做的事情。

激活社区委员会的结构和所有技术办事处以增强其参与能力，使社区成为国家的理由，这就是我们的道路。坚持西蒙·罗德里格斯和玻利瓦尔的道路。

“如果从我们的历史中得不出任何有活力的教训，那我们怎么可能从其他地方得到。”伟大的玻利瓦尔主义的导师奥古斯托·米哈雷斯这么说过。要让人们意识到“委内瑞拉的肯定意义”。

历史上有很多可以作为我们客观参考的事例，如巴黎公社，中国的农村公社的经验，委内瑞拉、哥伦比亚和巴拉圭的印第安人的具有原始性的公社社员，这些模式都为我们现在进行的事业提供了重要经验。正如美洲社会主义的导师西蒙·罗德里格斯所指出的那样，他也同样为我们美洲提出了一种原始性的小领地形式。但有一点是肯定的，如列宁在他题为《纪念公社》的短文中写到的：

> 公社事业是社会革命的事业，是劳动者全面的政治和经济解放的事业，是全世界无产阶级的事业。从这种意义上说，它是不朽的。

玻利瓦尔主义和社会主义的男女社区成员们，让我们继续破解“神秘的未知之谜”。

让我们与基督、玻利瓦尔和菲德尔在一起。

我们必胜！

2009年6月7日
圣佩德罗·苏拉之战

6月到了。整整150年前，联邦战争正处于高峰阶段，埃塞基耶尔·萨莫拉已经在巴里纳斯确立了革命的指挥地位。他不仅领导着抗击寡头部队的军事行动，还有抵抗政府措施的斗争。那是在1859年，社会主义思想如同火药般传遍欧洲，强烈地影响着南美和加勒比地区。那时，卡尔·马克思和弗里德里希·恩格斯发表《共产党宣言》已经十几年了。毫无疑问，萨莫拉的口号构成如今我们委内瑞拉革命者正在推进的艰巨使命的基本组成部分。就是说，继续用我们自己的根基赋予正在进行中的社会主义计划以激进的思想方面的支持："奉行自由的土地和自由的人以及人民选举的政策，令寡头恐惧。"

何塞·埃斯特万·鲁伊斯·格瓦拉在他1859年6月8日的《萨莫拉在巴里纳斯》一文中写道：

萨莫拉将军还在巴里纳斯，他对着国旗宣布法令："埃塞基耶尔·萨莫拉，科罗和西部各州的作战部长和中将宣布以下法令：

（1）以共和国旗帜为各联邦州的旗帜，区别是：在国旗的黄色带处将有20颗蓝星，代表组成委内瑞拉联邦的20个省；

（2）以共和国国徽为各联邦州的州徽，区别是：金色带的丰饶杯口朝上，边缘上方写上"委内瑞拉联邦"字样；

（3）本法令有效期将直至制宪大会确定的适当的时间。

1859年6月8日，联邦元年，于巴里纳斯，埃塞基耶尔·萨莫拉

埃塞基耶尔·萨莫拉在他的政治计划中包含了召集"制宪大会"的内容。此

后仅7个月零5天，萨莫拉就在圣卡洛斯·德·科赫德斯被杀身亡，农民和人民革命也随之被葬送。

时间继续着它的进程。如今，我们已经在委内瑞拉、拉美及加勒比和世界战场上奋斗了一个半世纪。谁会怀疑，世界在21世纪加快了步伐。资本主义及其社会新陈代谢的控制方式——资本，都已经陷入一场全面的危机之中。资本主义各种矛盾的爆发，毁灭性地冲击着具有示范性质的根基。

让我们“回顾前景”，就像我们经常说的那些日子。那时，我们布拉沃斯·德·阿普雷装甲营正在穿越一望无垠的委内瑞拉瓜希拉大沙漠。啊，那些为祖国而历练的日子！圣佩德罗·苏拉之战是为了争取我们人民的尊严，为了维护亲爱的祖国古巴、古巴革命、古巴人民及其伟大的领袖人物菲德尔。菲德尔写道：“从未见过如此大规模的反抗。”更确切地说，几乎从马埃斯特拉山时期就爆发了。

另外，说真的，也从未见过我们的美洲国家这么多的政府之间如此地协调配合。我们的美洲人民玻利瓦尔联盟6个成员国，作为战略和外交努力的中央核心，超越玻利瓦尔替代计划时期的定位，我们已经形成玻利瓦尔联盟，与我们协调行动的还有联盟的其他许多朋友国家和古巴的朋友们。

虽然有人一直企图无视和忽略美洲玻利瓦尔联盟的存在，但现在和以后都不能无视联盟。在库马纳峰会以及会上勇敢的宣言中，一方面，我们强烈地拒绝武断地和反历史地排斥古巴；另一方面，我们要求立即围绕从美国开始爆发的全球大危机展开讨论，这场危机正在相当严重地影响着我们的美洲人民。在洪都拉斯举行的美洲国家组织代表大会的前几天，美洲玻利瓦尔联盟成员国在加拉加斯举行了外长会议，表达了我们将协调一致地共同应对世界事件的坚定政治意愿。在圣佩德罗·苏拉，那次战斗不仅相当艰苦而且相当漂亮。虽然我为形势所迫留在了指挥的位子上，但那些亲美分子还是借机散布了一些有关我身体状况的谣言。我没有错过那次战斗的每一个细节、每一次进攻、每一次防守、每一次反击（这最后的反击是我最喜欢的运动）。中美洲国家发生的事件也不可小觑，桑地诺、法拉本多、莫拉桑的声音再度在这片土地上强有力地回响，令傀儡寡头们恐惧，正如自由人的将军常常对他的“疯狂的小军队”所说。

6月1日星期一晚上，我正准备前往圣佩德罗。但经过与我们的盟友做了评估之后，尼古拉斯·马杜罗外长领导的玻利瓦尔先锋支队认为并不需要这次旅行。于是流言四起：“查韦斯不见了，他没出现。”坦白地说，那天晚上我没睡觉。我收到了各方的消息，对斗争中出现的各种形势进行判断。在这场持续了几乎200年的斗争中，我们的国父玻利瓦尔全身心地投入并耗尽了一生。早在1829年，加拉加斯将军玻利瓦尔从他光辉的偏僻住处曾忧心忡忡地说：“如果美洲不走向秩序与理性，我们就会把新殖民化留给子孙后代。”这就是他留给我们的遗产。6月2日星期二的黎明时分，一位来自哈瓦那的信使带来了一条非常宝贵的信息和菲德尔的注释。6月1日晚上7点半写于哈瓦那的一条注释是这样说的：

> 亲爱的乌戈：我将非常高兴地收到你提议的回应，如果出现你所预见的情况的话。我向你转达的是经过我的分析和某些信息得出的认识。我方要求如此多的团结一致是有点自私。道德的旗帜将升至旗杆的最高点。我还要继续跟你评说这些天任何有兴趣的新闻，根据其内容通过这种方式或其他更适当的方式。热烈的拥抱。祖国、要么社会主义，要么死亡。我们必胜！菲德尔·卡斯特罗·鲁斯。

稍晚一些时候，当太阳已经升至加拉加斯前半晌之时，我非常喜欢的某人送给我的两只高傲的雄鸡（当时它们还是弱小无助的小鸡）已经厌倦啼唱，如同当伯南布哥州诗人所说“构想上午之时”，我接到了尼古拉斯的电话。他使用了潘乔·阿里亚斯留给我的密码和解码、代码和密钥系统，这套独特系统使用了20多年。外交战，从很大程度上说是心理战，已经开始。

敏感的先生抛出了他的提议。我立即支持并从黑色、白色和红色中得出结果，强有力地启动了对抗提议。有震惊的气氛。河流突然波浪翻滚。库马纳强有力地回响。33国静默无声。QAP。我还会继续报道。

这就是整个下午的情形。正像我们预测的那样，游戏已经结束。面对强烈的进攻，他们无法把古巴问题排除在美洲国家组织的议题之外，为此任命了一个特别委员会。这是连续47年以来一直努力获取的目标！这个特别委员会当然包括了美国和委内瑞拉，还有其他国家，在战略棋盘上都是非常重要的国家。

委员会关起门来进行讨论。关于议题，除去一些细微差别，主要是两种立场。一种是美国和加拿大疯狂维护的“限制古巴”的立场；另一种是美洲玻利瓦尔联盟国家热情捍卫的立场：主张无条件撤销反古巴的无耻决议。半夜了，游戏终于结束。

我与尼古拉斯保持着联系。有时候是他的助手接待我，因为他本人正在激烈辩论中。我可以听到远处激烈的辩论声。最后在拂晓，当月亮升上半空、雄鸡仍在沉睡、加拉加斯一片沉寂之时，我们还在评估各种形势。查韦斯“已经出来了”，和“加利比亚城”的劳动者们在一起。格拉莫文、费德里科·吉罗斯和埃尔利蒙的社区委员会粉碎了诸如梗塞、流感、痢疾之类的谣言，我真不知道他们脑子里居然想得出那么多东西。那些亲美寡头们才是真正的病入膏肓、无药可救。菲德尔的一条新消息又传到了米拉弗莱斯宫：“我已经听说了并得到了来自那边的消息（很显然，菲德尔没有得到尼古拉斯和阿里亚斯·卡尔德纳斯的密码，以后他会发现这个失误）。我对马杜罗的表现看得很清楚，必须继续强化我们的立场，丝毫不让步。这就像一座堤坝的闸门或遏制墙，破了一点就会全堤皆垮。皮钦查战役中（请再次注意菲德尔密码中的失误，因为显然是指科雷亚和埃沃）的朋友们就如同阿亚库乔战役中的苏克雷。”毫无疑问，这个时候出现了我们曾经预见过的最可能出现的局势：不可能达成一致。因此，峰会不会产生任何决议或最终文件。后果是不可预见的，尽管其中一个后果即将来临：美洲国家组织将会走向分裂，“导弹”一触即发。我用斯大林格勒苏联士兵的话答复菲德尔：“对我们来说，失去沃尔加，我们就无地可失了”，“没有任何撤退计划”。

天亮了，我们在反对派阵营中开始看到一些绝望的迹象。报道说“希拉里与奥巴马一起去了开罗”，我们当然早就知道了。其他国家外长开始离开。美洲玻利瓦尔联盟国家和我们最坚定的朋友们一起发起最后进攻的时刻到了。菲德尔的话还在我的耳畔回响：“这就像一座堤坝的闸门或遏制墙，破了一点就会全堤皆垮。”这个最高指令最终得以贯彻，但是在持相反立场的阵营中。上午，我们不再说密码。菲德尔打来电话，我们直接交谈了不下三次；我打电话给埃沃和科雷亚，我与丹尼尔和塞拉亚交谈；我还再一次打电话给尼古拉斯……我们做到了！

我打开电视机，搜索南方电视台，看到了漂亮的洪都拉斯女外长帕特里西亚·罗达斯，面带胜利之容。我情绪高涨地读了决议。我还看到了塞拉亚、丹尼尔、尼古拉斯、豪尔赫·塔亚纳、乔克万卡和法尔科尼的面容。我想到了菲德尔……想起了他的预言：“历史将宣判我无罪。”

是的，菲德尔，我亲爱的伙伴、永远的同志，历史已经变为起义中人民的火焰，在生活和世界面前，历史宣判你们无罪，不仅是你，还有你的人民、古巴革命、革命烈士和所有男人和女人！

同时，让我们继续与美洲玻利瓦尔联盟共同高歌：

祖国、要么社会主义，要么死亡！我们必胜！

2009年6月14日
就像阿亚库乔的苏克雷！

在委内瑞拉，我们正在穿行新的领土：社会主义的领土。

在圣克里斯托瓦尔和涅维斯那里，加勒比地区，黑色非洲的延伸地区，我有机会在第六届加勒比石油峰会上发言。今天，我想再次重申：我们所面临和应对的局势极其苛刻，要求我们毫无例外地投入所有的注意力、知识和努力，以寻求共同的、真正的解决办法，从而战胜目前危害整个人类的这场巨大危机。从这种意义上说，我再次想起我们永远的同志、英雄的指挥官切·格瓦拉。1964年，他在给查尔斯·贝特尔海姆的信中这样写道："比混乱进步一点，也许在创立思想的第一天或第二天，我的思想世界处于各种思想相互碰撞、相互交织、有时还相互调整的状态。"

这就是说，我也曾这样解释过，我们必须先于混乱，迈出一步、两步、三步和所有必要的步伐。是的，但要通过所有人的思想和基于这些思想的实践。这是对极野蛮的随地便溺行为的另一种回应，尽管这种行为伴随着占统治地位的文明模式，但却影响着我们所有的人。

这就是充满我们圣克里斯托瓦尔和涅维斯与会者热情的主导思想：先于混乱迈出的另一步。正如我们的同志，古巴国务委员会主席劳尔·卡斯特罗在库马纳说过的那样："我们这些国家仅依靠自己是无法改变国际经济秩序的，但却可以构建新的基础，建立自身的经济关系。"

加勒比石油计划（Petrocaribe）就是这样的新基础之一。我们可以进行重建并越来越高地举起我们加勒比国家尊严、自由和伟大的旗帜。委内瑞拉提交了三条有待考虑和研究的提议：第一条有关我们人民的食品主权。紧迫的食品主权问题需要刻不容缓地进行如下几项工作："生产食品，制造科学和尊严"，如同克莱伯·拉米雷斯所说。食品主权！这是我们必须追寻的目标，这意味着要改变我们的生产和消费模式与关系。第二是发掘潜力和规划生产链条，突破每个国家的界限，使之扩大至我们这些国家所组成的这一大祖国的范围。第三是创建一种一体化的货币。现在比以往任何时候都更需要我们在加勒比石油计划中，制造出反对排斥和贫困的武器。

如果社会主义像罗莎·卢森堡指出的那样，是"历史的产物，源自历史自身的经验及其实现的过程"，没有任何信条、配方或公式能够建立其活力。因此，不断和经常地实施集体批评是非常重要的。批评没有替代品，是不能授权的。

批评能够保障社会主义在实现过程中所需要的流畅：如果批评被信条所取代，社会主义就将不可避免地停滞。

我们知道，社会主义不能以颁布命令的形式决定：必须用集体的力量进行建设和创造。是人民的批评性和创造性、建设性和解放性，为一个新社会注入生机。

伟大的罗莎关于社会主义这一特征的论述完全有效：

> 新领土。成千上万的问题。只有经验能够纠正错误、开辟新的道路。只有没有阻力的、激情的生活才能带来成千上万的新形式和突飞猛进的发展，唤醒创造力，自身纠正一切错误企图。

在委内瑞拉，我们正在穿行新的领土。这个新领土就是社会主义。我们面临累积下来的成千上万亟待解决的问题：都是资本主义模式灾难性的遗留问题。如果像罗莎·卢森堡所说的，是经验能够纠正错误、开辟新的道路，那么这种经验，实质上就是批评的经验。

社会主义并非可以免于错误尝试和谬误。但如果社会主义将以颁布法令的形式决定，就意味着要变为信条、配方或公式，那么错误尝试和谬误就将无法真正得以纠正，最终还将成倍增多。

因此，我们欢迎对我们的社会主义经验进行批评讨论的所有空间。

欢迎成千上万的人构成这一批评空间，最好应该代表所有具备条件的革命的青年一代。这是每个人都能够追求的最高境界，切曾经这样说过。非常令人高兴的是在委内瑞拉统一社会主义党组织的一系列活动之后，活动在本周日结束，我们获得可靠消息，100多万青年人加入统一社会主义党。这是新鲜的血液，更新之火，在祖国神圣土地上的社会主义使命。

我的话是对你们诸位男女青年所给予的美好祝愿和对未来的承诺。我知道，拥有你们不屈不挠的精神，我们的党将走向胜利，欣喜地迎接我们期待的一个个成绩。

拥有了你们的决定，我们所有男人和女人都彰显高尚。你们要明白，这里拥有的空间是为了在思想上和行动上建设巩固的社会主义事业。

我们在你们身上寄予期望。你们带来清新之风和满腔热忱，能够帮助我们继续提升国家的道德精神，也最终使我们成为崇高的人、尊严的人和主权的人。为此，必须以道德透明度为准绳，调动一切革命热情。

你们已经和委内瑞拉人民共同创建了为我们展现未来的一种道德和道理。让我们一起实现，正如西班牙思想家马丽亚·萨姆布拉诺所说的目标：

> 一种拥有不可战胜的动力的道德和道理；一种积极的、胜利的、压倒性的道理：这是一种具有创造性的纯洁，充满力量，不惧怕接触现实而玷污自身，不逃避每天的斗争。

欢迎你们加入社会主义大家庭。人类历史进程中有过那么多失败的经验，因此人们常常坚持说，怀有社会主义的梦想是一种乌托邦式的赌注。但必须要警惕的是，在这种断言的背后隐藏着更加危险的东西：一方面是灰心丧气，最终将导致一种不人道的顺从主义；另一方面是对每天都应该激励着我们的革命热情的毁灭性打击。10年前，我们在这里升起开往共享幸福彼岸的风帆。我们已经做了很多，但还需要做得更多。我们坚信我们真正拥有的一些东西：那就是我们要把乌托邦的“乌”擦掉。

但是，要抹掉乌托邦的“乌”，在我们中间散播社会主义的种子，作为生活经验，我们需要停留在标记着这一意愿的环境中。

为了提供一些参考因素，我想以墨西哥哲学家阿道夫·桑切斯·巴斯克斯的《在现实与乌托邦之间》一书中的一些提法为基础。

要思考和大胆设想社会主义，必须首先回答以下具体问题：社会主义包括谁？在哪儿？怎么样？以什么为基础？迄今为止，我一直在问，社会主义在哪里？用这位哲学家的话说，必须扩大解释问题的范围。

第一，必须要了解可能实现社会主义的那些人的人格品质在何处？挑战历史的逐渐实现主权而行使人民权力的所有男人和女人们的道德水准、文化和精神形态是什么？这是关键性的问题，对我们而言，人是我们事业的起点和终点。在此意义上，我们拥有一种巨大的优势：在我们创立者的自由解放思想遗产中，我们不仅可以找到委内瑞拉的还可以找到其他历史的变革精神作为依据的特性和道德实质。

第二，必须准确判断我们是在何种情况下被召唤起来，以紧迫方式建立社会主义的。为此，我们不能放过任何一块空间。

一切能够树立社会主义原则的领域都必须真正地行使和体现社会主义。必须把公正的精神和实践灌输到工厂、农村、渔场、工业部门、大学和中学、街区、城区和人行道，让社会主义创举充满每个角落。

所有的男人和女人们，那些全身心赞成刻不容缓的历史性需要的男人和女人们，为留给我们的子孙后代一个真正的社会主义祖国，我们都应当终身成为这场斗争的不懈斗士。

第三，继续坚持怎么做，即做的方式，也同样重要。我们一直加紧巩固社区委员会和诞生的社会主义公社。在这种组织战略中，我们必须全神贯注，直到把这种战略变为文化变革的渠道，使我们逐渐接近社会主义未来的文化变革。

我在此说明大部分工作需要深化的重心：必须越来越坚决和坚定地设想和开启权力归于人民的大门。只有权力归于人民，才能实现公正。

第四，也是最后一点，必须时刻清楚什么是社会主义过渡时期应当改变的东西以及如何实现。毋庸置疑，我们必须加紧彻底地拆除那些所有的压迫形式，它们相当根深蒂固地置于仍然存活在包围着我们的资本主义秩序的遗产之中，依然呈现在生产资料所有权领域，或表现在罪恶地操纵构成统治地位的生产格局的工作方式和工作关系方面。

为此，我们不仅必须改变物质上的压迫形式，还必须改变想象中的和文化上的压迫形式。向社会主义前进意味着在一切人文领域逐渐清除统治，实现充分的自主权和真正的独立。

最后，有一点桑切斯·巴斯克没有提到的方面，我认为应当考虑到。这也是我一直在思索的一些问题：我们要花多长时间创建社会主义生活的各种条件？毫无疑问，我的回答只有一个：我们将为这个崇高的事业而奋斗终生。

但是，我认为一种不容延迟的需要是逐渐把行动与我们所处的人类时代的现实相结合。我们必须把紧迫的行动与必须的行动区分开来，为赋予社会主义目标以实际意义。

我们决不允许我们在社会主义建设事业中有拖延行为，我们必须共同加紧变革，时刻清醒认识到我们的人民要求刻不容缓地获取一个个的成绩。他们的要求是神圣的。

厄瓜多尔人民的烈士、总统、将军埃罗伊·阿尔法罗说过：“拖延预示危险。”

迈着胜利者的永远进攻的脚步。

如同阿亚库乔的苏克雷！

祖国、要么社会主义，要么消亡！

我们必胜！

● 查韦斯分析形势

● 查韦斯就任总统一职

● 查韦斯在思考

2009年6月21日
思想炮弹

恰在这新一期随笔发行之时，我们正在举行纪念享誉尊严的烈士法布里西奥·奥赫达被杀害的周年活动：他于1966年6月21日被杀身亡。

法布里西奥·奥赫达并非自杀：那只是菲霍角协议派（三党分享权力的协议）下的国家镇压机器杜撰出来企图让全国公众相信的版本。他们编造了一个既怪诞又荒谬的版本：法布里西奥用百叶窗的绳子上吊身亡。真相是：他被杀害在白宫（总统府）的武装部队情报局的牢房。他身上的所有迹象都表明，他曾遭受极野蛮的拷打。

但时间让一切各就其位。法布里西奥仍然活着，他已经回来了，千百万像法布里西奥一样的人不断涌现。与此同时，那些残酷的刽子手却成为被历史践踏的尘埃。我们所有的烈士都与法布里西奥一样。

今天，我们纪念法布里西奥·奥赫达。他领导了爱国执政委员会，是这个组织的灵魂。他使这个组织成为反抗佩雷斯·希门尼斯独裁统治的先锋组织。法布里西奥于1958年经普选成为民主共和联盟党的国会议员。他很快就坚信，改良主义并不是实现委内瑞拉自由的途径。1962年，他辞去公职投身游击战。法布里西奥是民族解放武装力量（Fuerzas Armadas de Liberacion Nacional）的缔造者之一。

法布里西奥从改良主义者成长为激进而自信的革命者。这是委内瑞拉曾经发生过的最真实的思想激进化进程之一。让我们看一下法布里西奥在他那本非凡的《人民的战争》（1966年）一书中用极清晰的观点如何理解这一历史进程的：

> 放弃改革主义阵营而选择革命阵营意味着决定无畏地投入斗争，坚信胜利，像大卫那样地挑战反动的巨人势力，像历史上所有真正的革命者所做的那样，甚至包括资产阶级革命者所做的那样。

毋庸置疑，法布里西奥的思想仍具有现实意义。与阿尔弗雷多·马内罗和克莱伯·拉米雷斯一样，法布里西奥此时强调思想与行动相结合：此时，为了我们的特殊的现实要创造出一种实践的哲学。

让我们回顾《人民的战争》中的这些珍贵文字：

> 我们革命进程的反封建和反帝国主义的基础，要求我们建立的联盟属于全体委内瑞拉人的类型，要超越出身、政治信仰、哲学理念、宗教信仰、经济条件、专业领域和参加的政党。共同的敌人力量既强大又强权，要求我们必须团结斗争方可战胜它。

法布里西奥所说的这种联盟是争取民族解放进程和夺取我们的最终独立的必要形式，也是现今被确定为委内瑞拉走向社会主义的可行之道。联盟不应该依据假设：道路就是社会主义。

明天即将开始具有丰富历史的一周，这些日子将我们联系起来，不能忽视：如今在200年到来之际，188年之后，绝非偶然的是卡拉沃沃战场的声音仍在回响。1821年6月24日不仅是历史，还代表着现在和未来。那场决定性的军事胜利赋予如此辉煌的解放运动以完美的结局——我们的解放者甚至为此运动构思了最微小的细节——正是这场运动把全体人民从各条路上、各条人行道上和每一个村落，会聚到民族解放的事业之中。

那次伟大功绩的188年之后，兄弟国家厄瓜多尔加入我们的美洲人民玻利瓦尔联盟。卡拉沃沃战役188年之后，我们依旧在战斗。这次，我们要争取我们的第二次和最终的独立。我们美洲人民玻利瓦尔联盟就是我们的计划、我们的指导方针。

我们美洲人民玻利瓦尔联盟得到加强，是因为玻利瓦尔国家厄瓜多尔投入了争取我们的人民为结成兄弟般的团结而战的斗争。厄瓜多尔总统拉斐尔·科雷亚视这一事业为自己的事业。劳尔·卡斯特罗的话为我们指出了一条道路，4

月在库马纳举行的我们的美洲人民玻利瓦尔联盟峰会上，他这样说："我们这些国家仅依靠自己是无法改变国际经济秩序的，但可以构建新的基础，建立自身的经济关系。"

即将开始的一周还具有深层的历史意义。让我们回顾卡拉沃沃战役的3年前，1818年6月27日，在刚刚解放的安戈斯图拉，针对以讥诮文风为特色的现实派的喉舌《加拉加斯公报》，借具有玻利瓦尔政治标志的祖国面世之际，《奥里诺科邮报》诞生。

这就是新闻战的开端！在《奥里诺科邮报》创刊号的首页这样写道："我们是自由的，我们在自由的国家发表言论，我们不打算欺骗公众。"很明显，这是该报刊在其文字中提出的建议，这也是我们新闻战的意义所在。《奥里诺科邮报》的例子比以往更具生命力，在我们的新闻媒体中，我尤其感觉如此。

现在，思想炮弹比以往任何时候都更加重要，使之进入第一线，是所有男人和女人的职责。阐明发生的事件，使之处于合理的地方以回应信息和日常现实。

特别是，跨国媒体平台长期的和全面的围攻以扭曲和歪曲事实的方式持续进行。

为此，我们本周将积极庆祝《奥里诺科邮报》创刊号发行191周年。我们将要开始思想炮弹的一周。这将是争论的一周、批评的一周、建议的一周，从而继续推行我们想要的新闻宣传模式。

当好战的议程升级至现在的不负责任和欺骗水平之时，私有新闻媒体怎么还可以试图宣称"独立"呢？他们莫须有地指责我们侵犯父权、绑架儿童、拆散委内瑞拉的家庭。

他们想要保护的那些孩子们的主观意识受到视听和文字垃圾的侵犯和绑架，我们能说什么呢？深层的真正的言论，就像维护教育是为了统治，培养我们的男女儿童是为了使他们成为有产者和剥削者，我们能说什么呢？他们每天都在进行文化毒害，人们说什么呢？

我们需要一套有益于建设祖国的教育方案，而不是把祖国转交出去，更不是把祖国出卖给出价最高的人。

散布恐慌作为统治方式，管理无知：这就是寡头从未停止做过的事情。罗伯托·埃尔南德斯·蒙托亚最近的文章以他特有的方式这样写道：

> 俄国革命、西班牙革命和古巴革命都谈及了这种矫揉造作。这把古巴引向既虚假又残忍的解决方式：这就是中央情报局领导的大规模行动，把1.4万多个孩子带出古巴岛和他们的家庭。如今，孩子们都已成人，但已迷失身份。他们既不是古巴人，也不是美国人；他们没有家庭，一无所有，经受着无法弥补的情感创伤。为了不失去他们的孩子，他们丢失了自己的孩子……恐慌变得笨拙。

委内瑞拉的社会主义道路是理论建设和实践建设方面的一种历史的、政治的、社会的和经济的建议。集体建设是把国家变为自己的国家。社会主义是真实的、可行的选择。不可行的是资本主义基础上的政治与社会的精神二元论。从这种意义上说，委内瑞拉的社会主义道路意味着经济结构的深刻变革，以便有利于属于所有男人和女人的社会财富更合理地再分配。这意味着不同的所有制形式。

媒体巨头企图把私有财产神圣化，甚至把私有财产说成是界定是否存在自由的不可辩驳的验证。这是资本主义的固有特性，从根源上认为拥有高于存在、存在服从拥有。

鲁宾逊早在马克思之前就已经看清资本主义在如何歪曲所有权的性质：

> 以合法性（合法性是滥用容忍度）的名义把侵占变为占有（自然的或民事的），把占有变为财产，无论任何方式都是对第三方的损害（不管第三方是谁）。

反对资本主义的倒行逆施只有一个办法：社会主义！

我们必胜！

2009年6月28日
我们美洲人民玻利瓦尔联盟到来……
莫拉桑守护！

你在泥土下
剑锋依旧
我们的荣誉与命运
守护着海洋
青年们，请向他学习
重现
面包和鱼的奇迹
你从四面八方归来，以尊严为起点
你就在我们中间
在同一片夜空下
每天同感光明

洪都拉斯伟大诗人罗伯托·索萨在《莫拉桑活着》一诗中这样写道。我想回忆这些诗句来说明6月25日我们所目睹的莫拉桑化做人民重新归来的情景：成千上万的女人和男人洋溢着无比的尊严与爱国自豪感，为了把光明带到企图用黑暗扼杀我们美洲人民玻利瓦尔联盟的地方。洪都拉斯一直在努力成为该联盟的成员。

让我们用记忆来理解：我们从哪里来？我们要到哪里去？洪都拉斯人民的英勇精神来源于哪里？洪都拉斯为什么决定挣脱一切桎梏、一切企图把洪都拉斯永远绑在耻辱上的桎梏?

把洪都拉斯作为我们美洲的桥梁一直是历届美国政府的一个长期目标，这是从美国罪犯威廉·沃克时期开始的，这个晦气的美国佬冒险家与尼加拉瓜寡头合谋，甚至成为尼加拉瓜总统，直至1857年被推翻。沃克是个活跃的首领人物，门罗主义最明显的表现形式。重要的是不要忘记什么是他的下场：他于1860年在洪都拉斯的特鲁希略海岸被枪决。这个历史例证如今比以往任何时候都更能引起反响。

洪都拉斯，伦皮拉和莫拉桑的祖国，从它诞生那一刻开始就一直遭受美帝国主义的欺压。这个农业国企图被局限于普通的香蕉共和国，尽管拥有令人羡慕的丰富矿产，但此外，这个国家拥有战斗的、尊严的人民，可是有人企图通过独裁统治把它变为与我们美洲作对的抢滩帝国爪牙。从1929年经济危机开始，寡头政权一贯取消人民的参与，使之服从于中美洲最铁腕的独裁淫威之下。蒂武西奥·卡里亚斯·安迪诺、奥斯瓦尔多·洛佩斯·阿雷利亚诺等政权镇压一切争取尊严的斗争，鲜血染红洪都拉斯。除此之外，我们还必须加上另一种不同标志的独裁，但同样实施暴力和迫害：洪都拉斯是新自由主义最厚颜无耻的试验场地。最后的独裁者寻求通过苟延残喘的方式和背离人民的上校们的支持，延续到自然死亡。怎么可以怀疑2002年4月开始记录的、在兄弟国家洪都拉斯进行的上升趋势的社会进程呢？对古巴的巨大救援恰恰是在圣佩德罗·苏拉实现的，是在我们的兄弟梅尔·塞拉亚和女战士帕特里西亚·罗达斯的领导下实现的，怎么能不期待出现致命的反应呢?

洪都拉斯及其人民正在努力推动国家前进，走向明天，孕育黎明。他们想否认塞拉亚总统提议的一种制宪形式的主权决定。他们想阻止贯穿我们伟大祖国的崭新的制宪思想。希望莫拉桑的子孙后代和他们勇敢的总统和伟大的、代表洪都拉斯尊严的和我们美洲的外长帕特里西亚·罗达斯一起，都争取避免这种情况。洪都拉斯明确表示拒绝出现死掉的统治者约翰·内格罗蓬特、奥托·赖克的雕像和波萨达·卡里莱斯的网络。洪都拉斯正在宣告，本地区再也不会存在致力于军事干涉的美国军事基地。洪都拉斯正在告诉美国，再也不会有帕尔梅罗拉和埃尔阿瓜卡特基地。洪都拉斯告诉美国，它要对寡头寄生主义说不，对人民直接地和最终地参与他们取得的成就说是。那位永远的玻利瓦尔主义的先驱弗朗西斯科·莫拉桑说过：“后人将会给我们作出公正的评价。”洪都拉斯民众和印第安人组织公民委员会，继承了人民直截了当的方式回答道：“在伊塞拉卡、伦皮拉、埃特姆比卡等先驱的力量的鼓舞下，我们大声地要求生活、公正、尊严、自由与和平的权利。”洪都拉斯的未来，就看现在。它拥有玻利瓦尔子孙后代和他们兄弟们的诚挚的支持。

如果南方电视台在6月25日这天没有总是适时地和勇敢地在特古西加尔巴出现，会发生什么呢？

诗人古斯塔沃·佩雷拉曾这样写过：有隐瞒的沉默，也有揭露的沉默。隐瞒的沉默指那些无知的人、奸滑的人、肆无忌惮的人和虚假的聪明人。揭露问题的沉默存在于卑贱者心中，他们几乎永远是真正的智者。

我们的南方电视台没有大型跨国媒体集团所拥有的奢华装饰，但却向整个世界展现出成千上万的朴实的男人和女人们作为主角的英勇事迹，以捍卫人民的自由和人民自己建立起来的政府体系。

这些事件爆发之前，连锁媒体寡头始终炮轰人民、攻击人民的总统。但是，当人民、总统，也是人民的一员作出决定，决定把恐惧抛在脑后，拯救祖国的时候，2002年4月11日、12日、13日在委内瑞拉发生的臭名昭著的阴谋再度上演。隐瞒的沉默是罪恶方式的组成部分。

委内瑞拉驻美洲国家组织大使罗伊·查德顿以一贯特有的高尊严姿态向南方电视台宣告：“我们美洲人民玻利瓦尔联盟各政府承认对洪都拉斯形势动荡的揭露，但我们宣告我们将与洪都拉斯人民一起进行动员工作。”这是毫无疑问的。就像我们美洲人民玻利瓦尔联盟成功地捍卫古巴、玻利维亚、委内瑞拉等其他国家一样，该联盟也会站出来捍卫洪都拉斯，并捍卫其向着必要的改造前进的决定。帝国主义总是企图和各国的寡头一起对这些国家实施干预。我们永远不要忘记，弗朗西斯科·莫拉桑的事业也就是西蒙·玻利瓦尔的事业。他们都基于建立一个共和国国家的相同思想：这是一种伟大的政体。他们都清楚地认识到：不加强团结，每个单一共和国都会被制服和统治。因此，洪都拉斯加入我们美洲人民玻利瓦尔联盟是走向团结的又一伟大步骤，就像6月24日厄瓜多尔、圣文森特和格林纳丁斯、安提瓜和巴布达加入我们美洲人民玻利瓦尔联盟一样。我们必须承认塞拉亚政府的政治意愿。这个政府表明已经适应当今我们美洲所经历的时代变革的要求。这正是帝国主义者及其资产阶级走狗们最痛苦的事情。

深夜，莫拉桑在守护
侵略者肆虐你的家园
他们如同对待死亡的果实那样瓜分你
他们把嗜血成性的利齿印在你的背上
他们在港口洗劫你
装载溢满你痛苦的鲜血
今天、昨天、明天，你知道的
兄弟姐妹们，天亮了

是的，天亮了。但今天，6月28日星期日，是对主权的洪都拉斯人作出重大答疑的一天。正如巴勃罗·聂鲁达在《诗集总歌》中的《莫拉桑》一诗中写到的，是到了必须守护我们美洲和全世界人民的时刻了，是到了和莫拉桑一起必须守护洪都拉斯的男人和女人们赢得光荣的自由的时刻了。这是他们永远值得拥有的自由：是他们，也只有他们有权决定自己的命运。

我们美洲人民玻利瓦尔联盟来了，是的……莫拉桑在守护！

我们必胜！

2009年7月5日
美洲玻利瓦尔替代计划与吹响号角的时刻

今天是7月5日，一个具有最重大的爱国历史意义的日子：我们的独立宣言198周年纪念日。

1811年7月5日，发生了一次决定性的历史突破，的确是决定性的：宣告了我们的绝对的独立，诞生了我们的第一共和国和民族国家！

因此，这一具有明确的政治意义的历史突破早在1810年4月19日就已公布。

在7月5日到来之前，突破精神是由那个实际和真正的革命团体爱国社会体现出来的：坚持不懈的鼓动工作和经常的施压给我们的第一届国会，激化了事物。米兰达、玻利瓦尔、里瓦斯、科托·保罗等人的挚热语言极大地推动了独立事业的发展。

这一突破是由贵族出身的小团体领导和推动的：第一共和国缺乏群众的积极支持，当然，这并没有降低1811年事件的深远影响。顺便，我们必须要回顾一下奥古斯托·米哈雷斯光辉而热情的思考。他说："完美的事实就是，委内瑞拉那么热烈地给予革命以法律基础，就像后来为了捍卫革命而表现出来的巨大热情一样。"

我想强调一下这个日子对我们美洲的深远意义。就像1811年在加拉加斯街头广泛传唱的一首歌曲的最后一段：纽带相连/同一片天空下/整个美洲/如同一个国家。这就是只有一个国家一般的感情。

1811年宪法是我们美洲的第一部宪法，宣布其规定是不可侵犯的。但是，非常重要的是可以"根据大哥伦比亚大多数人民的意志修改和改变这些决议，人民希望成为国家团体的一员，共同捍卫和保持它的自由和独立”。当时，大哥伦比亚掌握在米兰达的手里。也就是说，委内瑞拉认为自己作为一个自由、主权、独立的国家存在于一个更大的单位之中。直到今天我们也是这么认为。从玻利瓦尔联盟那里产生美洲玻利瓦尔替代计划。从美洲玻利瓦尔替代计划那里形成南美洲国家联盟（Unasur）。只有团结起来，我们才能独立！今天是玻利瓦尔武装力量的节日。好啊！通过我的声音，感恩的人民如今可以见证，共和国的武装属于共和国。这是人民赋予人民自身的一种认识：今天，玻利瓦尔武装力量的节日同时也是武装起来的人民的节日。

在这个伟大的日子，我号召委内瑞拉的男女士兵们进行思考：看看洪都拉斯那面痛苦的镜子。你们看看这两种力量之间存在的天壤之别：一种是与人民群众兄弟般团结在一起的武装力量，如同武装起来的人民；另一种是成为占领自己国家的军队，为唯北方主子马首是瞻的无祖国的资产阶级服务的军事力量。

我们美洲的团结正在加强，在各国的协奏曲中获得力量，畅想自由。

对一伙军队和民间的大猩猩反对塞拉亚总统的新法西斯主义的腔调，必须考虑以下几个关键问题：他们企图阻止洪都拉斯政府加入美洲玻利瓦尔替代计划；阻止洪都拉斯与渴望一个更加尊严和公正的世界的那些国家结为一体。他们企图关闭所有大门，阻止洪都拉斯进入一个崭新的历史，他们获取的阴暗特权源于垃圾场般的背景。

但他们看不到也没有意识到，他们已经被套牢在一种可怕的逆时代潮流而动的和毫无历史意义的现象之中。

确实可以说，洪都拉斯的政变与ALBA这四个字母所代表的一切相对立。美洲玻利瓦尔联盟不仅是一种历史的迫切选择，而且也是无情的措施手段，以对抗资本主义的结构性危机。因此，它此时也是为了实现我们美洲亟须的团结一致而进行活动的最大政治意愿的唯一工具。

因此，就像我说过的，他们试图从美洲玻利瓦尔替代计划最薄弱的侧翼打击它。

正是因为如此，上周日洪都拉斯社会最丑陋的一幕在枪口下上演，到处充斥着火药和专横的气味。他们曾认为这可以摧毁一个人民的希望。

但是，一个人民一旦决定要自由，这种意识是无法掩盖的。洪都拉斯的空气中似乎都弥漫着变革的意愿。所以，我们在屏幕上看到士兵们在寻找一个虚幻的敌人：大猩猩们命令他们散播恐惧情绪，要让人民感到恐惧。

这些祖国的叛徒永远也不会懂得莫拉桑的圣火。莫拉桑昔日的控诉如今针对着他们并反对他们所代表的一切。莫拉桑说："你们这些为了肮脏私利滥用人民最神圣权利的人，我要对你们说，你们是独立和自由的敌人。"

在这场争取独立的斗争中，让我们回想一下年轻上校西蒙·玻利瓦尔1811年7月3日在爱国社会大会上令人难忘的公开讲话："动摇就意味着我们的失败。"

马蒂说过："是时候了。"

是人民的时候了！是开创未来的时候了！不要动摇，我们必胜！

2009年7月14日
暴风骤雨中的西蒙

总是从7月开始

7月到了。从那美好的已经遥远的孩提时代开始，7月一直是一个神奇的月份。每逢7月，草原上总会降临瓢泼大雨。罗萨妈妈总说："闻到风雨欲来的气味。"然后是湿漉漉的大地那种气味赐予我们的大洪水。附生胶榕树的巨大树枝都在颤抖，树林深处嘎吱作响。每逢7月，学年结束，成绩单到了，托马萨、阿奈蒂斯或埃希尔达老师的亲吻，埃希尔达老师是有着迷人眼睛的女神。每逢7月，假期中，我们在长长的街道上进行长时间的橡胶球比赛，有时甚至冒雨比赛。我们去博科诺河和它古老的母亲河形成的岛屿上散步；我们听从更远的特鲁希略山脚下的河边，沿着瓜纳里托小路流传而来的希尔翁的传说。

还有漫漫长夜中的一个个故事。蚊虫的嗡嗡叫声，令人难忘的青蛙和蛤蟆乐队，树丛中蟋蟀的鸣唱。就是在一次那样的夜晚，我第一次从罗萨妈妈那里听到了一个那么了不起的萨莫拉和一个被称为五年战争的故事。那样的另一个夜晚，我和埃莱娜妈妈一起听安东尼奥·格瓦拉讲述一个那么了不起的马伊桑塔的故事。

每天如此。但我属于7月，我生于7月28日的黎明。我出生的小屋顶覆盖着草原上的棕榈叶，此外，是作为礼物的"倾盆暴雨"。

我是从那里来的，我只想在这个星期日的随笔中回忆和写下这些，我也不知道为什么。

可能是因为7月标志着捍卫祖国的伟大斗争的强有力的步伐。这场争取独立的斗争在7月5日，既是与历史的最高会晤，也是与历史欠下的债务。

新的幽灵

卡尔·马克思在1848年的著名宣言中的那句："一个幽灵在欧洲徘徊：一个共产主义的幽灵。"不排除带有讽刺之意。

160年后，这个大陆的资产阶级使用野蛮的机构、道德沦丧的媒体、研究中心和无生命力没有灵魂的知识分子创造出一种新的幽灵，并使之在整个美洲大陆徘徊。现在，他们不称它为共产主义，也不称它为社会主义。他们给它取名为查韦斯主义。

新的"圣狗群"联合起来为了消除威胁。天主教的上层谴责它，把它作为选举运动的武器，利用它作为阻止贸易一体化进程的理由，利用它作为恐吓小资产阶级和企图讹诈政府的工具，并把它作为动摇整个国家的借口……最近，它还成了通过野蛮的政变推翻洪都拉斯总统何塞·曼努埃尔·塞拉亚的依据。

操纵这场大阴谋的幕后之手，只能是美帝国主义以及由形形色色的亲美主义分子组成的庞大的资产阶级派别。

集体化的拉萨罗

但事实并非如此。幸运的是，在拉美和加勒比一直都在以巨大力量升起来的事物绝对不是一个幽灵，而是一次强大的运动，是集体化的拉萨罗觉醒的产物。集体化的拉萨罗就是美洲人民。

确实是这样，那些源于地球的力量的震源中心把委内瑞拉作为巢穴、作为源泉和作为火山。

革命，独立。

为此，读到我7月12日星期日写下的这些文字的男人、女人和青年们，我们的承诺只会随着岁月的流逝不断成长、壮大和发展……

犹如蓬勃生长的玉米地，现在这些天正是抽穗的时候……

犹如源自安第斯山脉的草原上涨水的河流，博科诺河、波图格萨河、阿普雷河、阿劳卡河、卡帕纳帕罗河……

犹如我们的儿子、女儿、孙子、孙女，茁壮成长……

为此，我号召读我这些文字的你，我号召诸位，我邀请你们加快步伐，深化认识，强化觉悟，坚持天天兑现承诺……

用玻利瓦尔的话说："绝不让我们的臂膀休息，更不要让我们的心灵休息。"

我们知道，最高目标是独立。

没人怀疑，实现目标的途径是革命，一刻也不会怀疑！

社会主义是我们的旗帜！

西蒙·玻利瓦尔是我们的领袖！

西蒙在7月，伴随惊雷与闪电，伴随瓢泼大雨与暴风骤雨，伴随绿色与抽穗的玉米地……

还有，为什么不说呢，还有他在无数个没有归途的冬日对家乡的思念。

祖国、要么社会主义，要么死亡！

我们必胜！

2009年7月19日
男孩子和女孩子们：我们必胜！

这篇随笔发行之日恰好与一次人民的伟大胜利30周年纪念日相吻合：1979年7月19日桑地诺民族解放阵线的战士们胜利攻占马那瓜。经过标志着英雄主义和牺牲精神的一个人民的创举，终于在这场最后的战斗中推翻了索摩查独裁政权，开创了尼加拉瓜新的历史篇章。正因为此，在这个伟大的日子，我们将在马那瓜，与桑地诺的人民及其政府一起庆祝这个大多数人重新当权的红黑的30周年[1]：在桑地诺的领导下。从2007年1月再次开始了一场争取尊严的新斗争。

据说，在30年前的那个7月19日，在马那瓜街头巷尾的墙壁上到处写着一句话：祝福孕育桑地诺战士的国家。这一天是人民的狂欢日，是与记忆清偿了债务的革命成功日，是推翻了美洲大陆上一个最可耻、最血腥的王朝的人民起义的纪念日——必须记住——这个王朝一直拥有美帝国主义的庇护和恩赐。这一天之前的日子是漫长的，其间奥古斯托·塞萨尔·桑地诺的男女子孙后代为摆脱那种桎梏、脱离那种殖民地的命运和解放自己的祖国而进行了斗争。

在这个星期日，还必须回顾一下他们走向胜利的道路。因此，我要在这里引用爱德华多·加莱亚诺的一段话：

> 在整个尼加拉瓜，没有一个人孤立无援，没有一个人迷失，人人都武装起来了。溅起污秽物，人群川流不息，振奋的人民挺起胸膛反对坦克、装甲车、飞机、来福枪、冲锋枪。所有人情绪激昂，这里没

[1] 桑地诺领导的游击队所举的是象征自由的红黑双色旗。30周年指的是1979年推翻索摩查家族，并更名为现在的桑地诺民族解放阵线。——译者注

> 有人胆怯。这是一场属于你和我的神圣战斗，而不是敌视和分裂性的冲突。猛烈的人民，自制的武器，英勇地战斗。你若不在厮杀中死去，你也将在死亡中死去。人民要以手挽手、大家联合起来的方式进行战斗。即使是儿童——今天是儿童节—— 也必须拿起武器，与不尊重任何人的那种独裁统治作斗争。

一旦人民投入争取自由的斗争，就没有谁能够阻止他们。尼加拉瓜人民付出的崇高而卓绝的努力，历史已经给予补偿。冲击记忆的这些名字在回响：莱昂、卡洛斯·丰赛卡·阿马多尔、马萨亚、桑托斯·洛佩兹、西诺特加、托马斯·博尔赫、奇南德加、格罗利亚·坎波斯、埃斯特里、多利斯·迪赫利诺、格拉纳达、胡利亚·布伊特拉戈、丹尼尔·奥尔特加、西诺特佩、佩德罗、马利亚、胡安和桑地诺……总是桑地诺！这些名字都是在热烈追溯那场争取自由的英雄业绩中涌现出来的。如今，尼加拉瓜获得了新生，一如既往地准备成为自由而独立的国家。

今天，我们庆祝那个永远记忆犹新的日子。在1927年7月12日，那个回答贯穿的精神至今在整个尼加拉瓜占主导地位，伟大的桑地诺从奇波特营地回应了美国指挥官海特菲尔德对他发出的最后通牒。他说：“我绝不会投降，我在这儿等着你们。我要自由的祖国，要么就是死亡。我不怕你们，因为我拥有那些陪同我的人们的爱国主义热情。”我要说的是，今天恰巧是桑地诺的一位伟大的委内瑞拉籍伙伴的诞辰。我说的是古斯塔沃·马查多，他1898年7月19日出生于加拉加斯。马查多是委内瑞拉共产党的坚定的创立者。他不仅在英雄的尼加拉瓜参谋部作为服役军官，还是尼加拉瓜驻墨西哥的代表。

尼加拉瓜革命的光辉纪念日，让我们以钢铁般的信念相信，我们将继续有意识和有勇气地锻造伟大祖国的历史。我这样说，是因为桑地诺活着，他现在和以后都将永远照耀着我们。

但是，我也要坦白地说：我的喜悦之情不是、也不可能是完整的，因为我想到了处在阴霾中的兄弟国家洪都拉斯。洪都拉斯寡头阶层企图扭转历史进程，已经过去了最不稳定的22天。我要通过这些话对你们说，寡头阶层的权欲永远也不会征服莫拉桑的男女后代子孙。他们已经觉醒，他们要站起来，争取强大、主权和自由。用枪弹是无法阻止降临的黎明的。

每个男女洪都拉斯人都会为他们爱戴的塞拉亚重任总统而不懈斗争。莫拉赞将军的光辉话语在回荡，他说：“如果我们置自己在屈辱与战争的地位，我们将总是挑选最后一个政党，尽管我们肯定不只可以挽回荣誉。既然尼加拉瓜在1979年7月19日取得了胜利，那么洪都拉斯迟早也会获得胜利。洪都拉斯人民，加油抵抗，真理和未来属于你们。”

今天是男女儿童的节日。上帝保佑我们的男女小战士们。

事实上，我要对你们说，大家每一天都要为他们而努力。我们的生活，我们每天的斗争，我们的胜利属于你们，祖国的男女孩子们……为了你们。我们必胜！

2009年7月26日
无情的法律，革命的法律！

玻利瓦尔、玻利瓦尔、玻利瓦尔……一切都让我们回想起我们永远的指挥官。聂鲁达这样写道：

我们的国父，你在大地、在水中、在天空
你存在于我们幅员辽阔而寂静的土地
国父，在我们的家园，到处都有你的名字
你的遗产是我们每天食用的面包

不仅如此，他无可度量的形象就在我们中间。就在我开始写这篇随笔的时候，我们正在庆祝玻利瓦尔诞辰。玻利瓦尔是你、是他、是我们：我们是一个集体，一个文人和军人的联合体，正在进行一项新的解放事业：玻利瓦尔革命。

我们已经到达库马纳，为了庆祝马拉开波湖海军战役186周年和我们的玻利瓦尔武装纪念日。我们检阅了玻利瓦尔武装力量的共同展示。它展现出伟大的爱国情感，这就是日益形成于我们所有士兵之中的伟大爱国情感。所以，我们现在比以前任何时候都更能够有见识，我们的武装机构显出的技术和专业方面的巨大进步。海军上将米兰达、布里翁、何塞·普鲁德西奥·帕迪亚的精神，同时也是决定了我们1823年7月24日英雄业绩的爱国的和革命的精神，依旧推动着我们玻利瓦尔武装力量的风帆，鼓舞着每一个保卫蓝色祖国的男人和女人。

今天是7月26日，我们也不能忘了提起1953年攻打蒙卡达军营的行动。这是我们美洲的又一个英雄事迹。其主谋是何塞·马蒂，正如菲德尔对历史的英明表述。说起马蒂就是说起玻利瓦尔，也正同倡导自由的人所说，他们是美洲起源思想的教父。伟大的古巴行吟诗人诺埃尔·尼古拉曾经歌颂过1953年7月26日行动的重大现实意义和深远意义，他颂扬道：“有这样一部写满26日的历书，从57年前就是如此。”

我们正在庆祝加拉加斯周。我们的人民已经确定我们最伟大的儿子出生于1783年7月24日，而不是西班牙王室认为的1567年7月25日。瓜拉伊拉·雷帕诺女士的长子可能会这么说：“我的心将永远在加拉加斯，我在那里获得了生命，就应该在那里奉献我的生命，我的加拉加斯同乡们将永远是我的第一批同伴。”

1999年7月25日，委内瑞拉人民选举了全国制宪大会成员。我们的导师西蒙·罗德里格斯在1840年说过的那些话开始成为现实。他说：“为人民制定法律并不像认为的那么难，让人民成为立法者是一项非常艰巨的工程。这是从西班牙美洲就开始的工程。”

让人民成为立法者和公民并不那么艰难，因为这是他们的固有本质。而那些不在乎人民是否拥有自己法律的人，他们在人民成为立法者和公民的道路上设置重重障碍，认为人民永远不具备条件，他们永远把人民归于少数群体。西蒙·玻利瓦尔在1826年10月14日致桑坦德的一封信中写道：

> 我尊敬的将军，总而言之，我认为，最健康的政党就是还给人民原始的主权，使其重新制定社会契约。你可能会说这不合法；而我说句实话，我不明白依靠法律源泉会犯什么错，为了补救来自人民、也只有人民能够认识到弊端的法律源泉。坦白地说，如果这不合法，那么它至少需要高于一切法律。但最主要的是，一切以人民为重，这是极其民主的共和国应有的特性。

1999年，我们开始建设这个极其民主的共和国。我们不会停止这项工作，只要我们拥有祖国，这就是我们现在和将来的日常工作。

法国神甫埃马纽埃尔·约瑟夫·西哀士在法国大革命高潮时期第一个提出了“原始制宪权”的概念：谈到所建立的国家的权利和义务，所建立的政府的特性，即把宪法文本作为引航国家的手册。人民根据各自在社会中的生活和存在方式建设国家和赋予国家特性，也是人民建立起来的支撑已建政权的机构：确指国家。从概念上说，这些思想的价值都反映在他的著作《什么是第三国家》一书中，同时也是自由的、资产阶级的和代议制民主的基石。

我们从中看到了代议制民主自其诞生之时的根源。用马克思的话说，资产阶级是构成对抗君主制的革命力量。但思想随着历史进程而循环，人民的需求也在进步。法国哲学家莫里斯·梅洛—庞帝说过：如果我们有考虑的依据和共同的参照，那么就到了在现有基础上实现跨越式发展、行使制宪权利的时刻。在这一思考空间，我们伟大的革命思想家克莱伯·拉米雷斯在他那本复调的巨著《2月4日的历史记录》中给我们提示道：社区承担国家权力的时刻到了，这将从行政管理机制上实现委内瑞拉国家的全面变革，在社会方面，由社会通过社区权力实际行使主权。

用克莱伯的话说，我们正处在一个被称做扩大民主的重大决定的时刻。有时我听说政治就是人民的科学，如果真是这样，那么就到了证明的时刻了。从科学的角度看，烦琐是有用的。

我们重建祖国产生的飞跃是朝向这方面的，可以举出原始制宪权的例子，早在10年前的1999年，我们的宪法就实现了这一理念。同样的质的和上升的飞跃指导玻利维亚和厄瓜多尔走上了同样的道路。这也能够解释洪都拉斯的政变，因为寡头买办害怕的恰恰是祖国的必要的重建，但这次需要所有的男人和女人的参与。

阶级斗争的进程是不可阻挡的。如果在1789年法国属于商业资产阶级，那么现在轮到我们美洲的平民百姓来确定准则。在我们的这一斗争中，我不得不借用萨尔瓦多著名诗人、民族英雄罗凯·达尔东的话，他的一首题为“法律”的诗，的确，塞拉亚总统非常喜欢这首诗。难道不是诗人们的工作为我们指引了道路吗？罗凯说：“法律是让我们穷人遵守的。”

法律是由富人制定的，为的是让剥削有点儿秩序。

穷人是历史上的法律的唯一遵守者。

一旦穷人开始制定法律，就将没有富人了。

玻利瓦尔高喊：法律是无情的！

玻利瓦尔还说：所有法律的法则是平等的。

今天我们说，要革命的法律和社会主义的法律！

我们必胜！

2009年8月2日
思想与民兵，多么伟大的创造！

最近几个月相继累积了太多的决定性事件。这些事件影响着美洲大陆人民的命运。

这些事件的发生决非偶然，是在很久以前和很遥远的地方一直进行炮制的。

是同200年前一样的对抗：一边是开创我们未来的自由、和平、主权和尊严；另一边是依附、战争、奴隶制和殖民主义的黑暗道路。

当这两种选择如此直接地显现出来的时候，如同正在发生的事件那样，如果我们不采取行动，放任自流，如果我们仍保持顺从的缄默，那么我们就是可耻的不负责任。我们必须抬高声音，忠诚地履行时代变革的承诺，这是正在我们的美洲和加勒比人民的内心深处搏动的时代变革。

用我们解放者的话说：我们不准备给后代留下一个新的殖民主义。后代就是我们一代代儿女们，数以百万计的他们已经开始站起来遍布在这块土地上。

我们必须回顾一下最近在我们的美洲发生的事件，找出其内在联系，这样我们就可以揭示出被掩盖的阴谋诡计。

6月3日，经过紧张激烈的外交论战，在圣佩德罗·苏拉撤销了那个谴责古巴的决议，这是47年前在美帝国主义操纵下，卑躬屈膝的美洲国家组织做出的前所未有的决议。必须说明的是，在那里，美洲玻利瓦尔替代计划成员国发挥了决定性的作用。

21天之后，美洲玻利瓦尔替代计划在马拉凯适时地实施公正，更改了名称，因厄瓜多尔、圣文森特和格林纳丁斯、安提瓜和巴布达的加入而得到加强。现在，我们9个兄弟人民共同致力于相互声援的自由事业，在美洲大陆的音乐会上展现自己的声音。

从马拉凯开始，我们成为玻利瓦尔联盟。

尽管拉斐尔·科雷亚总统于7月17日星期五已经宣布，美国在马达港军事基地的活动持续10年之后终止了。

厄瓜多尔的这个主权决定给五角大楼敲响了警钟。五角大楼从美国统治美洲的利益出发，从未停止直至把该基地部署在一个新的战略空间。

6月28日，洪都拉斯的政变是对人民意志的一次可耻打击，遭到了国际社会的一致谴责。直到今天，勇敢的洪都拉斯人民仍坚持在街头和田间要求自己的权利，要求曼努埃尔·塞拉亚重任总统。

与此同时，大猩猩们企图延长他们篡夺政权的时间，与整个世界对立。在这种情况下，阿里亚斯总统的所谓斡旋只不过是在保护美国的利益：他提出的方案——不在他的职权范围内——是塞拉亚重任总统，但手脚都要受到束缚。

现在，哥伦比亚计划进入了一个新阶段。美国在哥伦比亚领土上设立了5个新的军事基地。这些新的基地意味着美国军事存在的扩大，乌里韦总统和哥伦比亚寡头阶层如何让人相信，这不构成对委内瑞拉的直接威胁呢？乌里韦签署了与美国的自由贸易协议，让美国可以为所欲为。

遗憾的是，哥伦比亚已经成为美国在南美洲实施抑制战略的滩头领地，当然也成为其活动基地。事实上，这些新的军事基地已成为不利于南美洲地区的主权和稳定的实际而具体的危险。它们是新殖民主义的矛尖。

我们不要忘了，哥伦比亚计划的构思是基于一种军事占领战略。用达西·里贝罗的话说，它以前是、现在也是极其军国主义的国家。

美国——还有和美国一样军国主义的以色列——对哥伦比亚内战的干预，使其影响不可能仅局限在这个受苦受难的兄弟国家的领土范围内。

美国寻求的是对整个地区的扩张，首当其冲的就是委内瑞拉。因此，哥伦比亚计划并不仅仅是哥伦比亚自己的事情：它影响和威胁着我们所有国家。

因此，这个星期我已经与我们大陆若干个国家的领导人谈过了，提醒他们美国的新军事基地对委内瑞拉的危险。

很明显，这将是8月10日在基多举行的南美洲国家联盟下一次会议的中心议题。届时，我们的同志拉斐尔·科雷亚将开始新一轮总统任期，这轮任期是在公民革命、玻利瓦尔革命和阿尔法革命的立宪进程的框架之内，这是立宪进程在解放者、我的女将军曼努埃拉·萨恩斯的祖国取得的令人兴奋的进展。

基于与哥伦比亚人民的历史联系与兄弟情谊，玻利瓦尔政府一直对乌里韦·贝莱斯政府保持耐心。但一切都是有限度的。面对一个什么都不尊重，只为帝国利益服务的政府，我们必须要像以前那样采取行动。

为了捍卫尊严，我们不得不召回我国驻哥伦比亚大使，冻结两国外交关系。我们正在回应对委内瑞拉持续不断的攻击。

在这里，这些攻击来自私有媒体。他们丝毫不知廉耻地为哥伦比亚的美国新军事基地辩护，还无耻地攻击坚决捍卫我们主权的玻利瓦尔政府。

事实上，今天这个星期日，哥伦比亚作家威廉·奥斯皮纳将在加拉加斯接受具有声望的罗慕洛·加列哥斯小说奖。他的获奖小说题为《桂皮之国》。

奥斯皮纳对哥伦比亚和我们美洲具有一种深刻的认识，他是另一个哥伦比亚的大多数的呼声之一。这就是一个真正的、尊严的、大多数人的、兄弟般的哥伦比亚。让我们回想他的题为《1948年11月9日》这首动人的诗歌。这首诗收藏在他的《向水中走去的维吉尼亚与谁诉说？》（1999年）一书，是对盖坦致敬的最优秀的作品之一。

我们把它作为对哥伦比亚人民兄弟般热爱的宣言，作为我们声援和平事业的决心：为了理解这种巨大的激情，传递在人们胸腔和呼喊中的激情，你必须了解几个世纪的屈辱历史，白人教化印第安人，伤痕累累的奴隶孤独地度过垂死挣扎的数月；你必须了解失败的活神仙，获胜的死神仙，生活在世界上而不爱世界的无限厌烦，搞阴谋诡计的，疯狂地伤害和欺负他人的臭名昭著的阶层的愚蠢言行，甚至他们不配拥有自己的土地和天空。

委内瑞拉对任何人都不是威胁，也不想侵犯任何人，但拥有自卫的充分权利，其防御能力和军事实力正在加强。

这就是为什么在俄罗斯与委内瑞拉的广阔合作平台上，技术和军事合作与日俱增。这个星期，俄罗斯副总理谢钦访问委内瑞拉，加强和扩大了我们两国间的军事联系。

在我们玻利瓦尔革命面临外部威胁的情况下，加强和巩固内部建设绝对具有决定性的作用。

我们要从加强政治建设开始。为此，我们从昨天开始启动委内瑞拉统一社会主义党的党员重组阶段。这个阶段非常重要：组建社会主义的巡逻队以便我们的党能够活跃地出现在各个地方。

特别是，我们能够以一种更加有效的方式落实社会主义的信息。让我的话语鼓舞和激励委内瑞拉统一社会主义党的所有男女巡逻队员，为了委内瑞拉！

委内瑞拉统一社会主义党党员们、工人阶级、玻利瓦尔青年们、玻利瓦尔武装力量、农民阶级、学生阵线……一切都要最大限度地得到加强！祖国的、玻利瓦尔的和社会主义的思想是点燃我们激情的燃料，是凝聚我们的混凝土，是让我们热爱的诗歌。

我要引用培养解放者们的导师西蒙·罗德里格斯的话：“思想与民兵，多么伟大的创造！”

2009年8月9日
哥伦比亚，哥伦比亚！

8月6日星期四，这一天是我们的解放者胜利进驻加拉加斯的纪念日，是为了圆满地结束他在1813年神奇的令人钦佩的战役。这一天是1824年胡宁英勇战役纪念日，是玻利瓦尔指挥的最后一场战役。这一天是玻利维亚在1825年成为独立国家的诞生日。这一天作为委内瑞拉统一社会主义党政治干部学校的成立日再合适不过了，干部学校在瓦尔加斯州的加拉加斯度假城成立。

我要强调的是，如果我们把这三个问题内部化，我们不得不承认历史的作用，如今我们所有人都在起主角作用，毫无疑问，我想再次强调，就是玻利瓦尔及其所有那些由人民变成的军队在1819年8月7日起到的作用。那一天，在博亚卡战场展开了那场确保新格拉纳达解放运动胜利的决定性战役。这是我们的遗产，我们必须发挥我们如今的作用。让我们全身心地投入，无论作为个人还是作为集体，投入争取委内瑞拉和我们整个美洲的新的独立事业之中。

因此，如果我们的干部、我们的党不加强自身建设和培训，如果人民不团结一致，革命就不可能成功。我们今天建立起来的群众性的政党应该走得更远，因为目前还远远不够。

我们必须成为一个群众性的政党，能够培育自己的干部，因此，委内瑞拉统一社会主义党应该成为培养社会主义的干部、领袖、活动家和培训者的熔炉。让我们回想葛兰西说过的那个基本前提，我们政治组织的出发点，从未到达的出发点：一个群众性的政党要相信、培育和制造干部。

因此，委内瑞拉统一社会主义党——永远也不能放弃的目标是忠实地表达人民政权积蓄起来的那种批评和力量——要像行使政治统治和监控权那样，对付政权自身的堕落。

因此，我们还需要构建一个空间，在那里社会关系服从于集体的监控，唯一有效的监控。政治培育也要这样，没有政治培育，上述目标就无法实现：我们需要的一种干部的培育是要杜绝资产阶级教育的腐化范例，杜绝再造统治。

让我们回想以鲁宾逊主义和弗雷勒的教育模式为依据的经验。我们摘录后者弗雷勒在题为《被压迫者教育学》（1969年）一书中的一段话：

> 宗派主义总是被滋养它的狂热所阉割去势。但激进化恰恰相反，总是创造性的，因为批评性为它提供了养分。因此，宗派主义是神话的，异化的；而激进化则是批评的，解放的。它之所以是解放的，因为它意味着人们在进行选择的时候就在那里生根了，他们就日益承诺致力于变革具体而客观的现实。

概括地说，必须从根源上开始培养。马蒂说过："寻找根源的人才是真正的人","激进的人就是寻根的人。"在一个开放的领域总有来自每个人的批评意见。

因此，需要再次强调的是，我们正处在再次创造一种激进的民主的社会主义的大门。

马兰博、帕兰克罗、阿皮埃、图马科、马拉加湾、托雷迈达和拉兰迪亚要塞，这是7个完全经过委内瑞拉地理位置的地方的名字。这些名字更加能够证实我们地区的历史联系，因为它们历来都是我们精神上的地域。现在，这些地方被冠上规划出来的名字，以交出领土、主权和尊严。这不仅伤害了兄弟的哥伦比亚人民的尊严，而且伤害了我们整个美洲的尊严。

有面对拉丁美洲国家音乐会的某种理由吗？怎么可能让人相信如此的领土侵占是为了"反毒品斗争"呢？难道这不是相同的所谓理论的更新，即刀剑的国际理论，现在被称为国家安全的理论的产物？其首要目标就是反对共产主义，如今变成反对恐怖主义和贩毒，贩毒是得到帝国本身鼓励的，难道它不是主要的消费国吗？

所有的兄弟人民都很清楚，美国的地缘战略仍在继续。此外，这种战略在鼓励地方寡头的重组，或更确切地称他们为当权的资产阶级，如同巴西社会学家埃里奥·雅瓜里贝提出的那样。

从这些事件中可以获得对兄弟国家洪都拉斯发生的事情的新解读。我们不能奢望把一件事情与另一件事情割裂开来，一种战略性的部署比一种暂时性的计谋更胜一筹。在兄弟国家领土上建立7个声名狼藉的基地的目的，与在洪都拉斯的帕尔梅罗拉的索托·卡诺建立的空军基地是一样的。

同巴拉圭的埃斯蒂加里维亚的元帅基地的目的也一样：形成一个分裂拉丁美洲联合进程的军事三角。在山姆大叔看来，分裂有助于恢复美国的影响与对能源和原材料的控制；重建将供给军事和工业合成体这个庞大机器消费需要的通道并控制毒品化的社会。

有必要提及1819年我们的国父玻利瓦尔写给美国代理人胡安·巴蒂斯塔·伊尔文的话。那时，我们的祖国刚刚得到巩固，美国想向我们派遣“虎”号和“自由”号两艘舰船，用来装备西班牙军队。玻利瓦尔说：“代理人先生，勇气和灵活胜于数量。如果这些美德不能平衡甚至不能战胜物质优势，那么人们该有多么不幸啊！人口最多的王国之主将很快成为整个地球的主人。幸运的是，我们常常可以看到，极少数的自由人战胜强大的帝国。”

在洪都拉斯问题上展开的外交阴谋，也告知我们本大陆温和的买办的政府是如何表现的。这可能是导致强行建立美国军事基地的原因之一。美帝国主义企图再版美洲国家间的门罗主义体系，无视美洲玻利瓦尔替代计划和南美洲国家联盟提出的新要求和选择。

回应必须是我们所有国家的回应，因为威胁是对我们美洲所有人民的威胁：已经到了考验南美洲国家联盟的时候了，我们可以根据乌里韦总统难以捉摸的外交行动来测试其温度。乌里韦总统是无法面对南美洲国家联盟的集体面孔的，就像桑坦德那时候把联合共建代表大会交给美国一样。

我们所有国家都要求乌里韦说出面对各国音乐会的正当理由。让我们回想我们的解放者、教父针对臭名昭著的伊尔文代理人的另一段话，以回击伊尔文对我们祖国的攻击：

阁下的企图似乎是要强迫我报答侮辱行径，我是不会这样做的。但是，我要向阁下抗议，我决不允许侮辱和无视委内瑞拉的政府及其权利。在捍卫国家反对西班牙的斗争中，我国失去了大部分人口。余下的人渴望获得同样的命运。就像为了委内瑞拉与西班牙作战一样，如果全世界冒犯她，委内瑞拉就会与全世界作战。

祖国、要么社会主义，要么死亡！我们必胜！

2009年8月16日
菲德尔，菲德尔万岁！

I

在南美洲国家联盟最后一次会议之后，本大陆的形势逐渐明朗。我们需要连接某些头绪才能够理解这种明朗状况。乌里韦总统宣布缺席上述会议，作了选择性的巡访解释。他无耻地放弃了同我们大家见面的机会，也放弃了我们以南美的方式谈论我们分享一种共同命运和未来的机会。他更喜欢他称为沉默的外交，没有自己声音的外交。

这一切都说明，他们企图把我们的人民带入死胡同。在特立尼达和多巴哥，奥巴马总统提出：忘记过去，只关注未来。事实上，奥巴马的这种论调并非原创，这是资本主义的优美颂歌，自己的天鹅之歌：现代。在这个月10日上周一的基多会议上，哥伦比亚代表向我们提议了处方中缺少的部分：进行非意识形态的对话。这是什么提议啊！让我们没有历史可以讲述，没有思想来指导我们吗？！

曾经压迫我们的殖民主义灾难已经过去很长时间了，现在他们又来向我们贩卖新的海市蜃楼，或企图让我们在雾气笼罩的海市蜃楼中失去方向。我们经历了漫长的历史岁月，现在他们还企图让我们相信，在哥伦比亚建立的美国军事基地背后并没有掩藏着战争和毁灭这种对南美洲和加勒比人民的和平、团结和未来构成的恐怖威胁。

阿根廷思想家阿蒂略·波隆说：乌里韦狂热地出访南美洲的目的是什么？

只不过是推销一种有毒的倡议，为了使用由资本主义危机所强加的语言：为升级的帝国的军事进攻进行辩护，目的是扭转近几年来改变了本地区社会政治面貌的变革。

拉斐尔·科雷亚在上周一南美洲国家联盟的会议上，在揭露双重的国际道德时，说得非常有道理。我要解释他的依据：在帝国主义看来，美国的军事基地是一个国家的主权问题，即哥伦比亚的主权问题。但如果一个国家发展核计划，华盛顿就认为该国是邪恶的轴心，就不是主权问题，而是对全球的威胁。总之，对不顺从的政府就指控一切，对顺从的政府就支持一切。多么厚颜无耻！实际上，这就是帝国主义的双重道德。

但尽管帝国势力强大，我们的人民已经觉醒，保持着警惕的意识。基于这种意识，产生了“和平基地”的建议，目的是抵消把哥伦比亚变成当今以色列那样的好战之国的复制品的企图。

但是谁也别搞错：如果委内瑞拉遭到侵犯，委内瑞拉将竭尽一切手段自卫。为此，我们正在加强我们的防御能力和军事实力。

就像我们在基多的南美洲国家联盟峰会上所说的，美帝国主义企图插手世界第一大石油储藏地：奥里诺科地带。

然而，我们应该清楚现在对南美洲的军事包围圈开始缩紧，不仅因为我们拥有的能源财富，这是帝国长久以来垂涎的目标，还因为两个具有重大战略意义的目的：一是以巴西为中心的亚马孙地区；二是庞大的南锥地区国家的水域，包括阿根廷、乌拉圭和巴拉圭。

II

怎么能不让我们回想2002年那个可怕的8月14日呢？在这个星期，最高法院作出的那个臭名昭著的判决正好7周年了，判定2002年4月11日事件并非政变，而只是权力真空。更卑鄙的是，被告，也就是政变分子，说他们的行为完全是出于好意。

我已经说过很多次，那天我有苦说不出。

那次宣判是对逍遥法外的一种实际的真正的确认。这在很大程度上真实反映了一种违背人民感情的制度。

这就是资产阶级国家用匕首对付革命。

7年后，这个国家的制度框架更加巩固了。这个星期对亚古诺桥屠杀案的3个主犯的判决表明这一点。

但反对逍遥法外的斗争仍在继续。需要伸张的正义还很多。让我们始终牢记玻利瓦尔的话：不制裁犯罪将造成更加频繁的犯罪，最终导致惩罚都无法压制犯罪。

我们必须继续建立具有权益和公正的新型的社会性的国家！

III

8月15日这个日子似乎是为重大事件保留的。1805年8月15日，由于圣克罗山的宣誓，一个世界的解放者诞生了。1819年8月15日，委内瑞拉第二部宪法诞生。2004年8月15日，玻利瓦尔的人民在对总统的公民投票中赢得了一场决定性的政治斗争的胜利。谁也不会忘记那个日子，还有普遍的颂歌——佛罗伦蒂诺与魔鬼："沿着宽广路堤行走的黄头发的佛罗伦蒂诺。"昨天，2009年8月15日，颁布了教育组织法律。这部解放性法律的颁布说明，制宪进程在继续。新的革命的法制逐渐迈开了步伐。

反革命势力利用媒体的政治阴谋企图达到什么目的呢？企图使教育者的国家不要履行应有之责吗？由于教育组织法的颁布，教育者的国家不仅最终被认可了，而且得到了加强，以便充分地发挥自身的作用。教育者的国家是实施面向所有男人和女人的公共的、免费的和高质量教育的保障。

反对势力不断散布的全套谣言和谬论，诸如消灭国家权威，不过是谣言和谬论，缺乏事实依据。他们害怕通过公共讨论或人民协商的所有事情。

他们把教育想象成完美的交易，是培养帝国臣民的实践。他们头脑中从未想过，教育是为了培养男女公民的，是为了让公民们学习在共和国生活的。

鲁宾逊在关于文明和社会道德的论述中说过："用教育做交易是…… 让每

个读者尽可能地说出如此做的一切坏处吧：还是剩下了很多尚未说出来的东西。”有了教育组织法，把教育作为交易的时代已经彻底被甩在后面。具有明显社会性和明显集体性的教育时代开始了。

IV

8月13日上周四，菲德尔刚满83周岁。他仍然坚持在斗争第一线：他从来没有离开过也永远不会离开斗争。我们美洲男女革命者的这位伟大的教父，从思想战壕继续引导着我们。现在当帝国反击的时候，他的语言比以往任何时候都更具必要性和启迪性。

我们去了他家，与他愉快地畅谈7个小时，共同分析、阅读、回忆和展望了前景及其危险，并重新燃起在这场争取祖国解放的艰苦斗争中激励着我们的火焰。

他给我们讲述了他的童年，从3个人（拉蒙、劳尔和菲德尔）被赶出学校讲起，校长对他们的父亲说：“他们三个是这个学校有史以来最大的坏蛋。”

他提到了加拉加斯，委内瑞拉的平原和玻利瓦尔的人民。他比我们任何一个人更清楚这里发生的一切。

我们和劳尔一起告别的时候，已经是下午了，劳尔是位伟大的同志和有能力的革命领导人。

菲德尔留在那里，他站起来，巨人一般，拳头高举过他83岁的肩膀。

我想起了诗人的一段话：“历史，敞开你的大门，让我们跟随菲德尔，骑着马进来。”

我们像往常一样从远处呼喊：祖国、要么社会主义，要么死亡！我们必胜！

2009年8月23日
我热爱的大草原！

此刻，我正在大草原上，穿越委内瑞拉的“宽广的路堤”。远处雷声阵阵，预示着瓢泼大雨。我想起罗慕洛·加列哥斯说过：“委内瑞拉平原，是实现伟大功业和奋斗的沃土……”

当这些文字发表之时，将是8月23日星期日了，我们将到阿普雷。我们早在哈托—埃尔—弗里奥大草原就准备好录制《你好，总统》节目的第338期。这是为了建设农业社会主义的革命的恢复工作。

为了伟大的功业、为了平原、为了平原上的人民、为了革命，今天是这个大草原孕育的最令人畏惧的神勇骑士之一肉体死亡又1周年的日子。他就是胡安·何塞·隆多上校。他出生在拉斯梅赛德斯—德—亚诺，他是拉斯凯塞拉斯—德尔—梅迪奥、德·潘塔诺·德·瓦尔加斯和博亚卡战役的英雄。他的呼喊仍然回荡在哥伦比亚和委内瑞拉人民的心中：“祖国没有沦陷，因为隆多还没有参加战斗。”

如今，委内瑞拉和哥伦比亚人民，事实上我们是同一个人民，我们要更加深入地寻找我们那些共同的英雄的根源，重新提出团结的计划使之变成强大的玻利瓦尔的伟大民族运动。

这是我们对来自波哥大和华盛顿的资产阶级与帝国主义的新一轮猛烈进攻的最佳回应。他们企图在这片曾经“大”哥伦比亚的、玻利瓦尔的、米兰达的土地上播散分裂、冲突和战争……

面临对主权和尊严的严重践踏，那就是在哥伦比亚领土上建立7个美国军事基地，所有的哥伦比亚人民，我们与你们休戚与共，我们与你们共同进退，兄弟般的团结一致。

所有人都很清楚，这并不是臭名昭著的哥伦比亚计划。事实上，哥伦比亚计划只不过是为了把哥伦比亚资产阶级强加给邻国的毒品经济进一步推进而已，其目的之一是保证美国庞大而持续增长的毒品消费。美国精英阶层强加给那个曾经伟大国家的野蛮的资本主义体系，需要继续用毒品来轰炸那个被统治和被操纵的社会，目的是让这个国家对浩大的变革运动浑然不觉，继续沉睡。浩大的变革运动已经遍布整个美洲大陆，它的中心恰恰就在玻利瓦尔委内瑞拉。

几个晚上之后，我很震惊地听到一个埃菲社发布的消息：在美国流通的货币的90%都带有可卡因背景！这对于一个社会而言是多么可怕的事情，同时也是对我们一直以来指出的事实的明显反映。

在哥伦比亚精英阶层看来，这种“领事”资产阶级，埃利奥·亚瓜里贝称之为过时的寡头，他们需要美国在哥伦比亚领土上的军事存在。这种军事存在就像他们每天呼吸的空气一样，非常必需。首先，为了阻止四处出现的要求正义的人民运动，其次，为了维持半个多世纪以前动摇了卡米洛·托雷斯和豪尔赫·埃列塞尔·盖坦政权的武装暴动。

哥伦比亚对美国军队敞开大门还是一种强大的保证，它庇护着哥伦比亚傀儡政府。资产阶级国家操控一切，运用它的安全部队犯下无数的侵犯人权和国际法的行为，这些行为是由腐败的精英阶层主导的。

另外，哥伦比亚领土上的军事基地是美帝国主义军事力量中的空中机动部队（AMC）的“全球支援基地战略”的一部分。最近，在8月12日，“起义”网站上发表了一篇很有意思的文章。优秀的哥伦比亚学者梅多费罗·梅蒂纳在文章中写道：

> 在美国空军空中机动部队2009年4月的一份文献中，可以读到下面最令人担忧的一段话：“最近，南方支队开始准备建立一个基地，用以实施机动行动……南方支队已经确认哥伦比亚的帕兰格罗为安全合作行动地（CSL），CSL是美国对在其他国家的基地的命名。”

随后，梅多费罗·梅蒂纳从上述文献中揭露出一个华盛顿和波哥大试图掩盖的纯粹事实："把南美洲纳入全球路线战略有两个目标：一是有助于实现我们在美洲地区的战略，二是有助于开拓非洲路线……"

更有甚者，还有这么一段，如同帝国王冠上的珍珠："一旦南方支队建立起强大的行动基地，帕兰格罗足以充当空中机动的基地。"

有眼睛的人们，看看吧！有耳朵的人们，听听吧！

总之，我们南美洲国家联盟的政府和人民有充足的理由以各种形式表示对帝国主义野蛮行径的拒绝。

整个南美洲正处于威胁之中。现在，我手头上就有梅蒂纳指出那份文献的全文。其中最耸人听闻的一段写道：

> 为了满足我们国家安全的需要，美国要求在全球公共地域和重要地区战略通道的行动自由（《2008年国家安全战略》，第22页）。因此，从战略角度出发，空中机动战略必须保证美国对重要地区的通道。

就像我写下这些文字的大草原上所说的：天再亮就没有雄鸡啼叫了！

美帝国主义瞄准了奥里诺科及其蕴藏的石油资源，瞄准了亚马孙及其物产丰富的流域，瞄准了拉普拉塔—巴拉那河及其庞大的水域。

但不要忘了，这里有阿尔蒂加斯、圣马丁、胡安娜·阿苏杜伊、图帕克·卡塔里、巴尔托利纳—西萨、"拔牙者"、阿布鲁·德·利马、曼努埃拉·萨恩斯、安东尼奥·纳里诺、安东尼奥·何塞·德·苏克雷、弗朗西斯科·德·米兰达、西蒙·玻利瓦尔的子孙后代。

也不要忘了，我们要争取自由，我们要把一个伟大的祖国留给我们的子孙后代！

这是艰难的时刻。

我们别无他路。玻利瓦尔是向导。他说："团结，要么团结，要么无政府状态就会把我们吞掉"；"我们需要的只有团结，只有团结，才能完成我们的再生事业。"

我能从那里望到阿普雷海岸。啊！大草原，我多么爱你！"你的每一根秸秆上都倾注着我的灵魂，你的每一条道路上都流传着民谣。"

我们必胜！

2009年8月30日
巴里洛切：喧闹的争吵

I

帝国主义战略的最大特点莫过于削弱和瓦解各国人民谋求决定自身命运而进行的任何努力。古今历史一再证明，不事先破坏各国的主权和独立进程，帝国主义就无法进行统治。正因为如此，帝国主义特别害怕南美各国人民朝着团结的目标前进。

在这个意义上，南美国家联盟不仅是国家间简单结盟的权宜之计，更是我们这些拥有相同历史、记忆和期望的民族的当务之急。委内瑞拉正是怀着这样的意识参加了于上周五，即8月28日召开的巴里洛切特别峰会。

需要强调的一个绝对重要的事实是讨论的公开性：面向我们的人民。秘而不宣和台下交易的时代已经一去不复返了。在相同的意义上，我想强调的是，在各国总统和国家元首出席的峰会上或会议上讨论外国在本地区存在的军事基地问题，这尚属头一回。

讨论坦率而激烈，有时甚至出现紧张的时刻，因为实质上存在难以掩饰的意识形态分歧。但是，这些分歧我们必须克服，以维护和巩固南美洲的团结。在巴里洛切，南美的团结得到了捍卫。任何分裂南美国家联盟的外部图谋注定要失败并且必将会失败。

乌里韦总统的言论令人担扰，他像讼棍一样不断地使用诡辩。如果像他在巴里洛切的一次发言中所说的那样，我们警惕美国在哥伦比亚境内设立军事基地，我们就是先入为主，所有的一切都可以变成先入为主。纯粹是空谈，毫无内容的空谈，无非是想躲避实质性的讨论。问题在于，一旦这7座军事基地建成，哥伦比亚将无法为任何人提供安全保证。

这些基地一旦在哥伦比亚的土地上建立，谁知道它们要待到什么时候！因此，南美地区的和平现在和未来都将处于永久的威胁之中。但出席巴里洛切峰会的大多数人的共同信念是将南美洲建设成和平之洲，消除战争的可能性。

委内瑞拉在哥伦比亚的内部冲突中没有任何责任。我们致力于在兄弟国家实现和平。我们在巴里洛切提出的哥伦比亚和平倡议的建议，再一次显示了我们在这一问题上始终如一的努力。

重要的是在会议最终文件第三点中确定了原则立场："重申了外国军事力量不得通过采用与自身目的相联系的方式和手段威胁任何一个南美国家的主权和领土完整，因而威胁整个地区的和平与安全。"这样，就从事实和法律上，确立了一项任何人都不能否认的防卫原则。我们将监督这一条款的严格和切实的履行。

现在需要的是南美国家防务理事会根据平等、平衡和对称的原则开始运作。（事实上，部署在哥伦比亚境内由美国掌控的7个军事基地，造成了极其危险的不对称局面。）哥伦比亚与美国之间的军事协定的修改于8月19日得到批准是第一步也是重要的一步。

II

在8月28日，洪都拉斯政变满两个月。英勇的洪都拉斯人民对事实政权也抵抗了两个月。

然而，令人担忧的是，洪都拉斯局势在国际上降温了，对猩猩派的压力减少了。今天，我们已经知道，抓捕行动是在帕尔梅洛拉的美军基地公开配合下进行的。如果不是这样，又怎么解释劫持塞拉亚总统的飞机首先就降落在这块美国的飞地上呢？

洪都拉斯政变是帝国主义军事战略升级的第一次演习，这一战略升级的延续随着美国在哥伦比亚建立军事基地而增加和强化。

我们应继续竭尽全力帮助洪都拉斯人民恢复民主道路。洪都拉斯已经在政变的阴霾下度过了两个月，尽管在街头和在乡下，人民的斗争意志并没有消沉。

这是充满教训的两个月：第一个是，美国一些派别无耻地干涉主义势力企图扭曲一个国家人民的命运；另一个教训是，国际组织在履行自己作出的决定方面显得无能为力。这对拉美大陆其他国家来说是一个极其糟糕的信号，人们将会开始看到，耻辱和不公平会成为这个地区的家常便饭。

墨西哥杰出的知识分子安娜·埃斯特尔·赛赛尼娅在最近发表的《洪都拉斯和对拉美大陆的军事占领》(2009年)一文中写道：

> 虽然洪都拉斯清楚地表明了资本主义制度内民主的局限性，但洪都拉斯事件的背景是，在哥伦比亚建立新的军事基地的计划和美国军队在哥伦比亚土地上享有豁免权，将把这个国家整体上变为美国军队的租借地，使本地区人民和国家自决的主权能力受到威胁。

美国在南美洲的这块军事飞地的行动将针对敌国或失败的国家。根据美国推行的新规则，失败国家可以是历史上失败的国家或将来的失败国家，几乎在一瞬间，因“崩溃”而失败的国家。任何紧急事件都可以将一个国家变成失败的国家，因而遭致干涉。

这些话说得很对:“对风险情况没有任何的夸张,而且是迫在眉睫的风险,本地区所有国家都处在这种风险之中，特别是哥伦比亚的邻国。我们都会受到军事干预，如果我们没有按照帝国给我们演奏的乐曲去跳舞的话。”

III

我们将玻利瓦尔的名言带到了巴里洛切。我们在那儿重温了这位解放者在1829年8月4日致马里亚诺·蒙提亚的信函：“如果美洲不回到自己的道路上来，如果不相信自己的无效和无能，如果我们不呼唤秩序和理性，很难指望他们的政府能够得到巩固，一个新的殖民主义将是我们留给后代的遗产。”

我们不愿遗留给后人一个卑鄙的新的殖民主义遗产，而应是最终光辉灿烂的遗产。

祖国，社会主义或者死亡！

我们必胜！

2009年9月6日
德黑兰之声

团结无疑是我们完成复兴大业最需要的，也是最能体现玻利瓦尔思想的神圣目标的话语。我们的解放者在历史上的今天，1815年9月6日，写道，作为“一个南美人致一位牙买加绅士”亨利·古伦的答复。这封历史上被称为《牙买加通信》的重要文献表达了在世界的这一边建立一个目标崇高、意义深远的具体的空想：在这封仿佛是在昨夜写就的信中，出现了建设和创造一个新世界的物质基础。

实际上，这封带有预言性质的信函推动我们就各国人民与这个空想之间的关系，特别是同美洲的具体空想的关系进行思考，今天获得了日渐清晰的形状，尽管在1815年一切似乎都是否定的。

我们相聚在巴里洛切并没有别的理由；我们无所顾忌地飞往空间上相隔遥远的土地不是出于别的理由，而是我们内心感觉的亲近和兄弟关系通过南—南合作的感情使我们相聚在一起。这是构建一个能够帮助我们抵御帝国主义威胁的多元和多极的世界。

正如我在阿尔及利亚曾经说过的那样，现在我想重复我的话：面对帝国主义及其极右派运动、政变派和卖国集团为了制止在我们的美洲和世界上的变革而发起的新攻势，面对这种侵略，我们的答复只能是加快联合的进程，就像我们在本地区正在做的那样，同时我们还需要保证各个地缘政治集团之间的接近和一体化进程。

这是我们要走的道路。因为，对于我们所有人来说，唯一的现实的和真正的威胁就是美帝国主义霸权的延续。

“一个共和国的最合理的利益应该限于国家的存续、繁荣和荣耀的范围。”玻利瓦尔在他那封1815年的预言信中写道。一个真正的共和国的核心要素是在尊重和维护公共利益和集体福利的框架内实现经济的发展、文化的繁荣、日常生活实践的平等，因而也实现自由。我们自己国家的存续、繁荣和荣耀的范围不应与其他国家有所不同。我们清楚地认识到，一个国家无法孤立地解决所有问题。面临困扰着整个人类社会的大量难题，在民族范围内孤立地解决问题只是一种幻想而已。

团结无疑是我们完成复兴大业最需要的。这一原则难道不也正适用于我们大陆之外的我国的兄弟民族的现实吗？用“在海外”的普通说法来指这些地方。无论是现在还是过去，这都是我们不变的前提。在这次旅行中，明天将踏上令人起敬的白俄罗斯土地，我们将在那里赋予实践的和坚实的意义：多元世界和“多维”外交日益得到巩固，正如俄罗斯总理、委内瑞拉的朋友弗拉基米尔·普京曾经说过的那样。

我们讲的是建设一个这样的世界，在这个世界里，每个民族都构成享有主权和尊严的一极，唯一的理由就是这个民族的构成是因为人民赋予它民族特性和历史渊源，这样，一个星球就建立在团结一致和公平交易的基础之上。我并非经济学家，但恐怕无人能够反驳我试图阐述的观点。当今世界，不同方式的相互联系日益紧密，在相互关系中和在产生良性影响和恶性冲突的影响中各种关系都日益密切，正如目前的金融危机所表现的那样。总之，在共同的家庭里，就像伟大的解放神学家莱昂纳多·波夫说过的，没有任何站得住脚的理由让一些民族遭受贫困。

我不希望自己刚发表的这番言论显得天真无知或过于理想主义。但我们深知是哪些原因使得上述情况变得无足轻重，而不是无可争辩的现实：这就是文化干涉、跨国公司利益集团、维持对美国霸权的依赖，以及西方盲目的和没落的政权所起的作用：他们宁可讲述实现正义是不可能的或者以民主的名义绑架正义，削弱各民族和各国人民的创造潜力。

他们力图操纵民主、正义、平等和自由的基本价值，对其他更符合普通大众利益的解释予以排斥，使之无法存在。他们把我们称为不发达国家、落后地区、野蛮民族，诸如此类的蔑称不胜枚举。他们通过充满野蛮的手段、暴力、干涉主义和毫无道理的战争让我们知道这一切。我们在这里进入了分析的核心要素：谁是真正依靠不正当地掠夺资源、控制领土、制造死亡、带来饥饿、散播无知而赖以生存的呢？谁又是毫无道理地怀疑我们在上一段落中阐述的观点的呢？每个人都可以作出自己的解答！

利比亚、阿尔及利亚、叙利亚、白俄罗斯和俄罗斯等敢于逆美国准则行事的国家，就像我们一样，按照它们的方式，构成了“邪恶的轴心”，这是反动的异端散发臭气的绰号。不难想象这样形容的原因。

不要忘记，“邪恶的轴心”这一可耻的作品是由同样可耻的罗纳德·里根创造的，得到前总统小布什以病态的方式加以回收。这无非是用来掩盖和歪曲那些维护自己的方向和走向尊严的那些国家的主权政策的一种庸俗和平庸的发明创造而已。

面对这个狭隘的标签，反映了发明者自身的狭隘心理，我们回想起革命的思想家塔里克·阿里，我们感到荣幸的是他号召我们玻利维亚、委内瑞拉和厄瓜多尔组成“希望的轴心”。用阿里本人接受艾梅·古德曼采访时的话来说，这一轴心“表明有可能将世界从沉浸在新自由主义梦幻中唤醒过来。拉丁美洲的领导人拥有的社会观可以在当前时刻为世界提供一些希望”。简言之，我们将以集体的声音，不仅共同建设一个起“希望的轴心”，而且还是一个“和平的轴心”。

我们必胜！

2009年9月13日
多核心世界：新的世界

I

在结束漫长的出访之后，我随之进行了许多有价值的思考，从中推断出我们应该深入思考的问题。

回国后，我比任何时候都更加坚信，推翻美国帝国试图强加给世界的政治、经济、文化和军事霸权，不仅是必要的，而且绝对是可能的。诺安·乔姆斯基正确而尖锐地指出了我们时代最大的两难选择：霸权或者生存。如果不推翻帝国主义霸权，世界将走向野蛮状态。

我们不能再继续盲目地复制破坏生态环境和人类社会最基本生活条件的可怜的逻辑。这种逻辑会夺走我们的未来，抹杀我们的特性。这是帝国主义和资本主义的逻辑。我们必须要走其他的道路，而不放弃各民族独特的进程。

面对众多引诱我们偏离正途的企图和圈套，我们应该建立新形式的联合体，同时推行我们自己的抵抗战略。正如法国作家安德烈·马尔罗所言，我们要通过抵抗和多重创造将命运变成觉悟。

正是因为这个原因，委内瑞拉现在和将来都一如既往地继续为建立多极世界而斗争。虽然如此，我们所希望的多极世界并非近在咫尺。

这次出访帮助我更清楚地了解了全局。

我想重申在莫斯科俄罗斯人民友谊大学所说的话：今天我们可以说，世界已经不再是单极世界，但两极模式也未能重现。也还没有确凿的证据表明世界正在迈向四个或五个大的权力中心并存的局面。显然，例如我们的美洲组成一个单一政治集团的可能性还没有出现在眼前的地平线上，短期内也很难成为现实。在非洲、亚洲和欧洲也发生同样的情况。

初见端倪的是，在我们可以称之为新世界的版图上，出现了一批不断增长的地缘政治核心。这是一个向多极格局过渡的多核心世界。

加快向多极化过渡将取决于各个核心国家是否拥有清晰的认识、意志和政治决断能力。

那些企图使我们成为历史落伍者的势力总是企图保持我们处于分散状态，耍出人尽皆知的阴险伎俩，由于对人类造成的不祥后果而臭名昭著。然而，我们这次长途旅行，穿越了三个大陆的边界，向世界敞开向往自由的胸怀，完成了在各国人民之间深化必然协议的神圣职责，我们认为同这些国家的人民有着共同的命运、面临着相同的挑战、分享着同样的希望。

由许多国家共同唱响的多元化歌声是很难被制止的。正如葡萄牙思想家博阿文图拉·德索萨·桑托斯在他的《南方认识论》一书中所说的，面对资本主义强加的霸权全球化，我们应该考虑一场新的跨国民主运动。在这个意义上，我感觉到与利比亚、阿尔及利亚、叙利亚、伊朗、土库曼斯坦、白俄罗斯、俄罗斯和西班牙这些兄弟国家的人民在精神上是心心相印的，面对世界性的危机，孤立地进行努力是不够的。

我们与兄弟国家的共同点有助于我们并肩前进。同样，我们签署的许多新协议也再次表明我们愿意根据历史要求我们作出一切努力，坚定地沿着既定的方向发展，以不可放弃的坚定性，向着实现各国人民幸福的目标迈进。

我们的承诺是巨大的：我们的责任同样巨大。只有这样，我们才能不被黑暗势力所吞噬。这些势力妄图以数以百万计的人类的不幸为代价，将巨大的财富积累到少数人手中。这种异乎寻常的非人道的不对称局面必须彻底改变，否则，在不远的未来，任何人都无法生存。

II

本周是智利悲剧36周年的祭日。我认为，应该从这一悲剧中吸取的教训是：对于帝国主义及其统治阶级来说，维护资本主义制度是最根本的，它必须放在民主制度之前。萨尔瓦多·阿连德同志是一位模范的民主主义者，然而，在1973年9月11日，他和他的人民却成了最残暴罪行的牺牲品。

阿连德是今天南美所处时代变革的先驱。那些认为人民团结阵线提出的道路行不通的人大错而特错。社会主义并不意味着与民主和法治的决裂，而是恰恰相反，它是民主和法治的完美实现。

本周，另一个9月11日，即2001年9月11日期满8周年。令人无法遗忘的是，从那天起，帝国主义进攻开始疯狂升级。没有人不怀疑布什政府就纽约发生的惨剧提供的官方版本。最为恐怖的是，这一事件被当做发动“反恐战争”的借口。帝国主义可以肆无忌惮地践踏各国人民的主权而不受制裁，这就是发生在阿富汗和伊拉克的事情。

此外，巴勒斯坦人民还在遭受着以色列政府实施的令人痛苦的“种族隔离”，这足以表明实际上谁是世界范围内恐怖主义的真正实践者。

III

在反对《教育组织法》的不公正的借口下，少数人企图破坏新学年的开始。这背后隐藏着什么呢？这就是一小撮黑帮不可告人的利益，他们总是把教育看成意外的生意，因而不希望国家完全履行教育者的职能。

很显然，反革命势力拙劣地利用任何一个借口企图以任何方式煽动人们的情绪。但他们将再一次遭到失败。

委内瑞拉人民，作为父亲的我们和作为母亲的你们，男女教师们，特别是青年学生，我们不会允许新学年的正常运转遭受风险。

我想号召人民积极捍卫《教育组织法》，更好地了解和宣传这部法律。这是实现最重要目的的一个必要的法律手段：把教育作为解放的手段和改造的手段。

玻利瓦尔曾说：“各个民族将随着教育发展的步伐走向繁荣。”我们将沿着国父指引的道路前进。

誓死捍卫社会主义祖国！我们必胜！

2009年9月20日

非洲，非洲！

铅灰色的乌云开始向我们压来，仿佛小说《唐娜芭芭拉》中的喧嚣和骚乱，预示着我们国家噩运临头。风一而再、再而三地刮起，风将本不应归咎于各国人民的所有威胁吹向远方。让威胁与我们擦肩而过，甚至几乎没有感觉。这要归功于我们面对困扰大部分资本主义世界的混乱局面，作出了迈出一两步的正确决定。

为了人民的幸福，为了让那些期待看到我们革命和我们的国家遭受失败的许多无祖国的人们的不幸，我们迈出了坚定的和决定性的步伐来战胜威胁我们的这一骚乱。正是因为这个理由，我决定对部长会议这栋官僚大厦进行一次真正的和真实的打击，而不是简单的、例行公事般的改组。我们将发扬玻利瓦尔和社会主义精神，组建我们自己的部长会议。这就是把它变成一个政治效率高、革命素质强的机构。

“独立的问题不仅是形式上的变化，而更是精神上的变化。”马蒂在他的杰作《我们的美洲》（1881年）中这样写道。在这里和现在，社会主义正是走向我们最终独立的道路。机构的活力必须充分体现人民已经变为己有的精神变化。

我想一次又一次地强调这样的观点，希望我们都能把它作为革命的关键牢记在心：人民并非只是一块在与其毫无关联的大脑指挥下的肌肉，人民争取解放的既是肌肉，也是大脑，是人民正在实现社会主义。就这一神圣的使命中，人民的永恒性无可争议的。

我们想起西蒙·罗德里格斯在1828年的《美洲社会》中写道：“政府是由全

部社会职能构成的一种职能。这是一个人所能承担的最复杂、细致和辛苦的职能。谁也无法单独履行这一职能，甚至那些得到一部分公民信任的那些人也不能单独地处理这些需要全身心投入的事务。”

因此，我们当前再次推动的改组和振兴并非单纯而简单地例行公事，而是要加强整个政府的结构，以便从思想、财政、经济和社会等各个方面布置好我们的全部炮阵地，以成功应对2009年第四季度和2010年面临的各种新挑战，以坚定而有力的步伐，全面跨入我们独立200周年的新时代，从各个方面来说这是有史以来第一次开始成为现实。

玻利瓦尔设想过：“最高的权威应该是永恒的。因为，在非等级的制度中比其他任何制度都更需要一个固定点，行政官员与公民、人和物都要围绕这个点来转动。”

正如我们寻找有效方式进行内部管理的组织和改善一样，对外我们也以同样的强度努力推动建立多核心世界秩序。这就是要更加坚定不移地加快我们的步伐，构建一个从各国人民主权的横向相互联系的多极世界。各国人民维护自己利益与和平生产方面相互尊重并共同承担责任。这是一个摆脱了一切战争压力的世界，一个有尊严的世界。

我们坚定地与非洲世界巩固了关系，非洲有我们梅斯蒂索、美洲土著和加勒比民族的构成要素，非洲文化是我们的文化支柱之一。展望这块兄弟大陆，非洲母亲，我们有很多的事情要做，而不是将我们的目光投向西方资本主义世界。

我想在这里引用人们熟悉的被称为“黑人切·格瓦拉”的布基纳法索革命的杰出领袖托马斯·桑卡拉的名言。对于正在向多极格局过渡的世界中我们寻求的目标来说，桑卡拉的话一矢击中靶心：

> 我们希望寻找到更符合自己文明特点的组织方式。我们断然和坚决地反对任何外部势力的发号施令，并将根据我们自己的希望为人民创造有尊严的生活条件。结束苟延残喘的生存方式，放松各种压力，将我们的土地从中世纪般的束缚中解放出来；实现社会的民主化，唤醒对世界的集体责任精神，并勇于开创未来。我们要重建政府管理体

系，改变公务员形象。使我们的军队融入人民之中，并不断提醒他们：一个缺乏爱国主义素养的军人只能是一名潜在的罪犯。这就是我们的政治纲领。

这就是这位非洲和世界革命的烈士1984年10月4日在他这篇值得纪念的在联合国的发言中说的话。

面对这一前景，我们的解放者国父同样为我们提供了一体化的关键：这就是形成文化社会的要素，因而具有更大的经济、政治和社会潜力。我们可以在他这篇简短的《安戈斯图拉的演讲》的片段中清楚地看到："所有公民的鲜血各不相同，我们把血混合起来就能融为一体。"玻利瓦尔要我们铭记自己是怎样构成的，又是什么让我们成为美洲的儿女。他提醒我们永远不要忘记，我们作为梅斯蒂索人，部分地也是非洲人。这种天然的联盟应该在实践中决定性地得到加强。

我们面临着共同的问题。这些问题的原因和根源相互关联。我们曾经共同解放了这块大陆。现在，我们正重新解放它，我们正在这样做。在这一过程中，在广袤的非洲大地上，各国人民也将和我们一起重新解放自己的土地，重新书写自己的历史。如果说有什么标志提前预示着多极世界的到来，那就是我们拯救和捍卫我们的特性、我们的历史和我们的世界：穷苦人的世界！这就是下一届非洲—拉美峰会的核心宗旨。

誓死捍卫社会主义祖国！

我们必胜！

2009年9月27日
我们是非洲！我们是南美！

对于委内瑞拉在国际上每天都与其他南方国家人民共同开展的思想战来说，本周具有非同寻常的意义。在纽约举行的第64届联合国大会成了我们开展思想战的真正战场。我想首先指出的是，在纽约联合国大会期间，我们断然地谴责了洪都拉斯独裁政权。

除了处于阴沉状态的以色列之外，全世界都要求已经勇敢归国的英雄总统塞拉亚复职，并要求在这个人民群众进行了不屈不挠抗争的光荣的兄弟国家恢复民主制度。

但仅有口头谴责是不够的。洪都拉斯正处在不幸的时刻。现在需要我们明确地证明自己是不是英勇的洪都拉斯人民的真正兄弟。任何耽搁都等于开出了死亡证明。

回顾本届联合国大会，我认为有三篇发言既值得记忆又切中要害。我指的是卡扎菲、卢拉和莫拉莱斯的讲话。

卡扎菲就重建联合国的迫切需要阐述了观点。我赞同他每一条关于安理会组织和运作的看法，还有关于联合国大会应该发挥主导作用的观点。

卢拉强调要在新的基础上重建国际经济秩序。我完全赞同他关于世界不能继续遵循“二战”以后制定的规则和价值观运作的观点。

莫拉莱斯的讲话再次体现了原生民族的智慧。他针对气候变化的严重威胁，要求捍卫地球母亲权利的讲话思路清晰，感人至深。他同时完全合情合理地提出，发达国家应该承认自己对地球的欠债。

委内瑞拉来到联合国是为了提醒世界，如果与会各方均发言希望改变世界，应该拥有我们的美洲和加勒比人民的支持。

我想重申我9月24日发言的中心思想。我指出，南美洲，在我们的美洲和加勒比正在进行一场革命。世界应该看到、承认并接受我们的革命进程。因为，这已经成为一个不可逆转的现实。此外，这场革命超越了意识形态的范围。它是地理和地缘政治意义上的革命；它是划时代的革命，也是一场道德革命；这是一场必须进行的革命。

这场必须进行的革命声势浩大，并随着时间的推移日益高涨。这场革命的伟大在于其内部容纳的时间和它包揽的空间。

在对第64届联合国大会进行思考时，我不能不提及奥巴马总统的发言。虽然我们承认他的讲话中的确存在令人惊讶的空洞之处和缺乏连贯之处（如他竟然一次也没提到洪都拉斯的政变），其语言风格与布什相比还是很不相同的。然而，他与前任在口头表达风格上的差异应该转化成为一个一致的行动，但首先必须解决迄今为止其工作特点的两面性。

如果奥巴马愿意与我们共同建立一个新的世界秩序，一个以理解、明智和尊重为标志的新秩序，我们将对此表示欢迎。但如果他屈服于作为国中之国的五角大楼的压力，但又不愿意继续按照帝国主义的老脚本表演，那他将成为有机会推动人类事业的进步，而由于害怕面对挑战，不敢与其他国家一道建立一个没有帝国霸权的世界，即平等与和平的世界的角色，他将作为这样的角色载入史册。

19世纪的历史学家们为我们制造了大量关于非洲大陆的谎言，媒体又把这些虚假的观念进行了传播。他们向我们兜售着那些恶毒的思想，仿佛历史是在欧洲人到来之后才到达非洲民族的；好像由于种族条件的原因，非洲人是低等的、崇尚暴力的和愚昧的种族；非洲人很懒惰，因为不懂得利用自己的资源；非洲人无法组成现代的国家，因为他们情愿依附别人，甘愿处于落后状态。

必须指出，扭曲事实的目的无非是企图从言论上和行动上将最野蛮的统治永久化。这种野蛮的统治昨天是由殖民者实施的，今天是由跨国资本实施的。他们无视非洲的力量和丰富的文化遗产，因为谎言的制造者们仍然怀有野心推行殖民主义的新形式对非洲进行蹂躏。

我不能不想起刚果烈士帕特里希奥 ·卢蒙巴总统于1960年6月30日宣告祖国独立时发表的演讲。他说："这是一场充满眼泪、血与火的斗争。我们对自己的出生深感自豪，因为我们的斗争是高尚的和正义的，这是为摆脱暴力强加给我们的屈辱和奴役而必须进行的斗争。这是在殖民政权的80年中我们的命运。我们的伤口至今仍流淌着鲜血，使我们无法从记忆中分离出来。"

我想模拟卢蒙巴的话做一个补充，在2009年这些伤口仍未愈合。非洲的记忆本身就是一个巨大的伤口。

人们很容易说，非洲的未来取决于非洲人，然后要求他们忘却殖民主义和帝国主义。但非洲母亲不会忘记，我们的美洲祖国也不会忘记。因为，一旦遗忘过去，任何人都无法成为自己命运的主人。

正因为如此，南美洲今天站起来了，向非洲人民张开了双臂，密切了联系。因为在大西洋的两岸都知道，我们的血统、历史和希望都是相同的。这也是在马格丽塔举行的第二届南美洲—非洲峰会上占主导地位的精神。这种精神鼓舞我们寻求与整个非洲在政治、社会和经济上的联合，我们的思想境界是共同致力于建设新的多极世界秩序，一起在明天的世界上奏响真正的正义和友爱的乐章。

非洲和南美洲是构建新的世界平衡的基本力量，为此，我们需要同心同德，一起谋划可行的共同目标。这次峰会上诞生的是一个新的共同的战略版图。

我想引用一句塞内加尔的古老格言："想获得蜂蜜就要有勇气面对蜜蜂。"我们要把甜美的蜂蜜留给子孙后代。我们将鼓起勇气，在蜂群中勇往直前。

写于马格丽塔。

我们必胜！

2009年10月4日 委内瑞拉的劳动者，联合起来！

“时代已经到来，钟声还未敲响，它升腾起来，走进我们的内心，它像一汪深水，出现在目光之中。”我们的诗人巴勃罗·聂鲁达吟诵道。这个委内瑞拉时代，正在由我们所有的爱国者建立起来，我们决定用自己的努力和奉献，带来新的好消息，这不是偶然的结果。

“只要我们行为端正，时间就能创造奇迹。”我们的解放者于1825年4月20日明智地向托马斯·德赫拉斯将军建议道。这是不可避免的事情，奖励那些坚定不移地坚持原则和普遍正义的人们。因此，我们要祝贺社会主义力量和革命力量在委内瑞拉石油公司第一次透明的和多数人参与的竞选中所取得的伟大胜利。这次竞选没有任何人被排斥在外，80%的男女员工参加了这次选举。

我们所有的委内瑞拉人通过委内瑞拉石油工人统一联合会行使民主，重新肯定了爱国和革命精神，最明确地显示了工人阶级正在发挥其掌握现实和改造现实的先锋队作用。

这是以强烈的阶级意识为标志的正直行为所产生的结果，使我们今天能够开始看到这种奇迹。这是在第四共和国时期从来没有屈服的工人阶级。当时在虚伪的工人领导层的合谋下出卖了我们主要的民族工业。在2002年和2003年犯罪性的破坏时期，工人阶级有能力使得民族工业在几乎全面瘫痪之后得以重建。

劳动者在石油政变和10月2日星期四的这一天中显示出来的精神，就是1936年12月～1937年1月石油大罢工期间显示的同一精神。当时我们的劳动者向全世界展现出它是一个真正的英雄的阶级。

我们大家都浸透了这种精神，在全国范围内加快组建委内瑞拉统一社会主义党的劳工巡逻队。一个不可回避的前提是，如果我们继续让劳动异化长期延续，我们将永远无法建成社会主义。玻利瓦尔认为："最高的权威应该是永恒的。因为，在没有等级的制度下，比其他任何制度都更需要一个固定点，行政官员和公民，人和物都要围绕这个点来转动。"

今天我们深信，这一最高权威来自全体人民，来自我们的男女劳动者。那么，劳工巡逻队和行业巡逻队就是被召唤来为了某种永恒的目标而工作的，这种永恒就是由我们的人民所体现的：永恒的祖国！

中华人民共和国令人赞美的建国60周年庆典向世界如实地证实了一个民族是如何学会用自己的脚走路的，这个民族没有忘记自己来自何处，也没有忘记伟大智慧的源泉。

对于我们来说，中国向我们忠实地证明了我们可以成为拥有自由和主权的民族，告诉我们能够建设符合我们最神圣目标并扎根于本国土壤中的社会主义。

中国在世界上没有利益，只有朋友。幸运的是，我们的玻利瓦尔革命与这个如此伟大的国家有着相同的感情。这种感情同时也是我们坚持要建设的多极世界的基础。中华人民共和国万岁！中国胜利的革命万岁！

谈到第二届南美—非洲峰会的成果，不仅应该看到在政治版图的联合、重组和重新形成，以及在我们共同的历史和精神版图方面的重新相遇、加强联系，而且也应该看到我们共同的经济潜力以及短期、中期和长期合作的成果。

结束本篇文章之前，我还想提及一下委内瑞拉队已经晋级2009年埃及世界青年足球锦标赛1/8决赛。我们的小伙子们表现很出色，在第一轮比赛中就取得了两次大的胜利，获得了胜利也增强了信心。

同样，委内瑞拉棒球队已成功入围将于2010年在加拿大举行的大学生棒球世界锦标赛。此外，我们还公平公正地晋级在巴尔基西梅托举行的第九届美洲杯大学生棒球锦标赛。

衷心祝贺我们的足球英雄和棒球英雄。

他们是我们的黄金一代！

我还想借机就本周五里约热内卢成功申办2016年奥运会和残奥会向巴西人民和卢拉总统表示祝贺。毫无疑问，我要以我们的美洲人、印第安美洲人和非洲血统美洲人发自内心的骄傲表示祝贺。巴西人今天享有的这份荣誉也是南美—非洲峰会机制下集体取得的第一项重大成就。就像卢拉要求的那样，正像我们承诺支持这一变成为南—南国家的共同事业那样，我们完成了投出共同一票的承诺，这是无条件的支持，此外，体育运动的普及是没有任何排斥的、所有人都一样拥有的权利。我了解卢拉个人和社会敏感性。我知道，当他在巴西这么说的和这么想的时候，那么在一个被称为人类的更大的祖国，他也是这样说和这样想的，就像马蒂曾说的那样。于是，卢拉就会热泪盈眶，充满激情。

现在让我们所有人都支持巴西，将2016年里约热内卢奥运会办成历史上最好的一届奥运会。那些不配称为洪都拉斯人的支持政变的小丑们应该停止非理智的以不停地挑衅给巴西人民的欢乐泼凉水的图谋，停止对巴西神圣领土的不断挑衅行为，因为，根据国际法，巴西驻特古西加尔巴的使馆就是巴西领土。巴西并不孤单，我们在哥本哈根已经再一次证明了这一点。巴西加油！再加油！

直至取得胜利！

我们必胜！

● 查韦斯与古巴前领导人
菲德尔·卡斯特罗，他们身后
照片中人物是切·格瓦拉

● 查韦斯、克里斯蒂娜与卢拉

● 查韦斯与巴西前总统卢拉

2009年10月11日
切·格瓦拉万岁！

I

就在洪都拉斯人民进行了超过100天的英勇抵抗、我们的兄弟梅尔·塞拉亚在巴西使馆等待复职的同时，美洲国家组织的代表们也来到了这个中美洲国家，并试图为两个问题找到答案：一是了解政变分子愿意走到哪一步？政变分子在残暴地扶持起一个伪政府的过程中使得洪都拉斯陷入历史上最严峻的经济和社会危机；二是考察我们的兄弟国家怎样才能重返民主的轨道，切实对这一新型的、有可能在我们之中任何一个国家重演的无耻政变行径进行一致的谴责。结果是，证实了第一个问题，而未能实施第二件事情。

到目前为止所看到的情况是，谈判努力陷入僵局的情况与洪都拉斯全国所发生的一切形成了鲜明对照。在那里，人民奋起反对资产阶级独裁，独裁政府对人民不断地进行蹂躏和镇压。

洪都拉斯危机面临着两种态度迥然不同的力量的对抗：一种是呼吁理性和民主合法性的力量；另一种是赞同非理性和最粗暴的法西斯统治的力量。将两者等量齐观是最大的离经叛道，有辱于我们美洲祖国的尊严。请允许我重申：如果将这两种力量一视同仁，危机将不可能得到解决。洪都拉斯，凭借群众在街头掀起的飓风般的力量，迟早会获得胜利。这是资产阶级政权和将人们从昏睡中唤醒的人民宪法政权之间的战斗。

II

洪都拉斯使我们倍感痛惜。因为它是我们的美洲国家，更特别的，它是玻利瓦尔联盟的成员国。这个联盟通过巩固成员国之间的团结而不断加强自身的力量。无可辩驳的证明之一就是我们于10月7日在委内瑞拉与厄瓜多尔两国政府季度会议的框架下同科雷亚总统签署了多项协议。

的确，就像科雷亚总统指出的那样，总有敌人想破坏我们的团结。这就迫使我们必须克服诸如国家间竞争、消费者至上和个人主义等在内的各种愚蠢行为。

厄瓜多尔和委内瑞拉正沿着根本不同的方向前进，这是由合作、互补、团结和友爱指明的方向，这是符合两国人民利益的，他们遵照玻利瓦尔的教诲决定联合起来。玻利瓦尔曾说："如果我们不呼唤秩序和理智……一个新的殖民主义将是我们留给后代的遗产。"

我们将在加强双边关系的同时，也保证两场革命的继续并赋予活力，加快我们的美洲玻利瓦尔联盟这一新的历史性统一计划的进程。

我们将在2010年1月再次在厄瓜多尔聚首，对正在进行的项目作出评估。值得一提的是，各个项目正按照严格的时间表推进，因为根据玻利瓦尔的思想，我们需要的就是真实和真正有效的联合，这就是说，为我们的人民谋福利就要做到真实和真正有效率。

III

部长会议第三副主席、人民政权经济和财政部部长和委内瑞拉中央银行行长于10月8日星期四举行的联合新闻发布会具有重要的战略意义，消除了很多疑问。这些疑问是庸俗的反革命蓄意传播的，其蓄意的和险恶的用心是在人民中制造混乱和不信任。

另一场新闻发布会也开得很出色，那是由部长会议第四副主席和公共设施和住房部以及基础工业和矿业部部长共同举行的新闻发布会。

现在必须保持进攻的势头和加强革命的动力！那些预言委内瑞拉经济崩溃

的人们注定是空欢喜一场。我们将成功抵御这场结构性危机的冲击。这不仅是资本主义的危机，就像豪尔赫·希奥尔达尼指出的那样，这也是资本的危机。一些数据可以使我们看到令人不寒而栗的危机规模：在美国，失业率已经上升至10%，同时5 000万美国人被排除在医疗体系之外。

就在我奋笔疾书的时候，传来了危机演变的新消息：

根据国际劳工组织统计，2009年，国际经济危机已经导致6 100万人失业。目前，全世界失业人数为2.41亿人，为历史最高的数字。（来自IAR新闻网）

世界银行行长罗伯特·佐利克断言，预计2010年贫困人数将增加9 000万，同时至少5 900万人将加入失业大军。（来自IPS新闻网）

根据联合国发展署2009年的世界报告，委内瑞拉成为世界上人类发展指数排名前进了四位的四个国家之一。这绝非偶然。根据该报告，我们还是在我们的美洲收入分配最好的国家，也就是说，收入分配指数最好。这也并非偶然，按玻利瓦尔的话说，就是确立和实践了平等。

IV

10月8日，我们刚刚庆祝了英雄游击队员日和社区全科医生日。我们通过举行接受新一批古巴医生的仪式向切·格瓦拉致以最深切的敬意。这些医生来到我国，参加名为“走进社区”的社会战斗的阵线，为人民健康和救死扶伤而奋斗。

“走进社区”的使命已开始再次推进，这是最强大而有效的动力。特别是“走进社区”的第一期计划，因为在项目的这一阶段进行的检查和纠正过程可以发现大的问题。我们永远不会忘记“走进社区”一期计划在我们的各个社区画出了之前和之后的标记。一个之前和一个之后是通过以往被排除在健康权利之外的人们获得免费的高质量医疗服务而确定的。

为了继续履行我们对人民的承诺，我们拥有一个国家无条件的援助，这个国家拥有世界上最好的医疗体系之一：这个国家就是革命的古巴。

V

我们要祝贺委内瑞拉队在2009年埃及举行的20岁以下世界足球锦标赛中极为出色的表现。我们的小伙子们在我国的足球运动史上画出了一个之前和一个之后的标志。我们不仅第一次出线进入了世青赛，而且还进入了1/8决赛。我们只是在对阵阿联酋队时失利了一次。应该指出，那是在势均力敌、充满变数的一场比赛中的失利。

我们的小伙子们全身心地投入了比赛。他们表现了真正的英雄本色。

我们以充分的爱国热情感谢我国足球队的全体队员。我们还要特别地感谢教练团队，他们为我们打造了值得举国骄傲的新一代球员。

小伙子们，继续打造黄金一代！

VI

周五，我们还获悉了一条消息。一开始，我还以为是新闻标题出了错误，而并非真实的新闻。这条消息说：美国总统巴拉克·奥巴马获得了2009年诺贝尔和平奖。我们向自己提出的第一个问题是：到底是剥夺了什么权利使得幸运者是美国总统、而不是其他205位被提名的人士。

奥巴马究竟做了什么配得上这项奖励呢？作为决定性的特征，评审团评价了他建立无核世界的愿望，却忘记了他想把在伊拉克和阿富汗驻军永久化的努力，以及在哥伦比亚建立新的军事基地的决定。我们第一次见证了被提名者没做任何值得获奖的事情而得到奖项的一场名不副实的颁奖，奖励了一个因提出一个远未成为现实的愿望获得奖励的人。

但世界就是这样。我们可以想象一下，一名棒球投手在赛季开始的时候就获得了赛扬杯，而这只不过是因为他宣称将赢得50场比赛全胜，击败500名击球手。但实际上他连半场比赛都还没有赢得。就像罗西尼斯说的那样："这太夸张了。"与此同时，我们正在日复一日地努力解决成千上万个问题。我们的心灵得到满足的是，我们证实了我们怎样以更大的争取自由的决心朝着为各国人民提供另一种真实选择的方向前进，虽然从华盛顿，人们建议我们应该成为对地区更具“建设性”的国家。有必要听这些东西吗？

令这些人士感到担忧的实际上是我们决定自己前途的方式，将美洲各国人民置于变革的中心，而不是置于失败的美洲自由贸易区内，因为后者与决定获得自由和主权的各国人民的统一价值观发生了抵触。

切·格瓦拉万岁！

向着永远的胜利前进！

我们必胜！

2009年10月18日
玻利瓦尔联盟科恰班巴峰会

你的双手依然有力，仿佛在呼喊：人民，人民，人民；

你的双手依然有力，仿佛在呼喊：火光，火光，火光。

手的闪光和人民的灵魂，祖国的火焰用它的光芒染红了帕拉瓜纳的黄昏。就像阿里·普利梅拉在上述献给英雄的游击队员切·格瓦拉的诗句中写到的那样，在位于我国最大的天然气田珍珠1X上的恩斯克68号平台上工作的工人们的双手，仿佛也在呼喊：人民，人民；仿佛也在大声歌唱：火光，火光。我们始终坚持，委内瑞拉将成为天然气大国和能源大国。10月15日星期四升起的火焰再一次证实了这一点。我国将成为世界上天然气探明和认证储量占第四位的国家。最初估计珍珠1X气田储量接近3万亿立方英尺。然而，最近的探测表明，该气田产量有望达到8万亿立方英尺。

我想在此引用奥尔兰多·阿劳霍的话。他在1959年2月26日就跨国石油公司燃烧和浪费委内瑞拉那时就已探明的天然气资源提出警告说：

无论这种巨大损失精确的数字价值是多少，我们全体委内瑞拉人都应该对黑黝黝的东部平原上那些油井不停冒出的火焰感到揪心。它时刻提醒我们要采取创造性的行动。

我们的玻利瓦尔革命政权继承了这位伟大的巴里纳斯人奥尔兰多·阿劳霍所表达的集体忧患意识，回应了他要求采取创造性行动的呼吁。就像阿里·罗德里格斯·阿兰克所说的那样，这就是说，从我们能源结构变化成为现实之时起我们就成为一个道义上的大国。这种变化实际上正在实现。

由于玻利瓦尔政府对国家天然气项目的大力推动，委内瑞拉石油公司已经准备在第一阶段为加拉加斯的14 000户居民提供天然气，并将尽快使全国50%的汽车厂也使用天然气。一次真正的能源革命已经启动。不实现承诺的巨大变化我们绝不停止。

我还再次跟你们大家，同胞们，谈谈另一件令我深感忧虑的事。我在世界粮食日前夕阅读了联合国粮农组织最近一期报告。根据该组织统计，拉美和加勒比赤贫人口将增加300万。

粮农组织的预测，表明经济衰退将在今年底导致营养不良人口比例倒退到20年前的水平。危地马拉人民目前正在遭遇的严酷现实沉痛地向我们证实了上述断言并非故事。

为此，在委内瑞拉我们将继续致力于彻底扭转这一消极趋势。这不是我们的人民有过错，而是资本主义作为统治制度失败所造成的后果。

例如在本周三，14日，位于巴里纳斯州耶稣之心市的圣多明各灌溉系统的试验田开始了育种水稻和玉米的首次收割。有了这块试验田的经验，每公顷的产量超过了6 000公斤，而全国平均单产只有每公顷4 000公斤。

我们的目标是，委内瑞拉能够生产2011年所需要的认证种子的100%，以实现人民所期望的完全的粮食主权。为此，在科恰班巴举行的第七届玻利瓦尔联盟峰会上，我们进行不懈努力的目标之一在于推动建立大民族企业，致力于生产和经销各类食品，称为玻利瓦尔联盟食品，以对付我们必须及时避免的粮食危机的威胁。

本次第七届美洲玻利瓦尔联盟暨人民贸易协定峰会至关重要。这并不是在贬低前几届峰会和会议的战略意义，而是为了证实联合进程的进展和成熟。

用玻利瓦尔的话来说，通过美洲玻利瓦尔联盟实现的是“团结是不可低估的财富”。在其作为人民团结手段的性质方面，它总是领先一步：官僚化在我们的联盟中没有位置。

地区统一补偿体系（苏克雷体系）是计划中的关键部分，已经开始成为真真切切的现实。这一体系必须成为现实：在苏克雷体系中凝聚了实施对我们这个地区可行和公正的替代计划的意志，以应对金融危机的灾难。我们要强调一下，这场危机不仅是资本主义模式的危机，它更是资本自身逻辑的危机。

被称为美洲圣徒的何塞·马蒂在1891年5月曾经说过：

> 讲经济联合的人，讲的是政治联合。买东西的民族是主子，而卖东西的民族是奴才。必须通过平衡贸易来保障自由。如果一个民族要想死亡，就卖给一个民族。但如果一个民族要拯救自己，它就需要卖给一个以上民族。一个国家在另一国贸易中的过度影响就成为政治影响。

在这一系列的前提中可以看到苏克雷体系的目的和意义。

通过一种自己的货币实行的统一的地区经济模式，从政治意义上去解读，不仅意味着在贸易中更大的平等和主权，建设一个新的经济和金融结构应该有实现社会、经济和环境生态公平的强烈愿望相伴随。

这项任务，如果得不到社会运动、农民和妇女运动的直接参与，是不可能完成的。它们是玻利瓦尔联盟有组织的民众基础和我们历史的意识形态基础。他们从每一个地方、每一个地区和在历史和特性方面，最了解最公正的交换方式、生产方式，文化方式和尊严，在土地上的生态农业劳动，公平的和大众的经济，这个组织起来的民众始终在为自身的需要和权利要求而进行不懈的斗争。这是人民政权最清楚的表述。

我认为，没有谁比社会运动和人民运动组织更有资格来讨论我们的工作议程。他们是人民贸易协定的主体。玻利瓦尔联盟是其斗争的产物。他们代表着开辟新的历史进程的新生政权，并自下而上地建设通往我们最终独立的道路，这是实现我们各国人民最完美团结的同一道路。

正如伟大的秘鲁社会学家阿尼瓦尔·基哈诺所说：

> 在拉丁美洲，一切可能的社会民主化应该在大多数国家发生，同时和在同一个历史运动中，作为非殖民化和权力再分配而发生，换言之，作为一种激进的权力再分配而发生。

这个非殖民化的民主化进程没有别的名称，从玻利瓦尔联盟来看，我们可以说，就是社会主义的光辉名称。

在位于玻利维亚心脏地带的科恰班巴，我们要继续高呼：

誓死捍卫社会主义祖国！

我们必胜！

2009年10月25日
格林纳达，一面沉痛的镜子

I

1983年10月25日，罪行发生在格林纳达，在我们的格林纳达。

由于随笔本篇文章的发表正值这一令我们的美洲和加勒比各国痛心疾首事件的周年，有必要纪念这一日子。

在那个不幸的10月25日，数以千计的美国士兵入侵了这个仅拥有不足500名士兵的军队防卫着的加勒比小岛。

那个小岛敢于选择走向繁荣、维护尊严和主权的道路，积极开展了民族解放的美好进程。这个小国拥有一位深得人民爱戴、极具魅力的领导人，他叫毛里斯・毕晓普。

从1979年3月的那场革命开始，格林纳达就已经在帝国的注视之中。

遗憾的是，在1983年10月，格林纳达新宝石运动党内部的革命者之间的团结已无可挽回地分崩离析。这一切以毕晓普遭逮捕并于10月19日被杀害而悲剧性地告终。

没有谁比帝国更能从这一罪行中获益，它终于找到了一直缺少的入侵借口。华盛顿此前就已经通过媒体放言称古巴的友好帮助将格林纳达变成整个加勒比不稳定的轴心。

美国佬已经准备了好几个月了。他们发动了针对格林纳达国际机场的宣传活动。这座古巴援建的机场今天被公正地称为毛里斯・毕晓普国际机场。就像当年对付古巴那样，美国人再次老调重弹，宣称格林纳达将成为苏联基地。

为吸取这一事件的教训，我们应该记住菲德尔·卡斯特罗总司令的话：

> 难道在格林纳达党内、军队内和安全力量内部密谋反对他（毕晓普）的只是受到政治理论主义毒害的一群极端分子吗？或者只是一群野心家和机会主义分子，甚至是企图颠覆格林纳达革命的敌人的间谍吗？只有历史才拥有最后的发言权。但是在一场革命进程中出现这种或那种情形也并非首次。

照着格林纳达这面令人沉痛的镜子，我们可以得出一个实用的结论，即团结，团结。在多样性中谋求统一性应该成为我们的革命格言。我们非常珍视玻利瓦尔说的“团结是不容低估的财富”这句话的决定性意义。我们从小就会唱：“同胞们，团结就是力量。”

我们在此向格林纳达革命的领袖和烈士毛里斯·毕晓普致敬，同时，我们也向英勇抵抗侵略者而牺牲的格林纳达爱国者和古巴国际主义战士致敬。

II

如果我们回顾一下历史，我们会注意到过去遗留的深不可测的伤害仍未愈合。我们发现，在委内瑞拉过去没有国家，这里曾经有的只是一个有着任人劫掠的深不可测小金库的小小的烂店铺，它在1989年2月28日早晨被觉醒了的人民洪流的冲击下而倒塌。

测定这种觉醒的实质性后果，把我们带到了今天我们所处的地方。国家过去曾经是一个痼疾缠身的病夫，但我们不能让它死亡。面对那些黑暗的岁月，我们进行的十年革命的有用之处在于使得希望不再像过去那样变成制造虚假期待的奸诈欺骗。今天，希望已成为对所有人都实际可能的现实。

这不仅仅是我们这样说，世界也证实了这一点并进行了宣传。但在这里，有些人养成了眼睛只向另一边看的恶习，以为这样，掷地有声的现实就不再成为现实。

用存在主义者的话说，现实不仅是存在的东西，而且也是正在成为现实的东西。我们与人民一起，以左边跳动的心脏正在做这件事情。我们深知，我们亏欠绝大多数人的需求。而他们过去在那些只关心那个小铺子的人们的计划中，其需求是得不到关注的。

今天我们高兴地看到，近年来，我国人类发展指数不断上升。根据联合国发展署最新报告，我国的这一指数2007年为0.844，而指数尺度的最佳值为1。联合国粮农组织的报告同样令人欣喜。该报告称，我国已经超过了该组织设立的目标，即人均每天摄入2 700卡路里的热量。这与1998年相比增长了39%。

与此同时，9年前我们投入农业的只有26.8万玻利瓦尔硬通货，今年达到了200亿，增长了1300%[1]，从而确立了我国农村的社会主义方向。最后我还要与大家分享的喜悦是，根据对地区内国家进行总体评价的调查机构拉美晴雨表最近发布的报告，委内瑞拉在社会公平方面位居第一，达36%。

我想请读者们原谅我列举了这么多的数字。但各位知道，就像我曾经说过许多次的那样，我的毕达哥拉斯般的直觉使我相信，上帝是通过数学来说话的。人民应该了解和掌握这些数字。因为，这些并非死数字，而是充满着和孕育着生命力和正义感的数字，它激励着我们并在今天表达了我们开辟社会主义美好前景的意愿。而社会主义的前景也正是解放者西蒙·玻利瓦尔所说的最高社会幸福。

有人会问，我们的革命政府上台前的20年平均只有14%的社会开支怎么能够获得这些成就呢？远远不会。因此，我们以坚持不懈地斗争热情，将保留明年预算的45.37%用于社会投资，优先投入食品、卫生和教育领域，以提高人类发展指数，实现更加公正和平等的财富分配。

那些不相信我们成就的人、那些很不幸地两只眼睛只盯着破旧的烂铺子的人们，那些喜欢周游世界指责我们是“独裁”政权的人们，最好去拜访一下这些具有毋庸置疑的严肃性的国际组织和机构。这样，他们就能证实我在本文中所说的情况。

---

❶ 原文的计算数据有误。——译者注

III

我向同胞们呼吁，要强化意识，最大限度地节约电能。我们所有人要行动起来，杜绝浪费和资本主义的异化消费方式。

这并非是在推脱我们作为政府的责任。我们以自我批评的精神已经承认了电力部门存在的困难和缺陷。

我们正在开展斗争来纠正这些困难和缺陷。

鉴于这一切情况，我已经宣布成立一个部，专门负责该领域的工作。同样，我想强调，我已经下令将职工直接引入国家电力管理体系中。他们将成为我们需要开展的工作的主要动力。

让我们坚决地推进社会主义！我们必胜！

2009年11月1日
我们的独立、卫星和大豆

I

我再一次用我们永远的总司令玻利瓦尔的名言开场:“在真理的光芒下和在时间面前，任何事情都是藏不住的，优点会闪出光亮，邪恶会被发现。”

在一年前西蒙·玻利瓦尔的名字已经在太空轨道上运行，捍卫着并给我们的人民带来巨大的和无穷的利益，人民享受着技术独立带来的益处，加强了我们的美洲的团结。

2008年10月29日，委内瑞拉卫星一号发射之前和发射时，无耻的媒体什么样的谎言没有制造过呢？这群被误称为媒体的泥瓦匠们至今无时无刻都在制造垃圾。他们宣称：“卫星从来没有真正地从中国的土地上升空，因为从电视上看到的只是虚构的画面”“卫星熄火了”“卫星坠地了”。诸如此类的谣言已经并继续被散布着，其罪恶企图是实现霍布斯和菲利普斯在名为“新闻审查的2010”的出色作品中提出的“媒体超现实主义”。这也就是说，没有能力在真实和不真实之间进行区别。

唯一确切的、 真实的、“严肃的和实际的”情况是，就像加西亚·巴卡说的那样，在卫星发射一年以后，在毛泽东的人民的帮助下，我们已经开始用自己的脚走路了。我们已经安装了1 549座天线。其中，1 220座被教育部门用来开展远程培训项目。此外，193个信息中心与卫星相连，为人民提供高质量和完全免费的服务。

需要说的是，我们应该重申的是，这只有在社会主义条件下才能做到！通过西蒙·玻利瓦尔卫星，我们与巴西联邦共和国开展了跨国界合作项目，致力于为边境地区，特别是几个世纪以来与世隔绝的土著人社区提供通信服务。

正是通过西蒙·玻利瓦尔卫星，我们实时了解到，在南方共同市场各成员国总统批准3年之后，巴西参议院外委会决定批准委内瑞拉加入南方共同市场的议定书。

本周五我刚同卢拉一起庆祝了我们的美洲团结的伟大胜利。我们一同参观了位于安索阿特吉州梅萨德瓜尼帕地区的阿布莱乌和利马社会主义农业发展中心。2011年该项目三期工程全部建成后，我们将能够生产7万吨大豆，这就可以将产品转化为肉、油和奶制品或动物饲料。还远不止这些，委内瑞拉将在中期成为一个大豆出口国。

必须指出，这一切只有在委内瑞拉打碎了对资本和帝国主义依附的枷锁之后才可能实现。这一切使北方的那个国家感到恐惧，使资本家们感到害怕。不可否认的事实是，我们正在成为一个甚至能够延伸到美国本身的一个范例。霍布斯和菲利普斯提出一个问题的时候是有道理的。也许现在许多美国人也会提出同样的问题："如果一个像委内瑞拉这样的国家都能提供给人民具有一定质量的计划和服务，为什么拥有更多资源能力的美国就做不到呢？就不能复制这里的成功经验吗？"

II

"历史的教训、新旧世界的例子和近20年革命的经验应该像灯塔一样为我们驱散未来的迷雾。"玻利瓦尔在1830年1月20日写给大哥伦比亚共和国制宪会议的信中说道。11个月之后，他于1830年12月与世长辞。

面对哥伦比亚政府在我们逮捕了其安全部两名被指控在马拉开波地区从事间谍活动的特务之后表现出的轻率和可疑的态度，这封信在今天仍然是适宜的。

同样盲目和轻率的是私人媒体扮演的角色。他们继续编织着虚假消息，企图使人看到委内瑞拉应当对哥伦比亚的历史冲突负有责任。简而言之，政治上的失明使他们看不到什么才是最有利于祖国和南美洲的事情。他们再次出丑了。

如果了解一下人民政权的内政和司法部的调查结果，这一切就更加显而易见。

在这篇短文里，我只想说清两件事。第一，委内瑞拉人民和政府怀有公开和明确的和平意愿，这一意愿也是绝大多数哥伦比亚人民的意愿；第二，针对委内瑞拉捏造的谎言经不起推敲。

危险的荒唐言论来自一个非常具体和强大的媒体业和政治势力，也来自哥伦比亚安全部最近的发言。危险的和可悲的谎言来源是得到媒体平台支持的，反映了一个共同的标准：按美国佬的模式指控委内瑞拉犯罪。虽然有些差异，但与针对伊拉克、伊朗、阿富汗、朝鲜、古巴、玻利维亚和厄瓜多尔的指控是一样的。这是美国量身定制的邪恶轴心。

桑坦德法律虚构的有害精神与当前媒体的论点如出一辙，如果有可能把这些不负责任的指控称为论点的话。这些指控在私人媒体的共鸣箱中爆裂，其目的是这些媒体根据极少数有权有势的亲美客户的需要编造新闻。尽管有人妄图挑拨哥伦比亚和委内瑞拉，但两国人民的精神地理和共同历史是有生命的力量。哥伦比亚和委内瑞拉是最初实现独立的主角，也是最终独立的核心。这是哥伦比亚、委内瑞拉和厄瓜多尔接受的明确的共同命运:大哥伦比亚!同胞们,你我都知道，在绑架了哥伦比亚生命的一批很有权势的人背后，存在一个与我们一样的民族，他们知道疯狂的冲突和兄弟相残所带来的后果。今天，两国人民比以往任何时候都能共同领会解放者的教诲:“我知道，每一个美洲共和国的好运将取决于其余国家的好运，对一国有利的事情，也将对许多国家有利。”

他的最后嘱咐是：“我的最后愿望是祝祖国幸福……”

玻利瓦尔万岁！我们必胜！

2009年11月8日
千万个马伊桑塔

今天，11月8日，星期日，是佩德罗·佩雷斯·德尔加多将军在狱中死亡的85年的祭日。他也被大草原的人民称为“最后的骑士”。今天下笔之际，我的思绪也回到了那里。回忆与实际的历史相交织，这是跳动在祖国大地心脏的活生生的历史。几乎半个世纪后的今天，我仍然清晰地记得当年在后边的院子里玩耍嬉戏的情景。那个院子面向树林，有一条路从林中穿过，路旁生长着高大的芒果树。小路通向远方黑色的公路。那是曾祖母玛尔塔的大宅院，位于卡略拉亚河边。米哈瓜尔森林从那里开始，一直延伸至浩瀚的阿普勒河。我还清楚地记得，那时，我们还是一群6～10岁的孩童，有阿德里安、吉列尔莫、齐切、亚当、纳乔和我。我是当中最小的，黄头发，晒成黑黑的一团。因此，他们都叫我“小蚂蚁”。的确，在那片印第安人、白人和黑人各种族混居的广袤平原大地上，我就像一只小蚂蚁。

我清楚地记得，当时我们在厨房里。家里的男女老少都在那里做饭、喝咖啡和聊天，也包括我父母。“他是个杀人犯。”有人说。对我来说，这好似晴天霹雳。他们在谈论我母亲的祖父佩德罗。他叫佩德罗·佩雷斯或马伊桑塔，全名佩德罗·佩雷斯·德尔加多。

“他是个杀人犯。”多年以来，我一直记着这句谴责，但我并不知道为什么要这么说。但我总感到肩上的巨大压力，就像一根鱼刺扎在我幼小的心头。

听教父艾利西奥·皮纳讲老故事使我感到十分放松。他总是坐在艾尔雅内罗大街街角的那张令人难以忘怀的靠背椅上讲这些陈年往事。教父向我讲述了一个战士的故事。他住在萨瓦内塔，离马德雷维埃哈只有几个街区。他骑着一匹名叫巴拉的黑马。他骑在马背上，肩上扛着枪，朝阿普雷河飞驰而去，奋起反抗加拉加斯的统治者戈麦斯将军。人们叫他马伊桑塔或美洲人。一天，我正要赶着向雷亚尔街去卖蟹，他对我说："哎，小蚂蚁，你的身上流着马伊桑塔的血呢。你母亲是黑骑士的一个儿子拉斐尔·英范特的女儿。黑骑士是一个革命者！"

我沿着雷亚尔大街飞奔。当我问罗莎外婆马伊桑塔到底是个杀人犯还是革命志士时，她告诉我，听到了很多事情、很多传说，最终谁也不知道真相。

几乎50年过去了，生活最终让我找到了真相：他是一个革命志士！

今天，我们可以借用卡斯特罗的话说，马伊桑塔，历史将宣判你无罪！

正在阅读我写的这些文字的男女老少们，同胞们，在今天下午这样一个雨天，我一边写作，一边邀请你们置身于时间的角度。我正在以此方式回忆梅斯萨罗斯和他的著作《历史时间的挑战与负担》。

按梅斯萨罗斯的风格说，今天我们面临的挑战确实巨大，因为这是要从理论上特别是从具体实践上，把这个由男男女女个人构成的集体的人民的生活在"个体的有限时间"与"人类的无穷尽时间"之间联系起来。

实际上已经上千次得到了证实：被所谓的资本逻辑支配的个人或一群个人是没有能力超越短期视野和自私目光的，他们总是把"我"和"现在"置于"我们"和正在建设的"未来"之上。

维克多·雨果说：只有意识"才是我们在自己身上积累的科学"，它将人类从"没有未来的时间"的暴政下解放出来。

还可以说一点，有一种和意识同样强大的力量，这种力量就是爱。用基督的话说，当你像爱自己那样爱别人的时候，人就能摆脱自私自利的贫困和鼠目寸光的锁链而站立起来。

今天，我们已然进入了2009年11月，需要意识到本届政府的任期也已过半。

在不到一个月的时间里，将是2006年那次大获全胜的总统选举期满三周年。2010年1月，将开始本届政府的另一半任期。2010年、2011年和2012年这3

年将发起强大的攻势，使我们能够继续解决困扰委内瑞拉的各种问题。

我们将打3年硬仗，继续提高全体人民的生活水平，满足他们最迫切的需求。

我想重申，只有走社会主义道路这一切才有可能实现。

在历史的时间及其挑战的角度来看，我们的政府，将继续和你们并肩前进，依靠人民的热情，凭借人民爱戴这一无与伦比的燃料，承担起一切任务，对付前进道路上出现的困难。

借用玻利瓦尔的话说，社会主义革命的本质目标就是为所有人提供尽可能多的幸福。

今天是周日，我们将在波尔图格萨，将一大批住宅交付给平原地区这个州的人民使用。这是当前革命政权正在建设的8万多套新住宅的一部分。

为人民提供体面的住宅！

这是70或80平方米的宽敞的公寓，具有完善的服务设施和人性化的市政规划，价格不超过18万玻利瓦尔硬通货，不到资本主义市场要价的一半。而且，政府还给予部分补贴，提供为期30年、利率为4.5%的贷款。

我的邻居们已经获得了住房，但我还没轮到。答案就存在于我们作为历史时刻的负担而面对的意识和挑战之中。

政府也将通过加快住房计划建设、提高革命工作效率和质量而作出答复。

马伊桑塔，但愿你为数众多！

马伊桑塔，我们必胜！

2009年11月15日
“欲讲和，先备战”

“和平是我的港湾，我的荣耀、我的奖励、我的希望和我的幸福，是我在这个世界上最需要的东西。”我们的国父玻利瓦尔在1820年6月23日致桑坦德的信中这样写道。

正是因为我们热爱和珍视和平，我们就不会忘记那句充满智慧的格言：“欲和者先备战。”特别是现在，当帝国主义疯狂地从四面八方威胁着我们的时候，更应该如此。

我想借用何塞·曼努埃尔·布里塞尼奥·格雷罗曾说过的话，他是委内瑞拉和我们的美洲的伟大思想家，委内瑞拉第五届国际书展也向他表示了应有的敬意。他告诉我们，必须“开始一段回归自我的漫长旅途”。1989年2月27日，我们的旅途就已经开始，并在10年的革命中延续了这一进程。这是所有旅途中必须完成的旅程。

本周三，我们为代表我国参加在玻利维亚苏克雷举行的第十六届玻利瓦尔联盟运动会的555名运动员举行了授旗仪式。我深信，运动员们一定会为委内瑞拉增光添彩。这是一支士气高昂的队伍，神圣的火焰在这些祖国的儿女间升腾。他们将继续和更新回归自我的旅程。

那些无祖国的无耻之徒们企图拿我上周日向武装部队发布的一项命令做文章。我想重申我在周五争取和平、反对美国在哥伦比亚设立军事基地大会上说的话。我有义务呼吁大家准备保卫玻利瓦尔的祖国和我们儿女的祖国。如果不这么做，就是对我们热爱的委内瑞拉的背叛，特别是我拥有我所掌握的信息。

今天，我们的祖国是自由的，我们将用生命来捍卫她。委内瑞拉将不再成为任何人的殖民地，将不再向任何侵略者或帝国屈服。我们的玻利瓦尔武装部队和武装起来的全体人民现在是、将来仍然是玻利瓦尔式和平即真正和平的杰出捍卫者。

我建议大家阅读和重新阅读菲德尔·卡斯特罗总司令11月6日发表的内容丰富、观点鲜明的文章——《美国对哥伦比亚的兼并》。菲德尔提醒我们，由于事态紧急，警惕向我们逼近的致命危险。

他特别向我们这些肩负重任的政治决策者发出预警：

> 拉丁美洲的政治家们目前面临着一个微妙的问题，他们负有就这份兼并文件阐明自己观点的基本责任。我知道，处于这个决定性时刻的洪都拉斯吸引着本半球各大媒体和外交部长们的关注，但发生在哥伦比亚的这一及其严重的、至关重大的事件也不应被拉美各国政府忽视。

我要借菲德尔的这些话提出一个观点：我们必须揭穿乌里韦称这个无耻的协议属哥伦比亚主权事务的谎言。当根据协议，美国佬的武库可以为域外行动服务时，这还只是主权事务吗？对一个完全从属于美帝国全球统治战略的政府还能说什么呢？对一个将哥伦比亚领土变成巨大的美国军事飞地、从而构成对南美地区和整个我们的美洲和平与安全的最大威胁的政府还能说什么呢？乌里韦可以到处兜售各种安全承诺，但协议实际上已经阻止哥伦比亚向任何人甚至向哥伦比亚人提供安全保证和尊重。一个不再拥有主权的国家、成为解放者所说的“新殖民统治”工具的国家是无法提供任何保证的。

主权，这是一个我们始终需要在行动上和思想上提交讨论、更新、加强和保持其活力的词汇，进行社会化的思考。有必要进行最起码的反复思考，以便知道它来自何处，给予其适当的地位。在其用法和意义被当做儿戏的时候，更应该如此。

就像大多数代议制民主的传统政治范畴都从18世纪末的欧洲继承下来一样，主权也是启蒙运动和法国大革命的遗产。

主权是指一个民族和一个政府在特定的领土范围内行使权力的自由，这个民族具有特定的历史认同，形成民族国家和法律框架。也就是说，一国人民决定本国政治事务的自由。我们的解放者以此为依据深化了主权的概念，将其提升到甚至“人民主权”这一概念的发明者卢梭都无法企及的高度。在玻利瓦尔的思想中，主权具有最深刻的人民内涵。

我们的解放者在致玻利维亚立宪会议的信（1826年）中写道：“人民主权是各国唯一的合法权威。”玻利瓦尔清楚地解释了什么是我们的美洲各国的主权的特征。

值得一提的是，欧洲中心论视野下的主权观与我们的美洲视野中的主权观是截然不同的。后者更带有贫苦民众的面目。

我再一次引用玻利瓦尔的思想：“只有多数人，而不是个人，才享有主权。替代人民的人就是暴君，替代其权力就是篡权。”

正是根据这一思路，我们应该行使作为民族和作为我们的美洲国家的权力。我们行使和建设各级主权的努力已经持续了近11个年头。这里我们应该强调，主权和尊严是姐妹词。我们以行动、信念和正在构建的梦想证明了这一点。社会主义的主权是自下而上构建的，这是以人民政权为核心建设主权的道路。

现在，在帝国的新攻势面前，现在是考验我们主权的时刻。

我们用作为我们特点的一贯的和平意愿来面对这一考验的时刻。

但我们必须说明，和平不是，也永远不会是屈服的同义词。

建设自下而上的社会主义主权现在是并且应该是今天开始的委内瑞拉统一社会主义党选举进程的主要目的，从基层选出参加将于年底举行的党的特别大会的代表。参加我们巡逻队的2 450 377名党员拥有将党建设成一个自觉的运动中强大的群众结构的历史荣誉，加速了新的历史的诞生。这是一个有能力在人民群众中产生众多新的政治干部的党，一个在社会主义建设中处于先锋队地位的党。

巡逻队员们，准备战斗！让我们朝着自我前进！为了结束这篇随笔，我还想借用玻利瓦尔的话：我对你们说，和平是我们的港湾，和平将是我们的荣耀。

我们必胜！

2009年11月22日
为祖国而战

I

11月18日，是英勇的检察官丹尼洛·安德森的五周年忌日。5年前，他被一场罪恶的恐怖袭击夺去了生命。

没有谁能够将他那光辉的榜样从人民心中抹去，荣耀和光荣属于正义的勇士丹尼洛·安德森！

为了丹尼洛和其他所有这一革命时期的烈士，我不能不把我的声音同全体人民汇合到一起高声呐喊：严惩凶手！不能让罪犯逍遥法外！

II

本周最重要的事件要算左翼政党国际大会了。在11月20日和21日这两天，来自五大洲的53个革命组织齐聚加拉加斯。我祝贺委内瑞拉统一社会主义党出色地发挥了组织者的作用。

通向社会主义的道路重新打开了。左翼力量有责任进行深刻的反思。思想讨论对于避免重蹈社会主义事业在20世纪遭到扭曲和削弱的覆辙是具有决定性意义的，社会主义可以在21世纪，像马里亚特吉预见的那样，不是被称为临摹本或复制品，而是变成各国人民独立自主的勇敢创造，从而成为世界人民的团结，赋予新的国际主义以生命力。

我还想请同胞们注意此次会议针对美国在哥伦比亚设立军事基地形成的一

致观点。各方共同意识到，这首先是对委内瑞拉，推而广之，是对南美洲地区和整个我们的美洲非常严重的威胁。

此次会议再一次肯定了，玻利瓦尔的委内瑞拉并不孤单，今天比任何时候都有更多的朋友相伴。

III

在上周日11月15日的选举中，我们在党员中选举了参加委内瑞拉统一社会主义党特别代表大会的代表。这再一次显示了我们的改造精神和鼓舞我们的革命力量的增强。

我们又一次完成了历史要求的严谨性。为顺应我们应该服从的民意，我们号召人民商讨如何巩固玻利瓦尔革命所需要的新型政治组织，朝着祖国的强大和尊严的坚定方向前进。这是我们加强自身建设的办法！

我有充分的把握认为，我们通过主权和参与权的行使，选出了富有玻利瓦尔精神和革命纯洁性、承诺热情和无私地为已经朝着所向往的社会主义目标前进的人民服务的代表。

在我们的解放者希望的那种平等得到确立和实践和最大限度的幸福总和对所有人都成为切实的和活生生的现实之前，我们的肢体和精神都不能松懈。

我们要一天比一天更富有玻利瓦尔的品质，我们每天都要将心中蕴藏的玻利瓦尔精神释放出来。

我讲了这一切之后，现在可以强调一下昨天11月21日周六开幕的代表大会的重要意义。此次会议将一直持续到2010年3月。这为我们提供了思考、讨论和决策的关键性空间。在这次会议上不仅要产生思想的取向和革命的概念，进行对党来说毫无怨言的无情的自我批评，而且还将产生一个明确的意识，我们可以将其转化为变革的实践，从而为深刻实现我们制订的玻利瓦尔社会主义计划并为把它变成历史的化身铺平道路。

我们需要明智而大胆地以集体的方式确定向社会主义过渡的战略战术，从而实现委内瑞拉的真正独立。

我们希望我们的党真正地和切实地成为一个新型的政党。我们正处在全面的建设过程。因此，本届代表大会不是在每个周末自己关起门来开会。如果要描绘大会的特点，那就是会议充满了辩证法。这是一种富有成果的和生动的辩证法，它是由代表与基层党员和广大人民之间经常性的互动而产生的。我不厌其烦地再重复一遍：成为代表不是一种特权，而是一种责任。受委托的代表不能只当代表，而必须成为代言人，成为联系巡逻队、联系社区和联系人民群众的充满活力和强有力的纽带。

阅读我随笔的同胞们，我们不能忽视的是，我们当前所做的一切就已看到了2019年的地平线。尽管我们的斗争取得了不应该低估的部分成就，我们更加严格的测定标准从长远来看是范围更广和要求更高的目标。

如果我们希望获得大的成就，我们的党员就必须付出巨大的和不懈的努力。这次大会不仅与我们党的前途息息相关，而且也与祖国的命运休戚相关。我们还必须牢记，在南美洲和整个我们的美洲的时代性变革的不可逆转性同玻利瓦尔革命是紧密相连的。为了委内瑞拉和为了这个伟大的祖国，我们必须取胜！

在确认革命的时刻，我们必须牢记伟大的何塞·马蒂曾说过的名言："成功的秘诀在于全身心地专注于一个目标。"我们不能左右摇摆，不能意志消沉。委内瑞拉前途呼唤着完整性和最高的忠诚，这是我们为之不懈奋斗的崇高目标。

就像我周三刚刚在市剧场所说的那样，从现在开始，我要求每一个人加强和发扬团结精神，加强我们的社会主义热情对我们来说是必不可少的，加强作为革命者应有的最纯洁的雄心壮志也是至关重要的。

IV

委内瑞拉无可非议地行使了它的主权，关闭了委、哥边境的两个非法通道。没有一个通道如乌里韦·贝莱斯政府试图让人相信的那样，是什么国际桥梁。我重申一遍，这仅仅是两个用于毒品贩子对我国领土进行渗透和走私交易的非法通道。

哥伦比亚政府的指责毫无根据，不攻自破。这是乌里韦的又一次挑衅。他不满足于剥夺哥伦比亚的主权，还妄图让委内瑞拉也不要行使主权。

更令人反感的是，媒体的无耻之徒在这里扮演了第五纵队的角色，他们总是站在祖国的敌人一边。或者更确切地说，他们低三下四地为帝国主义利益服务。

V

委内瑞拉在第十六届玻利瓦尔联盟运动会上已经获得了100枚以上的金牌了，位居奖牌榜之首。目前看来，我们的优势无人可及。这些勇敢的斗志昂扬的小伙子们，我们的黄金一代，再一次向我们证明，他们生来就是为祖国争光的。

我以同样的爱国自豪告诉大家，我们的姑娘们在我国瓦伦西亚举行的第一届女子美洲杯棒球锦标赛上表现出色，在昨天激烈的半决赛中以14：13击败古巴队后，成功晋级2010年女子世界杯棒球赛（地点待定）。几个小时后，她们又给我们传来集体的喜悦，我们那些身经百战和吃苦耐劳的女英雄们在决赛中以8：7胜波多黎各队。祝贺你们，女冠军们！

小伙子们和姑娘们，就是这样为祖国而战！

我们必胜！

2009年11月29日
玻利瓦尔的冠军们!

I

我想，即便是最大胆的预测，面对我国杰出的运动员们在第十六届玻利瓦尔联盟运动会上获得的辉煌战绩，也要黯然失色了。委内瑞拉第十三次获得了该运动会第一名的成绩，刷新了其自己保持的189枚金牌的纪录（2001年在厄瓜多尔举行的运动会上）。本次委内瑞拉取得了205枚金牌、166枚银牌和96枚铜牌，奖牌总数共计467枚。但对我们的姑娘和小伙子们将要在2012年伦敦奥运会上创造的辉煌来说，这只不过是一幕序曲。

“的确，黄金和白银是贵重的物品，但共和国的生存和人民的生命更加珍贵。”我们的玻利瓦尔于1820年说道。我之所以引用这句名言，是为了对这样一个不可否认的事实的含义及意义进行思考：我们不仅第一次能够确信一个真实和真正的共和国的存在，而且我们还第一次拥有了把每一个公民的生命视为最宝贵财富的一个祖国。在玻利维亚举行的运动会上收获的金、银、铜牌是全体人民不断获得的个人和集体尊严的光辉见证。

祝贺你们，玻利瓦尔的冠军们!

II

我对伊朗伊斯兰共和国总统内贾德本周三对我国进行的访问感到高兴和骄傲。就像我称呼的那样，他是反帝的斗士，也是一贯坚定地为伊朗人民自由而斗争的榜样。

伊朗革命和玻利瓦尔革命都是一段共同历史的产物，即两国人民谋求各自解放的斗争史。

内贾德和我共同见证了一系列新协议的签署，并总结了两国间现有众多项目在执行中取得的重大进展。

我们与伊朗为了一个不断壮大的国际潮流而共同奋斗，这就是玻利瓦尔称之为“平衡世界”的潮流。正如内贾德所言：“今天，武器和弹药已经解决不了问题。谁也不能再通过武力将自己的观点强加于世界各国人民。这一逻辑已经被击败。”

正是通过各国人民的解放，我们才能实现整个人类的繁荣。而正是通过我们各国人民的团结，我们才能实现我们渴望的解放。

III

今天，11月29日，全世界都在庆祝并声援巴勒斯坦人民国际日。

我想在此引用穆罕默德·达维希的诗句。这些诗句在英勇的巴勒斯坦人身上通过他们的抵抗而得到体现：“我们的祖国在远方闪耀，照亮了它的周围环境，但我们在自己的祖国，却经常憋得喘不过气来。”

尽管地理上相距遥远，但巴勒斯坦始终在所有委内瑞拉人的心中跳动。它闪耀在玻利瓦尔留给我们的争取自由、反帝、反殖的精神和意识之中。

因此，我们本周接待了巴勒斯坦民族权力机构主席马哈茂德·阿巴斯的访问，以加强和重申我们对巴勒斯坦人民事业牢不可破的声援。

我们要求，并将继续要求以色列停止继续干扰、阻碍和破坏巴勒斯坦自由、主权和独立的存在。对于那些几天前，11月9日“庆祝”（是打引号的“庆祝”，因为这些人自己都不知道到底在“庆祝”什么）柏林墙倒塌20周年的人，应该提醒他们，在这个世界上现在还有一座理应彻底倒塌的耻辱之墙，这就是以色列沿约旦河西岸建起的围墙，是针对巴勒斯坦人民的种族隔离之墙。

IV

在写几行文字的同时，我还没有获得关于洪都拉斯将要举行的选举闹剧的确切消息。这场显然是第二阶段政变的选举只能被称为闹剧。这是新的洪都拉斯模式，是帝国的新技术："法律政变。"

在背叛了塞拉亚总统和炮制值得全面批判的《圣何塞—特古西加尔巴协议》之后，帝国主义的嘴脸再一次暴露无遗。闹剧一结束，美国、以色列和本地区的一小撮政府一起赶紧承认产生于闹剧的新"政府"。

帝国处于衰落之中。但正因为如此，它会变得更富有侵略性。奥巴马总统指出，这场"选举"意味着"从零开始"，其虚伪嘴脸昭然若揭。这是对美国保持其在拉美地区权力方式的肯定。

我们必须要对帝国主义新战略的升级迎头痛击。我们的美洲各国人民凭借自己的意志能够扭转这类情况。2002年4月13日那个光荣的日子里，委内瑞拉团结一心的军民就证明了这一点。洪都拉斯人民长达5个月的抵抗和塞拉亚总统富有尊严的表现也正在证明这一点。委内瑞拉不会承认另一位总统，直到正义得到伸张。

洪都拉斯人民必胜！

V

兄弟的乌拉圭人民本周日成为一个现实和真正民主进程的主要角色。250万乌拉圭人将投票决定国家未来5年的命运。就像何塞·赫尔瓦西奥·阿蒂加斯说的那样，乌拉圭人不能期待别的任何东西，而只能指望他们自己。我完全相信，乌拉圭将通过行使人民主权，决定自己的道路。今天，我们比任何时候都更应该记起贝内特蒂说过的话，乌拉圭存在着，而且更知道自己的存在。向伟大的乌拉圭人民致敬！

VI

昨天，周六，委内瑞拉统一社会主义党特别代表大会的讨论仍在继续。一些代表们参加了我们为运动会冠军们举行的庆功活动。之后，由772名社会主义巡逻队代表组成的全会与政府一起开始就一系列事关人民重大利益的事项展开讨论。第一项内容是治安和打击犯罪问题。一些专家和正在接受严格培训并将成为委内瑞拉国家警察部队首批组成人员的1 000多名同胞就这一问题展开了激烈和富有建设性的讨论。通过讨论，我们确定了涉及打击犯罪战略战术的几条行动路线。

政府、委内瑞拉统一社会主义党、国家警察部队、武装力量和人民将构筑打击犯罪的统一战线！我们必胜！

党的此次大会业已成为讨论、分析和解决革命问题的大舞台。

向着社会主义目标前进！

2009年12月6日
11年之后的12月6日

I

本篇随笔的发表恰逢1998年12月6日的那个伟大的人民胜利11周年。在那个辉煌和重要的日子，大多数人的主权意志彻底战胜了在长达40年的时间里管理不善和掠夺委内瑞拉的那种一成不变的政治模式，开启了通向新的历史时期的大门，这是革命成功后的执政时代。

由1989年2月27日人民起义开启的革命进程通过1992年2月4日和11月27日的两次武装起义得以延续,引发了一个漫长而复杂的组织和积蓄力量的过程,最终在1998年12月6日实现了灿烂和美丽的合成。

在那个值得纪念的12月6日,人民作出了成为历史主角和自身命运主人的不可改变的决定。这不仅仅是一场选举，也不是简单的总统易人，而是人民希望并切实成为一个新的共和国的制作者和一个确实和真正自由的、确实和真正主权的、确实和真正独立的委内瑞拉的建设者。

同胞们，在这个伟大的纪念日，我想表达我对你们，西蒙·玻利瓦尔国父的伟大人民，最忠诚和纯洁的爱、无限敬仰和无限感激之情。我对你们负有义务，我的生命属于你们。

II

银行归人民所有!

我们需要分清我们正在创造的、以人民为根本的革命政府的逻辑与资产阶级政府逻辑之间的深刻差异。

在资产阶级政府的逻辑里，资本就是付钱和找回零钱，唯一重要的是对资本本身的不断强化，以维持一种不仅维护少数人滥用的特权、且将一种以不平等和排斥大多数人为特点的社会模式进行再生产的经济结构。

让我们回忆一下，当金融危机冲击美国时，我们看到，国家政权怎样出来立即向腐败的银行家们提供救助，而不顾储蓄者的死活。

就我们的情况中，我们到目前为止对7家银行进行的国家干预，毫不含糊地对储蓄者进行了保护，保障其在法律上属于他们的财产。这涉及在上述7家银行存款的713 200户储蓄者。此外，我们还决定将其中的两家银行归入公共金融体系，其主权意图是加强和扩大对最贫困社会阶层的支持。

多么大的区别啊！在美国，银行家们获得保护，可以继续施展其骗人的伎俩，而在这里，这些白领罪犯将锒铛入狱。

令人愤慨的是，私人媒体会聚着卖国的和唯恐天下不乱的声音，企图以谎言来制造混乱。同样的媒体，对于他们崇拜的北方国家的金融危机居然只字不提。他们反对我们的企图休想得逞！

我们应该知道，“当今的严重问题之一是如何应对资本主义金融体系所产生的后果。这一体系在历史上已经引发了无数次的危机”。我们的人民政权经济和财政部长阿里·罗德里格斯·阿拉克于11月30日的讲话非常明确地指出了这一点。

我们正在开创一个历史先例。如果我们向后看，我们发现一连串的政府只知道给予银行家们特权，奖励他们的胡作非为，就像第四共和国最后一届政府时期所发生的那样，那届政府对沦为1994年银行业危机受害者的成千上万同胞的命运却从不关心，恰恰相反，政府从资金上救助了那场可怕危机的罪魁祸首。但他们并不满足于明目张胆地抢夺储蓄者的财产，他们还挟着国家的钱财即所有委内瑞拉人的钱财逃之夭夭。但这些在逃的所谓的银行家们，没有一个人为自己的罪行付出代价。

何塞·马蒂说的很有道理："钱多很重要，但钱掌握在正直的人手里更重要。"我们绝不允许被无耻行径所污染，从而变得不人道。如果我们希望继续推进玻利瓦尔革命进程，我们就必须伸张正义。让银行家们侥幸得逞就等于辜负了人民的信任，而且还会严重伤害我们的民族精神。

我们必须直言不讳，所有委婉的态度都会成为不合理事物的帮凶和证明其合理的理由，这应该成为我们面对媒体攻击的基本态度。这些媒体成天四处扬言，说查韦斯"把银行搞破产是为了占有银行"。我们不仅要说"已经对两家银行进行了清算"，还需要真凭实据地详细解释我们为什么会作出这样的决定。这样，这群银行家的真实面目就会暴露在公共舆论面前：一群无耻的强盗、系着领带的小偷、冷酷无情的扒手和盗窃狂。稍不留神，他们就会掏空你的口袋，将你家洗劫一空。

我们确实已经在很大程度上击垮了私人媒体的恐怖主义攻击，但还需将其完全粉碎。因为，我们知道，还有不可忽视的一部分居民仍受到这些媒体的蛊惑。

III

向埃沃和玻利维亚致意！

今天，在我们的兄弟之邦、解放者视为掌上明珠的玻利维亚，埃沃·莫拉莱斯同志领导的变革进程将得到巩固。

胜利的歌声回荡在萨哈那雪山上，回荡在的的喀喀湖面平静的水波上，回荡在高原上和乌尤尼盐湖上。

解放者曾问自己："玻利维亚有什么含义？"他随后又十分自信地回答："意味着对自由的无限热爱。"今天，这种爱将重新产生影响。

玻利维亚正在朝着最终的非殖民化前进。今天，玻利维亚带着千年土著文化赋予的力量，骄傲地展现在世人面前。长期被忽略和被排斥的人们不再是种族和分离主义的受害者。今天，他们掌握了政权，成为自己命运和尊严的合法主人。

这一切之所以能够成为现实是因为作为他们中一员的总统日复一日地忠诚

履行着服从人民意志行使政府权力的神圣职责。这是一项总是放在意识中和放在心上的职责。

伴随埃沃一同掌权的还有原生的传统,这就是部落式的生产和生活方式。埃沃这位印第安人的领袖不会背叛族人和自己。他将忠于祖先的传统，而这一传统今天比过去任何时候都更加活跃。

今天，玻利维亚人将走向街头、田野和山间支持一个与他们共同奋斗的领袖。支持人民的埃沃，支持玻利维亚的埃沃。

誓死捍卫社会主义祖国!

胜利必将永远属于我们!

2009年12月13日
从南方共同市场到美洲玻利瓦尔联盟

I

“一个好公民总是应该以评价他人的方式来考虑自己，始终把自己置身于个人利益和自己倾向的范围之外。”我们的解放者西蒙·玻利瓦尔1817年9月22日这样说。

这句格言是我们的金科玉律、基本原则，也是我们塑造新的女人和新的男人的黏土。而这些新人将使我们梦想的真正的革命民主成为现实，同样，也使一个共和制社会成为可能：“这个社会应该由通过符合所有人利益的共同理想紧密相联的人们组成，每个人把自己所做的对自己有利的事情看做整体利益的一部分。”正如我们的第一个玻利瓦尔主义者西蒙·罗德里格斯在1828年的《美洲社会》中写的那样，他提出了我们解放思想的基础和实际的、真正的社会主义的根源。

这是我们必须继续进行的大战役，是最困难的一场战役，正如我们的玻利瓦尔所说，是要防止“偷窃、背叛和阴谋战胜爱国主义和公正廉洁”。

当我们打击有组织的犯罪和银行业犯罪集团的努力取得良好效果时，在某些法院中存在的腐败现象企图剥夺我们继续改善的希望。谢天谢地，这似乎只是某个献殷勤的和腐败的女法官的孤立事件。

我呼吁最高法院所代表的司法权保持警惕，防止行政部门、检察院和全国代表大会为捍卫人民利益而进行的巨大努力付诸东流。人民的利益才是我们唯一看重的利益。

一个不可否认的重要事实是，在大街小巷可以听到我们的同胞们的声音：现在终于有了政府！但这还并不足以建成一个共和国。现在需要所有的权力机构，在解脱了分裂的障碍（这是我们早晚要克服的不幸遗产）之后，按照在委内瑞拉和在我们的美洲形成的人民宪政的要求进行协调的工作。人民可以十分肯定地发出自己心声的那一天应该到来：现在终于有了国家！

II

除了以简单的政府交替为特征的进化时期外，没有一个革命时代不是在接二连三的事件中发生的。正是这一理由，让我们确信，委内瑞拉和整个我们的美洲都处在革命之中。

本周发生如此多的事件，以至于我很难在这篇随笔中一一细述。我将尝试进行简要的总结。

我想首先突出一下我们出席在乌拉圭蒙得维的亚举行的南方共同市场峰会的事情。

我想再次重申，委内瑞拉愿意成为南方共同市场的正式成员。但是，我们目前作为该组织准成员的地位，将继续致力于推动一体化和团结。“团结起来或者被统治。”正如我的庇隆将军曾说过的那样。庇隆说的话与玻利瓦尔、圣马丁等众多先驱都是一样的。就像古老的谚语说的那样，团结就是力量。我们需要的是全面的联合。

南方银行、南方石油公司和南方电视台是我们加强一个新的南方共同市场的手段，一个符合时代变化要求的南方共同市场。

随后，我们于12月9日在布宜诺斯艾利斯与克里斯蒂娜·费尔南德斯·德·基什内尔总统共同履行我们作出的承诺，克服由官僚主义这个危险的反革命敌人所制造的延误和障碍。

没有比这更好的日期来举行两国间季度工作会议。当时恰逢解放者称之为“美洲荣耀的顶峰”的阿亚库乔战役周年纪念日。

值得充分强调的是，装载着数以百计的集装箱的13艘大型货轮正从大西洋驶向委内瑞拉，为我们带来阿根廷的产品。

同样，阿根廷航空公司与委内瑞拉航空工业和服务集团决定增加加拉加斯与布宜诺斯艾利斯之间的航班，以扩大两国之间的旅游和贸易的战略轴心。总之，两国共有63个项目，其中大多数正在执行。这再次显示了团结的伟大力量。

III

12月10日，我们迎来了圣塔伊内斯起义150周年。我们隆重庆祝了这个为农民的尊严而战斗的日子。

塞萨尔·任希福的话在这个新的历史时期显得独具深意。他说："就因为埃塞基耶尔·萨莫拉和人民在一起，道路上将刮起风暴。"

萨莫拉的精神再次指导着我们为土地和解放公有土地进行的斗争。反对大地产这一封建而无出产的不合时宜的方式而进行的殊死斗争，应该不断地加以推进。

对土地事业和委内瑞拉农民，再也不能有任何的背叛！我们要让他们的权利得到尊重。玻利瓦尔武装力量将团结一心向任何胆敢挑衅的人证明这一点。同样，众多被杀害的农民领袖抛洒的热血要求停止有罪者逍遥法外的现象，呼唤伸张正义。

IV

"所有的美洲人应该只有一个祖国。因为，我们已经有了完美的团结。"我们的解放者在1818年致拉普拉塔联合省最高长官胡安·马丁·普埃伊雷东的信中写道。信中提出的任务仍然是我们的最高目标，我们各国人民前进的方向和实现我们统一的大祖国的复兴之路。

2004年12月14日，古巴和委内瑞拉带头在哈瓦那签署了反帝和加强团结的出色的文件。5年后的今天，美洲玻利瓦尔联盟已成为怀抱玻利瓦尔梦想的我们的美洲各国人民的行动指南。这是我们各国人民的历史使命，精神上的团结是超越国界的。

今天，我还想强调一项原则，洪都拉斯政变也是针对玻利瓦尔联盟的政变。玻利瓦尔联盟这一团结和革命的进程不可逆转的性质在洪都拉斯人民的反抗中，在行使自己的良心和已经获得的尊严过程中保持了活力。

美洲圣徒何塞·马蒂的话从未像今天这样如此有力地回荡着。他说："美洲向何处去？谁将它联合起来并引导它前进？一个，只有作为一个民族才能站立起来。只有斗争，才能自己赢得胜利。"我们的美洲在走向最终的独立。今天，玻利瓦尔联盟将美洲联合起来并引导它前进。

誓死捍卫社会主义祖国！

我们必胜！

2009年12月20日
哥本哈根战役

I

《联合国气候变化框架公约》第十五次缔约方大会期间，哥本哈根成为一场历史性战役的舞台。换言之，在丹麦那座美丽的冰雪之都打响了一场直至2009年12月18日仍未完结的战役。我要重申，哥本哈根只是一场拯救全球的战役的开端。这是思想领域和实践领域的战役。

环保界最权威的代言人之一、伟大的解放神学家和环保方面最权威的代言人巴西的莱昂纳多·波夫在那篇题为《哥本哈根之争》的关键文章中写下了以下这些明智而勇敢的话语。他写道："能指望从哥本哈根得到什么？"简短的告白道出了真相。虽然我们人在那里，我们却无法继续前进。一个简单的目的：我们要改变方向。

我们正是为此目的前往哥本哈根的，即以委内瑞拉和玻利瓦尔联盟的名义，为改变方向而斗争。更进一步说，我们是捍卫人类的事业。按埃沃·莫拉莱斯总统的话说，是为了捍卫大地母亲"帕恰妈妈"的权利。

埃沃的话充满睿智。他与我一起担当了玻利瓦尔联盟代言人的角色。在这里讨论的是我们要生活还是要死亡的问题。

世界上的所有目光都聚焦在哥本哈根。第十五届气候变化大会可以让我们测定自己是由什么纤维构成的，希望在何处，我们能够做些什么才能实现解放者西蒙·玻利瓦尔定义的世界平衡。而这一平衡在资本主义的体系内是永远无法实现的。

II

在我们抵达哥本哈根之前，非洲各国在七十七国集团的支持下揭露了富国正在无视《京都议定书》。该议定书是目前唯一的一份防止地球变暖的国际性文件，也是唯一能够制裁工业化国家和保护发展中国家的国际文件。

需要承认的是，战役早已在哥本哈根街头打响。年轻人作为先锋队进行了抗议并提出建议。我12月16日抵达丹麦首都开始就看到和感受到了另一个世界的这股历史的力量。对于青年一代而言，改变世界不仅是可能的而且也是绝对必要的。

III

在哥本哈根，从一开始就在众目睽睽之下在桌面上摊了牌。一边是资本主义残酷的卑鄙和愚蠢的摊牌，为维护自己的逻辑而寸步不让：资本的逻辑就是随着它的步伐日益加快，只能留下是死亡和毁灭。

另一方面，各国人民为维护人类尊严和拯救地球而发出彻底改变的呼声的摊牌。这不仅仅是呼吁改变气候，而是要改变这个将我们推向史无前例的生态灾难和社会灾难的世界体系。

一边是商业和功利主义文明的胜利者。这些“文明人”从很久以前就已经忘却何为文明，他们盲目地下赌注追求拥有一切，并且越来越贪得无厌。

在另一边，我们这些“野蛮人”还在继续坚持自己的信仰，并为之而斗争。只要彻底改变这个逻辑，就能够实现人类福利的最大化，将对环境和生态的影响降低到最低限度。我们认为，如同埃沃·莫拉莱斯同志所说的，如果我们不首先捍卫地球母亲的权利，人类的权利就无法得到保障。我们必须行动起来，实现将地球和未来留给子孙后代的坚定目标。

我将不遗余力地四处重申，社会主义是唯一可能和可行的选择。在哥本哈根那次近200年来最重大的世界会议上，面对着世界各地的代表，我在每一次讲话中都要重复上述观点：如果我们希望制止这场只能导致人类全面毁灭的卑鄙和庸俗的竞赛，除了社会主义没有别的道路可走。

为什么那些所谓的“文明人”对一个旨在建设共同幸福的计划感到如此恐惧呢？我可以清楚地告诉大家，他们之所以害怕是因为共同幸福不产生利润。哥本哈根街头示威者们打出的巨幅标语如此晶莹澄澈，今天，它也道出了百万人的心声：“如果气候是银行的话，它早就获救了。”

“文明人”并没有采取应该采取的措施。因为，这样做将迫使他们彻底改变以满足自私的享受为特征的贪婪的生活模式，而这些并不生存在他们冰冷的心中，因为他们的心只随着金钱的节奏而跳动。

因此，12月18日，这个帝国直到12月18日最后一刻才到来，以近乎敲诈的方式施舍出一点点面包屑，以此洗刷满脸的罪过。面对这种满口袋战略，我们在哥本哈根听到了印度思想家范达娜·希瓦用勇敢、清晰的声音道出的一个伟大的真理：

> 我认为现在是美国不再把自己看成捐助者而是开始承认自己是污染者的时候了。这个污染者必须对造成的损害进行赔偿，必须支付其对生态的欠债。这并非慈善，而是正义。

我要说，奥巴马的幻想在哥本哈根彻底破灭了，证实了他作为帝国首脑和“诺贝尔战争奖”得主的身份。两个奥巴马之谜被破解了。

12月18日星期五过去了，没有达成任何在民主协商基础上的协议。奥巴马再一次违背了联合国的程序，分庭抗礼，因此我们不得不反对任何不尊重《京都议定书》的有效性而作出的决议。尊重和强化这一议定书是我们的格言。

在哥本哈根，由于缺少富国的政治意愿而无法达成协议。世界上这些有权有势的国家、超级发达的国家死守住自己那种不明智的自杀式的生产和消费模式而不肯让步。“如果谁敢触动我的特权和生活方式，整个世界就见鬼去吧。”他们的行为反复强调了这一点。严酷的事实是，这些国家不愿意听取我们这些按照改变方向的历史性的坚定要求行事的人们的意见。

我再重申一遍，哥本哈根并非结束，而仅仅是个开始。关于如何拯救地球和拯救地球上生命的全球性讨论由此开启了大门。斗争仍在继续。

IV

我们在一个深具革命内涵的仪式上纪念了我们的解放者逝世170周年。我指的是12月17日在哥本哈根举行的玻利瓦尔联盟与各社会运动代表之间的会晤。在会晤中，我再次感受到，玻利瓦尔已不再只是委内瑞拉和我们的美洲的旗帜，而且也日益成为世界的领袖。

这是通过玻利瓦尔联盟得到具体体现的玻利瓦尔鲜活的和富有斗争精神的遗产，这一遗产把我们带到了哥本哈根，为我们的大祖国进行斗争，同时也为人类的事业进行斗争。

实际上和事实上，玻利瓦尔仍然活着！在哥本哈根我比任何时候都更确信这一点。

玻利瓦尔必胜！

我们必胜！

2009年12月27日
为在2010年捍卫我们的主权做好准备！

I

圣诞节，快乐的时节和希望的时节。我们伟大的思想家卢维克·席尔瓦说："没有比丧失希望更糟糕的境遇了……，失去希望等于失去未来。未来在希望中得到滋养。"

现在，在委内瑞拉，我们可以毫不夸张地说，我们正从地狱中摆脱出来，在长达40年里那些滥用了人民的授权的人们便我们陷入了地狱。

相反，今天，未来正在从希望中得到滋养。具体的和可以触及的希望体现在委内瑞拉通向社会主义的道路之中。

本周第一家社会主义黄油鸡蛋玉米饼店的开业为我们带来了照亮社会主义未来的好消息。我们正为我国前所未有的商业观点和商业实践赋予生命力。我们正将一条社会主义原则变成现实。这就是，粮食不是商品。满足包括粮食在内的基本需求不能被视为一桩生意。

新成立的社会主义市场集团是我们正在建设的生产、销售和消费新体系中的基本一环。人民将拥有一系列的商店，以资本主义市场无法比拟的低价获得优质产品。

我们的目标是打断长期逍遥法外的野蛮投机行为的脊椎。

按照同样的思路，本周三我们还分配了社会主义市场集团旗下汽车企业生产的第一批汽车。我们不仅实践了基督教和社会主义"各尽所能，按需分配"的原则，而且还为因诈骗而受害或因事故或盗窃而失去汽车的同胞们伸张了正义。

II

我想在此借用切·格瓦拉的几句话：

> 幻想凭借资本主义遗留下的旧武器（作为经济细胞的商品和作为杠杆的利润和物质利益等）追逐实现社会主义，将进入一条死胡同。

我呼吁全体男女同胞保持警惕，维护我们玻利瓦尔革命的基本目标：这就是为全体委内瑞拉人民带来尽可能大的幸福。在这个意义上，我们相信，刚刚成立的200周年银行将大大有助于实现我们向往的解放所必需的精神面貌的转变。

我承认，摒弃资本主义长期以来打造的这些破旧武器并非容易的事情。因此，我要求所有人为转变每个人的思维方式而英勇奋斗。这是首要的和最大的解放：实现我们内心的解放。

III

我们再一次记起在圣母玛丽亚的声音中传递着全球穷人解放的最强信息：

> 今后万代的人都将恭贺我。全能者给我做了奇事，他的名字何其神圣。他对敬畏他的人们，广施慈爱，千秋万世。他运用手臂，大施神威，把心高气傲的人击溃。他从高位上推下权贵，却提拔了卑贱者。他使饥饿者饱飨美味，却使富有者空手而回。

圣母之所以能说出这些话，是因为耶稣的国度散布在城市乡村的每一处角落。在那里，她每天仍在孕育、滋养和承载着人类的希望。

每个委内瑞拉的母亲都是玛丽亚。为了这些爱的施予者，本周推出了“孩童耶稣使命”这一旨在保护美丽祖国新人抵御任何威胁的计划。

IV

本文是今年的最后几行字。通过这几行文字，我们告别2009年，启动2010年。

即将结束的这一年将开启通向独立200周年的时代之门。就像奥古斯托·米哈雷斯设想的那样，共和国解放第一周期的纪念活动将在2010年拉开序幕。玻利瓦尔留给我们的遗产是生存在我们民族记忆中的历史洪流。今天比以往任何时候都需要为这份遗产定义：在我们的政治实践中得到具体实现。正如路易斯·布里托·加西亚所言，我们必须配得上拥有这份遗产。

明年将不会轻松。国际反动势力在谋划逆转我们的美洲解放进程的剧本。帝国主义对委内瑞拉的威胁正从哥伦比亚显露出来。兄弟的哥伦比亚已经变成了南美的“以色列”。

洪都拉斯的军事独裁政权仍把持着权力。我们所有国家的反动派们现在拥有了21世纪的政变新模式。这是打着美国制造印记、披着合法外衣的政变。

不能再自欺欺人了。对奥巴马的幻想已经破灭。美国新政府无耻的干涉主义证明了这一点。因此，我们必须准备好在各方面捍卫我们的主权。

在生态环保领域，工业化国家的立场已经昭然若揭。他们弱化和质疑联合国作为捍卫国与国平等原则的有效国际机构的作用。那些将我们推向难以想象的环境自杀边缘的气候变化的责任者必须承担起自己的责任。

就国内而言，我们将在2010年举行立法机构选举。这对于保持和深化玻利瓦尔革命的社会主义性质来说具有至关重要的意义。总而言之，这将成为政治定向的重要时刻。

检查、纠正、再推进的三原则应该成为我们斗争的旗帜和前进的指南。我们要以此打破官僚主义障碍，为国家最关键的问题立即找到革命的答案。

全国代表大会每天都需要重新振兴活力。反对官僚主义、腐败、低效率和不安全状况的公开斗争现在和将来都更加需要革命的议员们的努力。

“促进人的道德发展是立法者的首要任务。”我们的解放者在1826年5月25日致玻利维亚制宪会议的信中写道。我们要在这里加上几个字，促进人们的革命道德发展是立法者的首要任务。

2010年，我们将和何塞·马蒂一起寻根，最大限度地将革命进程推向深入：

> 真正的人要回归根本。没有比这更激进的了。那些没有透过本质看事物和不能帮助他人获得安全和幸福的人不能算是激进的人。

男人、女人、青年和儿童们，读者同胞们，我们邀请你们用国父玻利瓦尔的思考来告别这一年吧。玻利瓦尔好似19世纪的菲德尔一般进行着思考，他睿智地指出，时间属于我们这些革命者。他说：“我对时间期待甚多。在它那巨大的腹中蕴藏着对过去事件的许多期待，而未来的事件将远远高于过去时态。”

马克思说：“时间是一切，是生命的同义词。”

2009年即将过去，2010年即将来到，这是21世纪第一个10年的最后一年。

祝委内瑞拉这个大家庭新年幸福快乐！

2010年，我们还是必胜！

2010年1月10日
令人钦佩的战役，令人钦佩的祖国！

I

同志们，新年快乐！

这是2010年的首篇文章。这是至关重要的一年。我们将庆祝委内瑞拉和我们的美洲解放进程开始200周年。我们进入了200周年时代的中心。

2010年，我们还将继续推进200年前开始的解放进程。

我们想再次引用阿亚库乔战役的大元帅苏克雷说过的话。他说："当美洲甘洒热血巩固自由的时候，可以理解为她也在为巩固正义而斗争，因为，自由和正义是不可分离的伴侣。如果不能完全享有这两者，美洲的解放就变得毫无意义。"苏克雷在呼唤我们战斗。如果不能完全享有自由和正义，也就是说，不能享有平等，独立事业将永远无法完成。而这一切只有通过勇敢地走社会主义道路才能实现。

这也是我们刚开始的一年将面临的巨大挑战之一，即加强委内瑞拉通向社会主义之路，并赋予其明确的方向。我认为，没有什么比斗争更好的方式一场战役接一场战役地纪念独立200周年。

这是我们最初喊出解放的吼声的200年：这一吼声穿越了时间，继续回荡，其最初的气息仍然没有消散。

庆祝这样一个赋予我们荣耀和意义的壮举，也意味着我们对自己的历史时代许下了确凿无疑的坚定承诺。

我国的宪法已经大致描绘出了我们前进的方向：西蒙·玻利瓦尔的民族计划向我们明确阐述了观念和行动。我们经历的革命岁月实现了我们建设、创造和解放的活力。我们还需要，并将总是需要深化集体精神和日常实践，以实现一个更高的目标：人民政权的最终体现，释放其全部的解放力量，赋予玻利瓦尔革命充分的意义和玻利瓦尔革命不可逆转的目的。

我们想起了伟大的阿里·普利梅拉说的话："同胞们，让我们创造历史，而让其他人在一个更好的世界里书写这段历史吧。"200年之后，我们的革命成为同一场斗争的生动延伸。现在是圆满结束这一尚未完成的独立的时候了。这就是号召我们庆祝独立和参与庆祝的意义所在；它使我们变得崇高，并要求我们作出承诺。

今天比任何时候更加是玻利瓦尔的时刻，这一时刻在所有的时钟里敲响，也在每一颗心中跳动。

II

同胞，这个新年是属于你的。

这是由你而诞生的新年，而不是由时间诞生的新年，

挑选你最好的东西来投入战斗。

我在此引用了巴勃罗·聂鲁达的上述诗句。因为，今年等待我们的除了斗争还是斗争。我们要反对腐败，反对寄生虫般的官僚主义，反对不安全状况，反对各种形式的浪费，反对由资本主义长期以来灌输而形成的不良习惯。

通过反对这些不利于巩固新的社会制度的偏差和危险，我们可以巩固革命阵营，扩大我们的联盟范围，从而更加明确地确定帝国主义敌人和在本地区的盟友以及国内的走狗所处的位置。

这是一场令人敬佩的战役，它将引导我们在今年获得巨大的胜利。读者同胞，今天，我要求你以最好的状态与我们的人民共同奋斗，我们的人民在累积的斗争和胜利中得到了强大，我们将继续巩固我们的玻利瓦尔革命。

为巩固革命的活力，上周五，即1月8日我宣布了新的措施。政府部门将执

行从上午8点至下午1点的新工作时间，以节约电能（接待公众的部门仍将执行现有工作时间不变）。同样，为了限制不必要的进口，实现进口替代并推动和鼓励面向出口的生产，我宣布了实施新的双重汇率：一种是2.6玻利瓦尔硬通货兑换1美元的汇率；另一种汇率通过所谓"石油美元"兑换，4.3玻利瓦尔硬通货兑换1美元。

第一种汇率制度涉及卫生、食品、机械设备、科技、图书等部门。侨汇、在国外留学的同胞、领事馆和大使馆、退休人员和享受养老金的人员也按这一汇率制度办理。第二种汇率涉及汽车、贸易、电信、化学、冶金、信息及许多其他部门。

第三项补充措施是委内瑞拉中央银行将与中央政府一起对所谓的兑换市场进行干预，以避免外汇价格的投机性增长。我们必须要摆脱石油财政的模式。今年，我们将在这个方向上再迈出一大步。我们的口号不变，即经济要根据其社会性为人服务。这就是我们的方向：社会主义。

III

在圣卡洛斯发生的罪行是在1860年1月10日那个不幸的日子里，萨莫拉将军倒在了叛徒的枪口下。那颗子弹是从自己的阵营中射出的。对于分布在自由党和保守党两党之中的地主寡头而言，聚集在萨莫拉将军周围的人民力量对他们的利益构成了真正的威胁，他们的利益归根到底是相同的利益。

萨莫拉是玻利瓦尔的伟大继承者。他举起了正义和平等的玻利瓦尔大旗。玻利瓦尔早在1817年就制定过一部分配土地的法律，后来库古达议会于1821年批准了这部法律。根据该法规定，每一名士兵将得到一块土地作为服役的回报。然而，帕埃斯和莫纳加斯兄弟却以可笑的低价收购了这些土地债券，背叛了与解放者并肩战斗的人民，自立为这个国家的新主人。

在萨莫拉身上不仅体现出自发的、与1814年人民起义相似的阶级斗争意识，也体现了民族意识和巩固国土的祖国意识，特别是继承了玻利瓦尔的祖国。这是一个人民的祖国和正义的祖国，也是一个不幸遭到解放者从前的盟友们凌辱和背叛了的祖国。

萨莫拉离开我们已经150年了。他仍然活在今天这样的历史时刻，他留下了许多未竟的事业。今天，农民的委内瑞拉、乡村的委内瑞拉、人民的委内瑞拉和士兵的委内瑞拉象征了他的事业，成为圣塔伊内斯胜利者的继承人。

毫无疑问，我们在同大地产这一有悖历史潮流的、封建的斗争中取得了进展。我们夺回了土地，将上千公顷的土地用来生产人民所需要的粮食。我们还和农民运动一起开始规划和巩固在我们祖国进行的土地革命。

但我们不能否认，寡头们对农民进行的反击。我们不能否认，法律上各种陷阱依然存在，臭名昭著的寡头——准军事组织联盟构成的威胁。现在也是点燃炉火的时刻了，“无处不是光明”。农民的民兵组织、组织起来的农民运动和武装部队一起，密切关注情况变化，坚决根除逍遥法外的现象。

2010年新年快乐！这是我们所处的200周年时代的决定性周期的头一年。

令人钦佩的战役，令人钦佩的祖国！

我们必胜！

2010年1月17日
海地，海地！

I

历史呼唤我们在这一困难和悲痛的时刻向海地伸出援助之手。海地是世界上成立的第一个黑人共和国。是在经过12年的奋战（1791～1803年）战胜了拿破仑的军队后，于1804年1月1日在我们的美洲成立的第一个共和国。海地是黑人雅各宾派、杜桑·卢维瓦尔和亚历杭德罗·佩蒂翁的国度，也是米兰达的共和国。米兰达怀抱着解放整个大陆的梦想来到了海地，得到了黑人雅各宾派的大力声援和支持，如同10年后玻利瓦尔所做的那样。在海地，我们的先驱米兰达于1806年3月12日首次在伦德尔舰的桅杆上升起了我们的旗帜。

海地也是玻利瓦尔的共和国。卡约斯远征军（1816年）获得了佩蒂翁的无条件支持。佩蒂翁的唯一要求就是解放奴隶。解放者称其为“我们自由的缔造者”不是没有理由的。玻利瓦尔在海地发现了一个“世界上最民主的共和国”——他的原话，并在那里完成了自身革命精神的锻造。

因此，海地是我们每个人的圣地。

我的心头始终铭刻着无限爱心和巨大希望的英勇而苦难深重的海地人民。2007年3月，这份爱和希望带着我走遍了太子港的大街小巷，享受着回到兄弟姐妹中的感觉。

这场灾难性的地震为海地人民多年以来悲惨遭遇增添了新的不幸。

为了佩蒂翁和玻利瓦尔，我们应该偿还这笔历史欠账。为此，委内瑞拉将听从海地召唤。已有两支人道主义救援队到达佩蒂翁的祖国，更多的队伍也整装待发。我们还发起了援助海地运动，得到了委内瑞拉人民的积极响应。

为了佩蒂翁和玻利瓦尔，我们必胜！

II

我们采取的经济措施是为了应对一种在一个动态和复杂的过渡进程中出现的情况。

在经济领域，没有包治百病的灵丹妙药。在保障国家经济主权的问题上，尤为如此。

从实施汇率管制到现在，我们不断密切关注和评价国内经济情况变化，从而减轻了资本主义世界危机对我们国内的影响。这场危机对地区内各国经济都造成了不稳定。

今天，我们迫切需要执行一些经济纠正措施。已经作出的决定的确会引发一些不安和担忧，因为一切变革都会引发这种情况。

我完全相信人民的觉悟。我知道，人民不会被亲美媒体的虚假宣传所蛊惑。这些媒体试图使人相信，地狱之门已经打开，从现在起政府将用自己点燃的烈火燃烧自己。就像以往一样，他们将翘首以待盼渴望已久的全面崩溃。

及时作出回应历史时刻特殊要求的决策是十分英明的。另一种态度是舒展皱纹或者把头隐藏起来，我们绝不允许自己这么做。

我们在革命中向前迈出的每一步不仅意味着风险，而且也意味着新的挑战。我们已经准备好以负责任的态度和承诺应对挑战，始终将委内瑞拉人民最迫切的需要放在心中。

改变我们的货币对美元的价值只是我们深层计划的表面内容。实际上，在应对新挑战的过程中，我们真正将玻利瓦尔升值了。

首先，我们将更有力量对付那种无耻的投机行径。投机只能从金融上扭曲产品和服务的真实价值。

国家不能继续将汇率优惠让渡给那些任意决定必须进口的产品的人们。这些产品实际上都是按天价销售的奢侈品。

因此，我们本周制订了打击投机的国家计划。我们正在创造条件，切实加强本国工业，满足国内最基本的需要。

我们不能再继续无止境地进口国内已经有可能开始生产的商品。为此，我呼吁中小企业主和投资者们与我们共同努力，打造新的经济模式。

在这个意义上，上周三我们成立了社会主义生产200周年基金。这将成为我国在巩固支持生产主权政策方面迈出的第一步。

这不仅使我们能够实现产品和服务多样化和提高产量，满足最迫切的国内需求，而且还可以使我们的产品出口获得新的活力。

这种情况也有助于我们以诚实和责任心承担起建设国家的重任，使其摆脱石油财政，斩断依赖石油的死结。

委内瑞拉通向社会主义之路的至关重要的中心问题在于石油财政模式的全面蜕变，对我们拥有的资本主义的积累模式进行结构性改变。这一改变取决于我们能否实现生产的多样化，这是我们最终摆脱石油财政的方向。

III

我要在此重申一项上周五我向全国代表大会提交2009年述职报告时提出的战略方针，我们应该继续解散资产阶级的旧国家机器，加速建设宪法要求的社会、民主、法治和正义的新国家的进程。这是历史的需要，也是继续深化迈向社会主义的玻利瓦尔革命的迫切要求。

我们不能再让资产阶级的国家机器苟延残喘，彻底解散它势在必行。

资产阶级的国家机器在正在形成的国家中仍然占有空间，从这些空间设置陷阱、破坏和阻扰新体制的建设进程。

巩固新的国家我们还有很长的路要走。我们正在向这个目标过渡。新国家的巩固取决于现在和将来我们有没有能力实现社区政权的主角作用，即人民政权的各种表现形式。

人民政权是国家和政府的灵魂，是国家和政府存在的另一种火焰。我们应该实现克莱伯·拉米雷斯多年前明确的预言："由社区掌握国家政权的时候到了。这将在行政上带来委内瑞拉国家机器的全面变革，并在社会方面通过社区政权实现由社会真正行使主权的局面。"

誓死捍卫社会主义祖国!

我们必胜!

● 奥巴马首次当选美国总统时，查韦斯送给其《拉丁美洲：被切开的血管》一书

● 查韦斯与俄罗斯总统普金

● 查韦斯与白俄罗斯总统亚历山大·卢卡申科

2010年1月24日
玻利瓦尔式的反击

I

委内瑞拉人民，特别是首都人民的那次壮举已经过去52年了，但它仍在国歌的歌词中回荡：跟着加拉加斯的榜样前进！那个1月23日渗透着人民的气息、节奏和灵魂；那个1月23日向我们展示了一个准备为维护尊严和自由而牺牲的国家。但是，当时被称为一个时代，更是因为为我们的国家开创一个幸福的时代和政治稳定的时代，却被我们今天所纪念的这一时代的政治继承者们从精神上背叛了。我们可以肯定地说，人民的斗争换来的却是一个政治阶层的可耻私利。而这个阶层很快就露出了作为帝国主义走狗的真实面目。今天作一下总结，我们痛心疾首地看到，一场爱国的壮举被扭曲和遭到背叛而变成卑躬屈膝地分配权力份额。

只要读一下1958年1月那几天的一位真正的英雄所写的内容就能明白一切。委内瑞拉人民的英雄和烈士法布里西奥·奥赫达在1962年6月30日向国会递交的辞职信中对1958年1月23日所发生的事件及其后果进行了最好的批评性总结：

> 我要以创造性的自我批评的方式承认，1月23日并没有改变委内瑞拉。只不过是换了一批人主宰国家的命运。特权和不公正丝毫没有被根除。除了个别正直的人是个例外，上台的人根本没有将我们从帝国主义桎梏、封建统治和寡头压迫中解放出来。正相反，他们沦为那些

利益集团的工具，更加沉重地压在祖国衰弱的身躯上。

祖国啊，祖国，那些用好价钱出卖了我们主权的人们嘴上叫得多么响亮；祖国，继续成为那些旧政权的遗老遗少们、彻头彻尾的小丑们的口头禅。今天，我们比任何时候都应该保持警惕，彻底清除将国家变成牺牲大多数人利益来为少数人的利益和特权服务的工具的邪恶品质。这样，我们才能以生动的、日常的和真实的方式纪念这个官方历史试图永远抹去的1月23日。我们通过玻利瓦尔革命见证了社会主义国家的诞生，这是在垂死挣扎的资产阶级国家的废墟上建立起来的社会主义国家。这就是我们今天经历的过渡，我们必须继续深化这一过渡进程，如果我们真正想根除旧政治的痕迹的话。这种旧政治集中表现为渗透到目前的习惯做法中的浪费、腐败、官僚作风、机会主义和低效率。

II

“只有凭借燃烧的耐心，我们才能征服为所有人带来光明、正义和尊严的辉煌城堡。”伟大的法国诗人亚瑟·兰波吟诵道。我们的革命也要具有耐心，但不失去神圣和纯洁的火焰。这是我们每个人心中的火焰，它推动我们伸张正义，维护所有委内瑞拉人的尊严，为我们的人民带来应该得到的最大幸福。

这一火焰也点燃了爱克西多连锁超市大多数员工的为祖国感到的耻辱，迫使我们根据情况的要求尽快采取相应的措施。

我已经说过无数遍，我们将毫不犹豫地惩罚那些敢于嘲弄法律、拿人民最基本需求开玩笑而妄图逃避制裁以及通过投机、囤积居奇和造成货物短缺而进行犯罪的人们。

我再说一遍，食品不是商品，那些人民基本生活所需要的产品也不是商品。

为此，我呼吁全体职工帮助我们开展这场已经宣布的针对白领犯罪集团的斗争，打击这群把自己装扮成商人和企业家的流氓。

我邀请那些真正的商人和企业家加入这场爱国的斗争。不论政治色彩和我们之间可能存在的意识形态分歧有多大，我们大家都能从中获益。

III

在出席委内瑞拉石油公司《2009~2011年石油集体协议》签字仪式时，我签署了没收爱克西多连锁超市的法令。这对委内瑞拉工人阶级和全体人民而言，甚至对受到私人媒体不分昼夜的宣传蛊惑而反对我们的同胞来说，是两个好消息。

委内瑞拉石油公司的集体协议旨在超越资本主义固有的纯经济观，通过一套按劳取酬的制度设计，为石油工人提供整体福利，满足劳动者的精神和物质需求。

我们为了集体的安宁、全体公民的尊严以及为了我们的城市而全力以赴。为此，我们本周启动了一项委内瑞拉史无前例的工程：圣奥古斯丁缆车系统。该项目是我们切实改变加拉加斯面貌的明显例证。

来自油气收入中的大部分首次被用在了有利于人民的大型项目上。我们做到了20世纪有识之士提倡的“播种石油”。在圣奥古斯丁和其他许多地区，收获已在眼前。正如切·格瓦拉所言：“只有处在革命过程才能将伟大寓于平凡。”

IV

对于勇敢、顽强的海地人民而言，并不存在什么永远压在他们头上的历史命定论。这种诅咒只能存在于臭名昭著的布道士帕特·罗伯森那病态的大脑中。他的想法空洞、幼稚、充满无知，只不过是所谓“智能实力”战略上的一环。而帝国主义正在利用这一战略发动着最无耻的军事侵略。

各大通讯社对海地悲惨遭遇的报道着实令人愤慨。他们带着令人惊讶的无耻谈论着被摧毁的海地。然而，对于灾难深重的海地人民而言，毁灭已经不是什么新鲜事。毁灭正是最嗜血的资本主义强权和帝国主义军事干涉带给这个加勒比兄弟之邦的。此外，作为干涉战略的组成部分，他们试图向我们兜售美国救援行动非常“人道主义”的形象。这是满载海军陆战队的“人道主义”行动。他们并非职业救援队，而是训练有素的侵略和杀戮部队！

事实是，目前，美国部队已经控制了海地领土。他们占领了总统府、国会大厦并随心所欲地控制着国际机场。

当许多主权国家为增加人道主义援助而努力的时候，南方司令部却在力图扩大帝国的军事存在。

我们看到的是帝国对拉美和加勒比地区展开反扑的一种表现形式。一种致命的三角网正在哥伦比亚、洪都拉斯和被占领的海地之间编织。这是美国对我们的美洲新的干预战略的三种版本。

杜桑·卢维瓦尔的祖国再次遭遇了悲痛、不幸和遗忘的一幕。但在这一灾难时刻，海地人民显示出了勇气和尊严。自愿组成的救援队是光辉的榜样，他们已经开展了许多救援行动。古巴培养的海地医生也同样作出了无私奉献。

今天，玻利维亚正在庆祝伟大的埃沃·莫拉莱斯第二个总统任期的开始。这个不可阻挡的国家的副总统、我们的朋友阿尔瓦罗·加西亚·利内拉揭露了美国的侵略阴谋。他说："他们不救死扶伤，不带食品，不清除废墟，不收殓死者，只是将军事力量布置在那里。我们担心这种军事存在可能会成为长期现象。"

毫无疑问，这是针对我们的美洲、加勒比、玻利瓦尔联盟，特别是针对海地人民的又一场侵略。这是一个在找寻被帝国主义和新老殖民主义绑架、侮辱和践踏的尊严的民族。我们不能，也永远不会忘记，这个由黑非洲人组成的加勒比国家最早摆脱了奴隶制的锁链。海地还是拉美独立事业最坚定的推动者。胸襟博大的亚历杭德罗·佩蒂翁向因第二共和国垮台而遭到流放的玻利瓦尔提供了不附带任何条件的物质和道义援助。

加拉加斯街头的一幅标语写道："让我们帮助这个曾经帮助过玻利瓦尔的民族吧!"我们将继续真诚、慷慨地帮助海地。我们将继续发扬玻利瓦尔精神。

如同奥尔兰多·阿劳霍所言，海地确实不愧为"我们独立的母校"。我完全相信，海地人民拥有克服重重困难站立起来的历史力量。

我们的美洲的爱国者们已经没有退路。我们只能选择自己的完美战略，号召人民从各条战线进行反击。

1月22日，在高原之国玻利维亚，埃沃·莫拉莱斯开启了社会主义政府的新任期，人民为此到处欢呼。玻利瓦尔曾在玻利维亚感受到了"对自由的无限热爱”。我们以国际反击开始了2010年和独立革命开始200周年的纪念之年。

昨天，1月23日，我们举行了爱国大游行。在一片红色的海洋中，刮起了玻利瓦尔的旋风。这场旋风将在这美好的一年中涤荡整个委内瑞拉。

玻利瓦尔大反攻开始！

让寡头们发抖吧！

我们必胜！

2010年1月31日
我承认，我曾历经沧桑

I

1815年1月31日发生了我国历史上最令人发指的罪行。今天，我们纪念何塞·菲利克斯·里巴斯将军被害195周年。他是我们独立斗争的英雄和烈士。

1814年年末，第二共和国已经进入垂死状态。何塞·托马斯·博维斯领导的人民起义势不可挡。当时，独立斗争尚未成为一项全社会的事业。

敌人在乌里加设计包围了里巴斯（1814年12月5日）。他随后在马图林进行了英勇但徒劳的抵抗（1814年12月11日）。

这位玻利瓦尔称之为“拉维克多利亚的胜利者”的将军拖着病体逃往阿尔托雅诺的森林。被人告发后，他被保皇党人逮捕，并押送至图库皮多。在那里，他被极其残忍地处决。被处死前，里巴斯英勇地承受了各种折磨。

他的尸体被四分五裂。油炸过的头颅被长时间地悬挂在加拉加斯城门上，以警告其他爱国者。头颅上还顶着他一直戴着、以表示其激进爱国者身份的红色兜帽。

但玻利瓦尔革命表明，这位先驱并没有在1815年1月31日消亡，里巴斯还活着！我们的社会教育计划就以他的名字命名。他活在人民的记忆和爱戴中。这位尼奇塔奥、奥尔孔内斯、维吉里玛和拉维克多利亚的胜利者永远冲在前列，领导着我们实现最终独立的日常斗争！

II

丧失理性的委内瑞拉“反对派”再次老调重弹，扬言国家缺乏所谓的言论自由，力图制造不稳定和暴力的氛围。这足以表明他们明显缺乏政治纲领。对此，我们需要进行一些思考。

在声势日衰的抗议中，我们听到最多的论调就是指责政府阻止或限制思想自由。但众所周知，这并非问题的症结所在。

各位男女老少和读者同胞们，你们可以自己想想，如果一个电视台不遵守法律，应该怎么办呢？什么时候一个电视台不遵守《广播电视社会责任法》的规定呢？

如果一个电视台94%的内容都是本国制作，却要谎称为国际台，嘲弄现行的法律制度时，我们该怎么做？

无数电视台的国际信号每天从这里不受阻碍地发出，为什么这个电视台不学学他们的榜样？这个电视台的高管为什么不前往有关部门提供所需要的文件呢？

一个国家的法律不能按媒体大亨的随心所欲来制定。我们不能对违法行为和制造不稳定的暴力行径视而不见。

因此，我告诫委内瑞拉人民不要上这些挑衅行为的当，不要附和一群媒体集团及其同伙寻找借口破坏国家稳定的企图。

这背后的问题是，寡头集团试图将自由曲解成保障其自身权益、为其私利和特权量身定做的唯一的和排他性的原则。这点已经在2002年4月12日的事件中得到证实。他们践踏宪法，破坏了最起码的法律制度。不，先生们，你们听好了，我们是一个社会的、民主的、法制的和正义的国家。在这个国家里，人民合法地充分行使其主权。玻利瓦尔的人民、政府和武装力量作为一个不可分割的整体，将保证上述原则得到尊重。你们无法战胜我们！

我们的宪法和法律形成一条在平等基础上实现每一个人命运的通道。没有人能够超越法律。国家也不再是像过去100年中那样为强权者私利和特权服务的工具。

实际上，反革命头头们只不过在翻新我们已经识破了的老伎俩。他们欺骗一些人为自己办事，拿他们当炮灰向前冲，而自己却怯懦地龟缩在后面。

想起来就令人痛心和愤慨。最近几天，卖国犯罪集团的不负责任的行为已经导致美里达两名青年的丧生。他们死于帮派之争。从中可以很明显地看到准军事组织和法西斯团体的参与。此外，两名国家卫队战士被子弹射伤，多个城市的许多警察在袭击中负伤。

实际上，借口并不重要。今天是为了一家电视台，明天则是治安问题，后天，谁知道又是为了什么。这背后只不过是一贯的捣乱企图，是媒体的阴谋。这是2002年4月之后不间断的政变企图的一部分，是在美帝国主义制定的反攻框架之内的。

我再重申一遍，面对这种情况，我们的人民需要展开斗争。党、学生、工人阶级、农民运动和妇女们一起，每一个人都要冲在斗争的前列，以捍卫全体委内瑞拉人的和平与安宁。所有的人，也包括反对我们的人，因为，没有什么能超越祖国。革命的学生在街头活跃和积极的活动构成了一道威慑和阻止敌人破坏我们城市的防火墙。

与此同时，我们的革命必须保持主动性，掌握各个领域的斗争节奏。我们要特别在媒体领域动用一切思想武器的批判能力和创造能力发起进攻。

III

玻利瓦尔革命的政治、经济和社会日程在本周获得了巨大的活力，我将尽量对其进行全面概括。

我首先要提的是我上周二已经向全国宣布过的中央政府做出的一系列人事任命。埃利亚斯·哈瓦将成为新的副总统，并继续兼任人民政权农业与土地部部长。卡洛斯·马塔·菲戈罗阿将军将担任人民政权国防部部长，并继续兼任战略行动司令部司令。亚历杭德罗·赫彻尔将担任人民政权环境部部长。

1月28日，星期四，我已经委任人民政权科学技术与中间工业部部长里卡多·梅嫩德斯为主管工业经济的副总统。当天，我还任命塔尼娅·迪亚斯为委内瑞拉电视台台长。

上述5位同胞敬业、能干，并经受了玻利瓦尔革命事业的各种考验。

1月26日，著名的意大利国家能源集团与委内瑞拉国家石油公司签署协议，决定成立开发世界上最大储油带奥里诺科石油带胡宁5区块的合资企业。媒体谎言被再一次揭穿。他们宣称的委内瑞拉不具备投资条件和安全保障的消息纯属捏造。

另一件大事是1月28日星期四举行的独立200周年社会主义生产基金第一次会议。通过设立和启动生产工作组，我们又在委内瑞拉走向社会主义的道路上迈出了坚实的一步。我们将改变国家依靠石油财政的面貌，切实逐步降低对石油的依赖。为此，我呼吁有觉悟的委内瑞拉公民加紧努力，推动生产发展刻不容缓。我在奋笔疾书之际，收到了里卡多·梅嫩德斯部长的报告。他说："总司令，中央地区生产工作组组织完毕。在马拉凯地区，我们要延长至明天。截止今天，共有443个项目。整个地区，项目共计911个。"我回复道："向社会主义前进。我们所做的一切都是为了向社会主义前进。"

我还想提一提我们举行了天然气项目第一批工程师的毕业典礼。该仪式于1月29日星期五在苏利亚州拉古尼亚斯举行。这161名同胞将组成真正的革命专业人员先锋队。有了他们，我们就有充足的理由相信，我国通向天然气大国的道路已经畅通无阻。

最后，我要祝贺加拉加斯雄狮队取得了委内瑞拉棒球赛2009～2010赛季冠军。雄狮队在与麦哲伦水手队进行7场对决后，在激烈的决赛中夺冠。我们这些球迷都对麦哲伦水手队此次比赛失利感到遗憾。现在雄狮队代表了委内瑞拉，我们都要去为它助阵，希望这支队伍能在下周二起在我国美丽的玛格丽特岛开始的加勒比巡回赛中夺冠。

我想说，从1969年在巴里纳斯度过的那些难忘的日子算起，40年的光阴已经流逝。其间，在奥莱利学院的岁月、卡罗利娜公园或是联邦公园里进行的球赛、罗德里格斯·多明戈斯学院大楼里的叙谈和所有那段梦幻般的时光都已成为回忆。然而，对麦哲伦水手队的激情依然不减当年，在每一场比赛，每一次投球和每一棒回击中不时迸发出火花。

我要感谢加拉加斯雄狮队，感谢麦哲伦水手队，感谢你们……

因为，在生活将我拉到舞台中央，为了革命事业和反对反革命的斗争而终日奔波时，你们让我重温了早年的激情。这份激情逐渐成为爱国的火焰，就像先知者所言："让我愉快地燃烧。"

我面带微笑地借用伟大的巴勃罗·聂鲁达的话说："我承认，我历经沧桑。"

我确实历经沧桑！

誓死捍卫社会主义祖国！

我们必胜！

2010年2月7日
2月：1、2、3、4!

I

转眼已是2月。是反抗的2月，我们总是要面对对祖国的过去、现在和未来所作出的神圣承诺。

2月的开始的确非常光明。这个月的第一天，我们就庆祝了玻利瓦尔革命的三大先驱之一的生辰。

埃塞基耶尔·萨莫拉，拥有主权的人民的将军。“那些以为杀了他的人们，忘记了埋葬其太阳穴跳动的声音。萨莫拉飞驰而来。他已经成为人民的牙齿，啃掉你们王国的高墙。人民已不再是昨天衣衫褴褛的聋子和瞎子。他们有了组织的旗帜、诗歌和钢铁。”绰号“中国人”的瓦雷拉·莫拉吟唱道。

“要土地，要自由，让寡头们恐惧吧。”当年的口号今天在我们的乡村实现了。面对这样的口号，我们只能和瓦雷拉一起向寡头们呼喊：收获你们当年种下的风暴吧。风暴已经变成一场革命飓风。

II

2010年2月2日，玻利瓦尔革命政权上台11周年暨号召召开奠定目前第五共和国宪政基础的全国制宪会议11周年。这是副总统埃利亚斯·哈瓦宣誓就职的最佳时机。我也宣布任命弗朗西斯科·法鲁科·赛斯托为人民政权文化部部长，亚历杭德罗·弗莱明为人民政权旅游部部长。

“让公民以自己的名义行使国家的主权，完全实现自己的意志”，这是我当年的选举承诺和接受参选的唯一理由，也是我宣誓就任共和国总统后的第一项决定。1830～1998年，国家主权从没有用来行使人民的绝对意志。即使有，也始终被践踏和限制。1958～1998年，主权更是处在完全和彻底消亡的边缘，委内瑞拉实际上沦为美国的石油殖民地。

我们执政了11年，一场战役接着一场战役，这是以人民为主角的战役，为的是让他们获得最大的幸福、获取规定的和付诸实践的平等。这也是充分行使人民主权的11年。

III

2月3日，阿亚库乔大元帅安东尼奥·何塞·德·苏克雷生辰。我们不能忘记1992年2月4日的行动，实际上从3日就已经开始。这是对这位伟大库曼人的纪念。在他的鼓舞下，我们这一代爱国战士奋起为捍卫人民的尊严而战。

“当美洲甘洒热血捍卫自由时，可以理解为也在为正义而斗争。因为，自由和正义是不可分离的伴侣。如果不能完全享有这两者，美洲的解放就变得毫无意义。”苏克雷的声音至今仍在克鲁斯德贝鲁埃戈斯回荡。

IV

人民庆祝1992年2月4日国家尊严日18周年的活动盛大而热烈。

我认为，我们应该正确理解2月4日的公正和深刻的含义，以加强集体记忆。

我说这些是为了我们的青年着想。他们需要重新认识2月4日的意义，视其为我们共和国历史洪流、从未间断的独立斗争和200年斗争历程的一个组成部分。

克莱伯·拉米雷斯在题为“2月4日的历史记录”这部里程碑式的作品中告诉我们：

> 2月4日斗争没有实现夺权的近期目标，但向人们揭开了委内瑞拉种种矛盾的根源。这在政治上造成了巨大震动，激发了这个富有想象

力和斗争精神的民族的潜能。

从这个角度看，这一事件是历史的需要。2月4日的行动赋予了国家在政治上的一个战略目标：建立新的民主，废除所有现存政党的各种旧主张。

我们要记住那场军民运动的来源。在多年的艰苦准备后，这场运动终于在那个反抗的2月拿起了武器。玻利瓦尔革命运动200组织的起义在另一个2月起到了决定性作用，1989年2月27日的那次人民起义将国家的历史分成了之前和之后两段。克莱伯所说的根源要追溯到加拉加斯起义之前的固定模式年代，甚至是戈麦斯统治时期。

到1992年，游戏完全陷入僵局。批判的武器必须让位于武器的批判。随着卡洛斯·安德烈斯·佩雷斯的新自由主义计划得到实施，旧政府的卖国政策达到了令人作呕的无耻境地。国家完全从属于国际货币基金组织和世界银行，在帝国面前跪地求饶。各政党只知道掠夺，嘲弄社会。委内瑞拉人民的尊严被挟持。面对这种情况，我们必须挺身而出，作出拯救祖国和将共和国的武器归还人民的最纯真的承诺。

除了上述原因，我们还应该加上发扬解放者遗志的需要。解放者是我们运动的领路人和向导。2月4日，玻利瓦尔回来了，再也没有离开。

除此以外，按玻利瓦尔的话说，我们就像被革命飓风卷起的一根微不足道的稻草。1992年2月4日刮起的那场飓风就是将我们带到这里的人们：这就是委内瑞拉英勇的人民和200年解放思想。

转眼又到了这个反抗的2月。我们庆祝独立200周年纪念日4月19日的准备工作已经展开。这一周期将从2010年一直延续至2030年。

这将成为决定性的周期，是我们实现最高救赎和建设新世界的时代。这个新世界就是社会主义。玻利瓦尔称之为正义的王国，而耶稣把他叫做人类的王国。

我们向那里进发。我们旗帜鲜明，歌声嘹亮，满怀激情。斗争是漫长的，也是壮丽的。

欢迎来到独立200周年2010~2030周期！

誓死捍卫社会主义祖国！

2010年2月14日
来自巴尔基西梅托

I

我想开门见山地再谈一件最紧要的事情，即国家目前面临的电力紧张局面。

2月8日，星期一，在经过全面、细致的评估后，我们不得不宣布全国处于电力紧急状态。与此同时，我们还宣布成立了一个电力应急指挥部，以尽快应对这场临时性的危机。

我想指出的是，今年，我们将在电力领域进行大规模的投资，投资额为40亿美元。相关投资将使我们增加我国的热电的发电能力。

问题并不在于投资不足。

我们已经承认并就一些项目的失误和拖延进行了深刻的自我批评。但除此之外，电力问题要归咎于一场持续而严峻的旱灾。

什么是这些不利的气候条件产生的原因呢？我可以毫不犹豫地告诉大家，这是资本主义制度固有的破坏性。它那无法阻止的消费主义的贪婪性和掠夺性。

为了克服当前的危机，除了所采取的一系列措施外，我们还必须建立一种避免铺张浪费的集体意识。

政府一贯负责任地采取行动，就像罗幕洛·加列哥斯所说的那样，一丝不苟又充满活力。然而，一些卖国的政治集团却图谋利用电力问题谋利。他们就是这样的恶魔。一方面，他们扬言不服从用电限额，向政府挑衅；另一方面，他们又在暗地里说，其实自己是在要求增加供电服务。他们甚至将干旱归咎到我们头上。别再发疯了，哪怕稍微有一点爱国心吧。

II

2月10日，星期三，我们宣布将和新的伙伴在奥里诺科石油带卡拉沃沃区块开展合作。一个由西班牙雷普索尔石油公司、马来西亚石油公司、印度国家石油天然气集团、印度石油集团组成的联合体中标获得了卡拉沃沃一号区块的开采权。美国雪佛龙公司、日本三菱公司和国际石油开发公司以及委内瑞拉苏埃罗佩德罗尔公司组成的另一个联合体则拿下了卡拉沃沃三号区块。

考虑到组成企业的分量，这是两个大型的联合体。

媒体的阴谋再次破产。国际媒体及其国内卖国传声筒的伎俩再一次公之于众。他们无耻地谎称委内瑞拉不具备吸引投资和展开投资合作所需的实际条件和法律保障。

III

2月11日，周四，委内瑞拉统一社会主义党第一届特别代表大会上也发生了具有重大意义的事件。党作出了从基层推选代表参加9月26日的议会选举的历史性决定。初选将于5月16日起进行。之前，还要进行自我提名（3月4～7日）和党内竞选（4月24日～5月14日）。自5月17～21日初选将正式进行。

委内瑞拉统一社会主义党将不惧风险，高举公开透明和将民主进行到底的旗帜。按马里亚特吉的话说，要想在9月的选举中赢得全胜，我们必须团结基层，特别是支持玻利瓦尔革命的基层人民和我党基层党员。而只有通过广泛、全面实行民主，我们才能实现必不可少的人民团结。在这方面，我们的党做出了榜样，指明了道路。

相反，我们看到，反革命阵营中正上演着一出丑剧。他们为了成为候选人而剑拔弩张，即使对反对革命政府的同胞也毫无尊重之意。

我要重申上周四表达的信念。我相信人民，因而我信任我党的基层党员。我知道，他们也不会辜负我们。我信任他们，因为就像玻利瓦尔所言，在作出重大决策的时刻，他们总是很准。我相信人民，他们正像罗宾逊说的，正在成为国家的立法者。我们人民的政治效率和革命品质值得信赖。

2月11日确实为9月26日成为人民大获全胜之日打通了道路。

IV

青年节，这是起义的和革命的青年的日子。他们是1814年2月12日的那场壮举的继承人和发扬者。

距那个值得纪念的日子已经过去196年了。年轻的祖国在何塞·菲利克斯·里巴斯这位革命战士的卓越领导下取得了胜利。在那个可怕的1814年，博维斯麾下的平原战骑勇猛彪悍，势不可挡，但还是毫无军事经验的毛头小伙子里巴斯却在拉维克多利亚战胜了博维斯。我们将对这场委内瑞拉人之间的争斗永远感到痛心。但在当时，独立尚未成为一项人民的事业。

上午，我刚在拉维克多利亚出席了纪念那个光荣日子的阅兵式。武装起来的军民展示了他们团结一心、共同捍卫祖国和革命的决心。青年始终是他们的先锋队。

下午，我接见了涌向观花宫表达自己社会主义决心和信念的大批青年们。我告诉他们，今天庆祝2月12日与20年前的庆祝是截然不同的。20年前，庆祝青年日只不过是口头上的和装点门面的面子工程。而今天，庆祝是真心实意的，是对祖国及其最终独立事业的承诺。这一承诺落实在独立200周年青年阵线的成立上。阵线将成为各条战线人民的先锋。

我想重温一下自己在周五下午进行的思考。青年人不能没有批判精神。革命青年必须承担起批判的和创造性的反抗的任务。青年作为主人翁的参与对于我们开展的纠正偏差的长期斗争来说具有决定性意义。

今天，我们比任何时候都需要发挥青年人的活力来克服腐败、官僚作风和效率低下等问题。

在独立200周年的周期开始之际，青年人需要发挥先锋队作用。巩固和深化社会主义的重任落在青年的肩头。伟大的思想家米格尔·乌纳穆努曾说："凡非永恒之物，皆非真实。"只有青年们承担起革命重任，并将其作为自己的事业，我们的革命才可能是永恒而真实的。祖国是否能享有永恒的自由、主权和独立将取决于青年的斗争。在这个明媚的2010年2月12日，我们感受到了青年的力量。

今天，14日，星期日，情人节。祝情侣们节日快乐！

狂欢节的庆典开始了。

请健康地享受欢愉吧。

照顾好自己和家人。

释放激情和快乐吧！

为了最大的幸福！

誓死捍卫社会主义祖国！

我们必胜！

附：我赢不了基德。

但我击败了艾尔维斯·安德鲁斯。

哈，哈！

2010年2月21日
走向社区国家!

I

“萨莫拉不朽，斗争继续!”的口号回荡在人民当中。我们选择了加拉加斯的埃尔卡尔瓦里奥公园举行的为行使主权的人民的将军埃塞基耶尔·萨莫拉雕塑揭幕仪式这一最佳时机，颁布《政府联邦委员会组织法》。在这明媚的日子里，全国各社区委员会和立法机构的代表们也与我们一起出席了上述活动。

今年是联邦战争(1859~1863年)开始151周年。1859年2月20日，提尔索·萨拉维里亚率兵攻占了科洛，发出了联邦呼声。我们只能通过向人民提供有助于其最终解放的一部法律这种形式，向萨莫拉致敬。

II

“我始终将集体置于个人之上。”解放者西蒙·玻利瓦尔在1828年10月28日致安东尼奥·何塞·德·苏克雷将军的信中这样写道。这是我们目前推行的玻利瓦尔主义的精神和动力所在，即集体和社会利益先于一切和高于一切。西蒙·罗德里格斯在1828年的《美洲社会》中说的也很有道理，他说:“有两种类型的政治:人民的政治和政府的政治。政治家首先是人民，然后才是政府。”

今天，我们可以说，我们已经建成了一个在真正意义上高度政治化的社会。1989年2月27日人民起义引发的玻利瓦尔革命正是这种政治化的直接产物。下周六，我们将庆祝起义21周年。伟大的委内瑞拉革命者克莱伯·拉米雷斯在《2月4日的历史记录》（1998年）一书中，以纯粹的罗宾逊精神写道："现在是各社区人民团体掌握国家政权的时候了。这将带来政府在行政上的全面变革，并在社会领域实现全社会通过社区政权真正行使主权的局面。"

正是由于这些，我们于本周六2月20日颁布了《政府联邦委员会组织法》。通过这部法律，权力将进一步集中到人民手中，国家的效率也将得到提高，并能够加强团结，履行宪法赋予的职能。

我不断呼吁，我们需要改变委内瑞拉的行政区划，构建新的权力几何图，实现新的人民的、集体的和社会主义的地缘政治格局。

我们与葡萄牙的伟大理论家博阿文图拉·德索萨·桑托斯一样，认为社会主义意味着无尽的民主。因此，我们坚信，消除官僚主义和腐败的最佳和最民主的选择在于建设一个社区制的国家。这个国家能够试行一种替代性的体制方案，并不断重塑。

通过这部法律，我们应该真正严肃地（就像加西亚·巴卡所说的那样）开始完全拆除腐朽的殖民主义架构。这种架构正是试图破坏国家团结的地域组织形式的基础。当然，人民政权将在我国地域划分的彻底变革中发挥主要作用。

III

自《土地与农村发展法》于2001年生效以来，大地产制的寡头们强烈抵制公地恢复工作以及由《土地法》和宪法赋予的权利的完全行使。面对这些社会最反动势力通过袭击、破坏和雇凶杀人等方式对农民阶级发动的进攻，玻利瓦尔国家和革命政府将责无旁贷地保护农民，将使用一切可能的手段捍卫农民阶级。农民民兵部队的诞生就是为了履行这一职责，根据自卫的原则，我们将着重发挥农民作为共同主体的主角作用和履行其责任。

农民民兵部队上周五在科荷德斯州的埃尔帕奥举行的首次演练反映出这支旨在捍卫我国农村地区主权和领土完整的武装力量已经粗具规模。谁能比当地居民自己更了解本地区的活力、活动、缺陷和安全方面的基本情况呢？谁又能比他们更了解这些地区的地理、精神和物质方面的情况呢？

农民民兵部队和全体玻利瓦尔民兵部队并非某些自诩聪明的分析家试图展现给世人的那种准军事力量。我们从没想过使用“准军事”这一哥伦比亚反对派的语汇。正相反，玻利瓦尔民兵（完全受到相关法律管理的部队）与社区委员会一样，是新的社区制国家的机构，也是我们正在建设的集体权力新结构的组成部分。

玻利瓦尔民兵部队是玻利瓦尔武装力量的组成部分。因此，它并未削弱，更谈不上替代我们的武装部队。最让此类谣言的传播者气愤不已的是，我们的武装力量已经找到了自己的根，那就是武装起来的人民。

在农民民兵身上体现着一项重要原则：保卫我们自己的土地。将反对可能的外来入侵者，但也反对内部的入侵者，这些国内的入侵者长期以来逍遥法外，通过共和国一些受贿的法庭来庇护和保护大地产主，而把拥护《土地法》的农民当做罪犯进行打击。

2月15日是值得纪念的《安戈斯图拉演讲》发表191周年的日子。当时，独立战争尚未结束。但解放者在字里行间已经描绘出委内瑞拉获得独立和自由的前景。让我们重温这些肯定农民民兵、我们萨莫拉式民兵存在理由的章节吧：

> 奴隶们拧断了脚镣。委内瑞拉有了新的儿女。这些感恩的孩子们将往日的枷锁打造成自由的武器。是啊，昔日的奴隶获得了自由。从前是“后娘”的仇敌的人们如今成了这个祖国的捍卫者。

让我们和萨莫拉、罗宾逊和玻利瓦尔一同向社区制的国家前进！

向社会主义前进！

我们必胜！

2010年2月28日
从加拉加斯起义到革命！

I

坎昆，玛雅海岸，2月22～23日，解放者的梦想穿越时空，在墨西哥变成现实。玻利瓦尔说："目标就是团结的不可估量的财富。"这句话的意义和重要性在拉美和加勒比团结峰会上得以完全证实。长期以来，外部制造的分裂、并非出于本意的疏远和利益的差异只能为帝国的暴行和肆意妄为提供场所。

拉美和加勒比国家共同体的诞生提供了连接各方的机制。团结是我们的长期目标和归宿。团结不是自上而下的命令，必须在尊重各国间现存差异的同时逐步构建。

现在，我们已经赢得了一个坚实的起点。从本届由里约集团组织召开的峰会起，团结获得了新的活力和自己的特点，显示出坚定的多数和集体的意志。

人民时代已经到来，它在所有的时钟里回荡。这是将我们融合成一个兄弟大陆的时刻，是我们在独立200周年之际实现先驱们维护完全尊严的遗志的时刻。我们的历史挑战在于，不仅需要做继承者，更要成为发扬者。

正如我在墨西哥所言，拉美和加勒比共同体的成立将使玻利瓦尔、马蒂和一切视团结为各国人民价值所在并为之而奋斗的人们的最高理想重新获得新生。200年的斗争证明了一个共同的历史真理，即我们是同一个民族，我们同属于一个大家庭。

我们知道，迈向团结的道路不会一帆风顺，美国在我们土地上的可耻记录使得我们不得不这样认为。为进一步维护自由、独立和主权而联合自强，将从社会和政治上遏制帝国主义和新殖民主义计划的开展。我们不能忘记，美帝国主义在我们的历史上曾经将我们分而治之，通过削弱我们而最终实现其统治。

很遗憾，美洲国家组织已经沦为美国的主要统治工具。因此，这一组织迟早会消亡。

关于和哥伦比亚总统之间的不幸事件，我不愿再多说什么。他在参加峰会的所有与会者面前，暴露了自己破坏会议主要目标的挑衅企图。我们不能舍本逐末。坎昆精神是在拥有共同历史和感情纽带的国家间实现团结。这一精神在各国一致支持阿根廷争取完全恢复对马尔维纳斯群岛主权的斗争中得以体现；这一精神在各国一致决定向海地人民提供最大限度的经济援助，以更好地应对当前的灾难中得以体现；这一精神在各国摒弃对古巴革命政权长期孤立的共同意志中得以体现。

巴切莱特总统的话让我们想起烈士总统萨尔瓦多·阿连德。她说："我们怀着最大程度的欣喜离开了坎昆，完全相信各国人民有智慧创造自己的命运，并开辟获得尊严的广阔道路。"

如同玻利瓦尔所言，我们必须通过秩序和理智，将一个强大、独立和团结的祖国作为宝贵财富留给子孙后代。

II

2月25日，星期四，代表伟大祖国声音的南方广播电台成立。这一由超过100个广播电台组成的强大网络不仅覆盖整个拉美，还延伸至非洲和亚洲。南方国家在各方面为争取建设一个容纳许多世界的一个新世界的诞生进行了全面出击。

我们现在拥有了开展信息媒体斗争、捍卫南方国家文化主权和继续揭露那些媒体大庄园的新武器。

由于电视在现代生活中的重要性，人们开始倾向于轻视广播的宣传范围。这是个严重的错误。对于文化上的非殖民化和意识上的改造而言，广播潜力巨大。我相信，南方广播电台将会切实证明这一点。

声音多元化和多样化的南方国家有许多话要说，他们的声音应该得到倾听。通过这一广播网络，我们之间可以不受干扰地相互聆听。南方广播网可以使我们相互认识和相互承认。

III

今天，2月27日，我下笔撰文的时刻恰逢加拉加斯起义21周年，更确切地说，是委内瑞拉起义。因为，1989年2月的人民起义涤荡了全国。尽管那次起义的中心是加拉加斯，它确是一场全国性的运动。

我想在此引用拉美思想奠基者西蒙·罗德里格斯的几句话，因为，本文明天的发表正值其逝世156周年。他无人可及地预见并指出了我们的历史悲剧。他说："我们是丰饶的苦难。"1989年2月27日，我们厌倦了这种命运，并呼喊着：受够了！

1989年2月27日是见证委内瑞拉20世纪最重大政治事件和玻利瓦尔革命重生的时刻。在柏林墙倒塌的同一年，觉醒的委内瑞拉人民奋起反抗国际货币基金组织和新自由主义的压迫，断然驳斥了"历史终结"论的谎言。这些饱受不平等和排斥的穷苦人有意识的斗争翻开了委内瑞拉历史新的一页。

我们无法忘记，1989年也见证了委内瑞拉20世纪历史上最残酷的屠杀。起义被镇压下去后，在3月的头几天实施了一场系统的和罪恶的国家恐怖主义。

种族灭绝的犯罪头目就是卡洛斯·安德烈斯·佩雷斯。但他并非孤家寡人，其他的杀人犯还包括政府的达官显贵、民主行动党和独立选举政策组织委员会的核心、高级军官、联邦商会和贸易委员会的高层以及媒体大亨一干人等。

我们必须在这样的日子里向烈士们致敬。他们活在玻利瓦尔革命的胜利中，就像1989年2月起义不朽的光辉标语说的那样："人民是打不倒的"。人民也将不会再遭到背叛。

我们将通过回顾历史继续锻造集体记忆。只有知道自己是从何处来，才能使我们不失去社会主义方向，获得我们的最终独立。

IV

今天即2月27日，星期六，凌晨，我收到了友邦智利不幸发生强烈地震的噩耗。我们将给予智利人民和米切尔·巴切莱特同志全力支持，并向遇难者家属表示我们最深切的哀悼。我们也要鼓励直接受到地震影响的兄弟姐妹们战胜困难。

在这一不幸时刻，委内瑞拉将听候智利吩咐，尽全力从人力和物力上作出我们的绵薄贡献，以帮助智利救死扶伤，修复这场可怕地震带来的损害。上述内容，我业已转达给巴切莱特总统。

我还要向勇敢的巴切莱特总统致敬。她第一时刻就带领政府成员战斗在救援和恢复工作的前线。

按聂鲁达的方式说，智利始终系在委内瑞拉人民的心上，智利的光芒射进了我们每个人的心中。我要向萨尔瓦多·阿连德的人民，特别是与我们一起在委内瑞拉共同生活的智利侨民致以无限敬意。

玻利瓦尔说："我们都是灾难深重的民族……"

誓死捍卫社会主义祖国！我们必胜！

2010年3月7日
向前飞奔急，哪顾犬吠狂！

I

“真正的药物不是治病的药物，而是防病的药物。”何塞·马蒂1893年前后在纽约说道。我们可以说，这些话也奠定了预防医学的基础。今天，我们也怀有同样的想法，并在其指引下开始在全国推广扩大免疫计划。

本周三是社区喜悦的日子。我们从加拉加斯市洛斯芒果斯德拉维加区的拉斯卡西塔斯开始，对成千上万名小同胞们进行登记和疫苗注射。这些计划将在最多40天内，覆盖全国95%的人口。包括医学学生、军人和公社委员会成员在内的7万名医务工作者将走访全国624.2万个家庭，注射10种疫苗，以帮助少年儿童预防14种疾病。

切·格瓦拉说：

> 与疾病做斗争的原则在于造就强健的体魄……总有一天，医学会成为预防疾病和引导人民承担自身医疗义务的科学。它将仅仅在紧急情况下才进行一些手术治疗。否则，就不符合我们正在建设中的新社会的特点。

当我们为数以百万计的同胞们注射疫苗时，我们正是为祖国在打造强健的体魄，从而使新社会建立在坚实的基础上。这是我们创建中的新祖国。我们都要接种疫苗，打开家门迎接正在全国各地奔波的医疗大军。让我们好好享受建设中的国家公共医疗体系给我们带来的巨大益处吧。建立这一体系的目的正在于深刻改变社会领域长期存在的巨大不平衡。这一体系的巩固可以说是衡量我们在多大程度上正在沿社会主义道路前进的基本指标。

II

鉴于我们已经作出了向一切形式的犯罪全面宣战的战略性决定，我不能不提及国家警察部队安东尼奥·何塞·德·苏克雷警察协调中心已于本周五5日在人口稠密的卡提亚成立。

为加强打击犯罪行动，获得更好效果，200周年治安计划已经在犯罪率最高的10个州完全启动。当然，我们也不会在其他地区放松警惕。

我还必须提及各地社区委员会和新式警察部队之间正在开展不可或缺的联合行动。

我要重申一个信念，即我们一定能击垮一切形式的犯罪和暴力活动。无论现在还是将来，每个委内瑞拉公民的全力支持对赢得这场治安斗争来说都至关重要。

III

对加入拉美时代变革行列的进步政府任意进行“调查”和控诉的模式相似得令人生疑。就在泛美人权法庭的一群法官们极其无耻地控诉委内瑞拉的同时，在远隔重洋的西班牙，一名法官也凭借炮制的证据，毫无道理地编织着一场新的法律阴谋。

我并非此方面的专家，但就常识而言，一桩案件不应仅凭原告方的片面调查就能够立案起诉。但是，对埃洛伊·韦拉斯科法官而言，这不仅足够，而且可以定罪。

这些证据又从何而来？无非从劳尔·雷耶斯的超级电脑中来。对这种伎俩我们已经见怪不怪。

很明显，躲在这一切幕后的正是美帝国主义。它的目的是系统性地破坏新生的拉美和加勒比共同体。华盛顿最难以忍受的是，共同体将在委内瑞拉宣告成为自由、主权和独立的国家200年后，于2011年7月5日在加拉加斯峰会上正式成立。

我们还是回到上述法官的诡计中来。西班牙独立记者卡洛斯·马丁内斯在《起义者报》网站上发表的通讯向我们清楚地揭露了事实：

> 法官认为案情属实，于是便在假设的基础上，对不同国家之间的外交关系横加干涉。但最为严重的是，就连法盲也知道，这种诉讼在法律上应该是秘密的。然而，一经裁决，起诉书就被抄送记者，立即公之于众。这一切不禁使人思忖，这并非法律判决，而更像是为新闻媒体准备的新闻稿，而新闻界也热切地作出了回应。

判决不仅无效，而且揭露了埃洛伊·韦拉斯科法官的真正目的：毫无根据地向媒体揭短，以实现无耻的泛美人权法庭试图达到的指责效果。此外，这很明显是一场新的媒体炒作。国内外的右翼媒体遥相呼应，制造杂音，扭曲真相。

诸多证据显示，这是极右势力要弄的新伎俩。不消远说，埃洛伊·韦拉斯科法官本人就曾是弗朗哥独裁政权继承者人民党的党员，并且担任过地方要职。

我想提几个问题：人民党的要人们为调查弗朗哥独裁统治期间的难以计数的死亡和失踪者做了什么？他们是否成立过调查真相委员会？为什么他们要继续隐瞒法西斯犯下的罪行？何塞·玛利亚·阿斯纳尔、马里亚诺·拉霍伊或是埃洛伊·韦拉斯科有什么资格对民主说三道四？

这些人正是时至今日还在隐瞒弗朗西斯科·弗朗哥独裁政权所犯罪行的代理人。这些人支持起政变或对主权国家的侵略来连眼都不眨，对哥伦比亚的准军事组织问题或政变当局对洪都拉斯人民的残酷镇压却什么话都不说。总之，西班牙的一些右派人士还怀有浓厚的殖民统治意识，与我国和拉美地区的领事和传媒寡头狼狈为奸。当然，这一切都没有离开过美帝国主义的脚本。

委内瑞拉可以毫无困难地完全透明地证明对其指控都是无稽之谈。但西班牙人民党、埃洛伊·韦拉斯科法官大人、阿斯纳尔或拉霍伊敢说同样的话吗？

明天周一，3月8日，国际妇女节。

妇女们，前进，走在革命的前列！

按克拉拉·蔡特金所说，你们要像罗莎·卢森堡那样，“成为革命的利剑和烈焰”。

面对帝国主义势力导演的疯狂进攻，我们所有人要像堂吉诃德说的那样，“向前飞奔急，哪顾犬吠狂”。

誓死捍卫社会主义祖国！

我们必胜！

2010年3月14日
追随马克思、基督和玻利瓦尔的足迹！

I

上周一，3月8日是国际妇女节确定100周年的纪念日。我们前往国家英雄公墓，纪念这充满革命和社会主义意义的光辉百年。在这个伟大的日子，我们还成立了独立200周年妇女阵线，以深化妇女解放进程，坚定走通向社会主义的委内瑞拉道路。

委内瑞拉女思想家阿尔瓦·卡罗西奥在《20世纪女性社会主义的挑战》（2009年）一文中写道：

> 社会主义只能建立在没有压迫的新型社会关系的基础上。这也意味着对眼前日常生活的革命，包括男女行为方式的改变。社会主义改造也意味着对置女人于从属地位的制度进行改造。

我完全赞同阿尔瓦·卡罗西奥的日常生活中心论。社会主义也实实在在地体现在这里。此外，制度改造具有决定性作用。让妇女担任公职并达到一定比例十分重要，但这并不等同于妇女居于从属地位和遭到排斥的现实会自动改变。

如果我们大家不粉碎大男子主义的价值观，就无法建成社会主义。玻利瓦尔1819年7月说过的话可以在这方面给我们以启发和指导：

> 我们的祖先曾认为女人低于男人。我们认为男女平等……但两者都犯了大错误。因为，女人要高于男人……上帝赋予女人以巨大的智慧和灵巧，用极纤细的纤维编织出她们向往一切高尚事物的心灵。

II

3月9日，星期二，我们将弗朗西斯科·德·米兰达二级勋章授予我国女子少年足球队的女英雄们。她们成功晋级2010年特立尼达和多巴哥国际足协女子世界杯。她们在圣保罗举行的南美洲杯上踢得很棒，获得了一个非常有意义的第三名。这是对姑娘们公正的和应得的承认。我们感谢她们精彩而勇敢的表现。委内瑞拉再次创造了历史。

在授勋仪式上，我们还为参加2010年第9届南美运动会的代表队授了旗。在上届运动会上（布宜诺斯艾利斯，2006年），委内瑞拉出色地获得了第三名。这也是我们目前参加南美运动会的最好战绩，共获98枚金牌。我们将继续在麦德林举行的本届运动会上再创辉煌。对于我们黄金一代的运动员来说，一切皆有可能。我相信，他们一定会再次为国争光。

III

3月10日，星期三，何塞·玛利亚·瓦加斯诞辰纪念日。我们在加拉加斯市剧场举行仪式，隆重庆祝医生节。这一仪式充分证明了委内瑞拉公民正越来越多地承担起医疗这一社会职责。

我还向在公共部门从业的全体医务工作者宣布了一个好消息。从今年5月1日起，我们将为他们所有人加薪40%。

我们必须回顾过去，充分了解我国卫生医疗领域从前的境况。

人们都会断言，没什么比健康更宝贵的东西。但是，在资产阶级民主施政的40年中，这一断言却被推翻在地。直到1999年，委内瑞拉80%的人口都无法获得医疗服务。

得病和遭受某些病痛是确认贫困条件的另一种方式，这是体系性质的组成部分。绝大多数人除了残酷地放弃治疗之外别无他法。

计划是很明显的，通过医疗卫生的商品化造成私有化不可避免的趋势。很不幸的是，私人医院与保险公司沆瀣一气，商业概念渗透进了医务人员的头脑中，他们越来越远离从业的基本社会责任心，取而代之的是视病人为客户。

全力建立为人民服务的医疗体制并不足够，还需要改造提供医疗服务的人们的精神面貌。这一改造正在进行当中。

我们逐渐树立起负责健康艺术的医务人员的主体观。这是一种激进的人道主义，没有谁比委内瑞拉医疗界的堂吉诃德说得更确切的了，吉贝尔多·罗德里格斯·奥乔亚下的定义是："爱的行为应该是治愈。"

IV

3月12日，星期五，我出席了白俄罗斯和委内瑞拉双边合作后续会议的闭幕式。合作成果对两国人民来说具有十分积极的意义。尽管两国相距遥远，两国人民的团结却日益密切，两国作为先锋，在建设多极世界的道路上越走越近。卢卡申科总统下周一将对我国进行的访问，没有什么比此次会议更好的序曲了。

在上述仪式上，我还与委内瑞拉派往海地的代表团取得联系。这着实令人激动不已。代表团前往海地是为了共同庆祝一个重要的历史时刻，即海军上将兼大元帅弗朗西斯科·德·米兰达在停靠在海地哈克梅尔港的伦德尔舰桅杆上首次升起委内瑞拉国旗204周年。委内瑞拉重申了对海地人民的援助承诺，将继续为其提供最大限度的帮助，使之能够克服2010年1月12日地震造成的困难。

V

今天，周六，写完这篇文章后，我还要参加委内瑞拉统一社会主义党特别代表大会的会议。此外，我将前往巴尔基西梅托，出席中国生产的K8飞机的交付仪式。我们购买这些飞机是为了继续加强国防实力，挫败任何针对祖国的侵略企图。

最后，我想对委内瑞拉统一社会主义党的现在和未来进行一些思考。

上周三，9月26日选举的另一个准备阶段业已完成。党收到了3 952个参选申请，以竞选110个席位。如此高的参与程度显示了我党的积极性和真正民主的特点。

我们在选举中的目标十分明确，即赢得压倒多数，从而使得全国代表大会继续成为加强和深化社会主义进程的机构。尽管实现这一目标，我党需要拥有一定数量的议会席位，然而这在本质上是一个有关革命素质的问题。

我们必须增强革命意识，真正地按社会主义原则行事。这样，全国代表大会才能彻底成为拆除资产阶级旧的国家机器的机构，为建设社会主义国家扫清道路。我们必须要按照社会主义实践和人民群众的要求开展立法工作。如果谁对此不理解，就应该选择别的道路。

我们必须超越议会制走向社会和街头的阶段。现在，是街头百姓主宰议会的时刻，就像罗宾逊所说，人民应该成为立法者。我们必须按此找寻权力的活源头。它超出了一切形式的代议制。

在赢得我国最终独立的斗争开始200周年之际，我们只有深化革命进程，加速向社会主义过渡，才能真正地将我国建设成为自由、主权和独立的国家，实现我们的梦想和期望。

我呼吁大家保持目前的乐观态度，继续推进我党的参选工作。但与此同时，我们对未来决定的重要意义也要做到心中有数。我们必须要在全面发扬批评精神、不断激发爱国热忱的基础上作出这些决定。

我完全信任党的基层组织，绝对依靠基层。我相信，这些基层组织将选出理想坚定、政治成熟、一心为民的优秀干部。

我无法忘记本文的发表日期，3月14日。卡尔·马克思这位思想巨人和改造者在伦敦逝世127周年的日子。今天，我要深切缅怀这位社会问题的伟大先知和反资本主义和被压迫者的代言人。我们应该继承他反对教条和宗派主义的遗产。最后，我想引用秘鲁诗人安东尼奥·西斯内罗致马克思的不朽诗篇的结尾几句，他写道："我们都欠着你的债，旧制度的搅局者。我们将永远背负着这份欠债。"

我们要和马克思、基督和玻利瓦尔一起呼喊：

誓死捍卫社会主义祖国！

我们必胜！

2010年3月21日
完美交流的等式！

I

近五年来，白俄罗斯和委内瑞拉形成了我们称之为完美交流的等式。卢卡申科总统本周对委内瑞拉进行的访问，这种完美交流进一步得到了巩固和深化。我们上周一15日很高兴地与这位共同战斗在维护各国人民尊严第一线的同志重逢。

我们重申了在能源领域支持白俄罗斯的意愿。双方商定并签署了一项供油协议。根据该协议，我们将从5月起向白俄罗斯日供油8万桶。我想强调的是，这也是白俄罗斯首次获得委内瑞拉的原油。我们与白俄罗斯达成的协议还包括在委内瑞拉的3个区块共同开发和生产天然气。

作为完美交流等式的一部分，卢卡申科总统向我们展示了他那尽人皆知的慷慨大度，批准和扩大了两国科技合作协议。白俄罗斯将保证对我国的技术转让。这对于实现我国的工业化和巩固经济的多元化来说至关重要。

我们决定继续扩大白俄罗斯和委内瑞拉间的战略联盟。这一联盟关系是建立在政治，特别是地缘政治合作的基础之上的。

我想引用卢卡申科总统体现两国友好情谊的几句话。他说："两国的合作是严肃认真的。我们到此的目的并不是通过利用委内瑞拉获得什么好处。我们的一贯目标是委内瑞拉拥有白俄罗斯政府和人民所需的一切，而我们也准备将自己的一切转让给委内瑞拉，向委方提供我们拥有的一切，以促进委白两国人民的福利。”这一对国与国关系的定义与委内瑞拉过去的遭遇迥然不同。11年前，委内瑞拉对外交往的实质无非是附庸和依附于他人，唯北方国家的命令是从。

具体来说，3月17日，周三，我们共签署了22项协议。无不消赘述，这个完美交流的等式还在不断完善。白俄罗斯和委内瑞拉向全世界有说服力地表明，两国人民可以克服地理距离的障碍真正地团结一心。

II

周二，卢卡申科总统和我在马拉凯的瓜西马尔地区共同为一座伟大的社会主义城市进行了奠基。在这里，我们要建设的5 000套住房，将使长期被忽视的群体受益。

我们发誓要解决住房领域继承的可耻欠账。我们进展得不错，但仍需加快步伐。因此，我们签署了在瓜利科州以及巴里纳斯州圣多明戈河以北建设农业及农产品加工业示范城的项目，并已付诸实施。

III

周四，18日，我们在苏利亚州的圣弗朗西斯科宣布扩大梅尔加尔使命计划。

尽管反革命扬言我们的各种使命计划已经失败，事实却是，我们正在加紧实施这些计划。梅尔加尔使命计划2010年将根据人民的福利需求进行扩大。

我们已经决定将每月10万吨食品增至11万吨，增长10%。该计划的扩大需要建设和装备1 221座设施。宣布计划扩大当天，我们就启用了94座设施。我们将继续阔步前进，决不放弃努力，将简单的形式和观念变成现实。

我在此重申一下已经说过的话。我们要超越市场理念和将一切视为商品的观念。我们当然和其他人一样，并没有什么建设社会主义的灵丹妙药。

我们已经开始建立社会主义的产供销体制，以解决人民的基本营养需求。

我们都是爱寻根的人。不应该由市场来继续决定我们吃或不吃；吃什么和不吃什么。我想补充一下周四说的话。我们在设计食品领域的政策时，必须尊重和恢复我们的饮食文化和传统。

Ⅳ

3月19日，圣何塞日。圣何塞是木匠、基督的父亲和我曾经服役的埃洛尔萨连队的守护神。对于启动第29届军事院校运动会来说，这一天再合适不过。

我们的军校学员们欢欣鼓舞，热火朝天地参加了这场军事院校间的体育盛会。在他们的身上，体现了本次运动会的精神。这也生动展示了玻利瓦尔武装力量的团结。我们唯一的武装力量一天比一天团结，展现出一个自身也处在不断革命过程中的革命机构应有的完美团结。一支与人民完美团结的武装力量，打破了传统上自我封闭的无效的人为分割。今天，我们比任何时候都更加是人民子弟兵。我们是穿着军服、拿起武器的百姓。我们迈着胜利的步伐，在向社会主义前进。

当军校运动会开幕时，美丽的麦德林也迎来了2010年第九届南美运动会。几个小时前，我们的代表队就已经收获了最初的奖牌：2枚银牌和2枚铜牌。毫无疑问，玻利瓦尔革命使体育成为委内瑞拉成就的完全展示。

Ⅴ

近些天来，许多媒体发动的肮脏攻势在升级。他们对缺水引起的电力瘫痪大肆炒作。这场运动的目的只有一个，即宣布乌戈·查韦斯是一切问题的责任者，甚至对干旱都负有责任。我也想拥有反对派强加给我的那些权力来扭转局势。这种局面是资本主义体制破坏性的贪婪造成的结果，它不仅影响着委内瑞拉，也影响着整个世界。然而，我们一直进行巨大的努力。证据也是再有力不过的了。革命政府推行的节能计划在应对和解决我国的电力危机方面十分有效。如果再加上发电和输电的增加、服务和用电效率提高等因素，我们将在国家发展和人民生活质量提高方面取得十分积极的成绩。这也正是我们目前正在获得的成果。

我们要区别对待热电和水电的发展，努力实现两者的平衡。今年热电的增长原定为4 000兆瓦。但如果考虑到委内瑞拉石油公司和委内瑞拉瓜亚公司（CVG）制订了内部发电计划和国家电力集团在增加供应方面的努力，预计到

2010年年底，新增发电将达到6 000兆瓦，且主要为热电。

我要重申，我们是一个灾难深重的民族。这已经又一次得到了证明。如果没有大多数人已经体现出的坚定和明确的意识，我们的任何努力都将是徒劳的。

我们将继续赢得胜利！

誓死捍卫社会主义祖国！

2010年3月28日
圣周

I

棕榈枝周日，对于我们这些在灵魂和心中装有救世主基督、解放基督和穷人的基督的承诺的人来说，标志着圣周的开始。

在本文发表之际，也是我们主最后一次进入耶路撒冷城那天的周年纪念日。他骑着驴，身后的人群在他经过的地方用棕榈枝向他致敬。爱的酝酿将和那个时代的强权发生对抗。

谁向他欢欣鼓舞地展开了臂膀？始终是穷苦人。无论是过去还是现在，他们都饥肠辘辘，渴望正义。谁又不见他被钉上十字架绝不罢休呢？无论昨天还是今日，都是那些对权力极度渴望而贪婪的人们。

回忆圣周的来历，我们重申，我们的革命视穷苦人的基督为主要的领路人之一，为维护人类尊严而斗争。我们将跟着他的足迹前进。

II

3月28日是我们的大元帅和第一位海军上将弗朗西斯科·德·米兰达的生辰。他于1750年3月28日出生在加拉加斯。

米兰达并不孤单，马里亚诺·皮孔·萨拉斯所言甚是。他说："（米兰达）是具有世界历史视野的第一位土生白人。"他更是在完全革命意义上，是我们的第一位国际主义者。仅凭他曾为美国独立而战并捍卫法国大革命就可以证明这一点。

这位四海为家的志士始终明白，他所做的一切都是为了实现一个重大的目标，即委内瑞拉和拉丁美洲的独立。

米兰达抢先玻利瓦尔一步。独立是整个大陆的事业，无法孤立地实现。何塞·希尔·冯图尔在《委内瑞拉宪政史》中告诉我们:“提交巴拿马大会讨论的拉美联合的倡议历史性地属于米兰达，但这一思想的宣传和发展则要由玻利瓦尔来完成。”

今年独立200周年之际,《哥伦比亚人报》出版也满200周年。为宣传哥伦比亚独立思想，米兰达成为这份于1810年3～5月间在伦敦出版了5期的报刊的编辑，其目的是向新世界的居民宣传遭到拿破仑军队入侵后西班牙的局势。米兰达在该报的第一期中写道:“我们必须向哥伦比亚大陆的居民通报我们认为有意义的消息，以在纷繁复杂的事物面前引导他们，使他们能够在自身如此感兴趣的领域，即未来幸福源泉的问题上正确判断、准确行动。”

很显然，米兰达已经预见到西班牙殖民秩序的垮台，并希望能够加速这一进程。我们的大元帅确实是思想领域的伟大的预见者和伟大的斗士。我们必须严格地以他为表率。

III

上周一，面对一场新的破坏图谋，运输部门职工的觉悟和承诺战胜了破坏公共交通的教唆。尽管媒体登出了耸人听闻的大字标题，事实却证明，这场试图陷加拉加斯于瘫痪的阴谋只得到了极少数与委内瑞拉极右翼势力相联系的职业司机的响应。

我想告诉司机们的是，我们始终准备维护交通行业的尊严，巩固社会主义性质的交通体系。

我要感谢那些没有受到黑暗势力蛊惑的同胞们。这些黑暗势力不断地显示出对祖国的仇恨。

IV

3月24日，星期三，我们作出了应对当前国家面临的能源困难的决定。我们宣布圣周的每一天都为公共假日。我想重申一遍已经说过的话，我们这样做并不是要鼓励懒惰，而是为了节约能源。

一切公共和私人部门均需有义务遵守第7338号法令。确实有一些活动不能中断，因此，不在法令限制之列。必须在假日里工作的人将领取正常工资。

一些人不负责任地说，这是一项临时拼凑的措施。正相反，这是一项经过深思熟虑，根据2010年2月8日宣布实施的电力紧急状态采取的措施。

V

3月26日，我前往基多，与科雷亚总统举行第七次工作会谈。此次访问特别成功，成果丰富。

上午，我们共同出席了厄瓜多尔石油公司和委内瑞拉石油公司汽车润滑油生产线的投产仪式。随着这条生产线的投产，厄瓜多尔石油公司下属的石油贸易公司将可以在全国范围恢复润滑油销售。这种合作、协调和互补的新模式开始结出硕果。通过这一模式，我们生产出润滑油这一质优价廉的产品。

经过一整天的工作，我们在晚间签署了13项协议，以继续打造两国间一体化和团结的新模式。这是一种多主权轴心的新模式，包括生产、能源、金融、贸易、知识、安全和国防等领域的主权在内。

我想引用科雷亚总统所说的几句话。他说："像厄瓜多尔和委内瑞拉这样两个兄弟人民的关系并非按照商人的逻辑建立和发展。这一关系从不建立在冷冰冰的得失计算上。两国关系的首要基础是共同的信念、价值观和原则。"

我们将两国关系深深地根植于共同的历史之中，借用玻利瓦尔的话说，"这样联合起来的美洲将成为共和国之母和各国的女王"。

誓死捍卫社会主义祖国！

我们必胜！

2010年4月4日
独立！

I

本文发表之日正值我们欢庆耶稣复活星期日之时。正如我在其他场合所说，解放基督完成了自己的周期使命，永远地标志了人类历史的新纪元。

在这个纪念独立200周年的4月，我们欢庆人民基督的复活，掀开祖国历史新的一页。

II

这是独立的4月，也是人民起义的4月。“上帝啊！4月多么美好，多么美好。它再一次来临，永远驱散了我们心中的孤单”，费托·派斯在一首动听的歌谣中这样唱道。

4月里刮起的革命飓风领导人民，瞬间推翻了企图卷土重来、再次蹂躏饱经摧残的祖国的暴君，让那些唯北方主子号令是从的人落荒而逃。

帝国主义的敌对不能吓倒我们

我们将举起真理和武器

无知和幼稚的岁月已经远去

人民起义的二月和四月将永远被铭记

亲爱的读者朋友，以上是我想和各位分享的伟大的革命歌唱家阿米尔卡尔·布里塞尼奥演唱的歌曲《二月和四月》的部分歌词。我想警告那些试图继续按照帝国主义指示发动政变的人、那些不断试探崇高而勇敢的人民的耐心的人，如果你们胆敢玩火，我们英雄的人民将用无数个二月和四月起义予以回击，就像解放者在1819年说的那样，“祖国不会被愚弄”。

III

距离欢庆1810年4月19日独立200周年只剩下几天的时间了。这将是全国人民的节日。到2030年12月17日为止的独立200周年庆祝阶段也应该成为我们不断进行集体思考的起点。

在1810年4月19日那个日子里，“全体委内瑞拉人民，不分阶级和财富，被召唤对公共问题进行讨论”，在独立一周年之际，奥古斯托·米哈雷斯这样引用先驱安东尼奥·穆略斯·特巴尔那激动人心的话语。从今年4月19日开始，委内瑞拉公民不仅要讨论，更要决定这场深刻而彻底的社会变革的性质，以见证我们通过目前的革命进程获得完全独立，通过走委内瑞拉自己的道路实现社会主义。

一方面，我们要像革命11年以来所做的那样，继续打破使我们向美帝国主义俯首称臣的枷锁；另一方面，我们更要完全落实实现解放的政治理想，从现在起彻底改变长期蹂躏委内瑞拉的殖民体制赖以存在的灾难性的经济和社会组织。

“同胞们，我说这话会脸红，独立是我们以失去其他财富的代价获得的唯一财富。但是独立为我们打开了在你们主权的主持下重新获得这些东西的大门，并获得了全部的荣耀和自由的光辉。”我们的解放者西蒙·玻利瓦尔在1830年这样说道。我们应该感到庆幸，我们不仅重新将解放和独立的缰绳握在了手中，而且今天比任何时候都更加打开了重新获得其他财富的大门与我国人民应得的荣耀和自由的全部光辉。

IV

就像我在圣周的周四所说，我想再次引用尼古拉·奥斯特洛夫斯基的著名小说《钢铁是怎样炼成的》所指出的，我们也正在如同打铁般的打造一个新的多极世界。俄罗斯在亚欧大陆和全世界都扮演着重要角色，维护着自身的尊严。我们的规模虽然小一些，但我们在拉美也做着同样的事。各国从自身特点、本国计划和战略地理领域出发，跨越国界，积极地参与新世界的建设中来。在这个意义上，俄罗斯总理普京对我国进行的访问再一次加强了两国战略伙伴关系。

普京总理访问日程繁忙。下飞机伊始，他就参观了俄罗斯商船队旗舰、具有传奇色彩的克鲁森施腾号训练舰。

在观花宫进行了长时间的工作会谈之后，双方共同签署了31项协议和协定。这些合作文件涉及军事、石油、天然气与核能、外层空间、教育和研究、农产品加工和贸易、基础设施、陆地和空中交通以及文化在内的多个领域。这显示了双方合作的新模式。这一模式在一系列高端合作内容的推动下日益发展。这些合作内容有的正在得到全面实施，有的则不断被纳入双方合作议程，如核能。

我想强调，双方还签署了一份意义重大的政治声明。声明集中于我们的历史记忆，指出深刻承认委内瑞拉独立战争开始200周年的巨大价值，并向第二次世界大战胜利结束特别是百万苏联人民和苏联红军英勇击败法西斯取得伟大的卫国战争胜利65周年致敬。

我还想说的是，普京总理与我们的好兄弟埃沃·莫拉莱斯的会见也同样在观花宫举行。俄罗斯和玻利维亚在委内瑞拉进行的这场约会充分显示了国际格局的深刻变化。

俄罗斯和委内瑞拉两国共同致力于多极世界的建设，以实现玻利瓦尔所说的世界平衡。这是我们的共同道路，谁也不能使我们偏离目标。

V

我还想特别提一件可能被许多正在享受圣周长假的同胞们忽略但对全国意义重大的事情。我指的是，委内瑞拉在于麦德林举行的第九届南美运动会上取得的佳绩:89枚金牌、77枚银牌和97枚铜牌,共计263枚奖牌,稳居奖牌榜第三。这再一次证明，由于我们黄金一代运动员的努力，我们正成为一个体育强国。他们全力投入每个项目，努力为国争光。

当然，我们离上一届南美运动会的历史性表现还有几块奖牌的差距。许多因素妨碍了我们取得更好的成绩。我在此只提及其中的两个：一是一名裁判屡次作出不公正的裁决；二是南美运动会的组织方在最后一刻推动改变了一些项目的规则。但是，无论如何，我们从不畏惧的姑娘和小伙子们展示了自己的勇气和荣誉感。

黄金一代运动员是我们的榜样，我想说，这是我们集体的重生。委内瑞拉彻底获得了新生！我们的人民已经选择站起来，并在任何场合赢得尊重。

这就是社会主义的委内瑞拉！

我们必胜！

2010年4月11日
政变和反政变：革命！

I

今天，星期日，4月11日，曾经是历史上最短暂的独裁开始的日子。我们也同样在今天纪念人民基督的受难。他在第三天重新复活，即永恒的13日。4月11日始终在提醒我们，死亡的阴谋是如何在未遂后失败的。我们也还记住了反对派的反革命媒体究竟主张建立一种什么样的国家。我们永远也不会忘记那天流淌的鲜血。不管是革命者还是反对派，流淌的都是委内瑞拉的鲜血。四月政变也是我们民族历史上的一个转折点。人民的斗争意识由此觉醒，开始创造自己的历史，并向我们证明，在玻利瓦尔的祖国，一切类似11日的政变都会遭遇13日的失败。

一切政变都将迎来革命的反击！

荣耀永远属于英勇的人民和勇敢的战士！

II

人民的力量将高悬在自由天空上的半月变成了玻利维亚的满月。玻利维亚上周日选举的结果再次释放出一个信息，即来源于土著传统的自由、正义和主权得到了加强、发展、深化，焕发出新的活力，而歧视、排斥和殖民主义的历史阴影下遗留的卖国利益集团的凄凉努力正日渐失去市场。

埃沃·莫拉莱斯曾经就玻利维亚的变革时代惊人地断言：“现在是让所有人

知道我们的斗争并没有停止的时候了。我们要从抵抗走向起义，从起义走向革命。”这些话体现了当前玻利维亚人民斗争的目标和归宿。玻利维亚人民已经站起来，阔步向前迈进，不会向任何强权低下头颅。各国人民主宰历史的时刻已经来临。这次人民将永不会离开舞台。人民做主的新玻利维亚万岁！保持祖先传统的玻利维亚万岁！社会主义的玻利维亚万岁！

III

社会主义的传统理论指出，人民通过自身活动，在根据公共利益改造环境的同时也改造了自己。如果在拥有共同历史和命运的各国联合的基础上按上述理论行事，我们就能将更具深度和重要意义的成就带给各国人民。本周乌拉圭东岸共和国总统何塞·穆西加对我国的访问正是在这一精神指引下进行的。我们认为，要建设新的多极世界秩序，就必须首先从思想和行动上巩固拉美。双方在能源安全和粮食主权领域签署的8个协议正是朝着这一方向进行的努力，并将推动建立在团结和尊重这一唯一基础上的两国关系的发展，从而共同实现两国完全和真正的独立。

IV

我再次对关心破坏计划甚过祖国福利的人深感失望。毫无良知的反对派没有根据地预言国家电力供应将在4月这几天彻底崩溃。然而，出乎他们的意料，近来不仅雨水增多，应急计划也取得了令人满意的结果。我们建设热电厂和节能计划双管齐下。尽管有人搞了破坏活动，我们仍看到，困难能够被逐步克服，并非如一些人预言的那样，存在什么不可避免的危机。为了巩固恢复过程、确保未来出现紧急情况时的供应，我们已经决定将电力紧急措施延长70天。我们将利用这段时间实现电力能源领域的规划目标。

我们将继续证明，政府将竭尽全力应对气候变化的严重后果。我国因此遭受的严重旱灾也促使我们开始切实改变消费和资源使用文化。我们为此成立了人民政权电力能源部。我要借此机会向部长阿里·罗德里格斯·阿拉克以及全体电力职工表示祝贺。今天，他们承担着超过其他任何时刻的社会主义承诺。我也要向全体人民表示祝贺，因为我们一同证明了委内瑞拉是个能在危机中成长的国家。我们这些玻利瓦尔的子女们和我们那位伟大的父亲一样，是个“不怕困难的民族”。

V

“只要我们不将失业者和就业者融入同一个组织，并制订兼顾二者的计划；只要还存在对行会和政党的垄断与独霸，不将基层组织的多元化拓展至其领导层；只要在人民斗争的长期和临时阵线中不能保证人人平等；只要一切还是老样子，我们就是经济和社会上的贱民。我们就有责任组织起来，摆脱现状”。这是本周到访的乌拉圭总统的同胞、图帕马罗斯全国解放运动的伟大领袖劳尔·森迪克在1987年的一篇短文中写下的。

委内瑞拉统一社会主义党内的讨论已经进入第18周。讨论富有成效，有助于形成党的纲领基础，为5月的党内选举统一了组织和思想。为此，我在前文中引用了图帕马罗斯运动伟大领袖的话，为我党的讨论增加素材。森迪克1987年的话至今仍完全适用，对于处在全面建设人民政权、走上通向社会主义的委内瑞拉道路的我们来说，尤为如此。

这也是对参加党内选举的3 527名候选人的告诫。你们身负在行动中反映森迪克所说的“基层多元化”的重任。你们比任何人都深知在革命进程中深入群众、进一步改造目前的权力结构和在党内发扬革命精神这一基本而神圣的任务。各位候选人，你们将为祖国迎接挑战，以实现深化玻利瓦尔革命、加强团结和按选举你们的人民的要求巩固社会主义方向的目标。你们要学会在服从中管理。我们必须无愧于历史。

即将开始的选举注定要超越我们在2008年地区选举的党内候选人推荐中树立的民主典范。我们不仅是全国最大的政治力量，更是最具民主精神和参与性的政党。我们必须再次赢得胜利。

最后，同胞们，我邀请你们以无限的喜悦和爱国心联合起来，参与从今天开始的整个一周的200周年历史性庆典活动中去。

让我们充分意识到委内瑞拉的复活！

让我们以独立200周年的歌声对玻利瓦尔说：父亲，你没有在海上耕耘！

您勇敢地播撒的种子已经出现大丰收的景象！

誓死捍卫玻利瓦尔祖国！

我们必胜！

● 查韦斯与尼加拉瓜总统丹尼尔·奥尔特加

● 查韦斯与厄瓜多尔总统科雷亚

● 查韦斯与玻利维亚总统莫拉莱斯

● 查韦斯与阿根廷前总统基什内尔

2010年4月18日
祖国的伟大节日！

从下周一开始，我们将进入一个新时期。这一时期将在2030年圆满结束，实现我们的最终独立。团结起来，让1810年的自由的吼声成为我们的吼声，永远不再沉默。

I

“在假发和礼服的时代来临之前，这儿只有纵横交错的河流。”聂鲁达在《诗集总歌》中的《对美洲的爱》里写道。13日，星期二，川流不息的群众洋溢着热情与活力挤满了加拉加斯的玻利瓦尔大道，纪念2003年4月13日那个拯救了玻利瓦尔革命的光荣日子。

生命、梦想、尊严和祖国的河流涌向并冲垮了在北方主子示意下、企图永远驯服它们的法西斯暴政和无耻媒体筑起的堤坝。

我想重复一遍上周日在《总统，你好》节目中说的话。4月11日将带着眼泪和鲜血、心头和灵魂上的伤痛载入历史。但这不仅仅是伤痛，就像阿里·普利梅拉所说：

> 带着哭泣的火焰是蒸汽，带着风的蒸汽什么也不是，它会随风而逝。但就像雨水那样，在播种的季节不期而至。
>
> 小孩子，给我根火柴，点燃这块木头……这火照亮了前进的道路。我将一直沿路歌唱，直到生命成歌，直到我们的战斗化成一首唯一的歌。

这就是2002年4月13日的觉醒。带着火焰的哭泣化为强大的蒸汽，将唱着同一首歌的人民推向街头。人民准确地知道这艘大船前进的航向。我们同舟共济，亲如一人，向着社会主义和最终独立前进。

上周二，超过3万名男女民兵在玻利瓦尔大道上参加了宣誓仪式。那天是民兵日、起义人民日和四月革命日。我们在每个4月13日都要举行庆祝活动，以纪念人民的壮举。这一壮举的种子已经播撒在我们的灵魂和心灵之中，并将在未来结出爱国的果实。

伊玛尔·阿格莱达这位赤忱的女民兵引用马蒂的话说："站着一分钟胜过跪着一辈子。"她的话道出了全体民兵的心声。

正是这种爱国主义荣辱观将成千上万名民兵同胞与玻利瓦尔武装力量其他部队紧紧团结在了一起。

8年前，手无寸铁的群众能和士兵一起在不到72小时的时间内将独裁政权赶下台。今天，如果祖国的敌人胆敢再次危害我们的共和国，武装起来的人民将在新的国防和全民战争理论的指引下，再次引发一场4月13日革命。

这就是我要在此呼应西蒙·罗德里格斯的理由，他在其1830年的杰作《保卫玻利瓦尔》中写道："思想和民兵……这是一件创举。"

II

上周三，我顶着尼加拉瓜的烈日访问了这个火山之国，在丹尼尔·奥尔特加总司令及其夫人罗萨里奥·穆里略的陪同下航行在由人民组成的大动脉般的河流上。

在大街上、东方市场和阿连德港，所到之处，我都能感受到尼加拉瓜人民的深情厚谊。火山般的热情使我们不得不加倍努力合作。情谊只能用情来还。

为此，双方签署了一系列旨在加强两国在卫生、能源、食品和旅游等关键领域合作的文件。我们建立了一种新的合作模式，并将不断提高合作级别、扩大合作领域。在建的炼油厂到2015年将能够日加工10万桶委内瑞拉生产的原油。

"如果祖国很小，它能在梦想中变得伟大。"鲁文·达里奥说。今天，我们的祖国已经不仅限于尼加拉瓜或是委内瑞拉，因为，就像杰出的巴西主教赫德尔·卡马拉所言："如果我们各自梦想，那就只是一个梦；但如果我们一同梦想，这就是一个现实的开始。"现在，伟大的祖国就是我们的现实。

III

由于我们同革命的古巴的兄弟情谊以及双方共同编织伟大梦想的意愿，"深入社区"计划到上周五已经实施7年了。这7年彻底改变了大多数委内瑞拉人的处境。今天，他们拥有了不断扩大和巩固的医疗体系。

我想重申，"深入社区"计划是人类历史上史无前例的壮举。只有社会主义才能将其变为现实。

"……就这样，我带着爱，在充满海盐味的神圣气氛中、在杰出人物强大精神的指引下，走上自己的岗位。我向玻利瓦尔的子孙们请求，做一名和平的民兵。"何塞·马蒂在1881年抵达委内瑞拉的演讲中说道。数以千计的古巴医生来到我们的祖国，克服了寡头和媒体的种种抨击，充当和平、爱、生命和健康的民兵。

"深入社区"计划是国家公共卫生体系的基础和基本支柱。每天都有更多的委内瑞拉医生加入这支保卫生命的民兵队伍的行列。今天，上万名学生正接受培训，成为这支爱的部队的新成员。他们将继续把健康带到委内瑞拉和我们的美洲的各个角落。

IV

在本文发表之际，我们距离独立200周年的伟大节日只有几个小时了。下周一我们将进入一个新纪元。这个时期将于2030年圆满结束。到那时，我们将获得最终独立。

团结起来，让1810年的自由吼声成为我们的吼声，永远不再沉默！

独立200周年之际，祝所有人节日快乐！

让我们隆重庆祝200周年的斗争历程！

誓死捍卫社会主义祖国！

我们必胜！

2010年4月25日
盛大的检阅！

I

本文发表之际，恰逢一个我们不能忘却的周年纪念日。34年前的这个日子，命运从我们手中夺去了阿基莱斯·纳索阿的生命。他将永远是人民的诗人。这不仅因为他为人民而歌，更是因为他与人民融为一体，坚信人民的创造力。

他在最后的几首诗中，用坚定的声音吟道："我是不朽的，因为我是人民。"这位永恒的加拉加斯人正直而负责，他不仅体现了最纯真的爱国精神，更将自己融入人民当中。阿基莱斯的灵魂和诗句将伴随我们，走在他梦想的解放祖国的征途上。

II

2010年4月19日，独立战争开始200周年。在独立200周年之际，我们再次用坚定的意志，作出获得自由、实现最终独立的决定。

周一，我们隆重庆祝了祖国和人民的节日。来自全拉美的人们自由奔放地庆祝这盛大的节日。克里斯蒂娜、劳尔、埃沃、拉斐尔、丹尼尔、莱昂内尔、罗斯福、拉斐和鲍德温等人来到美洲自由的摇篮加拉加斯，与我们共同欢庆。他们不是谁的代表，而是执掌政府的人民本身。

上周日午夜时分，加拉加斯的上空灯火通明，宣告着200周年周期的开始。在隆重的庆祝活动开始之际，我们与兄弟国家的元首们一起向解放者致以最深切的敬意，并在他面前重申，我们将继续为独立而奋斗，为人民争取最终的胜利。

夜晚的天空五彩斑斓，灯光璀璨。白天，人群涌向先驱者大道两旁的看台。对如此多的人群来说空间已经显得太小。从未有过如此让人激情澎湃的检阅游行。运动员、土著居民、学生、农民、民兵、文化团体、武装部队和兄弟国家的军事代表都加入了游行和阅兵的行列。

200年的历史积淀体现在这场检阅之中。这将作为祖国复兴的明证印入我们的记忆。我们的祖国开始自由翱翔，绝不会再成为他人的殖民地。多么壮观的检阅！

人民和玻利瓦尔武装部队在检阅中展现出紧密的团结。我要向所有参加这一历史性的爱国庆典的人表示祝贺。

下午时分，我们在全国代表大会隆重集会，聆听最优秀的演说家之一阿根廷总统克里斯蒂娜·费尔南德斯·德·基什内尔的演讲。我想在此引用她那篇简练、优美和令人印象深刻的演讲中将过去与现在、1810年和2010年贯穿起来的片段：

> 我并不知道，今天的现实是否恰好符合圣马丁、玻利瓦尔、贝尔格拉诺、莫雷诺、蒙特阿古多、苏克雷和胡安娜·阿苏杜伊等人当年的梦想。但我可以肯定地说，今天与我们地区和我们大陆15年前的情况相比，更接近他们的梦想。我对此深信不疑。

在庆典的最后，我们举行了美洲玻利瓦尔联盟第九届峰会。

总统和总理同志们的发言都确切、如实地反映了我们的美洲和加勒比目前正在经历的变革时代。清新的政治语言代替了与人民感受完全不符的陈词滥调。

今天，玻利瓦尔联盟正走在地区团结和独立进程的前列，成为包含最强烈政治意愿和继承独立先驱遗志的组织。

我想在此引用加拉加斯200周年宣言暨美洲玻利瓦尔联盟第九届峰会最终宣言的部分内容。因为，这里体现了我们对这个世纪不可推卸的承诺：

> 要在社会生活中重新宣扬被解放者称为美洲荣耀的巅峰的阿亚库乔大捷。美洲玻利瓦尔联盟的基本指导原则是，通过每一个行动推动最终消除殖民统治，巩固各国独立和主权。21世纪的阿亚库乔将是社会主义的胜利。这是对人民真正获得独立、主权和正义的唯一保障。

一个新的周期已经开始。到2030年，独立200周年的周期将宣告结束。届时，委内瑞拉将和我们的美洲所有的人民和国家一起，成为玻利瓦尔所说的“共和国之母和各国的女王”。

III

星期二，20日，在阿根廷总统克里斯蒂娜·费尔南德斯·德·基什内尔对我国进行的正式访问结束之际，我们于中午时分在人民宫阿亚库乔厅举行了盛大的签字仪式。双方共同签署了25个合作协议，涉及能源、建设和食品领域。按克里斯蒂娜的话说，这25个协议显示出两国关系的密切程度，也体现了战略伙伴关系和客户关系之间的深刻差异。

同一天晚上，我与古巴主席劳尔·卡斯特罗举行了良好的工作会谈，以继续发展和深化两国人民之间的团结。

IV

星期三，21日，我们前往海拔2 500米的高原，准备在第二天参加埃沃·莫拉莱斯召集的关于地球母亲的大会。科恰班巴是我们此行的终点。来自142个国家的代表将与社会组织、各国总统和人民一道，参加第一届各国人民关于气候变化及地球母亲权利的世界大会。

再没有什么比对地球母亲进行思考更必要、重要和基本的目的了。必要是因为如果我们最后都无处容身，一切投机活动将变得毫无价值；重要在于地球母亲的安危关系到人类的命运；基本是由于在这一问题上存在不对称依存的情况，即地球母亲可以没有我们而存在，但我们却不能少了她。

辩论及其结论十分深刻，显示了一个断然的事实：在科恰班巴开放的天空下，人民的呼声直冲云霄。而在哥本哈根的暗室中，那些以地球主宰自居的人妄想堵住人民的嘴。此外，在科恰班巴，又一次证明了他们在哥本哈根企图否认，并在至今否认的事实，即犯罪性破坏环境和生命源泉的罪魁祸首就是最具有权势的那些国家的政府。他们拒绝改变这一毁灭性的全球生产和消费模式。这将在短时间内消灭所有人，而他们自己将首当其冲。

当代危机的根本原因在于资本主义制度，正如埃沃所言：“我们只有两条路可走：维护地球母亲或是灭亡。资本主义亡则地球母亲存；资本主义存则地球母亲亡。”

我们将把此次会议的智慧结晶带到坎昆峰会和所有国际场合。我们不仅需要揭露肇事者的嘴脸，更要急切呼吁改变，确保人类在地球上的生存。

V

最后，我想说，泪水仿佛匕首划过我的心头。我为几天前詹妮弗·卡洛琳娜·维埃拉和埃德温·瓦雷罗（绰号印加）的不幸罹难感到难过，并向他们的家属表示最深切的慰问。

需要指出的是，无耻的媒体几个月前就开始对印加围追堵截了。他们不能容忍其对玻利瓦尔革命的认同，必须不惜任何代价除掉这个已经成为一种象征的人。今天，秃鹰仍在詹妮弗和埃德温的尸体的上空盘旋。

在为委内瑞拉奋力拼搏的光辉拳击生涯当中，埃德温·瓦雷罗从未遭遇过失败。但他无法战胜自我，我们可能也无法做到。我们需要自我审视，深入地检查自己。这样，我们在为真正人性斗争的道路上才不会失足。解放者说：“在真理和时间面前，一切无处可躲，善恶自现。”

VI

本周日，委内瑞拉统一社会主义党第一届全国特别代表大会将落下帷幕。通过此次大会，我党在纲领和组织上得到了加强，从而可以更好地为社会主义而奋斗。我们从基层选举了参加全国代表大会选举的候选人。这是我们正在书写的历史新篇章的光辉榜样。5月2日的初选将为人民赢得9月26日立法机构选举的伟大胜利铺平道路。这将是街头议会和人民立法者的巨大胜利。

“我们不能在胜利或是死亡之间作出选择。”

我们必胜！

2010年5月2日
五月，五月到了！

I

5月2日，周日，是人民的节日，庆祝我们正在锻造的行使主权的祖国，正如委内瑞拉统一社会主义党党歌的歌词中表达的那样。

当这篇新随笔发表之时，整个委内瑞拉将会有上百万名同胞参与选举，他们将在初选中，为9月26日的议员选举选出候选人：这在委内瑞拉的政治史上是没有先例的。

我重申，我正在同党的基层组织一起书写这段历史；我们都来书写它，因为不仅是我，而是我们大家。我同人民一起书写这段历史：带着一种民族意识，套用解放者之父的话，这种意识已经逐渐向我们无懈可击地证实了它解决重大问题的准确性。因此，相比智者的观点，我更加认同人民的见地。这个人民，拥有杰出的并正在展示的对自身利益的意识和自己独立的程度。今天，我会比任何时候都更加追随玻利瓦尔的思想，他的判断是纯洁的，他的意志是坚强的，因此没有任何人可以腐蚀他，也不能吓倒他。

5月2日，这个大日子，以及之后的议会选举，应该是委内瑞拉统一社会主义党成为一个新型政党迈出的又一大步：它能够成为一个强有力的组织，不再只是因为由大量的党员和同情者组成，而是靠其意识的巩固和其基础群众的道德维系。

那么，在某些候选人当中或者支持他们的团体派别中存在投机取巧、滥用职权的现象吗？各位同胞，你们那受内心最深处的意识驱动的手，握有需要作出公正判断的神圣决定权，把票投给更能把握我们集体利益的意识、准确测量我们独立的程度，以及我们作为人民最高期望的人，这种期望只有我们社会主义玻利瓦尔计划持续下去才能得到保障。

我通过“街头议会”书写这段历史，就像罗德里格斯希望的那样，让人民成为立法者。

我要告诉你，读者同胞：你的参与很关键，你知道的，你比任何人都更优秀；为使我们继续捍卫国家主权，投票给你心目中的候选人并与他们同行吧！

II

4月28日，周三，我们飞到巴西利亚与巴西联邦共和国总统——我们亲爱的路易斯·伊纳西奥·卢拉·达·席尔瓦同志一同召开季度工作会议：自第九次季度会议我们决定巩固加拉加斯—巴西利亚轴心开始，就将其作为我们的美洲多渠道一体化与团结的战略组成部分。

我们在伊塔马拉蒂宫，巴西外交部的所在地，签署了总共22项协议，旨在加速发展电力部门、石化部门、金融部门和食品部门，加强两国间的合作与互补。

巴西和委内瑞拉的关系已经达到制度性巩固与坚实的最佳点，它让两国关系真实且真正地成为不可逆转。

而这是南美国家都需引入并加强的课题。

III

4月29日，高原古国、“无限热爱自由”的玻利维亚总统、我们的兄弟埃沃·莫拉莱斯·艾玛到访委内瑞拉。

对我们来说，来源、深深的根系、赋予生命的和在我们生命结束和重新化为泥土时对她有一个交代的大地母亲，是决定性的因素。在4月29日周四这天，我以最具象征性的方式，在我的出生地萨瓦内塔（Sabaneta）接待了埃沃。同样最具象征性的是，我们在我那简陋的、看着我长大的小院子里种了两棵树：“革命”和“反抗”，埃沃这样称呼它们；他本该从一名艾马拉人的角度想出绝妙的主意，为这两棵树个性化地命名。之后，我们同一大群孩子一起目睹了“塞西略·阿科斯塔”特殊学校的落成，在这其中我们感受到了爱、快乐以及纯真。早前，在马克塞尼亚的草原上我们揭幕了“社会主义生产核心黄钟花树[1]基金会”，它是“美洲玻利瓦尔国家联盟”统一计划中的一部分，旨在推动农牧业生产，特别是牛奶和肉类的生产。

30日，周五，在巴里纳斯的埃拉迪奥·塔里菲剧院，我们同多种族的玻利维亚国签署了15项涉及石油、基础工业和矿业、农业、旅游业、食品、贸易、国防、文化、信息、电信等其他领域的协议。

埃沃这次来访之后，我们的工作会议将每3个月召开一次。这样的频率将使得玻利维亚与委内瑞拉之间的一体化与团结富有活力。毫无疑问，我们已经巩固了玻利维亚—委内瑞拉的“联合版图”，巩固了南美洲革命的轴心：它开始于加拉加斯到达苏克雷高地——玻利维亚历史上的首都。

IV

5月1日，国际劳动节，是纪念历史上在这一天牺牲的芝加哥劳动者。在委内瑞拉，“五一”劳动节的精神最终得到新生。在这里，它代表一种激进地反对资本主义的战斗精神。芝加哥死难者在玻利瓦尔革命的胜利中得到新生！

我们的承诺是在思想上和行动上，继续越来越激进地成为工人的政府，所有劳动者的政府。

30日周五的晚上，在特蕾莎·卡雷尼奥剧院，我们出席了一个委内瑞拉劳动者表彰大会。利用这个机会，我集中宣布了一些事情，其目的只有一个，即建设一个最大限度地汇集所有可能的幸福的社会。我尽可能简要地强调一下：推动“社会主义瓜亚那计划”，将资源配置到投资中去，但这要在工人的计划、监督和决议之下进行，有国家行政权和其他当局的协调参与。最低工资上调15%，由原来的9月份起开始支付提前到这个5月1日支付；人民政权卫生部的同

[1] 黄钟花树是委内瑞拉的国树。——译者注

事工资上涨了40%，社会保险下医生们的工资也要得到确认。

同样地，在补贴方面，我们会填补老年人在享受社会保障时所需付的金额，以保证他们社会保障的权利——养老金；另外，适龄的农民和渔民还会得到专门的养老金。感谢上帝，我们得以进行革命，我们得以在国民大会中拥有大部分议席。我想强调，短时间里，《社会保险法部分改革议案》已经通过，它允许用以维持生计的养老金增加一倍。

所有这些决定都清晰地指向一处，那是玻利瓦尔在他那个时代就已经十分明确了的：建立且实行的平等。我们是在主持公道，而且我们将继续这样做！

作为这次的结尾：别忘了，同胞们，我在推特[1]的用户名Hugo Chavez@chavezcandanga同我一样的“意志力坚强的叛逆者”们啊：我们保持联系！

哦，同志们，我们这就去投票吧。

玻利瓦尔革命万岁！我们必胜！

[1] 推特（Twitter）是一个自由空间，每个人都真实存在并得到尊重。——著者注

2010年5月9日
献给我的妈妈：
“意志力坚强的叛逆者之母”！

I

5月9日，周日，当这篇随笔发表时，我们正在庆祝母亲节。我们对她们的感激深入灵魂，在这个欢乐的节日，我们欢庆、歌唱我们由一个母腹孕育成一个个婴孩。

“母亲”这个词响彻在一切新生事物上：在所有甘愿付出生命、为集体幸福每日开展斗争的人们之中产生共鸣。

我记得有两种响亮的声音足以为这个重要的日子增添光彩。一种声音来自阿根廷诗人罗伯托·华罗斯，他告诉我们，无论男女，我们都需要走很长的一段路，最后方能成为一个合格的儿子或女儿：“我已经耽搁了许久，我已经耽误了所有女人和所有的男人，我无休止地耽误了无限短暂生命的很长时间，这才有几次可以被称做你的孩子。”

而另一个声音来自我们的威廉姆·奥苏纳，一次他闪电式地讲出他令人惊奇的身世，为表忠诚，他对他的母亲这样讲：

考验我吧，这是千真万确的
你的儿子已为此着了魔
他歌颂你的腹脐
无比忠诚

这几句诗可以作为给委内瑞拉所有母亲最好的节日礼物，你们是今天乃至每天的能量之源。

这几句诗也可用来歌颂我的母亲，我亲爱的埃列娜，她是拉斐尔和贝妮塔的女儿，佩德罗·佩雷斯·德尔加多和克劳迪娜·因方特的孙女……罗伯托·华罗斯说的没错：“我已经耽误了所有男人和所有女人。”

对我的祖母妈妈，罗莎·伊内斯，我要献上我的颂歌和我的承诺：

啊，于是乎
欢快的微笑
在你的缺少笑容的脸上出现
照亮了
热烈的平原
一位伟大的骑士突然出现
萨莫拉和他所有的子民走过来
还有迈圣塔❶
与他上千的勇士也一并走来。

II

最具深远的政治重要性的南美洲国家联盟峰会，于5月4日周二在赤诚的阿根廷大地——布宜诺斯艾利斯省的卡达莱斯举行。

说它意义深远，第一个层面是因为它在南美洲国家联盟的制度巩固方面取得了非凡的成果。凭借这珍贵的一点，已经是更加坚定地迈向那个由我们的解放者制定的最高目标的时候了：团结的无可估量的裨益。这是所有利益的源泉。

我想强调几个本人认为的这次峰会的重点。

无论从什么角度来看，内斯托尔·基什内尔都是我们南美洲国家联盟首任秘书长再恰当不过的人选：他不仅是南美洲国家联盟的创始人之一，更是见证南美洲在这一时期变化发展的政治领导人之一。我们知道内斯托尔一定会为再次推动政治进程不懈努力，这正是我们的联盟所需要的。

---

❶ 指佩德罗·佩雷斯·德尔加多（1881～1924年），查韦斯的曾祖父，他是委内瑞拉游击队的一名领袖。——译者注

在这次卡达莱斯聚会上，在开展严厉的自我批评之前，大家确定了一个15天的期限，这之后就要将承诺给海地的用以帮助其重建的资金落实到位。我们知道，南美洲国家联盟已经达成一致，创建一项1亿美元的自愿基金。在2010年的第一个季度，我们本该完成交付资金的40%，但我们没有做到。这种延误是很危险的，拉斐尔·克雷亚经常很正确地提醒我们，海地经不起这样的等待！此外，我们还承诺过会另增2亿美元的援助。

我想强调，关于洪都拉斯的政治局势我们南美洲国家联盟理应采取怎样的立场：南美洲大多数国家紧密团结共同反对在洪都拉斯的独裁连任。我们已取得了一项伟大的政治胜利：阻止波菲里奥·洛沃出席于5月18日和19日举行的拉丁美洲加勒比海—欧盟首脑会议。

另外，同样重要的事情还有，依据美国亚利桑那州的法律，外来移民属非法行为，进而推动种族主义：这是对人权彻头彻尾的侵犯！

我们有义务支持费尔南德·卢戈政府在巴拉圭5省进行的反对暴力犯罪的斗争。同样地，2010年2月27日智利发生强震后，我们听候智利的需要，尽我们所能对其提供财政上的帮助。另外，我们重申，我们支持阿根廷，支持他们行使对马尔维纳斯群岛的主权，这是他们无可厚非的权利。

通过这次首脑会议，南美洲国家联盟明显得到了加强，对此，我深信不疑。

让我们再一次引用玻利瓦尔的话："为实现我们重生的伟大工程，我们现在只差团结一致。"

III

从阿根廷，我们直接飞往兄弟国家多米尼加共和国。5月5日，周三，我们在圣多明戈同总统莱昂内尔·费尔南德斯签署了5项合作协议，涉及能源、打击贩毒以及电信等战略领域。

我想指出，我们委内瑞拉方面此次获得了多米尼加国有炼油厂（Refidomsa）49%的股份。而我们的目标是帮助多米尼加共和国取得自己的能源主权。

Ⅳ

5月7日，周五，我同将要参加国民大会的委内瑞拉统一社会主义党候选人召开了见面会。现在，我想简要地继续我当天演讲的思路，希望有助于我党党员的进一步思考。

我坚信我是同党的基础群众一起书写历史的，因为我一直都不希望比他们做得少。上个周日5月2日，委内瑞拉人民又一次经历了成长。而这份荣耀是来自民主的活跃性：2 575 484位自觉履行承诺的选民，在全国87个选区为选出9月26日国民大会的候选人进行了投票。面对选民们的悉数到场，委内瑞拉反对派小心翼翼地看向周围，因为他们害怕从人民这块明镜中看到自己。

现在，给每个候选人，无论男女，都强加了一个道德命令式：要坚定不移地、孜孜不倦地、一丝不苟地保障和深化社会主义动力。正因为如此，我们应该严格开展对自身缺点的批评，这样才能壮大党、壮大我们的革命。

关于5月7日周五，我想再引用一段何塞·马蒂的话：

> ……要为党吸收成员（包括女性），这是党所必需的，要赢得那些还没有站在我们这边的人的心和他们的判断，这需要慷慨忘我的精神和亲切谦恭的态度，而这些才真正值得我们骄傲。

马蒂详尽地为我们指出，要去争取那些依然被反对派的谎言蒙蔽的人的“心”和“判断”。此外，他还告诉我们投身这样一场斗争的人所要具备的道德条件：无私、关爱、奉献、谦逊。而这些是每个候选者在迈向国民大会的征程上都应被赋予的使命和战斗品格：迈向9月26日人民的胜利。我们永远都不要忘记，我们必须要阻止美帝国的反革命行径，阻止它主宰一切。

不该忘记，国民大会需要进入一个崭新的阶段：是依据人民的倡议制定法律的时候了，是进行街头议会的时候了，是让人民成为立法者的时候了，以此来加速向社会主义的过渡。

我们每一位候选人不仅应该阅读、学习、以理论武装自己，还应从权力服从的学问中培养自己：服从地命令，服从地执政，这就是我们的道路。要知道，从现在起人民也会迫使你们这样做。

因为你们模范性的出色表现，我要借助这篇随笔祝贺你们，并送给你们所有党员一个拥抱。

最后，周五的时候，我宣布自己创建了可以连接到推特的网页“意志力坚强的叛逆者查韦斯的使命”[1]，之后我的推特@chavezcandanga 账号上就收到了如雪崩般的来信，由此让我想到：这是保障同人民直接而广泛联系的积极举措，优化及时关注和回复的能力，每一个在这里反映的情况都能得到优先的考虑。

再没有比这更好的方式来结束今天这篇随笔了。下面那段话出自埃利亚德斯·阿科斯塔的一篇文章，题目是“推特上的查韦斯与革命”，发表于5月3日的《古巴辩论》：

> 自从周围出现了@chavezcandanga，不仅推特得到了赦免，连使用诸如此类的技术也被救赎为有利于大多数人。这一步，看似无奇，实则是社会主义再次踏上那条曾被那样遗忘、那样忽视、那样弃置的列宁主义之路，在那里，社会主义就是农业电气化、集体化，或者说，是集合了最先进的技术并汇同所有制和经济服务于生产者，而不是相反。如今，查韦斯刚刚验证了这一点，在这里，社会主义就是因特网，以大胆的方式组织生产、将所有制集体化，但也没有排除私人所有和合作社所有。此外，这里的社会主义还表现为作风大胆，具有主动出击的精神及创造力。

发自肺腑地说一句：母亲节快乐！

[1] 查韦斯希望借助其微博的平台，直接同群众进行沟通，接收他们的请求。登录该网页后，网友可以通过填充表格，留下自己的联系方式、个人情况，并描述自己遇到的困难。——译者注

2010年5月16日
社会主义联邦！

I

从一开始，我就要大声宣布，5月12日，周三，关于成立奥里诺科石油带合资公司的协议终于签订了。一项新的委内瑞拉石油计划就此拉开序幕，此项计划包含全新的哲学概念，秉承全新的、和谐的政治、思想及社会方针，进而面向我们实际和真实的国家独立。

参与合作的石油公司来自印度、日本、西班牙和美国，将会有总计400亿美元的投资进入我国，而这些新成立的合资公司，卡拉沃沃石油公司（Petrocarabobo）和独立石油公司（Petroindependencia）在2016年的石油日产量将会达到80万桶。

如何在一个石油国家搞社会主义的确是我们应该解决的一个难题。然而，如果我们期望能够拥有不受侵犯的主权，那么这个解决方法就要能够保证我们在这块土地上的独立自主。而正是这一点惹恼了国内外反对派，他们反对我们对石油行使主权，习惯于我们越过祖国的尊严将石油主权拱手交付给那些外国利益集团。

现如今，是我们委内瑞拉人自己来给那些期望同我们一起在奥里诺科石油带工作的人规定条件。奥里诺科石油带现在处于委内瑞拉的控制之下，而且会继续在委内瑞拉的手中！

II

我要向所有工作在“阿班明珠”天然气平台上的男女劳动者致以特别的感谢，感谢你们一直坚守完成位于帕利亚半岛北部的“飞龙”气井的提炼工作。

你们不仅完美地展示了自己的专业水准和技术水平，更是实践了自己的爱国誓言。我确信，为挽救半潜式钻井平台免于沉没，所有人都尽了最大努力；然而，恶劣的条件让集体的勇敢应对以及所有的努力付诸东流。

本周三晚上11点23分，天然气平台启动了所有警报、疏散系统和安全系统，不会有任何引发天然气泄漏的风险（在这种情况下指的是干态天然气）。工作人员切断了气井平台，并开启了所有的安全阀门和一个附加机制。

这次严重的事故已经对责任等级、预警和安全性——这些我们所有石油天然气项目都会涉及的措施进行了一次检验。然而形成鲜明对比的是某些大公司的诉讼，这些公司的根基和结构都是百分百的资本主义，他们在世界的其他地方都有业务，对可能造成的灾难性后果根本不屑一顾。就这个意义讲，英国石油公司的马孔多项目已经进入最糟糕的生态灾难时期。自3个星期前开始，每天都有80万升原油（大约5 000桶）流入墨西哥湾，这是由“深水地平线”石油钻井平台的一个管理失误造成的，而这一钻井平台正在开发一口深达1 525米的油井。

种种行为皆因贪婪作怪，这也正是在委内瑞拉我们坚持要克服的。看呀，我们已经小有成果：人和生态因素现在是、今后也会一直是我们的首要出发点。

III

我们已经对各种表现形式的犯罪宣战。我重复着一点，就像我在13日周四为安全国立实验大学（UNES）卡蒂亚警察培训中心揭幕仪式上所说的那样：在委内瑞拉没有不可触及的事情。

我们奉行着一个坚定不移的信念，我们打击犯罪者逍遥法外同样基于这种信念，即不应该存在那样的不良风气，一些人被封为一等公民，而另一些则成了二等公民。正因为如此，在这个周五，5月14日，开始了第一阶段的铲除和拘捕当地从事非法出售美元和黄金的行动。

我们已经起誓：我们要全力以赴、一次性终止投机商和诈骗犯力图破坏经济和金融而制造的恐惧。事态发展之快，让我们已经修改了《外汇兑换犯罪行为法案》，特别是其中的第2条和第9条，以防止国家的敌人继续有避风港可躲、有法律空隙可钻。我们应该抛弃那种"制定法律者必设圈套"的扭曲观念。

我呼吁全体男女众议员，不论是现任的还是即将上任的，希望你们充分认识到创造一种全新的立法文化和法治文化的必要性：一种为了真理和正义的文化。

IV

本周五，5月14日，我们在埃塞基耶尔·萨莫拉会议厅，即昔日的白色宫殿州长会议厅，成立了政府联邦委员会，这是向社会国家迈出的巨大一步，从而继续迈向社区国家或者说公社国家。

我们正骑着一匹化身为玻利瓦尔、萨莫拉以及社会主义的新联邦主义小马，跨越那个由第四共和国制定的自由和资产阶级的联邦主义，而该联邦主义产生的最灾难性后果之一，就是产生了一个退化的概念，即权力下放。

这是一种建立在政治区划和领土划分不平等也不和谐的基础上的权力下放，是按照寡头集团量体裁衣的权利下放，而不是在我们的解放者们为之斗争的统一基础上的分权。我们今天通过玻利瓦尔革命恢复并正在实现这种统一。

在这个精确的意义上，我不能不向出席会议的反对派的州长和市长们问好，我充分认识到，除了我们的意识形态和政治观点不同外，我们之间还有委内瑞拉玻利瓦尔共和国宪法所包含的国家计划。

"我始终将集体置于个人之前。"我们的解放者西蒙·玻利瓦尔在1828年给安东尼奥·何塞·德·苏克雷元帅的信中这样写道。正是本着这种精神，政府联邦委员会诞生了，也同样基于这种精神，这一人民最高级别的机构应该继续保持生命力：作为社区的工具最终取得指挥权并正如克莱伯·拉米雷斯想象的那样，行使国家的权力，使罗宾逊所说的"小国家"成为现实；这种"小国家"将在作为发展引擎的社区显示出来。

现在是不用任何婉转的方式，在我们中间激进化地行使顺从的权力。在这个意义上，政府联邦委员会在顺从的权力的标志下诞生，它应该指明前进的道路并做出榜样。

一切权力归人民！

誓死捍卫社会主义祖国！

我们必胜！

2010年5月23日
诗歌终于到来！

I

5月19日，周三，我们高兴地欢迎脱离全民祖国党（PPT）后而加入委内瑞拉统一社会主义党的勇敢的男女党员们。这群优秀的、经受过考验的同志，以实际行动再一次验证了自己对玻利瓦尔革命的忠贞：走通向社会主义的委内瑞拉道路。

遗憾的是，直到不久前一直伴随着我们的计划的这一政治团体，如今由于与历史的敌人——无国籍寡头的纠葛，使其在改良主义的泥潭中迷失了方向。

事实上，坦白地讲，该党领导人主持参与的整个谋划与斡旋过程是完完全全让人失望的。有人不禁要问：那么对阿尔弗雷多·马内罗政治和精神遗产的敬仰与忠诚体现在哪里呢？很幸运，马内罗的思想现在是、以后也依然会是玻利瓦尔革命的活的遗产，尽管这一点让他们中的许多人不舒服。

构成全民祖国党的群众基础的那些人士给出了多好的尊严与觉悟的榜样。而从中，我们也应该汲取一个重大经验：一个人不是与一个缩写名称和一个组织结婚，而是同玻利瓦尔革命"永结同心"。

对重申其建设社会主义祖国承诺的同胞们，我想再一次向你们致以最革命的欢迎，欢迎你们参与日常的战斗；而对全民祖国党，请安歇吧。

II

同是这个周三的晚些时候，在人民宫阿亚库乔大厅举行的“纪念200周年基金”的交付仪式上，共有1.94亿玻利瓦尔交到41位同胞的手中。

我想重申一句我在周三说过的话：我们不会没收生产性财产，除非它是垄断财产或大庄园财产。

这是创立另外一个私有制模式：一种带有社会意义的模式。所以我们需要越来越多、不惧与国家建立伙伴关系的开拓者，进而创建合资企业。

我们的挑战在于，套用玻利瓦尔的话就是，如何才能生成我们自己的社会需求，当然，这种需求要以质量过关的物品和劳务来满足，并能惠及所有人。

然而，只要有国家的财政支持就可以刺激民族工业的发展，以减少进口和创造可出口产品。

而这正是抛弃石油财政模式所要走的道路：以此逐渐减少国家对石油的依赖。让我们大家每天都提高本国的生产。

III

5月21日，周五，我们为坐落在卡洛塔区的弗朗西斯科·德·米兰达航空基地奥里诺吉亚电子工业公司剪彩。这一天，让我们确信了一件事：委内瑞拉开始用自己的脚走路了。

这是第二个在委内瑞拉“开张营业”的手机生产厂，它采用的是中国的技术：第一个手机制造厂即委内瑞拉通讯公司（Vtelca），位于帕拉瓜纳半岛的法尔孔州。

中国再一次证明在世界上是有朋友的，而不是只有利益。奥里诺吉亚就是个活生生的例子，在中国的宝贵支持下，我们已经踏上了通往争取自己技术主权的道路。

委内瑞拉国家电话股份有限公司（Cantv）价值1.11亿玻利瓦尔的股息已经划分给奥里诺吉亚电子工业。这具体展示了成为国家和成为政府的另一种形式。

周五，我公布了一个好消息，感谢委内瑞拉通讯公司的再次努力，那款名为“卓越”的手机得以再次问世：目前已生产153 000部手机有待销售，而且价格不变（30玻利瓦尔硬通货）。和“卓越”一起面世的，还有两款新式机型：“奥里诺吉亚”和“加勒比”，其价格分别为160玻利瓦尔硬通货和220玻利瓦尔硬通货。这些价格说明的意义一目了然，我们在推动生产：要大量地生产又好又便宜的手机。

告诉你们一件事，我的读者同胞：这三款手机同其他在售的类似型号的手机在价格上，是没有可比性的。

然而，如果想取得我们的技术主权，不是仅仅大量地生产手机或者电脑或者实现上网民主化就够的，我们说：我们应该创建一种新的使用这些通信手段的文化。

我要突出奥里诺吉亚的工作者们让人记忆犹新的觉悟：在他们中间散发着工作在一家国有企业的幸福，因为这家公司是为了人民去创造有品质的产品。

这些员工是由佩塔雷的各个社区委员会挑选出来的。人民的力量是有意识的并且处于运动中：他们已投身到为提高我们生产实力的战斗中来。

IV

反革命势力不肯停下来，他们在继续破坏国家的稳定。对他们来说，仅仅基本需求的商品还不够，现在他们又利用虚假的金融机制，将我们的外汇抽逃到国外，以此一方面造成外汇储备的恶化，另一方面保持美元兑换的投机活动，引起令人窒息的通货膨胀。

所有这些都是证券交易所和经纪公司小心翼翼地在暗中密谋的，目的只在借助证券市场引发一场金融泡沫，从而改变我们规划的方向，寻求给革命政府制造麻烦。

这是一场外汇交易的政变！这些天我们一直果敢地应对，不将这些犯罪组织连根拔起，我们不会罢手。

然而我要提醒所有图谋政变的人，这里正在进行一场革命。新的反对非法外汇交易法的改革，恰好在此时到来，一定会对此次事件彻查到底，对象既包括国内也包括国外的，让那些参与这次破坏我们经济健康的犯罪行为的人们付出代价，因为，为抵御资本主义危机所带来的冲击我们已经耗费得太多了。

我们已经开展了一系列捣毁这些恶棍老窝的行动。但是，我们依然不能休息。我请求经济内阁继续保持警戒状态，请求检察官在判决这些无祖国人士时不要犹豫，把他们投入监狱是罪有应得。

V

在结束这篇随笔之前，我想宣布3个好消息。第一个好消息：加拉加斯至布宜诺斯艾利斯的直飞航线在5月19日周五开通了，这是阿根廷航空公司（Aerol í neas Argentinas）和我们的委内瑞拉航空工业和空中服务集团（Conviasa）战略合作的结果。该航线每周将会安排两次航班，价格合理。有了这条航线我们就可以进一步加强加拉加斯—布宜诺斯艾利斯轴心，这对南美洲联盟是至关重要的。

第二个好消息：我们宣布中止对周末、节假日以及平时非高峰时段的限电措施。这是对我们人民的一种认可，他们出自对节约能源必要性的充分理解，表现得非常出色。

第三个好消息：本周日第七届委内瑞拉国际诗歌节拉开帷幕。我们政府通过人民政权文化部和安德烈斯·贝略诗词之家国家基金会，在全国范围内庆祝这个节日。我要邀请全国人民参与，因为在革命时期诗歌是非常重要且不可替代的益友。

本期我们的贵宾将会是威廉姆·奥苏纳。来自世界各地的诗人济济一堂：他们之中，我要突出强调德里克· 沃尔科特的到来，他是1992年诺贝尔文学奖的获得者，是加勒比海乃至世界强有力的声音。

诗歌万岁！

誓死捍卫社会主义祖国！

我们必胜！

2010年5月30日
“边境以南”

I

所有那些争论中国在我国的投资已经下降的人，现在又有了一个无可辩驳的事实，我们同中华人民共和国开发银行的高级代表团在5月24日周一，进行了兄弟般的卓有成效的会晤。此次会晤将该代表团在委内瑞拉为期两周的访问推向高潮。

自玻利瓦尔进程伊始，委内瑞拉同中国的贸易额在整个拉丁美洲位列第五。仅2009年一年，双方的贸易往来就达到71.5亿美元。

两国的关系紧密起来，并不断得到巩固。2007年我们同中国共建一个经济基金，到今天总额已经达到120亿美元。这些资金将会用于推动委内瑞拉开发大型工程项目。

II

“布宜诺斯艾利斯的开端，让我浮想联翩：我感到她是那样的永恒，犹如水和空气。”无限伟大的豪尔赫·路易斯·博尔赫斯这样描述他的出生之地。自5月25日周二我们在豪尔赫·纽伯里首都机场降落，他的话就一直在我的耳边萦绕。

5月25日，在我们的美洲历史上是一个象征光明的大日子。1810年5月25

日，[1]阿根廷全国上下揭竿起义，正如博尔赫斯说的："朋友们，祖国在进行一次不朽的行动，就如这永恒的世界，生生不息。"

下面这段出自我们解放者的话，让我们共同连接过去、现在和未来，以爱国思想和团结意识将4月19日[2]和5月25日联系在一起：

> 我们一同降生于这段历史。我们该一同驶向那波涛汹涌的未来。我们要一同出现在其余人类面前，团结一致，共同努力，团结会赋予我们需要的威信，从而有效地造福世界。

在布宜诺斯艾利斯，克里斯蒂娜·费尔南德斯总统以及其他国家领导人和特别嘉宾，大家一道回顾了我们自由意志论的初衷，所有人，无论男女，一律平等，并意识到人类属性的概念也是永恒的。祖国就是人类，马蒂这样说。

我们出席了在玫瑰宫中举行的拉丁美洲爱国者美术馆的揭幕仪式，在那里我们看到了数位解放者的画像，无比高兴，其中包括圣·马丁、米兰达、玻利瓦尔、苏克雷、奥希金斯和阿蒂加斯；另外还有他们的后继者：埃内斯托·切·格瓦拉、萨尔瓦多·阿连德、埃维塔·庇隆、桑迪诺和哈科沃·阿文斯。

多么伟大的阿根廷人民：奔流不息的人流，它流过布宜诺斯艾利斯的大街小巷，站在东道主克里斯蒂娜总统旁边，我们所有人都在其中激动不已。我的上帝，真让人激情澎湃！爱国和革命的情感在燃烧！那200年前熊熊燃烧的圣火，在马里亚诺·莫雷诺、曼努埃尔·贝尔格拉诺和胡安·何塞·卡斯特利的心中点燃。

III

我想重述一下5月26日周三，我在亚拉奎州埃尔帕尔玛举行的盛大典礼上说过的话：我们应该在解放我们脚下的土地的同时，瓦解资本主义在委内瑞拉打下的根基。我们应该始终牢记，资本主义制度在各处并不是一样的。

因为，解放土地不仅要使其快速持续向前发展，还要解放耕作土地上的男人和女人，他们才是土地的真正主人。在这次典礼上，我们将400万玻利瓦尔的

---

[1] 1810年5月25日是阿根廷人民起义日，史称"五月革命"，现在为阿根廷国庆日。——译者注

[2] 1810年4月19日，委内瑞拉在一场政变中脱离了西班牙的统治，第一次成立自己的政府。——译者注

零利率贷款交给亚拉奎州、波图格萨州、巴里纳斯州、科赫德斯州、拉腊州和阿拉瓜州的农民们。请大家看好：是零率利，这种情况只可能发生在坚持社会主义的革命时期；按照资本主义的逻辑，几乎是不可想象的。

这次在埃尔帕尔玛，让这么多男男女女的农民实实在在地感到骄傲：这是萨莫拉民族自尊和祖国荣辱的重要经验。

IV

全世界都涌向委内瑞拉，因为这里给投资提供了大好机会和可能性。事实上，再没有比一个拥有尊严和拥有主权的国家提供的投资环境更好的了。

那些无祖国企业家们又一次搞错了，他们企图以投资来打击我们，就像豪尔赫·希奥尔达尼所说，而不让人发觉他们搞的大破坏，想让我们的人民受到损害。他们每抛弃一处，都会有数十个甚至上百个全世界的爱国企业家和投资者们准备占据这个空间。

5月27日，周四，我们同巴西联邦共和国的一个多学科团体签署了两份协议：一份是关于奥里诺科石油带同帕利亚湾燃气基础设施新一体化发展模式的领土发展规划合作协议；另一份则是涉及双方的战略经济研究。

同一天，我们同意大利共和国签订了6项协议，这是意大利—委内瑞拉第二次会晤的成果，意大利外长弗朗哥·弗拉蒂尼出席。特别是，我们实质性地扩大了双方在卫生、教育和基础设施方面的合作。

此时此刻，在我结束今天这篇随笔的同时，我们正在为欢迎葡萄牙总理——委内瑞拉的好朋友的细节作最后敲定。同他，我们也将签署一系列合作协议，包括能源和石油计划、电力、住房、港口、电信、卫生和食品。

委内瑞拉，我们继续胜利!!

V

战役打响了！

5月27日，周四，我们宣布建立“玻利瓦尔200竞选指挥部”：它将包括超过

12 000个玻利瓦尔200战斗单位，在每个投票站安排一个；此外还会设置24个州选举指挥部和87个选区指挥部，以迎接9月26日的国民大会议员选举。

这次选举关系到革命进程的归宿和祖国本身的命运。正因为如此，我们必须取得至少2/3的国民大会议席。可以说，这又是一次令人赞叹的战役。

我们应该保证最广泛的社会凝聚和最坚实的社会团结，那么现在我们就应该投身到一场誓死反对国家弊病的战斗中去：反对低效率和腐败。

我想借古巴伟大诗人、散文家菲娜·加利西亚·马鲁斯的话来强调这个承诺的意义："最危险的错误是在自由中只看到一种追求个人意志的激情，而缺乏思考的行动，也就是缺乏远见。"只有意志的热情是不够的，它应该伴随着一种深思熟虑的行动、一种远见，以便我们在斗争中绘制出目标，而这一目标就是社会主义。

VI

这个星期无祖国资产阶级和他们的媒体已经为国民生产总值的下降进行了"庆祝"，特别强调了汽车进口量的减少。但是，这对我们根本不算什么：众所周知，国内生产总值是根据资本主义参数计算得来的。而确实值得我们注意的，用克莱伯·拉米雷斯的说法是，要继续增加食品的生产以及科学、技术、尊严、卫生、教育和文化的产出。

VII

我想邀请我所有的同胞观看这部奥利弗·斯通导演的优秀纪录片《边境以南》，它以当地人民为主人公，展现了南美洲真实的现状。

5月28日，周五，我在特蕾莎·卡雷尼奥剧院参加了它在委内瑞拉的首映式，和我在威尼斯电影节上经历的一样，我被它的革命性深深地震撼了。它不仅是一部不可多得的美学纪录片，更是一场彰显勇气与洞察力的盛宴。

直至最后胜利！

我们一定会成功！

2010年6月6日
令人赞叹的战役，令人钦佩的胜利！

I

5月31日，周一，以色列恐怖主义政府在它本来就罄竹难书的“罪案记录”上又增添了令人不齿的一笔。我所指的是，以色列在公海袭击了前往加沙进行人道主义救援的船队。

我想对牺牲在以色列突击队枪下的死难者致以最崇高的敬意，以色列突击队犯下的罪行是真正的大屠杀。将光荣与荣誉致予为人类事业牺牲的烈士们！

谴责这一恐怖主义之时，华盛顿的双重道德标准和双重处事原则又一次被揭露：对以色列宽容对待，宽容这位伙伴的罪行及暴行。一切就这样昭然若揭。

委内瑞拉愤然起身，要求采取一系列措施反对犹太复国主义政权。要终止在加沙的罪恶封锁，不应该只停留于口头谴责。我们不能抛弃英雄的巴勒斯坦人民，将其交与命运的垂怜。

捎带一句，联合国安理会只谴责了对自由船队的袭击行为，而没有谴责袭击者，这怎么可能呢？也难怪，美帝国主义的手已经伸向那里，时刻准备着为以色列释罪，保证其享有赦免权。

看啊，事实又一次见证，我们非常支持巴勒斯坦人民的事业：这是一群渴望有自己国家的伟大人民。

II

6月1日，周二，在这一天全国有几所“苏克雷计划”[1]的院校举行毕业典礼：委内瑞拉现已拥有超过9 000名新毕业的专业人才（其中4 485名为综合社区医学专业），他们会为了荣誉和所追求的幸福而努力奋斗。

当天晚些时候，我受邀出席了“综合社区医学国家计划”的专业学生的毕业典礼，他们都毕业于“塞西略·阿科斯塔”罗斯特克斯学院。在特蕾莎·卡雷尼奥剧院的雷纳河大厅，我可以感受到他们当初的承诺，他们已学有所成，能够加入“深入贫民区计划”[2]以巩固国家公共卫生体系。

“苏克雷计划”的深远意义是不容辩驳的。正因为如此，我们应该对它很用心并不断地加强，同时也要适时改进它的弱点和不足。

这个6月4日是苏克雷元帅被“懦夫”暗杀180周年的日子，而对他最好的纪念方式，就是继续推动革命的车轮。

这位遇难于贝鲁埃戈斯山区的烈士、库马纳的救世主，在诞生于他臂弯中的国家——玻利维亚，他说过这样的话：“当美洲为了争取自由而奔赴战场，她同时也是为了正义而战，二者不可分开。如果不能充分享受这二者，那么即使美洲解放也是徒劳的。”

这就是社会主义者苏克雷。冲啊，我们与你同在，我们的大元帅！

III

无祖国寡头不会满足于最近策划的、意图利用外汇破坏国家稳定的行为，他们已经再次积蓄好能量准备对玻利瓦尔国家政府发起进攻。

他们已经向我们宣告一场经济战：企图制造粮食供应短缺，进而挑起事端。所有这些都只有一个目的，其矛头直指9月26日议会选举。

---

❶ “苏克雷计划”，其宗旨是确保已经完成中等教育的青年和成年人可以继续高等教育或高等专科教育。详见徐世澄：《查韦斯传——从玻利瓦尔革命到“21世纪社会主义”》，人民出版社2011年版第165页。——译者注

❷ “深入贫民区计划”是由2003年4月开始实施的，其宗旨是通过成立大众诊所为贫困阶层提供基本的医疗卫生服务。详见徐世澄：《查韦斯传——从玻利瓦尔革命到“21世纪社会主义”》，人民出版社2011年版第165页。——译者注

资产阶级是想打经济战吗？既然这样，我们就应该将经济战交与人民和劳动者，但在我们国家是不会改变社会主义的前进方向的。那些大财阀总是把自己当成民族命运的主人，然而他们的钞票、他们企业的政变运作是吓不倒我们的！

IV

有眼睛能看就看看吧，有耳朵能听就听听吧。6月2日，周三，我们前去参观巴伦西亚市迪亚娜工业园区，这个社会主义企业让我们看到了工业区的另一番景象。

首先，我要强调，那里的工人对祖国的承诺和他们的革命意识。他们正展示出自己完美的驾驭公司的能力。

迪亚娜工业园区树立了一个鲜明的榜样，它的生产模式旨在有品质地满足我们人民的需要。

我们记得，在2008年6月，这家公司还没有收归国有之前，确实是在我们的国土上，但不久即将出售给一家跨国公司。然而现在，工人们不仅使它重焕生机，而且还把不同项目生产能力都提高了50%。

如果这个例子还不够，我们还有“安第斯乳业”和“美洲名牌咖啡”两家公司的例子。这些社会主义伟大开端真实反映了人的巨大潜能，这对我们是大有裨益的。

同上周三一样，今天我再次引用克莱伯·拉米雷斯的几个精彩句子，目的是给我们坚定不移的观念以启发：

> 因此，我们必须引导国民经济以实现对财富的真实而公正的分配为基本原则。尽管如此，为保证实现我们的目标，有一点一定是不可缺少的：要在社会上形成集体意识，即我们要靠我们自己的努力。而这之前我们首先要拥有自己的资源。

V

我们不会试图掩盖事件的严重性，有相当数量的食品被弃置在卡贝略港海关。但实事求是地讲，这一数量连每天经由食品市场公司（Mercal）和国营连锁超市集团（Pdval）送到人民手中的食品量的1%还不到。

媒体恶棍在事件中甚是嚣张，企图抹黑玻利瓦尔革命。他们是不会得逞的：有我们在，就决不能让他们得逞！

这是一个革命政府，不怕承认其中某些人在工作中确有偏差，也不怕作一些必要的纠正。

腐败，这个旧的遗传性癌症，必须从根本上铲除：我们会找出问题的责任者，无论他们在何处，也无论他们以什么颜色装扮。

我们不会停歇，这件事我们一定会追根问底。然而这些都会让我们偏离朝着宏伟目标前进的路线图，它是由我们的解放者制定的：社会的最高幸福。那就是社会主义！

VI

委内瑞拉统一社会主义党已经做好部署并投入战斗。这表现为6月3日、4日，周四和周五，我们的男女候选人已在全国为参选国民大会登记注册：多么强烈的革命激情，多么热诚的人民党员，他们深知9月26日的国民大会事关重大；而人民不会允许资产阶级切断前进的道路。

今天6月5日，周六，是我撰写这篇新随笔的日子，我将为每个玻利瓦尔200周年战役各单位的负责人主持宣誓仪式。

我们应该完全清楚一点：如果我们希望实实在在地将这一仗打得令人赞叹，那么我们必须将重点放在同选民们的直接联系上。

所以，玻利瓦尔巡逻队每个成员的沟通能力（实行每张投票桌安排一组巡逻队）将是有决定意义的。这不是要他们去向选民朗诵十诫或是教选民怎样做；而是要让每位同胞心有所感、脑有所悟；是以我们的论据说服他们，让那些即使不相信通向社会主义的委内瑞拉道路的各种好处的人们，也能自己说服自己。

同志们，我再强调一下：对这场战役来讲，基层组织是既是决定性的又是简单的：

- 每个投票站，将有一个玻利瓦尔200战斗单位（UBB-200）工作；
- 每张投票桌，将有一个玻利瓦尔200巡逻队；
- 每个玻利瓦尔200巡逻队将由平均50名巡逻队员（男/女）组成；
- 每名巡逻队员（男/女）将会被分配负责10名选民（1×10）。

这是再清晰不过了！

同志们，另一场战斗已经开始！

让我们向另一个胜利进发！

令人赞叹的战役！

令人钦佩的胜利！

2010年6月13日
加油：社区加电力！

I

本着忠实于《玻利瓦尔宪法》的精神与内容、忠实于《宪法》中推动国家经济和谐发展的精神，根据《宪法》第299条，我要重复我在6月8日于人民宫阿亚库乔大厅出席“纪念200周年社会主义生产基金”新一轮信贷投放时说过的话：我会参与其中，和国家中小企业一起；我会参与其中，和男女中小企业家们一起，因为他们已经不止一次地选择了委内瑞拉。

然而，在这里我说我会参与进来，是因为我正在真诚地邀请所有真正参与生产的经济领域的行为人都能在社会主义建设中充分发挥应有的作用。

我们要注意，在1528年我们国家被变卖给德国银行业巨头韦尔泽家族，从那时起资本主义就在委内瑞拉生根发芽，而现在它不再有任何用处，这种模式已经完结。

事实上，这些资产阶级的资本家们在整个20世纪，都掌握着将委内瑞拉推向成为一个工业化、具有高科技含量、高生产发展水平的经济体的所有必要权力。

但是，委内瑞拉亲美的资产阶级仅仅完成了资本帝国主义强加的一项任务；从此在委内瑞拉就形成了这种带有突出的殖民主义特征的经济结构，如今，它已变成一种发掘国家生产潜力的巨大障碍。如果用卡尔·马克思的话加以解释，是“在发展的特定阶段，社会生产力与现有的生产关系相矛盾，或者……

与所有制关系相矛盾，在这种生产关系内部生产力早就开始躁动”。

我们要消灭垄断机构和其囤积、投机及掠夺的犯罪关系网。

我们要共同建立起一个真正强有力的本国工业，以社会公正、民主、效率、自由竞争、保护环境、生产效率和团结的原则为基础，确保人类的全面发展，以及所有人都能有尊严而有价值地存在。这绝不是一种挑战，而是一项不许拖延、不许任何失败的命令。

我们要继续强化“纪念200周年社会主义生产基金”，以此来刺激国内生产和必要的生产，这是经历了对众多方案的判断选择，最终义无反顾地投向了这个致力于拯救我们人民的模式：我们的21世纪社会主义。创业者、中小企业家、中小实业家，都是需要我们付出巨大努力的地方；是需要我们发挥创造力、建设自身模式的地方，而这也是我们正在做的事情。

在上周二，8日进行的第三次“纪念200周年社会主义生产基金”信贷投放活动，我们已经发放了44个项目的2.08亿玻利瓦尔，加上之前两次交付的142个项目的资金，我们总共已经投放了7.65亿玻利瓦尔的贷款，创造了6 278个新的工作岗位。我们的目标是切实减少正规职业和非正规职业的失业，从而打造我们的经济支柱。因此，“纪念200周年社会主义生产基金”的重要性就等同于我们正在建设的社会主义经济发展模式的核心发电机。

II

当全世界的资本主义都因为其无尽的贪婪，克扣工人工资、降低社会福利的时候，在委内瑞拉正在不断创建人民的银行：最近刚刚成立一批社区银行。首批的52家社区银行成立于本周三，9日，目的是鼓励人民的组织进行社会主义生产。

马蒂的一句口号告诉我们：“说到就要做到，并且要做好。”为了在实践中履行，已有10亿玻利瓦尔硬通货（差不多4亿美元）被签署批准交与社区委员会，全国810个委员会将会把这些资金用于总共23 228户住宅的更新和修缮。

在这4年半的时间里，总共转移支付了111.87亿玻利瓦尔硬通货（相当于52亿美元）。这一数字是非常庞大的，我想再重复一遍，它们全部用于33 614项社区计划的实施。

我感到非常开心，因为我们的所作所为，履行了要始终将集体置于个人之前的玻利瓦尔的伟大准则。除此之外，因为这些，我还要对人民政权、社区委员会以及正在建设的214个社区许下更大的承诺。

如果说我们的人民被夺去了所有，到了200年后的今天仍在进行斗争，那么我们来畅想一下未来的委内瑞拉，那时我们已经完全实现了我们最神圣的目标：所有权力归还给人民。

III

几个月前，我们就一直在说：不看到加拉加斯配备上可以不再依靠古里供电系统的电能环圈，我们就不停歇。出于这样的目的，我们在6月10日周四参加了对皮库雷（Picure）热电厂两个先期机组进行的检测，该皮库雷热电厂属于何赛法·华金娜·桑切斯发电总厂的一部分，位于巴尔加斯州巴尔加斯市卡蒂亚拉马尔区阿莱希非（Arrecife）电网分区。

我们绕着这家发电厂走了一圈，在这个提供最多电力的州、在这些电力部门工作者的陪同下，我在寒冷中又一次回顾了国家的情况，最终决定终止全国范围内的配额供电计划。这一计划是自1月份开始实施的，为缓解古里大坝水位下降造成的供电危机。

我们正在摆脱"电力节食"，我们是在加强电力能源和带着一个强大的信念摆脱这一计划的：我们正在孕育一种新的文化，用以最终战胜资本主义曾在我们国家播下的铺张浪费的消费观。

我要感谢所有国家电力公司（Corpoelec）的工作人员，以及提供最多电能的巴尔加斯州，而我要特别感谢的是我们这些展现出集体英雄主义的人民群众，是你们以在其他时期、其他情境难以想象的节能水平，击溃了无耻媒体。然而，这些我们都做到了，套用我们解放者的话就是，我们做的这些不过是我们能做并且要做的众多事情的序曲。

套用一句列宁的话："社会主义等同于：一切权力归公社，包括电能。"

IV

在同一天接下来的时间，我们前往同属巴尔加斯州的马库托，为电话服务的一个互连节点举行落成仪式，它具有承载900条线路的能力，并且已经在为“缆车”和“风尖”的全体居民提供服务。同样在那里正建设吉卡马库托社区。

多亏了新委内瑞拉国家电话股份有限公司，这一社会主义国家电话公司，我们可以逐步将尊严还给人民，保证他们享有通信权、获得信息权和受教育的权利，这些是他们在超过10年的时间里由于该公司的私有化而被剥夺的。

自2007年委内瑞拉国家电话公司被收归国有，该公司已经在全国新增设5 636 850条电话线路。而一家社会主义公司和一家资本主义公司之间最大的不同就是：它在全国配置的64%的互联线路都已用来服务大众部门。

V

最后，我想祝贺在这个星期诞生的外币证券交易系统（Sitme），它是由委内瑞拉中央银行（BCV）负责成立：这是一个新型战略工具，符合彻底根除寄生的资产阶级黑手党的迫切需要，这些寄生虫渴望靠吸吮我们的国际储备永远存活下去，直至将经济和国家财政带入万劫不复的深渊。

委内瑞拉中央银行主席纳尔逊·梅伦德斯说得好：“外币证券交易系统是一个透明的机制，从中可以观察到供给关系，从而避免之前所发生的情况；过去各种进行股票交易的单位利用国家证券市场进行资本投机，破坏国家经济。”

足球世界杯开始了！

本周日为了我们大家都可以观赏到世界杯赛况，我们的《你好，总统》节目顺延至下午6点。

加油啊！

马上就要开始女子垒球世界杯比赛了！

我们一定会胜利！

2010年6月20日 父亲节快乐!!

I

6月15日，周二，我们来到位于马拉凯的贝尼拉乌多（Venirauto）工厂进行了视察。事实上，我们已经提供给工作在不同部委的公务员以及在人民政权贸易部办理了申请的个别人员，共计50余辆车。应该强调的是这些受益同胞是曾经蒙受汽车销售欺诈的受害者。

感受着这家工厂工人们的幸福是很美妙的：他们是根据兴趣而工作，因为在贝尼拉乌多工厂，剥削已经不复存在，所有人，不论男女，都可以享有体面的生活。他们都具备很强的集体观念。

贝尼拉乌多已经构思去资助最贫穷的人，这些人从来不曾有这样的机会，可以得到一辆类似于私人特许质量的小汽车。

今年对于这家企业来说是重整旗鼓的一年，我们要完成5 390辆汽车的生产，到了明年2011年我们则应该实现一个飞跃，达到16 000辆。

我们无限感谢伊朗伊斯兰共和国给予的兄弟般的支持与友爱，这一点在其严格遵守技术转让的过程中得到充分体现。是他们让我们将不可能的事情变成现实：制造大众型汽车，比如森达乌罗（Centauro）系列和图尔皮亚尔（Turpial）系列，它们都采用了尖端的技术。

II

可以让人无比喜悦的一个理由在上周三6月16日变成了现实：8 581名综合社区医学专业的学生出发前往全国各个医疗中心进行学业最后一年的实习课程。在特蕾莎·卡雷尼奥剧院，我被任命为他们授旗，并听取这些刚刚诞生的健康卫士们的誓词。

“有播种才会有收获”，《圣经》这样告诉我们。5年前，我们得到革命古巴兄弟般的支持，今天终于到了着手收获的时刻。这些革命果实成为巩固国家公共卫生体系的主要助推器。

一场真真切切的转型正在进行中，它不仅意味着医疗实践在数量上的发展，因为我们所需的专业人员数量在慢慢增加，而且还意味着一种质的变化，因为在这些未来的医生们的灵魂中有着最崇高的团结意识和奉献精神。

对于每一个刚刚加入公立医院系统的专业人员，这都意味着向卫生非商业化和卫生社会化前进了一步。

III

上周一，国家金融当局，依照自身责任，本着关切储户存款的明确目标，最终决定关起门来对联邦银行进行干预。显而易见，这家银行已经无力偿债。

这一举措彻底拉开一场闹剧的大幕：一方面国家发挥自己的作用，挺身而出保护储户利益；而另一方面，一大群储户，没有静下来想一想就将其不幸归咎于那个来自萨瓦内塔的莺[1]。哪里见过如此的异化？也只有当我们打开《环球视角》节目和测定这一连串谎言时，才能够理解。

相关机构已经指出了那些“越位”的犯罪分子，用足球运动的术语说。祝贺国家安好。

但反革命集团首先打出了同一张做了标记的牌：反查韦斯可以从普通的法律框架中自救并成为政治上的受迫害者。

他们做他们的，我们做我们的。我很满意我们可以向联邦银行的储户们宣

[1] 这里是查韦斯本人的自喻。——译者注

布，从本月25日起他们的存款就可以恢复到位。这是一个面对紧迫形势会尽职尽责而不逃避责任的政府。

为了尽到责任，也是为了彰显我们的责任意识，我们还是继续这一内容，只要看一下在6月17日周四我们进行的大型活动就足够了。政府为所干预的银行提供抵押贷款，此外还对本国一些重要企业集团美元申请的承诺予以履行。

这对我们来讲，不仅仅是履行了所约定的承诺，更是创建了一个新的带有深刻社会意义的经济平衡。

IV

6月18日，周五，我们推出了一批新的"纪念200周年"供应网点。之前的卡达（Cada）连锁超市现在变成了人民的财产、社会的财产、国家的财产，是祖国的财产！

目前这个项目还处在初级阶段，但是我们拥有一个坚实的基础：35个网点分布于全国。

这一网络的建立旨在赢得打击投机行为战役的胜利。这实际是一场不惜一切代价追求利益的资本主义逻辑与为满足人民需求的社会主义逻辑之间的战役。

在拉印第亚（首都加拉加斯拉维加区）新成立的"纪念200周年"供应网点，我宣布，就在这个周五社会主义贸易与供应公司（Comersso）的扩张计划得到通过。该计划考虑建立150个食品生产和分配单位，200个"复供应点"，49个"纪念200周年"供应点和药房；同时还会将新近出现的卖苦力者、橡胶工人、经营小酒吧和销售衣服的阿尔瓦（ALBA）商店[1]包括进来。

在新的所有制关系和生产关系条件下，我们正在构建一个新的生产、原材料加工、分配和消费体系，以此消灭各方面的资本主义霸权，为我们社会主义增添活力。

[1] 该商店专门销售从美洲玻利瓦尔联盟（ALBA）国家进口的衣服，大多数来自玻利维亚和尼加拉瓜。http://www.yy1598.info/qmob/show_1660.html。——译者注

V

6月18日，周五，我们得到了一个令人痛心的消息，何塞·萨拉马戈大师——1998年诺贝尔文学奖获得者永远离开了我们。萨拉马戈是一位极其优秀的作家，同时又是一位葡萄牙以及世界的伟大思想家：一位真正致力于人民尊严的领袖。

这位《修道院纪事》和《失明症漫记》的作者留给我们众多经验，其中之一就是：面对这个世界的诸多不公，我们唯有保持我们激愤能力的生命力与活力。

为表示敬仰，我想引用一句他的话，正是这句话让我觉得自己是个真正的革命者、一个真正的人："我希望我死的时候像活着的时候一样，尊重自己才能尊重他人，要记住，世界应该是另外一个样子，而非现在这个声名狼藉的存在。"

同样地，我要将崇敬献给另一个当之无愧的人，他就是我们的棒球英豪——奥斯卡·阿索卡尔。令人悲伤的是，他已于6月14日周一在巴伦西亚辞世。

毫无疑问，他是委内瑞拉有史以来最优秀的使用左手的击球手之一，在国内以及在美国职业棒球大联盟和墨西哥联赛都绽放着自己的光芒。

然而，我还想将崇敬献给又一个、也许很少有人知道的革命者奥斯卡·阿索卡尔。在他身上，我们看到体育之国委内瑞拉已经完全同人民、同人民的斗争、同人民的期望结为一体。

VI

我不想没有邀请全体人民参加将于6月23日周三开幕的第十二届世界女子垒球锦标赛就跟大家说再见：来吧，让我们都来支持我们的姑娘们，让奖牌就留在咱们自己家里。竞争将会是激烈的，但是我们会迎来另一个伟大胜利：这一赛事会再次肯定，我们已踏上成为体育强国之路。

我们会和这些世界上最好的球员一起，让爱充满本次世界锦标赛的每一个角落。

VII

最后，今天是父亲的节日。祝福委内瑞拉所有的父亲。献给你，我的父亲乌戈，我的老师，献给您我无限的爱，您总是以善良人的谦逊和淳朴处事为人。我的女儿们，我的儿子，我的孙女，我的孙子们：我灵魂深处所有的爱和作为父亲的所有祝福都给你们……

我们必胜！

2010年6月27日
又见玻利瓦尔的部队！

I

世界主义委内瑞拉、黄金一代点缀了的委内瑞拉、玻利瓦尔的委内瑞拉，这个自由的社会主义国度，在周三6月23日在她最新的“独立”体育场，面向全世界高唱“来打球”，宣布第十二届世界女子垒球锦标赛的开幕。

从南到南（委内瑞拉社会电视台TVES打出了这一准确的口号），我们又一次将这一连接世界各国人民的重要纽带同世界通行的体育运动的友好与快乐精神统一起来。如果说在南非，足球的巨大激情让数以百万计的不同文化底蕴、不同政治制度下和不同宗教信仰的人们相聚到一起，那么在这里，西蒙·玻利瓦尔的故乡，出于对垒球同样炽烈的爱，16个代表该项体育竞技最高水平的国家和地区相聚一堂：他们是日本、加拿大、荷兰、英国、南非、阿根廷、古巴、美国、澳大利亚、中国、中国台北、新西兰、博茨瓦纳、多米尼加共和国、捷克共和国和我们亲爱的委内瑞拉。

我要祝贺我们的姑娘们，你们从锦标赛开幕的那天起就已经毋庸置疑地证明了，你们可以与世界最优秀的选手同场竞技。让我们给予她们全部的支持和全部的爱吧，因为当她们驰骋赛场的时候，心中只有一颗神圣的火种在燃烧，那就是委内瑞拉。

同时，我也想祝贺我们的人民，因为你们让每一个代表团都有宾至如归的感觉。我敢肯定，这段期间会让他们对迈向社会主义的委内瑞拉留下难以忘怀的记忆。

让我们每一个体育场的亮相都变成一次向国际奥委会表达最清楚的信息，希望其能够重新考虑将垒球比赛排除在2012年伦敦奥运会以及2016年里约热内卢奥运会之外的不公正决定。事实上，在组成国际垒球联合会（ISF）的115个国家中都进行这项运动，这一点清楚地说明，这是一项大众体育运动，具有无法否认的普遍性。

II

联合国大会主席阿里·图里基来到委内瑞拉访问，这让我们无比喜悦。这位尊贵的客人在6月23日和24日两天都同我们在一起。

我想引用他的几句话，因为这正是对我们不懈努力的一种认可："我为我看到的、听到的感到无比欣喜。我认为，委内瑞拉所取得的成绩应该作为别国在实现千年目标时的样板和范例。"

事实上，我们祖国已经取得的成绩要归功于我们玻利瓦尔革命不可动摇的基本原则，这是引用玻利瓦尔国父的一句话："始终将集体置于个人之前"。这一点解释了我们玻利瓦尔政府如何在如此短的时间内就取得了使委内瑞拉成为世界上为数不多的已经实现千年目标承诺的国家之一，尽管距离规定的最后期限还有5年的时间。

我们的兄弟阿里·图里基了解所有有关打击贩毒的信息，这是一场没有休止、没有阵地、解放人类免受毒品祸害的战争。我们已要求再次审查评价和信息机制，因为不正当利益已将世界舆论包围，企图抹黑我们的国家、试图否认我们为打击毒品走私付出的巨大努力和取得的突出成绩。

同样地，我们承诺继续打击在联合国的独裁行径，只有这样，所有国家才能平等参与、均享主角地位，才能打造一个真实和真正的民主。

III

6月24日是光荣的卡拉沃沃战役189周年纪念日，也是我们玻利瓦尔军队的节日，它是当年那支荣誉满天下的解放者之军的忠实继承者。

周四，激动人心的阅兵仪式将我们有着200年历史的军事学院的光荣园装饰一新，这一活动既是为了颂扬这个伟大的日子，同时也是称许我们的军队，今天，它再一次被称为人民武装，如同当年我们第一次解放时被授予的那样。

我要再次特别强调，创造能力已经逐渐占据我们部队同志的思想。因此，我们奖励了我军中在“玻利瓦尔军才智大赛”有突出发明和设计表现的几个师。我们必须打破技术依赖，看呀，我们正在实现它。而这在10年前，几乎是不可想象的。

没有任何夸张的情结，我想重申一个千真万确的事实：在近两个世纪的进程中，继当年玻利瓦尔总司令统领解放军驱逐了西班牙帝国之后，我们还没有过另外一支可以像现在这支照亮我们国家视野和道路的部队。而这又是一支玻利瓦尔的部队！

IV

内心感染着卡拉沃沃的解放精神，我们已经飞往兄弟国家厄瓜多尔共和国，为出席25日周五在美丽的城市奥塔瓦洛举行的第十届美洲玻利瓦尔联盟峰会——暨美洲人民贸易协定（ALBA－TCP）。此次峰会上，印第安人民和非洲后裔也作为主人翁参与其中。各国人民，如玻利维亚和厄瓜多尔的情况，已经完成对国家的重建，并以宪法的形式确定了其多民族、多文化以及跨文化的特征。

此刻的美洲玻利瓦尔联盟比以往任何时候都更加巩固、更加团结。正如我在奥塔瓦洛所说，它是大一统国家的先锋队。

我们现在的任务是在尊重伟大而丰富的各民族文化多样性的前提下，汇合所有大众流派，共同建设新的统一架构。这场战役是为了我们的社会主义而战，不仅需要我们，还需要一场反对殖民主义式的外部统治结构和制度的不懈斗争（这是我在奥塔瓦洛说过的话），这是一场反对殖民化的持久战：反对国内殖民主义的统治、剥削和压迫，以及持有民族和种族观点的歧视行为。

V

本周五我们的兄弟巴沙尔·阿萨德——阿拉伯叙利亚共和国总统来到委内瑞拉访问。虽然到了要写这篇随笔的时间，但我不想错过迎接他的欢迎仪式，这是他第一次出访我们国家。接下来的时间，我们将为继续加强我们的战略联盟开始一天紧凑的工作行程：这是两国人民明白并感受到的兄弟情谊、自由且共同建设通往一个崭新世界道路的联盟。

VI

6月27日，周日，当发表这篇新的随笔之时，正是记者节。

“我们是自由的，在一个自由的国度撰写文章，而且我们不打算欺骗公众。”这是《奥里诺科邮报》1818年6月27日诞生那天在第一期上讲过的话。这些话提醒我们要对信息和通信进行道德的规范，是在今天比以往任何时候都应该坚持的。

人民在为尊严而战，而我要向同样在这场斗争中为人民提供服务的全体媒体人表达最衷心的祝福。

最后，我的读者同胞们，你们不知我的内心有多开心，事实又一次验证，在这段属于我们的时间，我们的人民已然逐渐成熟起来。成熟与自信让我们可以面对并战胜一切由寄生和无祖国资产阶级控制的媒体掀起的心理战。我可以这样说，是因为我们经历了许多事，一件接着一件；比如，众所周知的我们应对电力危机所采取的措施，最后终于成功克服这一困难。最近几天，新的“纪念200周年”供应网点的落成，让我们取得了公众参与度以及基本需求品销售额的明显提升，在一些情况下其增长率在第一个星期就达到了40%。

然而，在已经对联邦银行进行了必要干预的情况下，寄生资产阶级又再次加强了对国家业已成熟的观念意识及思想的攻击。他们试图制造银行的资本外流，但是失败了！

25日，周五，当我们还在厄瓜多尔，就又得到了一个我们国父玻利瓦尔所说的“关于重大问题的解决方案，群众的眼睛是雪亮的”的经验。有13 441名联邦银行的储户响应革命政府为挽救其存款的号召，有一半人转向了我们委内瑞拉银行的柜台。我在这里谨向大家表达发自内心的祝愿，并请求大家能继续信任我们，更加团结，“民族精神会聚为一体，民族躯体会聚为一体”，继续打击寄生资产阶级这一人民公敌、工人阶级的敌人和祖国的敌人。

爱国的仁人志士们，跟我来吧！

● 查韦斯发言，身后相片中人物为玻利瓦尔

● 查韦斯手举新《宪法》

2010年7月4日
曼努埃拉归来！

I

7月2日，周五，我们再次主持了正义。在人民宫阿亚库乔大厅举行的仪式上，我们向在联邦银行拥有存款的同胞们递上了存款担保的付款证明。

他们已经被一些无耻白领夺去了钱财，现在他们知道了，幸亏这里还有政府和国家没有抛弃他们，归还了合法的属于他们的东西。

现在我们已成功完成了存款担保支付的第一步，偿付了55周岁以上的储户。从这个周五7月2日起，所有其余的同胞开始得到偿付。这里指的都是自然人。7月19日将会开始第三阶段，对法人进行支付。

这里记录得很详尽，直至7月1日周四，我们已经结清了46 129人的2.39亿玻利瓦尔债务。我要高兴地宣布60%的55岁以上的储户已经决定将他们的积蓄存进委内瑞拉银行。我请求所有人都这样做。

银行存款社会保障基金（Fogade）和委内瑞拉银行，以及整个公共金融体系都在有效地履行职责，以期实现对如此，多国民许下的承诺。

联邦银行不会再插手私营部门。很快我们将对其之后的归宿作出决定，可以肯定的是，这一决定将会最大限度地符合国家利益。

我们最终要明白的是：整个银行业必须服务于国家的发展，而不是某个腐败的资产阶级集团。

我不得不提到一则消息，是我在本周五的时候通告给全国的：萨尔瓦多恐怖分子弗朗西斯科·查韦斯·阿瓦尔卡，路易斯·波萨达·卡里莱斯的得力助手，已于7月1日周四在玻利瓦尔情报服务局（Sebin）的情报侦查中遭到逮捕。这个极度危险的家伙，是国际刑警红名单里面的人物，他来委内瑞拉是要做什么呢？他有什么特殊任务在身吗？这让我又一次相信，新一轮的疯狂暗杀行动已经开始，而这也是无祖国寡头从未放弃过的。

II

委内瑞拉以第十二届垒球世界锦标赛的成功举办再次证明了我们是有能力举办国际大规模体育赛事的。

我们无比自豪地得知，从开幕式那天到结束，本次世界级赛事得到了公众最广泛的支持，用做比赛场地的两处美丽公园的阶梯座位和看台座无虚席。

我们非常感谢组委会和所有代表团，还要特别感谢我们身经百战的代表队，这支队伍为了让祖国的三色旗升得更高，顽强战斗到最后。

事实证明我们每个选手都取得了进步，毫不胆怯地全力投入地与世界上最优秀的球员的较量，并取得了第五名这一相当体面的名次。她们做到的和继续要做的，好像让我得到了内心深处的一个无尽的拥抱。同样地，我要祝贺球队的所有领队，他们付出了不小的努力和热忱。

姑娘们，你们要知道，我是你们的头号粉丝，我完全支持你们。我们拥有这样一支“黄金之队”是多么让人高兴的事。

荣誉授予当之无愧的队伍：祝贺美国姑娘们在这个周五再次问鼎，卫冕了冠军。

III

我们要从心底向兄弟的厄瓜多尔人民表示感谢，以及向兄弟拉斐尔·科雷亚总统如此美好感人的举动表示感谢：2010年7月5日起，那位不朽的基多女子[1]象征性的遗体将安放在国家公墓[2]她的加拉加斯情人[3]的遗体旁边。届时拉斐尔和我都会到场向200年来一直活在人民心中、受人爱戴的我们的美洲的仁人志士鞠躬致敬。

西蒙和曼努埃拉，在其征程中两人都无人能及，他们热情的存在被一种悖论横穿而过，自由意志论的激情将他们联结在一起，但又一下子将他们分开：当时正在酝酿、锻造的历史将形势强加下来，又或者他们分享的不及在生活中需要的那么多。

然而，正如那些将自己的灵魂交付人类至高无上境界的人们那般，死亡已被永恒生命的胜利势头所战胜。于是，我们敢于这样说，在加拉加斯曼努埃拉会比以往更具活力和永恒：她在委内瑞拉人民当中象征性地出现，是一种反对遗忘和忽略的爱的行为。

在一群将其视同己出的人民的喜悦围绕下，我们将这位女将军的遗体、对她的完全承继以及她不屈的精神通通接收过来。这满满的都是荣誉。让我们擎着永不熄灭的神圣之火，充当她不死灵魂的护佑者。

我想回顾几句我们的卢多维克·席尔瓦说过的话，这些话为他主持了正义，并直击了试图削弱其光辉典范的大男子主义论点：在拉丁美洲的历史上，再没有如此勇敢和聪颖的女人了。在解释曼努埃拉·萨恩斯的人物形象时，仅仅将其同西蒙·玻利瓦尔的形象相关联，这是真正的不当行为，甚至是一种历史的不公正（在我们不发达的邪恶的嗜好中是正常的，总是模糊一些价值观而突出另一些价值观）。在玻利瓦尔之前或之后，有玻利瓦尔或没有，曼努埃拉都证明了她就是她。我敢说，对于这一点，没有人会比西蒙·玻利瓦尔本人更清楚。

而且，也没有人比她更理解解放者。在她1846年5月19日的日记中有这样几句话，以一种独特的方式描述道："他活在另一个超出他所在的世纪。是的，他并不属于19世纪。没错，他只做赋予他的那些事；他活在离他的所在很远的另一个世界。他什么都没做，没有什么是给他的。"说的没错，这些话同样可以完

---

[1] 指曼努埃拉。——译者注

[2] 位于委内瑞拉境内。——译者注

[3] 指玻利瓦尔。——译者注

美地用在她的身上，并且也告诉了我们一个可以效仿的例子：我们只去做赋予我们的事。让我们向曼努埃拉和西蒙学习。

IV

本周六，7月3日，在加拉加斯召开了有关拉美和加勒比一体化与发展峰会的前期会议。20多位本地区的各国外长出席了会议。本次预备会议是为2011年7月5日在加拉加斯举办的首脑级峰会打开道路：纪念我们发表独立宣言200周年；这个美洲解放的摇篮，将成为见证这次历史性的、影响深远的聚首的所在地，这次会议应该为一种新的一体化甚至是团结统一的模式奠定最坚实的基石。

7月4日，周日，这篇新的随笔发表的时刻，我就完成了主持新一期军级晋升仪式的责任。毋庸置疑，这些晋升一级的男女将领，将会为自身的荣誉和对祖国和人民的承诺而努力到底。

然而，突然间，一位伟大的战士离开了我们。

阿尔米蒂安·莫雷诺·阿科斯塔少将与世长辞，而此时此刻我们正向他追授荣誉。

我们已经晋升他为陆军参谋长上将军衔，以此来认定这位伟大的玻利瓦尔战士的丰功伟绩与厚德，他于7月2日周五永远离开了我们。

祖国为此哀悼。

祖国为他默哀。

然而，他将永远活在人民的心中、存在于军魂中。

从我们军事学院的那段难忘岁月开始，我们都叫他“黑马”，那时的他义无反顾地加入了玻利瓦尔革命运动200的第一路线当中。

疾驰吧，“黑马”，向着无限的祖国！

誓死捍卫社会主义祖国！

我们必胜！

2010年7月11日
哎哟，红衣主教……

I

这个星期军级晋升和集体授衔进行得如火如荼，对此，我抽出必要的部分，我们要对在委内瑞拉进行的军事革命加以思考。我说它正在进行中，因为它是一个还没有完成的进程，并且应该继续持久地加以激进化和深化。

委内瑞拉的军人们，我们又一次集体成为玻利瓦尔精神的化身，证明着我们是合格的继承人，是其事业真正的接班人。我们正逐步完全肩负起我们玻利瓦尔的精神实质：成为人民武装。而这样立誓的人，就要去感受、去想、去做。

在这段文字中，我想适时地回顾尊贵的奥马尔·托里霍斯将军赠予其祖国所有军人的几句话，这些话被伟大的巴拿马作家何塞·德·赫苏斯·马丁内斯（可以说，他是合著者中最年轻的一位）收录在他的优秀作品《我的将军托里霍斯》（1987年）一书中：

> 职衔由法令授予。级别由模范的行为赢得。有职衔的人说："冲啊！"有级别的人说："跟我来！"职衔有理由。级别有需要。学生、工人、农民、儿童……也是不同的级别，你们应该服从他们的命令。

托里霍斯给我们指出了一条在革命时期真正的军事领导人的道路。也就是说，所有玻利瓦尔全国武装力量的将领，每天都该以模范的行为赢得级别。要体现出四字承诺的价值，这比一个口号、一个标语或是一句格言都有用得多：誓死捍卫社会主义祖国！

我们不要忘记，玻利瓦尔总是能清楚地知道职衔和级别的区别："我藐视所有等级和区别对待。我希望一种更具荣誉的归宿：为祖国的自由抛洒热血。"大家都要铭记这些话，将其镌刻于灵魂中，特别是全国武装力量的青年将领。

如果换个角度思考，我认为继续推翻第四共和国树立的不合时宜的范例是最重要的。对此，我们有一个颇具说服力的例子，并且就发生在这个星期：卡门·梅伦德斯·德马尼利亚和西尔维娅·德塞梅科晋升为海军中将军衔。与此同时，玻利瓦尔空军也产生了两名新晋升的女少将，玻利瓦尔海军有了3名新晋升海军女少将。

加油干吧，女士们，诸位是曼努埃拉·萨恩斯将军的延续，是胡安娜·拉米雷斯、何赛法·卡梅诺、安娜·玛利亚·坎波斯等战士们的延续！

7月8日，周四，在我们有200年历史的委内瑞拉军事学院的光荣园举行了一场庄严的仪式——我们新一代玻利瓦尔革命儿女们的军校生活正式开始。

582名玻利瓦尔武装力量不同部门的新晋级军官，被授予了那把象征着玻利瓦尔最高指挥权的军刀：积极维护社会保障，确保委内瑞拉人民在迈向社会主义进程中所取得的各项权利。

II

在《从军人中来到军人中去》（20世纪60年代秘密出版，2006年被狗与蛙出版基金再版）这本书中，爱国主义与革命军官们、这本书的作者曼努埃尔·阿苏亚赫·奥尔特加、阿梅里科·塞里铁尔略、安东尼奥·皮卡尔多和保西德斯·冈萨莱斯对我们讲：

> 一直以来我们都强调的一点，就是军人不该忽视政治。现如今，我们正处在毁灭的边缘，就是因为缺少知道如何捍卫学说、捍卫作为拿起武器的人民的军事机构理论的领导者。

他们还强调："如果我们看不懂1月23日以来发生的事情[1]，我们就是瞎子，武

[1] 1958年1月23日，委内瑞拉人民举行武装起义，当时的军事独裁者佩雷斯·希门尼斯的统治被推翻，委内瑞拉开始实行民主制度，而这一天也随之成为委内瑞拉"民主纪念日"。——译者注

装力量的最终命运不在军营中，而是在政治领域。”

如果说20世纪60年代，忽视政治是一种简单的疏漏，用玻利瓦尔的话讲，那么今天，在这个革命时期，这就是一种站不住脚的、不可原谅的对人民的背叛。

一个缺乏政治观念、缺乏革命爱国意识的军官，只能成为一种自动机，不能完整地捍卫我们的主权。

III

最近几次乌罗萨·萨维诺红衣主教的声明，迫使我们进行一些思考，是否应该把每一件事情都放到他那个神圣的地方去考虑。

也许必须做教义和神学上的冒险来减去基督救世主历史形象中那深刻的社会意义、他对地球上穷人的优先选择，以及他对以兄弟情谊和正义锻造的人类表现出的无限热爱。

我们不是太无知：天主教的上层从根本上发挥了一种政治作用，在历史进程中，一直力图保持自己的统治地位，甚至不惜采用犯罪的暴力。难道您忘了吗，红衣主教，当早期基督教社区不复存在时，帝国的宗教所犯下的暴行吗？还是我们已经不记得那随同欧洲种族灭绝者在美洲大地上的登陆而建立的剑与十字架的联姻？或是我们已经忘掉了“神圣的”宗教裁判对那些不信奉您的信仰的那些人所给予的种种“亲切待遇”？

另一方面，天主教对于宗教活动的思考已经产生了并还在产生着种种争议性的观念，而通过这些观念，我们确定了我们所信仰的人的概念和我们所向往的社会的概念。如果是这样，这是非常有益的，否则，我们就应该继续认为对《圣经》的解释仅仅停留在教会的最高当局，这对信仰本身的生命力来说是灾难性的。

IV

让我们在信仰的历史中详述两个当代的概念：主业会和解放神学。区别呢，第一个是一种压迫性的、代表最可鄙利益的教义，它将世间不平等的理由归为神的旨意；第二个则代表被遗忘的人们的自由与正义，而这些被遗忘的人拥有在一个更加人性化的世界上生存的神圣权利。

如果这是我们面对的一种平衡，那么乌罗萨红衣主教，我们会毫不犹豫地选择第二个：它更加忠实地反映了耶稣的“山之布道”[1]；它让我们成为解放者和爱之子基督的继承人。对我们来说，基督拥有一副无依无靠的穷苦人的脸庞，从来就不是剥削者和罪犯的嘴脸。这就是来自同一个基督的原则区别。

在另一个意义上，红衣主教，我请求您不要用您对我本人和对玻利瓦尔进程的有关解释来误导没有戒备的人们。现在我们正在向着一种完全的民主化前进，并且已经将其称为玻利瓦尔社会主义，它的根本意义在于将权力交给人民，让他们行使主权、决定自己的命运。我们认为，马克思主义是一个可以帮助我们解释人、社会和历史的工具，而不是一则教条，更不是一本课本手册。

我承认自己是一个有信仰的人，而且我也说过我同各位信仰同一个上帝，他是博爱的三大基本支柱即正义、自由和平等的最高价值的典范。博爱是要实践的而不是宣扬的。

生活已经告诉我，观点的广度是知识和生命运动的健康来源。所以，红衣主教，我非常自豪，我是玻利瓦尔主义者，是基督徒，也是马克思主义者。如果在您看来这是矛盾的，恐怕我也不能再做什么让您理解，在我看来，这些生命的观念共同存在于一种紧密的兄弟关系中。

发挥你的作用吧，红衣主教，我也会在人民面前履行我的责任，但是，看在上帝的爱的份上，请不要再用谎言猎取毫不知情的人们。

有人说我们效仿别国的模式，指引我们的外来意识形态同我们人民已经确立的法制相冲突，这无异于那些自以为是委内瑞拉人的信仰的主人和试图操纵信仰的那些人的一种犯罪。

乌罗萨·萨维诺红衣主教本该在法庭上证明我们违宪，据他讲，所有我们最近颁布的新法律以及我们政府的种种行为都是违宪的重要表现。

我请求所有委内瑞拉人查询报刊档案，阅读乌罗萨于2002年4月12日发表在

[1] 依据《玛窦福音书》，传说耶稣曾在一座山的山坡上对他的门徒和众人进行训谕。http://es.wikipedia.org/wiki/Serm%C3%B3n_del_monte。——译者注

报纸上的声明。这位如今的豪尔赫·乌罗萨·萨维诺红衣主教，在4月13日《卡拉沃沃日报》“诺迪下午”发表的声明中这样说道：“他对乌戈·查韦斯·弗里亚斯政府的终结表示满意，乌戈·查韦斯对委内瑞拉来说才是真正的噩梦。”同时这位高级神职人员还讲道：“所有这些惯犯、他们的上司以及查韦斯本人都该受到审判和惩罚，因为他们的双手已沾满了鲜血，这是不能免罪的。”到底谁才是一段时间以来脱离宪法的人呢？

乌罗萨和委内瑞拉主教大会违背我们的宪法，不顾我们国家政权世俗化的性质，试图建立另一个国家政权，面对我们的政府和国家机构以其公告和声明的开头用语“我规劝”之类的用语说话，这种讹诈只能刻画在天主教高层的傲慢和一向对我们的人民表现出来的轻蔑。

此时此刻，我想起了一个在2002年4月13日黄昏从我灵魂中说出的一句话。当时另一位红衣主教伊格纳西奥·贝拉斯科，来到位于奥奇拉岛上我的囚房，要求我“以上帝的名义”签署总统辞职书，因为用他的话来说就是“一切都已结束”。

这一小片通向大加勒比海的海域安静无声，但是我能够听到在那坚实的大地上已经爆发了狂风暴雨。

人民正在街头巷尾展开斗争，爱国军人和人民团结一心，专政独裁继续进行迫害和暗杀，委内瑞拉真正处在一场内战的边缘。而那位红衣主教却有意识地撒谎，告诉我一切都风平浪静，人民表现得镇静，我应该做出的“最后姿态”就是签署辞职书，他还跟我讲“一切都已成既成事实”，“上帝会以祝福对我进行沐浴”。

就是在那个时候，我对他说：“哎呀，红衣主教，如果基督看到你呢。”

今天，我又一次说到这句话：“哎呀，红衣主教们啊……”好吧，现在我也敢请求让上帝宽恕你们。

V

这个星期拉斐尔·科雷亚总统也同我们一道参加了第八届总统级会晤；我

们达成了第一个双边交易，使得区域性补偿统一体系（Sucre）生效。农业供应与服务有限公司（CASA）是第一家在双边运作下受益的公司，厄瓜多尔对委内瑞拉的销售量达到5 430公吨大米。这种情况下的出口商是国家发展银行（BNF），因此通过这一协议得到了1 894 015苏克雷。

同样地，我们来回顾一下厄瓜多尔同委内瑞拉在社会保障、文化交流等方面签署的计划与协定所取得的进展；以及推动围绕双边关系6个核心的对话谈判：社会主权、认知、安全与国防、能源、生产、金融与贸易。

这是玻利瓦尔联盟在以胜利者的步伐向前迈进！

誓死捍卫社会主义祖国！我们必胜！

2010年7月17日
年轻的祖国万岁!!

I

本周，第五届哲学国际论坛落下帷幕，这次论坛又一次在我们中间传播了对批判性思维的持久需要，这有利于我们在社会中和历史面前认清自己、理解人民当前的斗争、发现以往的经验教训以及在我们面前流动且充满矛盾的现实中找到自己合适的定位。

当代历史现实赞可对其批判性的思考，这也是我们想要完全将其吸收的需要。我们必须要注意现实的表现方式，特别是在当今的情况下，处处存在威胁和危险，我们必须锐化我们的目光。

如果我们再看远一点，会发现存在一系列令人非常不安的因素：韩国人和美国佬在黄海海域进行了军事演习;对伊朗出于和平目的发展核能施加压力;美国和以色列在波斯湾附近增派舰队;暴力行为在伊拉克和阿富汗是家常便饭,因它们都是被美帝国军事占领的国家；以色列对加沙的犯罪性封锁得到华盛顿的默许。

世界关系变得紧张，并缺少一个真正的政治意图来解决危机。奥巴马政府在言行中已逐渐证明他是第二个布什政权：遵循同样的好战策略和相同的帝国统治战略。

但是如果我们将眼光收回到我们的地区，会发现担忧更是有增无减，一直上升至警报级别。我们来看一看：截至上个月月底，阿图罗·巴伦苏埃拉（美国负责拉丁美洲事务的助理国务卿）的所有声明中都明确表示，对他们来说最困难的关系是同委内瑞拉的关系；奥巴马政府组织不断地对我们同国际贩毒集团有所谓的牵连进行诬告；在哥斯达黎加，在意外地没有足够解释的情况下出现了一组大型船队，里面载有上千名海员；近期有几次荷兰的飞机越航飞过我国领土；对萨尔瓦多恐怖分子查韦斯·阿瓦尔卡的拘捕，揭露出其暴力破坏稳定的计划；逮捕了有厚厚的个人犯罪记录的政变分子亚历杭德罗·佩尼亚·埃斯克鲁萨，他有安装爆炸装置的能力；智利参议院企图干涉我们9月26日的选举进程，这是对玻利瓦尔国家政府及其机构的肆无忌惮的不敬；哥伦比亚政府不负责任的声明，又一次坚称我们同游击队存有关系，这让我不得不宣布如果他们继续这种得到了总统府(纳里尼奥宫)授权的疯子行为、追随帝国主义大旗，我们将有可能与之断绝往来。

好一幅景象！如果我们不从整体上阅读全部的挑衅行为，我们就太单纯了。所有这些都是相互关联和完美结合的。我想，我们面对的是美帝国主义学说的又一次更新，以此对付我们拉丁美洲各个关乎主权的各项新计划。这种学说使用了一个奢华的名字“全频谱统治”，用墨西哥研究员卡洛斯·法西奥的话就是“这是一个广泛的潜伏性的居民控制进程的组成部分，它结合了对地区占领、网格化及其对国土的综合管理，以及地缘战略空间的功能再确定，这从大资本的观点来看是具有极高收益的”。

我们决定了要同历史的主角——人民一道开创未来的所有国家，我们又一次成为被人关注的目标。当然，委内瑞拉在南美洲各国首当其冲。

因此，在9月26日的国民大会选举中取得压倒性的胜利对我们来说绝对是至关重要的。本周三7月14日，当我参加玻利瓦尔200巡逻队评审会议时，我强调这是一场超越单纯选举的战役，以及对我们的“红色机器”[1]装甲的必要性，以面对一场超越单纯选举的战役：已经组建了70%的巡逻队，我们还须加快步伐以达到100%，并开始部署我们的力量。我们必须进行艰苦的工作，将意识与组织相融合，摒弃任何形式的必胜主义（这一点是我们的发言人要注意的）。

[1] 包括所有致力于9月26日选举的组织。 http://www.psuv.org.ve/maquinaria-roja/ 。——译者注

这关系到国家的存亡：我们没有其他选择只能取胜，并且是让人心服口服地取胜。

我们要记住，今天，我们的革命已成为我们拉丁美洲乃至全人类的真实希望。在一篇题为“一封致委内瑞拉的短讯”的优美文字中，两位著名的革命知识分子阿蒂略·伯龙和费尔南多·布恩·阿瓦德，有感于9月26日将举行的议会选举，他们带着无比虔诚的信仰，表达了我们拉丁美洲以及全世界的这种感受：

> 这次选举是向前迈进的选举，是所有人的选举。这次选举将谈论的是今天在委内瑞拉开明而崇高的快乐……它的根本条件是启发我们、激励我们的革命灵魂。投票给谁在人们心中整理着，犹如世界上的一条代表数亿男人和女人的阵线，无论到哪里他们对每一个委内瑞拉人讲，取得又一次辉煌的胜利有多么重要，他们的革命在投票箱里、在收回的工厂里、在重新划拨的土地上、在他们的辩论中和在他们的学校里……委内瑞拉人的梦想和我们所有人的世界性大合唱。

现在，我想结束这一节回到这些思考的开始。我是从菲德尔的例子中得到启发（他再次出现在公众面前多么让我们开心！），从几个星期前，关于美帝国对伊朗人民发动一场原子战争的可能性，给我们敲响了警钟：我们不只是等待着选举，一件规模巨大的重要事件会让我们惊讶。我们正面临一个相当令人担忧的局势，我们必须具备可以应对任何情况的能力。

II

这个周四在国家频道上，我们看到了一个闻所未闻的栏目：当一个犯罪集团感到正义临近的时候，是如何进行操作的。这里我指的是经济投资证券交易所（Econoinvest）的员工们执行上级的指示进行自我驱逐：这是一个真正的黑社会，他们以最无耻的方式和网络手段从事诈骗。

我们觉得透过证交所、经纪人以及某些银行的参与，我们已经看清了所有犯罪事实。然而，事实上，经济投资证券交易所的案例如此不同寻常，着实值得反思。

富人和中产阶级喜欢以债券的形式保存资产，于是这群黑社会就对他们行骗然后不留痕迹地消失。他们竟如此贪婪，他们肯定要问我们能从穷人身上捞到什么。

由于贫困人口几乎每天都勉强过活，很少能够留下存款。这些无耻之徒就潜入居住区，从他们的电脑中盗取个人信息，然后利用粗心大意的真实的人和伪造的证件设计骗局，而这些被利用的人们甚至都不知道存在这样一家恶棍交易所。

他们通过一个有吸引力的广告宣传活动策划全部的骗局，称自己是一家严肃的可信赖的公司在做推销，他们从几台计算机上编织诈骗网络。这些应该为我们的情报部门敲响警钟，因为这关系到国家经济的健康。我们必须开展严厉的自我批评，我们不能再被这种犯罪方式所嘲弄。

这是真正的病入膏肓：资本主义的正在扩散的癌症!!!

III

我是基督徒，跟最虔诚的基督徒一样，我相信基督的解放信息，相信基督会救赎地球上受压迫的人们以及那些犯了罪的人们。

这个星期我向我们的外交部长请求重新核查1964年委内瑞拉和梵蒂冈国签署的协议（这是经过谈判的，当然也是秘密的），但这需要一个有力的理由：天主教会通过它的高层，力图拥有超越宪法的特权，就好像它是凌驾于国家之上的权力一般，公然无视委内瑞拉国家政权的非宗教性质。

然而，不仅如此，没有人能够置身于宪法之外，号召不履行法律，就像在几天前发表的臭名昭著的“劝喻”中所做的那样。来回忆一下我们的《宪章》的第59条：要清楚地知道天主教的等级制度，以及由此产生的后果，当实施制裁或惩罚时，不能带有歧视。

不幸的是，尽管天主教高层不喜欢，我们人民的绝大部分都选择了迈向社会主义的委内瑞拉道路。我们玻利瓦尔社会主义和21世纪社会主义，是走参与式民主和人民做主角的民主道路。我们不效仿别国的模式，因为我们的挑战在于，按照罗宾逊主义的说法，是根据委内瑞拉特性创造出一个新的模式。

IV

多么激动啊，激动到流下热泪，能够在7月15日周四目睹挖掘我们的解放者遗骸的全过程。透过他光辉的遗骨，我能感受到一股旺盛的火焰。我们就是那奔腾的火焰，因为玻利瓦尔还活在我们中间！

现在，当我们的人民怀着无比崇敬的心情，看到遗骸的挖掘过程，一股强烈的爱和爱国的热情火焰开始向民族灵魂、民族精神、国家躯体蔓延。

那些感受不到这些的可怜虫们啊！

让我们的紧张地生活吧，男女爱国者们，这是玻利瓦尔时代！

最后，今天是孩子们的节日。

与其写下这些文字，不如给我所有的小同胞们，我的儿子、女儿、孙子和孙女、流淌着我血液的孩子们……送上祝福和我充满爱的话语，除此之外，我奉献我的生命，让我们将生命都奉献给他们吧。用马蒂的话即为：“我们所做的一切都是为了孩子们。”

年轻的祖国万岁！

2010年7月25日
伟大的玻利瓦尔!!

I

在这个星期完成的活动是富有成效的，而且还是丰富的，我觉得以应有的重视态度来提及每件活动是相当困难的。我会尽最大努力综合叙述。

国父玻利瓦尔说得好:“最好的政府体制是那种能够提供给人民最大限度的社会保障、最大限度的政治稳定和最大可能的幸福。”社会保障，是我们的职责所在，因为这是玻利瓦尔留给我们的神圣命令。如此一来，在7月19日周一的一次特别活动上，我们荣幸地兑现了承诺：遵照第7401号法令所规定的，将存折交与委内瑞拉社会保险研究所新退休的职工。我们已经计划将所有退休人员的养老金收益加以合并，但尚且没能完成750份额的要求。

周二20日，我参加了玻利瓦尔国家警察第二批毕业生的毕业典礼：1 474名警务人员将服务于人民，他们服从于社会主义道德规范的指引。他们是维护安全的组织，同逍遥法外的行为作斗争，谨防不轨行为，基于理性和情感进行日常训练，当然也基于使用武力时对人尊严的尊重，这些都是我们配备了装甲的、新式警察队伍的特征。

在7月21日周三圭亚那合作共和国总统（这位好朋友叫作巴拉特·贾格迪奥）亲切来访期间，圭亚那正在努力像我们一样地加入南美洲大陆的集体，不再仅仅只是面向加勒比海。应该远离那样一种观点：配给圭亚那一个额外的大陆、额外的南美的角色，就好像它从来不是坐落在亚马孙丛林的北部一样。这是我们达成的共识，确切地说，是为加强我们南美洲国家联盟进而实现一种真正的区域一体化。因此，圭亚那很快将会从厄瓜多尔手中接过南美洲国家联盟临时秘书处的任命。

22日，周四，我迎接了我们伟大的朋友，迭戈·阿曼多·马拉多纳的亲切来访。他高昂着头来到这里，同以往一样，他又一次表示了对自己热爱的祖国阿根廷的最大限度的满足和喜悦。当他率领国家队从南非返回阿根廷，克里斯蒂娜·费尔南德斯·基什内尔总统还刚刚对他给予肯定，就遭到流氓媒体和无祖国人士等的多方攻击。马拉多纳同样为我们的大陆增添了荣誉，在所有场合都要尊敬他，因为他在阿根廷的地位如同阿根廷在美洲的地位一样。

同这位足球明星一起，我们出席了位于科赫德斯圣卡洛斯的南方体育大学326名毕业生的毕业仪式。这些毕业生获得了体育特长的学士学位，今后会成为世界的光和大地的盐。光可以启迪知识，盐可以打击腐败。我重复一次：这些男青年和女青年是而且也应该成为新祖国、人道主义、社会主义价值观，当然也包括正在委内瑞拉进行的体育革命的锻造者。

另外，借此机会我要回顾一下，周四上午面对在哥伦比亚美国利益的代表频频发出的诸多挑衅和攻击，为了尊严我们已没有其他选择，最后彻底断绝了同哥伦比亚政府的外交关系。作出这一决定我十分痛心。我相信玻利瓦尔哥伦比亚、有思考懂得爱的哥伦比亚、深深代表人民的哥伦比亚、拥有伟大知识分子和真正意义上的政治领导人的哥伦比亚，一定会感受到那些想要把哥伦比亚变成美国在委内瑞拉军事干预平台的人的强烈反对声音。

我们应该接收清楚的、准确无误的信号，在哥伦比亚新政府中存在一股真实的政治意愿，可以在没有欺骗的条件下重新开启对话，乌里韦毁掉了所有后路、拆掉了所有走过的桥，这一点他无可推卸。我们会等待。

II

我想向你提起一个人，我的读者同胞，他就是伟大的哥伦比亚历史学家因达莱西奥·利埃瓦诺·阿吉雷，他在其著作《玻利瓦尔主义和门罗主义》中这样写道：

> 从来也没有像19世纪上半叶的美洲那样，让美国的政治领导地位来得如此真实，并最终形成“分而治之”之势。美国对巩固或建立近邻同盟主体或全权代表大会的担忧是清晰可见的，因此向在西班牙美洲的外交人员发出指示，让他们不惜一切代价希望可以阻止和避免玻利瓦尔理想的实现。为此，他们使用了政治诋毁，而受害者是一个以毕生精力推动西班牙美洲的统一事业的人，他就是西蒙·玻利瓦尔。

今天，7月24日，当大家庆祝他的诞辰（同时也是马拉开波湖海战纪念日，又是我们玻利瓦尔海军节），我就止不住地想念这位解放者，思念他骨子里喷射出的火焰：在这些日子里大家已释放出了多少激情啊！

一方面，在哥伦比亚和委内瑞拉的派斯主义[1]和桑坦德尔主义[2]寡头遗留下来的东西中，有多少仇恨与私欲，又有多少卑鄙的嘲弄和无所事事的嫉妒。就好像玻利瓦尔的精神在他们本已溃烂的伤口上翻动一样，这些派斯的继承者、桑坦德尔继承者的追随者，带着不怀好意的愤怒、嘴里吐着泡泡卷土重来，顽固不化地反对近邻同盟以及玻利瓦尔主张的美洲统一；他们哪一个都不赞成，只是一味地诋毁我们的解放者，诋毁他所有的精神和荣誉；而玻利瓦尔只需用他的名字就可以使他们乱了阵脚。

但另一方面，有多少爱被释放，多少欢乐，又有多少一张张男男女女、少年儿童被照亮的脸庞，他们用刺在内心的针缝制了祖国的国旗。今天这面三色旗将会覆盖在玻利瓦尔的尸骨上，仿佛在说，他总是想要自己配得起这般待遇，而现在他的确值得这样，这是继续热爱着他的我们的人民和所有各国人民对他的祝福。

1783年，“就是在这一年西班牙国王卡洛斯四世，因家族协定同法国君主联合，迫使英国承认北美洲殖民地独立。而此时之后将西班牙殖民地夺回的人（玻

---

[1] 指何塞·安东尼奥·派斯（Jose Antonio Paiz）代表的考迪罗主义，他是委内瑞拉第一个考迪罗独裁者，1830～1847年任委内瑞拉独立后的首任总统。详见焦震衡：《列国志——委内瑞拉》，社会科学文献出版社2005年版，第64页。——译者注

[2] 指弗朗西斯科·德保拉·桑坦德（Francisco de Paula Santander），哥伦比亚独立运动领袖，新格拉纳达共和国总统（1832～1837）。曾是玻利瓦尔的得力助手，后因政治上的分歧与玻利瓦尔发生冲突，1828年被指控参与谋害玻利瓦尔。大哥伦比亚共和国瓦解后，当选总统。他的政治主张是建立联邦政府，实行自由改革。——译者注

利瓦尔）刚刚诞生”。这是费利佩·拉腊萨瓦尔在他的作品《西蒙·玻利瓦尔——解放者的生活与写作》中向我们精彩地讲述的。事实上，毫无疑问，玻利瓦尔出生于一种特定的历史背景下，在他身上被烙下了深深的印记：美国独立，工业革命，法国革命以及海地独立。

7月24日在国家公墓，我们为我们杰出的解放者献上国旗，自始至终，他都配得上这样的荣誉：这面国旗是人民创造的结晶；它出自人民的双手——特别是出自女人们的手，这里面满满的都是爱与崇拜。这是一面真实抒发人民集体情感、集体意识的国旗，玻利瓦尔主义已经变成我们的身份、我们的尊严以及我们决心斗争直至胜利的基石，直至取得我们最终的独立。

国家公墓从来也没有像2010年7月24日这样，它已被如此的爱国热情和人民的拥护所点亮。于是，我被深深地震动了。在人民的钟情之下，玻利瓦尔终于回来了，并如同他心中的圣火一样永存。

我要再一次回忆乌拉圭伟大思想家何塞·恩里克·罗多那篇有关我们国父的散文，其中不乏优美的语句：

> 伟大在于思想，伟大在于行动，伟大在于荣誉，伟大在于承受厄运，伟大在于把伟人灵魂中的不纯洁部分加以放大，伟大在于能够在被遗弃和死亡时应对伟大的悲剧性赎罪。许多情况下，人类的生活应该拥有更多完美的和谐、道德秩序或者更加纯粹的美学秩序；很少有人能够展示出如此持久的伟大与力量的特征；很少有人可以战胜这般暴力的帝国、获得对英雄的想象力的好感。

让我们继续沿着塑造伟大的道路前进。不要辜负我们的解放者，拿出我们最大的努力，每天都为了他的英雄气概、他的智慧和他的爱，把我们自己打造成一个伟大的民族。玻利瓦尔万岁!!

誓死捍卫社会主义祖国!

我们必胜!

2010年8月1日
56！

I

整整这个星期，我们都在积极地为和平而战斗。我们已经确定了一个最高目标：阻止哥伦比亚总统府纳里尼奥宫好战的疯狂，阻止乌里韦走狗政府在即将离任的时刻犯下最后的灾难性罪行：将本来亲如兄弟、信仰玻利瓦尔的两国人民拖入战争。

我们正在为哥伦比亚人民争取与我们为我国人民、为我们的美洲各国人民争取的同样权利：和平生活的权利。对此，智利伟大的抒情诗人维克多·哈拉以如此有力和美妙的声音吟唱了出来。

然而令人遗憾的是，那个不配居住纳里尼奥宫的房客[1]留下的糟糕的结果偏偏就是这个：将导致哥伦比亚经历60多年痛苦的历史演变进程的暴力进一步恶化。痛苦而悲剧性的演进在伟大的哥伦比亚思想家勒南·维加·坎托尔的这句话中作了总结："假设我们为每个在哥伦比亚近60年中死去的、遭受过拷打的和失踪的人默哀一分钟，那么我们必须连续两年保持沉默。"

这些思考有助于理解目前存在于委内瑞拉和哥伦比亚之间的问题的严重性，也有助于确立我们坚定的政治意愿。然而困境在于使用语言还是子弹，也就是说，在于坐到南美各国人民的对话桌前尽量促进和平呢，还是在区域内保持一种带有高度战争危险的对抗气氛。

---

[1] 指前总统乌里韦。——译者注

这不是19世纪的旧的歧视性论战，那时是文明和野蛮的对立。而现在，是另一种极端：政治上的明智和审慎与军国主义的非理性和暴力的对立。现在我们知道了，面对这样的选择，哥伦比亚政府在最近8年中是站在哪一边的。

仅仅证实高尚的哥伦比亚人民忍受的较高的暴力犯罪率还不够，这是国内危机的产物，乌里韦·贝莱斯政府要负全部责任；我们还可以通过一些方法，证实乌里韦在国际外交领域的代表的举止行为和言语的表达方式都带有黑帮的特点，更不要说充满谎言的内容了。毫无疑问，上述两个方面都产生于一个原因：他们把赌注押在持久的攻击和挑衅上，将其作为解决困扰哥伦比亚社会问题的国家战略。

哥伦比亚人民要明白，在我们玻利瓦尔的委内瑞拉没有工会人士遭暗杀，没有人流离失所，在全国各地都没有叛乱力量；我们没有准军事集团，没有重要的土地面积是用于毒品生产，没有美国的军事基地，也没有埋着尸体的万人坑。没有人可以忽略这些，因为这些都是定义哥伦比亚现实的要素。

委内瑞拉走的是一条完全不同的道路，尽管处于困难之中，还有待于我们去克服。现在我们正在向着一种更加公正、更加平等、更具包容性和平、遵守我国宪法精神和条文的社会迈进。

乌里韦的狂欢队伍随着北部传来的音乐节奏翩翩起舞，看得人真的很担心，然而除了担心之外，我们这些位于世界这一边的有尊严的主权国家，在任何方面都不能允许企图在哥伦比亚领土以外推行哥伦比亚计划的新的升级行为。我们不能忘记，这是由美帝国构思出来、由纳里尼奥宫谄媚奉行的计划。

在这种情况下，我们以耐心、紧张和艰苦的努力高举和平旗帜。这已成为我们当之无愧的尼古拉斯·马杜罗外长本周南美之行的目标，也是上周四我们出席在基多举行的南美洲国家联盟部长级会议时所提议的目标。值得一提的是，这次会议是委内瑞拉提议召开的。我们一如既往地出席了本次会议，旨在促进对话、理解与和平共处。

我们不要泄气，继续努力争取体面和互相尊重的关系，尽管在边界的另一边有人继续给我们设下埋伏。我们伟大的了不起的人民追随着我们，并在这些天开始动员起来支持革命。

使徒何塞·马蒂这样精简地说过："未来是属于和平的。"无可救药的是，哥伦比亚得到我们如此多的爱，却让我们所有人都感到痛心，我们所有人都必须为最终实现持久而可靠的和平，联合我们最坚定的意志。我们期望，哥伦比亚新政府能够明白，其他利益或愿望都不能如此地鼓舞我们。

今天我想重申一个已提出了一段时间的口号：让哥伦比亚的叛乱势力找寻通向和平的途径。我知道，这种途径是复杂而布满荆棘的，但也是值得的。这对维护哥伦比亚人民生命和尊严来讲，是一项功绩。

我要再一次引用作为灵感来源的解放者的语句："和平是我的港湾、我的荣耀、我的奖励、我的希望和我的幸福，是我在这个世界上最需要的东西。"

II

8月开始了，8月25日周三将正式启动竞选运动，目的是在9月26日举行议会选举。这是一次对玻利瓦尔革命影响深远、有决定性意义的政治斗争。胜利将完全取决于我们付出的努力，我们需要一场压倒多数的胜利，我们革命的命运和祖国的命运都在此一举。

同乌里韦·贝莱斯政府完全断绝外交关系这件事，让反对派又一次露出了本来面目，就是其一贯缺乏爱国主义情怀。委内瑞拉已经受到攻击，而其所有的发言人却通过媒体"阴沟"同侵犯者干着同样的勾当。除了新埃斯帕塔州州长莫雷尔·罗德里格斯和莱奥波尔多·普奇州长的表现值得称赞外，反对派已经表现出背叛祖国的一切准备。所以，对于这样的恶棍就该阻止他们参加国民大会，甚至应该在2010年9月26日那天将他们扫地出门。

目前我们正根据玻利瓦尔200突击队的指挥，布置"作战"力量：本周末，将会把委内瑞拉统一社会主义党的35 500个的巡逻队与大会的次数相统一，以便合理分配在每张投票桌的选民人数。

从战略部署的角度，每个巡逻队员须负责10名选民的工作：这种部署在2004

年8月15日取得圆满成功，把罢免性全民公投[1]变成为全民肯定性的全民公投。

8月2～14日将会展开全面的部署工作，将采取男对男、女对女的直接沟通动力模式。每个巡逻队员要尽自己最大能力进行普及观念的讲解工作：以充分的理由进行说服，导致每一个男女选民自己信服。

我发出新的号召，以最完美的团结面对这场决定性的战役：在委内瑞拉统一社会主义党内或党外，要抛弃任何形式上的差别，集中全部的智慧和力量夺取9月26日的胜利，取得人民立法实践的开局。

III

黄金一代又一次为委内瑞拉赢得了荣誉：上周四，我们打破了在中美洲及加勒比海地区运动会的历史夺金纪录。雷古洛·卡蒙娜在体操比赛的吊环项目中夺冠，使得我们在本次马亚圭斯[2]中美洲及加勒比海地区运动会上的金牌总数达到109枚，超过2002年在圣萨尔瓦多[3]中加比运动会上取得的108枚。

就此，委内瑞拉稳居金牌榜第二位。对于最后的方阵如何在本次运动会上画上圆满的句号，黄金一代也是争取独立200周年的一代，信心百倍；他们是继承玻利瓦尔伟大遗志的英雄儿女。

与此同时，随着比赛的进行，我度过了我的56岁生日。我要感谢这么多人给我发来祝福。然而在让我从心底震撼的雪崩似的美丽的贺词中，我要与大家分享几段我的玛利亚·博妮塔[4]的优美语句：

> 日子匆匆流过，带走一年又一年。
>
> 我们会不断前行，我们的心悸动不止，我们的眼眺望远方。
>
> 向前走啊向前走，永远地梦想着，也永远地斗争着，我们将继续赢得胜利。
>
> 我希望今天全宇宙的星星都为您闪亮，希望您继续完成您的时代

[1] 2004年8月15日委内瑞拉就总统查韦斯的去留举行了全民公投，结果59%的投票反对罢免，41%为赞成票，查韦斯获胜留任。——译者注

[2] 波多黎各西部港口城市。——译者注

[3] 萨尔瓦多首都。——译者注

[4] 查韦斯的大女儿。——译者注

使命，用您的爱和光芒照亮前行的路。

我，一如既往、自始至终都在这里、在那里、无处不在也无时不在地热爱您巨人般的灵魂。

哎哟，我的上帝！哎哟，我的女儿！哎哟，我的孩子们！

感谢如此多的爱……

感谢如此多的生命……

我要借用那位诗人的话：我承认，我活过！

有位女歌手这样唱道：

感谢生命给予了我这么多，

给了我笑容，也给了我泪水。

没错，你说得对，我的女儿：“我们将继续赢得胜利。”

我们一定会赢！

为了我们的儿女，我们一定要胜利！！

2010年8月8日
南美洲体系结构!

I

用玻利瓦尔的话来讲，南美洲解放的基石已经砌好。我们再也不会犹豫不决，因为那样只会让我们迷失自我。谁知道在未来时期，历史还会不会赋予我们另一个像现在这样的大好机会呢。

我们需要保卫好我们解放事业的宏伟大厦：现在我们正在搭建南美洲体系的结构。我们不会泄气，一分钟也不，我们也不会被帝国势力在全球主要战略地区的重新组合而吓倒。

我们不畏惧华盛顿的威胁。我们不是一个人，我要重申，我们的行为以及所有兄弟国家人民的行为，现在会以后也还会对集体负责。而这一集体责任是超出我们国界的，它让我们团结在我们共同构成的多样化伟大祖国的怀抱。我们明白不存在针对单个国家的解决方案：面对无穷无尽的问题，一个简单的错觉都会给全人类造成困扰。

正是因为这个道理，在上周于基多召开的南美洲国家联盟部长级会议上，世人就感受到了团结和我们的美洲的活力和精神，而之后在阿根廷圣胡安省举行的共同市场理事会第39次例会及南方共同市场（Mercosur）成员国和联系国首脑会议上，同样感受得到。此次峰会在本周末转移到加拉加斯这个叛逆的、自由意志的和玻利瓦尔的城市。

我无比高兴，因为我们伟大的战友、圣马丁光荣的儿子内斯托尔·基什内尔，以南美洲国家联盟秘书长的身份来到访委内瑞拉。我们一同考察了我们联盟的工作计划、各项任务以及运作情况，以求实现庇隆主义的不朽箴言：团结起来才能获得自由，永远也不要被分而治之。

何塞·马蒂的话是很有道理的，他这样说道：和平也有它自己的部队。所以，我们大家都是战士，我们同基什内尔一起组成这支光明的军队，为实现我们的美洲的最高幸福，现在和将来都永不停歇。

II

周五，在加拉加斯的玻利瓦尔广场，我同一直追随我们、鼓励我们的人民一起，迎接另一位多年的亲密战友：巴西联邦共和国总统，路易斯·伊纳西奥·卢拉·达·席尔瓦。我们同内斯托尔·基什内尔一起来到了黄色宫殿[1]——今年我们庆祝争取独立200周年伟大功绩的主要基地，同行的还有参加南美洲—非洲合作论坛（ASA）战略主席团工作会议的、来自非洲母亲和我们拉丁美洲的代表们。

历史深刻的渊源将非洲与美洲联结起来，而历史的紧迫性又赋予二者相同的打造另一个世界的使命。这已经不仅仅是可能的，而是有为拯救人类和地球上生命的绝对必要性。这就是我们的路：没有另一条道路可走。

让我们再一次回想，总是再一次地回想，玻利瓦尔召开的安戈斯图拉议会[2]，它告诉了我们履行诺言的准确方法，这是一句流淌于我们血管的、心系非洲母亲的诺言："要记住，我们的人民不是欧洲人，也不是北美人，与其说是欧洲的一种化身，不如说是非洲同拉丁美洲的组合体；甚至连西班牙本身都因其非洲血统、它的制度和性格，也不再算是欧洲国家。"

我们不要再指望另一边，等待着其他人的较量。看看美国通过的亚利桑那州法案吧，这简直是对人类的侮辱，或许可以说这是种族主义的、排外的、反移民的运动，这种运动已经在欧洲爆发。伟大的乌拉圭人何塞·赫尔瓦西奥·阿

[1] 位于加拉加斯玻利瓦尔广场对面，是委内瑞拉一处历史纪念性建筑，自1912年为委内瑞拉外交部所在地。——译者注

[2] 此会于1819年2月15日在安戈斯图拉（今玻利瓦尔市，位于委内瑞拉西南部）召开，会上玻利瓦尔发表著名的安戈斯图拉演说。会上他被选为委内瑞拉总统，并随即发动了新格拉纳达的战役。——译者注

蒂加斯这样说道：我们只能依靠我们自己。

接下来的活动，我们同卢拉一起来到位于观花宫的总统府，进行我们第八次季度会晤。卢拉说得很有道理，他说在这8年我们做的事情是过去5个世纪做的两倍甚至三倍还多。正如他提到的，就在不久前我们也认识到我们南美洲之间存在更广泛的共识，比所有我们能从北面得到的还多。

比如，仅仅这个周五，我们委内瑞拉玻利瓦尔共和国就同巴西联邦共和国签署了27项关于农业原材料一体化、住房建设、技术及电信方面的协定。这里我要引用一句巴西的也是我们拉丁美洲的伟大人物——埃尔德·卡马拉说过的话："如果梦想只是自己在梦想，那么它永远都只会是梦想；但如果我们能一同梦想，那么它就会变成事实。"

的确，回顾我们整个历史演变，我们有过梦想，也有过崇高的抱负、希望和伟大的计划。但却始终缺少使之成为现实的最重要的东西：就是相互承认我们是亲如兄弟的人民。而这就是在近8年中我们取得的令人欣慰和圆满的成果。

直到今天，我们才体会到埃尔德·卡马拉是多么的有道理：再穷苦的人也会有可以分享的东西，再富有的人也会有需要帮助的时候。我们相信这就是大国巴西与我们小而伟大的委内瑞拉再聚首的关键所在。作为巴西的领导人，卢拉甚至在他第一次担任总统之前，就已经流露出要巩固同我们关系的想法，比如在那段严重的石油大罢工的日子[1]。我永远都不会忘记玻利瓦尔说过的这句话：我崇尚友爱和感恩的情感，所以，如果与之相反，就会让我深恶痛绝。我们人民可以从这句话中汲取到营养。

谢谢你，我亲爱的朋友[2]。

III

我要向我们玻利瓦尔武装力量给出的斩钉截铁的回答致敬，向卡洛斯·马塔·菲戈罗阿将军个人致敬，最近他作为人民政权国防部部长对美国驻委内瑞

❶ 自2002年12月2日起，委内瑞拉反动派发起了长达两个多月的大罢工。详见徐世澄：《查韦斯传——从玻利瓦尔革命到"21世纪社会主义"》，第117页。——译者注

❷ 查韦斯是用葡萄牙语写下的这句话。——译者注

拉大使的声明作了回应。我不想赘述细节，因为一切都已表达清楚，他关于高尚的道德、尊严以及关系到我们每位战士和每位长官的国家荣辱都讲得很好。所以是拉里·帕默先生搞错了，而美帝国利用他的观点大肆攻击委内瑞拉，只能是又一次打错了如意算盘。他们忘记了最关键的一点：与过去不同的是，今天我们已经拥有了一支与人民团结的武装力量。这支人民武装力量，他们明白要让自己得到该有的尊重并且也知道如何让委内瑞拉得到尊重。

IV

当我正要完成这篇随笔的时候，获知我们的外交部长即将抵达波哥大，我记得本周六8月7日是博亚卡战役的周年纪念，那是新格拉纳达的解放战役，也是另外一场卡拉沃沃伟大战役的序幕战。

这一天同时也是哥伦比亚新政府上任的日子。在周日的中午时分、这篇随笔发表之时，我们的外交部长尼古拉斯一定正在同哥伦比亚新外长会面。

我们希望他能明白一点：如果委内瑞拉是得到尊重的，那么我们可以作一些细致的探讨；但如果委内瑞拉继续被无礼对待，那么任何新的、有利的进展都将是不可能的。

我要感召胡安·曼努尔·桑托斯总统，呼唤尊重，呼唤建设性的对话，呼唤思考，呼唤主权行为，呼唤忠实于我们兄弟的人民对和平、对进步、对建设“尽可能多的幸福”的热切渴望，191年之后，我们再次引用这句玻利瓦尔在博亚卡的小山上说过的话。

哥伦比亚万岁！

委内瑞拉万岁！

我们必胜！！

2010年8月15日
“应该继续发挥作用”

I

8月15日，周日，当现在这篇随笔发表的时候，我们应该正在纪念萨克罗山顶宣誓205周年。那个值得纪念的在罗马的1805年8月15日，正如奥古斯托·米哈雷斯说的，我们解放者诞生了。年轻的西蒙·玻利瓦尔，在他22岁时，有他的老师西蒙·罗德里格斯和他的亲密朋友费尔南德·罗德里格斯·德尔托罗作为见证人，在他们面前宣誓，并同他们一起，把自己的生命致力于我们的美洲的独立事业。

这一誓言是完全承担了一个最具深远影响的承诺。从这一点来讲，玻利瓦尔在1824年1月19日从秘鲁的帕蒂维尔卡写给西蒙·罗德里格斯的信实际上说的正是他自己。当他得知罗德里格斯身在哥伦比亚，他这样写道：

> 您还记得吗，当年我们共赴罗马萨克罗山，在那片神圣的土地宣誓，一定要解放我们的祖国。毫无疑问，您不会忘了那个让我们成为永恒的荣耀的一天。在那一天，可以这样说，一个先知性的誓言提前说出了我们不该有的同一个希望。

有人可能会问：是什么让那个青年要立下一个意义如此重大的誓言、选择了这样一个在当时没有任何可能真正使之实现的使命呢？而我要回答的是：对美洲的信念一直在呼唤解放、呼唤着可以管理自己。

让我们再次听听青年玻利瓦尔在那个8月15日说过的炽热话语，从中我们会有所启发进而再启发别人：“……对于解决让人类获得自由的大问题，似乎还没有被看清，而且对这一神秘未知数的求解尚未得到证实，但在新世界除外。”

现如今，要搞清楚人类如何获得自由的谜题意味着要坚持不懈地同所有剥削者、所有统治者和所有压迫者作斗争。因此，今天同以往任何时候相比，这一切只能在新世界得到证实，就像现在正在证实的那样：新世界就是我们的美洲，它就像是人类事业的化身。

作为那神圣誓言的保管人，我们再次向解放者宣誓：不实现我们最终的独立，我们的胳膊不会休息，我们的灵魂也不会放松，我们要打破所有应该打破的锁链，战胜所有应该战胜的帝国。

II

周日我们还会庆祝另一个历史性节日的六周年纪念：在2004年的8月15日，绝大多数的委内瑞拉人民以压倒性的气势，对帝国主义所有破坏我们玻利瓦尔革命的企图断然说“不”。

5 800 629票投给“不”，几乎占了全部选票的60%，于是那次的全民公决免去了二次投票，获得一次通过。

在那个荣誉之日的夜晚，当我得知选举结果后，我表达了产生于这次人民的伟大胜利的深刻信念：委内瑞拉永远地改变了。用这句话，我想把这个人民获胜的日子定义为彻底告别过去的历史时刻。

2004年8月15日会被后人所铭记，因为它被认为是对委内瑞拉人民为主角的参与式民主模式最终神圣化的日子，这要感谢我们的宪法。

一件不可否认的事实即被证实：世界上没有任何一个国家的选举，可以像在这里，西蒙·玻利瓦尔的故土，如此体现人民主权，它是自21世纪以来一直保持下来的。

III

8月10日，周二，为了一个由来已久的约定我们飞往圣马尔塔[1]。在这里有

[1] 位于哥伦比亚的马格达莱纳省。——译者注

一处神圣的处所——圣佩德罗·亚历杭德里诺乡间别墅[1]，哥伦比亚和委内瑞拉再次在玻利瓦尔面前相聚，共同谋求重启两国全面的和有执行力的兄弟关系，这是历史的指引，也是彼此互相的需要。我们进行了历时3个小时的直接而透明的对话，最后决定重新建立两国外交关系。至此证明了我们有能力达成一致，尽管我们之间还存在分歧，但只要有这样做的政治意愿就是可行的。

我要告诉你，我的读者同胞，从机场去圣佩德罗·亚历杭德里诺的路上，我又一次感受到深沉的哥伦比亚，我在如此多男男女女给予的数不尽的热情欢呼中，再一次感受到这一点。哥伦比亚人民的热情和洋溢出的情感，带着美丽与真实，为接下来的会晤作好了铺垫。而事实正是如此，同胡安·曼努尔·桑托斯总统的会面在宁静的思考和真挚的话语中最终取得成果，尽管边界两边还有许多人可能一直希望会见失败。

我们两国政府决定翻过那一页历史。但我们不是随随便便地翻过，我这样认为，因为重走和平、互相理解之路才是指引我们前进的最高目标。

需要强调的是这次圣马尔塔之约是明确宣告南美洲国家联盟的时刻到了：不少资料显示，存在某种有人已经密谋一场手足相残战争的可能性。另外要特别强调一点，我们所有人都该感谢和认可南美洲国家联盟秘书长内斯托尔·基什内尔同志，因为他有耐心、有毅力、调解工作切实有效。

IV

8月12日，周四是个悲伤的日子，说到这就有一行泪穿过了我的心房。真正的革命家路易斯·塔斯孔辞世的悲痛消息让我深受震动。尽管他在世时，我们存在切实的分歧，但我会以最深的情感永远缅怀这位伟大的同志，永远不会忘记他的正直与坚强。荣誉和荣耀都献给路易斯·塔斯孔吧！并对他的亲属表示深切的哀悼。

[1] 1830年12月17日，玻利瓦尔在这里阖然长逝。——译者注

V

8月13日，周五，一代伟人菲德尔·卡斯特罗总司令度过了他84岁的生日。因其再次出现在公众面前，今年的生日显得越发璀璨：菲德尔以重焕活力的精神面貌和一贯的革命热情出现，他智慧而宽厚的伟岸形象，已经成为我们人民欢欣鼓舞的深厚而强大的动力。

鉴于《菲德尔同志的思考》系列文章，已经被重新认定为我们时代最大的“瞭望台”之一。在最近几个星期，尤其是他说明性和预见性的言辞，就像马蒂喜欢的那样，让我们明白：如果美国和以色列不改变其践踏最尊贵的伊朗伊斯兰共和国主权的立场，那么现在他们在波斯湾玩的把戏，有可能会引发一场核灾难。

可以挨近菲德尔让我感到荣幸。我对他的感激和钦佩只可以我的情感相比。

VI

当我即将结束这篇随笔的时候，又得到了另一条令人悲痛的消息：阿尔韦托·穆列尔·罗哈斯将军离开了人世。

我以意志力坚强的叛逆者精神写下这段文字：“看看这些天都是些什么消息。现在我的将军穆列尔去世了。上千名号手吹响《卡拉沃沃起床号》，上千名鼓手凝重击鼓。”

我真心热爱他，就像爱自己的父亲那样，他会永远活在我的心中。

让我们把他作为为玻利瓦尔革命和社会主义国家不懈奋斗的楷模。

有位诗人说过：“应该继续发挥作用。”

所以，我们一定要继续下去。

我们必胜！

2010年8月22日
他们不会得逞！！

I

我们已经走上征途，朝着社会主义前进，没有任何东西和任何人能够让人民偏离自己选择的道路。所有在这些天做的事情和产生的积极结果都证明了这一点。

腐朽的委内瑞拉资产阶级盼望我们会在8月份陷入混乱之中。自从去年，他们就已开始策划，然而现在8月已经过去了大半，他们的企图还非常遥远：团结得像一个人一样的政府和人民的坚强意志，已经粉碎了委内瑞拉第五纵队[1]在帝国授意下企图实施的所有计划。

“我现在是并且继续是我……就让我独自同白昼一起。请允许我出生。”伟大的聂鲁达曾这样吟诵道。而我们的革命没有向任何人请求允许出生：我们这个有觉悟的民族在11年前强加给自己的“允许”是我们要做自己命运的主人。

我又要再次引用聂鲁达的话：“现在，如同往常一样，时间尚早，光线和着它的蜜蜂飞翔。”当然，对我们来说永远都不会太晚，时间总是还早，我们习惯于好像我们生活在从日出到又一个日出的时间里，这就是、也将永远是我们的主要防守，也是我们进攻中最具有压倒性的进攻。在这个意义上，那些习惯于生活在最后几小时中的人，是错误的并且还会继续对我们发起攻击。他们，为了其不正当的目的，除了发动肮脏的战争之外没有别的武器和方法，因为他们

[1] 第五纵队，泛指敌人派来的间谍或通敌的内奸。——译者注

意识到，由于没有道理，当然相信自己的召集能力越来越小。

因为我们是光明，直到今天我们已经捣毁了他们在黑暗中策划的所有阴谋。我们要记住玻利瓦尔说过的一句话："犯罪总是在无知的阴影下进行。"

首先，他们企图以银行业的小"危机"点燃"整片草原"，目的就是要裹挟更多的人；之后，趁我们遭受严重干旱之机，以启示录式的语言迫使我们宣布电力紧张状态，以抵消因古里大坝水位偏低造成的供电不足。接下来，他们试图浑水摸鱼，依据我们人民对一座码头上几只废弃集装箱的检举[1]，破坏国营连锁超市集团（Pdval）、食品市场公司（Mercal）和我们整个食品安全与主权体系。最近，在我们对联邦银行、证券交易所和经济投资证券交易所（Econoinvest）进行干预之后——由于所有这些私人实体的腐烂，这种干预是必要的——他们又试图将金融恐怖主义强加于我们。然而，他们一次次都失败了：我们轻而易举地经受住了每一次考验，事实证明，他们现在不能以后也还是不能与我们较量。

在国际上，委内瑞拉反对派及其媒体不停地火上浇油，试图把我们引向一场同哥伦比亚手足相残的战争。不过，他们没有得逞，16日，周一，哥伦比亚国会主席阿尔曼多·贝内代蒂访问我们更加确证了这一点。同样，还需强调20日周五由哥伦比亚外长玛利亚·安赫拉·奥尔古因率领的一队哥伦比亚高层代表团的来访：我要祝贺两国使节，在这一天，他们为制定两国关系全面恢复日程表，设立了专门工作组。自8月10日我们在圣马尔塔的总统级会晤之后所有发生的一切，让反革命多么头痛啊！在两国共同的政治意愿下，正在开启的尊重与信任之路多让他们头痛。

最近，反对派病态地转向了利用几十年来长期拖垮我国的安全问题来制造事端；对于这个问题，以往历届政府都没能解决，就像现在玻利瓦尔革命正在做的这些，都是为了拿出解决方案，找到问题的根源。还有一次，无祖国人士提起诉讼，控告"色情的新闻业"。一家传媒公司的老板承认，"推特"的确是一种传播色情的渠道："编辑这种图片的目的就是为了制造一种对人的冲击，为

[1] 指前文中（2010年6月6日的随笔）食品集装箱被弃置在卡贝略港以致腐烂的事件。——译者注

了以某种方式对现实予以回击”，这就是这位小人物对全世界作出的阐明。然而，律师们却说，这个部分只是他的自白，缺乏证据支持。这是比我们人民已经反对的媒体恐怖主义更甚的事件，我们的人民拒绝这样卑鄙无耻的行径，这分明揭示了委内瑞拉寡头思想的腐朽。

你们不要弄错了：这场骚乱还没有裁决，可以强加给有觉悟的人的东西非常有限。对一群已经习惯于止步于混乱前一步、两步甚至三步的人们来讲，是不会被从肮脏战争实验室散播出来的谎言恐吓住的。

II

在18日周三召开的部长委员会扩大会议上，我这样讲：在我看来，依据造福人类的挑战逻辑，我们正以不懈的努力进行工作，进入了向社会主义过渡的伟大工程的关键阶段，这也正是我多次提及的。

我们无意修正资本主义的错误、纠正它的不对称现象或者对它的脸部进行化妆：我们义不容辞的责任是对国家的整个经济社会体制进行结构性改造。这一改造从仍然受极端资本主义控制的领域中部分司法秩序开始。在这个意义上，我们要重新制定金融法律，如证券市场法，另外还有许多其他法律需要修改以便能够与时俱进。

我要重申，玻利瓦尔革命继续同腐败和资产阶级的腐朽作斗争。19日，周四，我们继续我们义不容辞的责任——为联邦银行曾经的储户和拉阿维莱尼亚（La Avileña）居民区受到牵连的居民主持公正。拉阿维莱尼亚区的情况尤为悲惨：211户家庭被联邦银行诈骗，他们不仅失去了存款，连同拥有一个家的希望都化为泡影。而我们面对的最大挑战是归还他们的存款以及他们失去了的快乐，而这都是一群躲在阴暗处、从未露面的黑手党造成的恶果，现如今他们却在迈阿密的某处享受着所有这些善良的人们的劳动果实。基于上述种种原因，我要致意于检察院向美国政府提出要求的决定，他们要求美国政府引渡这些犯罪分子，使之向我们的司法交代事实。

III

委内瑞拉进入第四届世界女子棒球锦标赛的半决赛。19日，周四，我们战胜了实力强大的美国队：这是第一次一支北美代表队在棒球比赛中输给一支来自拉丁美洲的队伍。周五，20日，我们痛失在本届锦标赛中的不败战绩，不敌日本队，但这只是一次小失误。在本周六，21日，我们身经百战的姑娘们将全力以赴迎战澳大利亚队，争夺22日周日决赛的入场券。加油，姑娘们，你们拥有足够的素质和信心进入决赛，甚至可以摘得冠军的桂冠！

黄金一代继续收获着他们的胜利。2010年在新加坡举办的第一届青少年奥林匹克运动会上，委内瑞拉游泳选手克里斯蒂安·奎特罗在本周一进行的比赛中，夺得男子200米自由泳银牌和男子400米自由泳铜牌。由此，他成为委内瑞拉历史上第一位在奥林匹克运动会上一举夺得两块不同材质奖牌的运动员。举重选手赫内西斯·罗德里格斯也获得了一块铜牌。

可以看出，在委内瑞拉正在进行一场真正而真实的体育革命。

IV

最后，21日，周六，我们来到了我记忆的震中——美丽的巴里纳斯[1]，宣布建立4 273个玻利瓦尔200巡逻队以及854个玻利瓦尔200战斗单位，这总共213 650名巡逻队员会负责整个这片广大的胡安·帕拉奥平原。

这伟大的红色机构，现已处于全面部署阶段，加入这场将会让人记忆深刻的战役。

所有真正热爱祖国的人们，你们最大的职责是为了实现9月26日的爱国主义目标，将你们所有人的力量汇集到一起，打倒企图掌握国民大会，进而破坏国家稳定、结束革命的可耻的第五纵队！

他们不会得逞！

誓死捍卫社会主义祖国！

我们必胜！

---

[1] 查韦斯出生地萨瓦内塔所属的州。——译者注

2010年8月29日
以胜利者的步伐！

I

上周在最后一部分的随笔中，我对来自反革命从不同侧面的攻击进行了思考，他们是以在国内制造混乱为9月大选编造遁词。尽管他们没能甚至今后也不能同我们较量，但他们和他们的外国主子却还是继续着相同的勾当：他们的初衷没有哪怕是一点点的改变。

值得注意的是，他们的诽谤和阴谋策略已经开始借助国际媒体平台。我提醒广大人民：他们拥有强大的工具，并且他们会将其利用到底，直至9月26日。

就在不久前的6月份，他们抛出了一部名为"查韦斯的监护人"的纪录片，这是由西班牙信息推广集团股份有限公司（Grupo Prisa）的有关人员制作。在这部纪录片里充斥着粗俗的谎言，目的是制造和传播一种舆论导向，宣传委内瑞拉是流亡国家。继在西班牙第四频道和美国有线电视新闻网西班牙语频道（CNN+）首映后，CNN+随即将其调整至黄金时段播放，除此之外，还在其后安排了几个专栏节目。最后，他们还将它放上了YouTube网站，并在24小时内转载了45 530次。这成为一次真正的具专业级别的、实力极其强大的国家间冲突战，他们这样做的目的无非是想让世人相信玻利瓦尔政府是非法的、是恐怖主义的。

上周末，他们继续这一攻击套路，CNN+将一则关于我们委内瑞拉航空工业和空中服务集团（Conviasa）的航线和它飞往大马士革和德黑兰航班的报道，多次反复播报。此外，他们还播报了一条虚假新闻：在中东没有海关检查，于是那些可疑分子可以离境，飞抵我国为我们筹划恐怖行动；委内瑞拉是伊斯兰阿拉伯人进入拉丁美洲的最佳通道；从迈克蒂亚出发的飞机是为伊朗工厂运输所需的铀，并且数量不明。

尽管这段伪造的报道最近才刚刚出现，但在一个名叫“Painkiller”的网站上，这一杜撰的雏形在8月3日就已经开始传播。在这篇题为“真主党和玉米饼：伊斯兰恐怖主义在委内瑞拉”的文章中，记录了一次波哥大日报《时代报》对以色列外交部负责拉美和加勒比海事务的总司长多里特·沙维特进行的访问，他在采访中污蔑我国对“恐怖组织”提供所谓的支持。该篇文章与一则在意大利报纸*La Stampa*（《每日邮报》）上刊登的消息遥相呼应，它报道称：

> ……加拉加斯至德黑兰的航班一直被用来向叙利亚运输军事装备和核技术，他们躲过了所有联合国的管控；作为交换，加拉加斯会得到战时武器装备和情报支持。此外，也有其他媒体报道，委内瑞拉方面正在给阿拉伯公民发放该国护照，方便他们更容易地出入委内瑞拉。

各位都看一看吧，我的同胞们，看看都是从何处放出的冷箭，看看国际上对我们的攻击有多么凶险。

好像这些对我们厚颜无耻的指责和中伤还不够多，上周一《纽约时报》扔出又一颗炸弹，明显是在附和之前破坏国内稳定的私人媒体以委内瑞拉安全形势差为理由大做文章。一位被称为西蒙·罗梅洛的先生，似乎是《纽约时报》在我国的通讯员，他甚至交出一篇题为“委内瑞拉比伊拉克更危险”的稿子。究竟是什么样的头脑会将我们同伊拉克失控的暴力冲突局势作比较，伊拉克的局面是一场种族灭绝式的入侵造成的，在那里，幸存者的恸哭无法、也永远不可能安慰他们的悲痛；而我们国家的安全问题是个结构性问题，是因以往遗留给我们政府的极端不平等造成的，而今天我们正以最大的坚定和严谨的态度以及预防性和非镇压的手段解决它。很明显，无法指望某些低级的新闻界具备最起码的客观公正，他们只会一味追求那种趣味低级和耸人听闻的报道。

考虑到大选月临近，我总结一下，对那些企图看到委内瑞拉再次拜倒在美帝国主义秩序下的利益集团在近期采取的行动，我们必须要把握好分寸。反革命势力不仅仅存在于国内，他们也游荡在他们可触及的四周，瞄准的就是9月的大选。

II

8月26日，周四，我们参加了在特蕾莎·卡雷尼奥剧院举行的一场盛大毕业典礼：委内瑞拉迎来了一批新的外科医生，总共189名，有男有女，这是一个由拉丁美洲医学院和罗慕洛·加列哥斯大学协议承办的项目，他们在古巴毕业，学位在委内瑞拉认证；另外还有86名综合全科医学专业的来自委内瑞拉和拉美其他地区的医生，以及95名获得拉美认可学历的外科医生，总共这370名健康和生命的捍卫者，构成了一支代表委内瑞拉为人类事业奋战的、友爱和团结的光明卫队。

这些男孩、女孩人道主义的和革命的巨大热情感染了我：他们无比高兴，因为他们现在可以正式开始实践和传播综合社区医学。我知道，用玻利瓦尔的话就是，他们将会耐心而持久地工作，这样医学社会化的力量之源才能在全国各地不断地巩固和深化。“51医疗队”[1]的优秀榜样为他们标出一条可以沿袭的路，以及引申出来的、对革命古巴必需的感激和钦佩。

我在周四出席活动的时候强调了加速“深入贫民区计划之三和之四”的必要性。加速已有医院的升级并建设新的我们所需的专科医院：再小的耽搁都是不能容忍的，因为这关系到我们人民的健康。那么现在，我的读者同胞，可以肯定的是，我们在这10年做的事情跟我们将在未来10年、20年做的相比，依然是非常渺小的。

III

8月27日，周五，我们完成了第五次向“纪念200周年社会主义生产基金”注资：签署了7项旨在建立合资企业、继续协助和支持委内瑞拉真正企业家的协

[1] 由在古巴拉丁美洲医学院毕业的委内瑞拉医生组成的医疗队。——译者注

议。借助该基金，我们已经投资20.37亿玻利瓦尔用于资助234个社会性生产项目，用以满足人民的基本需要。这是发挥集体的力量——为了我们大家都能生活得更好而共同努力。

IV

8月25日，周三，竞选活动正式启动：意味着一次影响深远、至关重要的政治斗争的开始，它关系着9月26日玻利瓦尔革命的成败。我们要不惜一切代价，阻止反对派企图将国民大会变成扰乱和破坏革命动力的地方。与之相反，革命性地维护国民大会是要一种新的法律制度，正如现在做的那样，以保障社会主义规划的延续性；这也是为了开辟人民行使立法权的道路。

我们需要一次清楚明了、无可争议的胜利，因为，我再重复一次，这关系着我们革命以及国家的命运，而这也会成为委内瑞拉统一社会主义党以及所有革命力量的试金石。

动员和组织起来的人民能量强大，现已遍布各个角落：由200万名爱国志士组成的军事力量现已分布于87个投票站。目前，我们在数量上的优势应该转化为在整个选举过程中最强的政治效力和最高的革命质量：我们必须巩固坚定的革命选票，特别是要赢得那些目前仍怀有疑虑或仍不相信走社会主义委内瑞拉道路种种好处的人们的信赖。我想强调一个对巡逻队员们来说至关重要的任务：要以才智和毅力，将过去投弃权票、非反革命的选民重新争取到我们的阵营。

我要仿造苏克雷元帅的话：9月26日广泛的人民胜利将取决于今后每天我们所做出的努力。我确信我们将获得胜利。

巡逻队员们：冲啊！以胜利者的步伐前进！

2010年9月5日
橡树和萨满树

I

“你的芬芳自你的心房而升/就像光线从大地照至樱树的冠顶/肌肤之上我抑制你的心跳/我发觉光波徐徐上升”，伟大的聂鲁达在他的诗《她的香气颂歌》中这样唱给他的爱人。

这些天我又一次感受到祖国——你再次腾起的“芬芳”，在品味你的孩子、女人和男人掀起的浪潮。这声势浩大的浪潮犹如东方发出的光束和一直期待的日出之光。因为，我认得这种“芬芳”，我敢于以最强烈的信念这样说：面向2012年，街头巷尾玻利瓦尔革命掀起的飓风让人感受到来自2012年的风潮。到目前为止我们嗅到的是9月26日的气息，但是自那里就可以嗅到2012年以及永远的2000年的气息。是人民走上了街头，这是革命的新动力、新力量、新精神、新胜利和新视野。

这种被释放的力量就是我在8月30日周一穿行于涌向“1月23日战斗街区”各条街道的人潮时所感受到的。在那里，我们参观了“泥瓦匠胡安社会主义生态建筑公司”，“蜂房2021”白糖包装厂和混合有机种植；我们还同集体企业“阿莱克西斯·比韦”一起探讨了有待发展的项目计划。由此，我们展示了一种已在委内瑞拉实行的新型理政模式，它概括起来是以马蒂的“做是说的最好方式”为模型。我们正在从最基础开始建设社会主义，有谁怀疑？

31日，周二，当我们来到身经百战的安蒂马诺（Antimamo）教区时，一大股奔放的人流陪伴我们参观了“社会主义胜利”公社，在那里我们考察了生产性果蔬园、公社银行、纪念200周年供应点和一个信息中心。从名称就可以看出，所有这些都关乎教育、人民经济、食品主权和技术革命，而这些都是在玻利瓦尔社会主义建设的指引之下开展的。

一句题外话：社会各界已经开始思考和探讨一部城镇农业法案。人民立法者表示他们将会于9月26日取得通过。

在马拉凯，31日，周二的下午我们将几份新的城镇土地所有权交到了马拉凯贫民窟的一批家庭手中，此外又交给全体在职人员和乡民一批又好又漂亮又便宜的汽车，实现了“各尽所能，按需分配”的社会主义原则。我们绕着我热爱的马拉凯街道，感受当地人民迸发出来的热情，之后便加入在埃尔利盟举行的阿拉瓜州委内瑞拉统一社会主义党巡逻队员大会当中。

我的读者同胞们：我们必须要进行一场令人钦佩的战役，并获得令人钦佩的胜利：全体都该以9月26日为荣。我们不能高估自己也不要过于低估对手，他们是委内瑞拉政治史上最臭名昭著势力的代表。我们应该继续巩固我们的国家机器、完善我们的战略战术。

9月2日，周四，位于苏利亚州卡纳达乌达内塔市的苏利亚第四快速反应热电厂正式落成。列宁有句话是这样说的：“社会主义就是把所有权力给人民，包括电能。”而这就是我们正在为之努力的，同时我们也将继续粉碎反对派阴谋制造委内瑞拉供电困难的持久战，他们故意无视我们已经开始的减轻古里水库的负荷，无视这家新的具有1.5亿瓦特功率的苏利亚第四热电厂，加上截至8月底我们已取得的14.52亿瓦特，到本月末我们将大大超出8亿瓦特的计划目标。疯狂的诬陷是苍白的，是不会阻止我们的。苏利亚人民证实了这一点，他们雷鸣般地涌向街头，列成强大的、热情的、飓风般的革命队伍迎接我们。事实上，圣弗朗西斯科和马拉开波是在那个溢满苏利亚玻利瓦尔主义爱国情怀的下午被撼动的。

我用聂鲁达的话说：“在九月起舞/用祖国的双脚起舞/在九月高歌/用穷苦人的声音高歌。”

II

纯净的真相是说服他人最好的方法，玻利瓦尔在1829年这样说道。“威廉·拉腊捣毁行动”在这句话中找到自己最稳固的支持源泉，以事实真相瓦解这个国家的反对派只会依赖谎言所做的一切：操纵、媒体恐怖主义和肮脏战争。

当然，无祖国人士打出 “要自由还是共产主义”的竞选口号引起了我的高度关注。他们真应该扔掉一些政治理论的小读本，诚实地去发现在国家当前的政治环境下这样的两分法是不存在的。然而，他们顽固不化：我们猜想这就是他们的主子让他们不厌其烦地重复的谬论。

这点说明了什么呢？反对派的政客们依然是被同样一把固定点主义❶的剪刀割离开来：作为政客就等于要做一个十足的大骗子。他们不学习，不思索。他们只愿意继续那同一种行为。所以，他们不明白为什么人民会在1998年及其以后都将之抛弃。我想，他们永远也不会明白这一点。

他们没能明白一条基本的政治信条，即要求介于手段和目的之间的临界权衡。他们想要取得国民大会席位，不惜以欺骗作为战略手段。我要告诉你们，这里人民的觉悟在不断提高。他们在修宪时曾使用过的播种恐怖的手法，不会再有任何用处。

这些政治人物采取这一欺骗性的态度，无关紧要：他们有权坚持自己的战略，而他们的战略就是政治的实施从欺骗开始。事实上很可惜，有些有知识和了解情况的人无非是这些微不足道的小政客的皮条客。

他们是如此顽固以至于只想将选民圈进一个虚假的死胡同：只要不是自由市场的民主和私有制，也就是说，一切脱离那种逻辑的，他们都把它称为共产主义。

让无祖国的反对派感到恐惧的是，以人民为主角和参与建设国家命运的宪法原则，是不符合他们利益的。让我们回顾一下他们面对我们《大宪章》的表现，再看一看从1999年否定旧宪法到2002年将其完全废除的这段时间。到了今

---

❶ 1958年佩雷斯•希门尼斯军事独裁政府被推翻后，3个委内瑞拉政党（委内瑞拉共产党被排除在外）为保障刚刚取得的民主果实，在同年12月大选前签署的共同承诺——固定点体系，即所有政党都能平等参与胜选政党的政府内阁。前总统卡洛斯•安德烈斯•佩雷斯（1974～1979年和1989～1993年）是该主义的代表。http://es.wikipedia.org/wiki/Pacto_de_Punto_Fijo。——译者注

天，他们不得不违心地接受它，内心却极其虚伪。

他们从来没有考虑过要赋予人民充分的权力。与之相反，每次他们提出某个治理理念，都在强调权力的代表地位，就像这11年以来从来没存在过一样。他们不能容忍一种参与式的和人民作为主角的民主：人民政权让他们害怕。

III

光荣的委内瑞拉军事学院，玻利瓦尔革命的摇篮，在周五9月3日以一场美丽而壮观的庆祝仪式欢度成立200周年纪念日，在庆祝仪式上爱国主义的圣火、玻利瓦尔的圣火照亮了一切。作为军人的我，似乎又变回一名一直保留在内心深处的军校学员：他的纯粹我还记得，而且将会永远记得。

埃拉克利托这样说过：一个人的性格决定他的命运。如果我们思考一下委内瑞拉军队的精神形成于何处，一直以来又是对什么负责，那么我们就会知道到目前为止我们的命运是什么，以及今后我们的命运应该是什么。

今天，我们的母校不仅重申密切联系科学的原本含义（如数学紧随其后），而且还与时俱进地发展成为玻利瓦尔军事大学。我们迎接挑战，通过教学、研究和推广，加速在科技领域的必要变革，增强军事专业的价值含量，以革命的意义全面培养杰出的公民：为社会主义祖国努力奋斗；能够不惜牺牲自己、实现自我的超越，就像伟大的法国思想家西蒙娜·韦尔说的那样。

入夜，我们在新建的武装庭院高唱那曲39年来早已溶入我们血液的《委内瑞拉军事学院赞歌》作为结束：

> 如果今天我们还是棵棵稚嫩的小树，
> 那么我们就该迅速地寻求橡树、萨满树的坚强。
> 为承载一个如此令人惊愕的负载象征，
> 需要巨人般的肩膀和胳膊。

从这里，我们出发，无论是人民中的军校学员，还是军校学员里的人民，只要大家在一起，我们就是橡树，我们就是萨满树。

让我们以巨人的臂膀撑起我们的社会主义祖国。

我们必胜！

2010年9月12日
威廉万岁！

在这个糟糕的时刻，内心该是有多难过！为忠诚而真切地表达深深的悲恸之情，写下这些文字又有多难！我念着你的名字，威廉，一行眼泪穿过我的灵魂，你在我的记忆中永存。这行泪包含着你所有亲人的泪水，包含着委内瑞拉统一社会主义党中同志们的泪水，也包含着全体人民的泪水。

祖国上上下下在悲伤中醒来，并为此降半旗。所有悖论中的最大悖论又一次袭击我们：威廉的离去是为了永远播种在我们中间，播种在他无比热爱的瓜里科[1]土地上。引用玻利瓦尔的话，威廉永远活跃在为争取社会最大幸福而每日战斗的光明的地平线上；正是通过这样的战斗，他让我们看清了他坚定的精神态度：清晰而严谨的承诺造就了他的尊严和勇气。

我们之中失去了一位迈向社会主义委内瑞拉道路的伟大锻造者，失去了一位玻利瓦尔革命和委内瑞拉统一社会主义党的优秀干部：一位模范的爱国者，也是一位卓越的瓜里科人。在躯体上，他是离开了我们，但他不是真的离开：你永远不会离开我们，我的战友、我的同志；你会继续在我们中间、与我们一起锻造社会主义的、自由的祖国，为此你已经不懈地以最无私的慷慨进行了斗争。

我念着你的名字，威廉，我要提到忠诚：你的忠诚经历了一次又一次的考验，特别是在2002年4月显得格外高大。我听到这位国民大会主席那平静而高傲的声音，他不承认存在专制：他的表态是冒着一切风险的，坚持自己的立场，坚定而且不屈不挠。带着感激与赞许，我想再次拥抱你，就像在那个光荣的4月13

[1] 威廉·拉腊于2008年当选瓜里科州州长。——译者注

日、人民和人民真正的战士夺取胜利之后，我们在14日的黎明中相拥[1]；那个光明而永恒的征程将永远闪现着你的身影。

当一代伟人逝世，其身后留下的是纯粹的清澈，这让我们想起使徒马蒂。今天，我们试图理解那种盲目的感情冲动，却还是要向委内瑞拉人民强调：威廉·拉腊被认为是马蒂最杰出的儿女之一。在他身上可以看到，战斗的激情、服务的天职和为穷人事业的奉献精神，这些使我们感到荣耀并永远感到荣耀。

即便你们当中有谁想成为第一个为所有人服务的公仆，这位上帝的儿子也不会接受服务，他只会去服务他人、为拯救更多的人付出生命，而这正是福音书教诲我们的。我知道，瓜里科人民将其视为自己的儿子，身心皆是，下面这些文字正好说明了这一点：威廉·拉腊在担任瓜里科州州长期间，以奉献和正直服务于每一位男女老少的瓜里科人民。威廉，人民的儿子，他不是为了受到服务而来，而是为了拯救多数人付出一切甚至生命而来的。从今以后，这片土地历史的书写会以这位州长作为范例，他前所未有地坚决与庄园主对峙，他全身心地奉献于以服从于人民的方式行使管理权。

还有那么长的路要与你为伴，此时此刻我就要念你的名字，威廉，因为我知道你会继续为了你所热爱的人民发挥作用。在那里，在那无边无际的平原，留有你整洁、发光的遗产，这也同样留在了整个委内瑞拉。以你为荣将是我们所有革命者的永恒承诺。

永远活下去!!

我们必胜!!

[1] 2002年4月11日委内瑞拉反对派联合部分军人开始发动反对查韦斯政府的政变，12日下午卡莫纳宣誓就职临时过渡政府总统，13日晚亲查韦斯部队重新占领总统府，威廉· 拉腊宣誓就任临时总统，并于14日凌晨将查韦斯救出，迎回总统府。详见徐世澄：《查韦斯传——从玻利瓦尔革命到“21世纪社会主义”》，人民出版社2011年版，第95页。——译者注

2010年9月19日

威廉·拉腊行动!

我亲爱的同志们，今天已经是9月19日，周日，我们已经进入“令人钦佩的战役”的最后阶段：这是向9月26日议会选举的最后攻势!

那一天,我们将采取“威廉·拉腊系列行动”,目的是完成最后的必要工作,哪怕是那些最小的细节。

17日，周五，我们同国家和州选举指挥部以及选区指挥部召开会议，进行最后的协调工作。中午时分，为保证革命的伟大胜利，我下达了“威廉·拉腊系列行动命令”。

“威廉·拉腊系列行动命令”的第一部分或者说第一段落，我们称之为“选举形势”。这一部分有两个小单元：“总体形势”和“具体形势”。

对于“总体形势”大家都很了解，但是还须归纳出它的主要特点。帝国主义势力依然致力于恢复对委内瑞拉的统治，使我们的祖国重新沦为美国佬的殖民地。在其走狗和第五纵队的协助下，他们一次又一次地发起进攻，企图占领国民大会，继而阻碍、拖延、削弱政府和玻利瓦尔革命，在目前的总统任期结束之前或2012年12月份的大选来临以前，通过各种途径进行破坏活动。

这样一来，他们就可以伺机阻止委内瑞拉向社会主义迈进，重新恢复世界资本主义和亲美资产阶级对委内瑞拉的统治。

“具体形势”也该得到广泛介绍，以便我们每个革命者都能在每个地区、每个州、每个选区、每个投票站、每张投票桌和每个玻利瓦尔200巡逻队的特殊情境下准确定位。

在战术层面上，应该将战略的总体形势引向具体形势，以获得必要的装备，为我们所有人提供适当的视角，让我们能够将自己定位于我们真实行走在时间与空间的坐标之间，尽管在这场战役中我们的位置并不起眼。

事实上，我的读者同胞，我们在进行的是一场在时间的坐标轴上会影响几个世纪的战役；而在空间的坐标轴上，是会影响各个大陆的战役。

“威廉·拉腊系列行动命令”的第二部分叫做“使命”，它需要回答以下几个问题：谁？什么事？什么时间？什么地方？为了什么？我们来看一看：

> 委内瑞拉统一社会主义党是委内瑞拉人民的强大先锋队，同其他党派及玻利瓦尔革命的社会力量联合起来，以其释放的全部潜能向2010年9月26日（也就是要从9月26日周日早6点起）发起一轮全国范围内、从南到北、从东到西分布于87个投票站的有力进攻，力图夺取大多数州和选区的选举胜利，只有这样才能在委内瑞拉玻利瓦尔共和国的国民大会中保证一个新生的革命领导权，这里说的领导权是指在国民大会中，革命派可以控制不少于2/3的席位，这是为了保证我们委内瑞拉向社会主义和平民主过渡的延续性，这种生活方式会将救世主基督的信条和西蒙·玻利瓦尔计划的崇高目标付诸现实。

接下来要进行的是第三部分：“实施”。这里详细说明如何开展行动。正常来讲，它应该被分成各个步骤或阶段，正如昨天我在会议上同所有指挥部讲的那样，我们要将“威廉·拉腊系列行动”的“实施”部分分为4个阶段。让我们逐一来看。

第一阶段是从上午6点到中午12点，这一阶段要集中力量出击：冲啊！不断地进攻啊！

第二阶段是从中午12点到下午4点：所向披靡！

第三阶段是从下午4点到全部投票结束：中速前进！

第四阶段直至奋斗到取得并巩固伟大的胜利：打好保卫战！

接下来应该是第四部分“后勤”了。拿破仑·波拿巴这样说过：“部队是行走在肚子上的。”这一部分需要非常详细地预见到一切。

最后，在第五部分应该说明指挥部的全部细节以及公告的内容，这对保证控制和跟踪系列行动、保持进攻速度和确保革命胜利是至关重要的方面。

我向所有巡逻队和玻利瓦尔200战斗单位的指挥部、向所有选区指挥部、向所有州选举指挥部及向玻利瓦尔200全国指挥部号召，从现在起各自拟定自己的“威廉·拉腊系列行动命令”，根据以下的格式和逻辑：

（1）形势；

（2）使命；

（3）实施；

（4）后勤；

（5）指挥部及公告。

同志们，所有这些还要加上强烈的爱国激情，是这团神圣的烈火把我们带到这里、从这里引导我们……

它还会继续引导我们。

进行一场又一场战斗，取得一次又一次胜利！

所以，让我们为了我们子孙的未来竭尽全力……

我们必胜！

2010年10月2日
你好，祖国，千万次向您敬礼！啊，我的祖国！

I

光荣属于勇敢的厄瓜多尔人民！光荣属于厄瓜多尔令人骄傲的战士们，属于玻利瓦尔、苏克雷、曼努埃拉和埃洛伊·阿尔法罗的儿女们！光荣属于勇敢的拉斐尔·科雷亚总统！

你好，祖国，千万次向您敬礼！啊，我的祖国！
光荣属于你！你的胸怀洋溢着
欢乐与和平，你容光焕发的脸，
看起来比太阳还要光彩夺目。

这是厄瓜多尔国歌中反映的民族价值观与自豪感，它在很早就向我们预言了9月30日（周四）暴徒们会攻击厄瓜多尔人民、攻击得到所有解放者光辉典范启示的武装起来的人民。

我必须承认厄瓜多尔人民在粉碎寡头和帝国主义企图破坏我们实现自由的决心方面打破了我们的纪录：在不到12小时的时间里，厄瓜多尔人民只身以英雄般的勇气，击溃了政变分子，书写了一页我们当代历史上最美丽的篇章。然而，尽管这是多么地让人高兴、让人骄傲，我们也不该忘记这次华盛顿策划的、已被挫败了的危险尝试，不仅仅是试图颠覆科雷亚政府，它的目的还在于打击美洲玻利瓦尔联盟和南美洲国家联盟。

有必要直呼其名地点出事件的真相：在厄瓜多尔发生的一切是一次针对已经被人民一次又一次认可并合乎宪法的政府的未遂政变。谁能相信一群警察暴徒的加薪要求呢？毫无疑问，这是另一些势力、另一些隐藏的利益在作怪，他们继续在阴暗处进行反对公民革命的勾当。经过初期的幕后策划之后，厄瓜多尔媒体随即开始它的肮脏行为，这些都得到了其遍布世界党羽的公开支持。比如，美国有线电视新闻网（CNN）在9月30日称这是一次“符合宪法精神”的政变。

毫无疑问，脚本往往会重复，与2002年发生在我身上的情节[1]如出一辙，拉斐尔·科雷亚总统也成为遭绑架的总统。据科雷亚自己回忆，当A计划即政变计划失败后，立即启动了B计划即暗杀行动。感谢上帝，感谢玻利瓦尔精神，他们这一险恶用心没能得逞。

我可以完全负责任地讲：华盛顿已将鼓动各国政变的老本领搬了出来，目的就是打击那些不服从它的政府。美帝国很清楚，走选举道路，它的卫星力量和杂牌力量必将连连失败。

南美洲国家联盟又一次证明了它不仅仅只是一个政治象征：它知道，面对目前厄瓜多尔的危难局面，需要采取同2008年9月玻利维亚酝酿政变夭折时的政治意愿和决定相同的行动。我们南美洲国家联盟各个国家的总统于9月30日晚齐聚布宜诺斯艾利斯，为科雷亚政府提供全力支持，这是给右翼分子一个清晰的信号，法西斯政变主义在南美洲是没有活路的。

我想以委内瑞拉人民歌唱家阿里·普利梅拉的一首歌，回顾厄瓜多尔和拉丁美洲寡头的叛徒劣根，正是这一劣根断送了拉丁美洲亚伯[2]的性命：

然而在贝鲁埃戈斯山区的一天
他被潜伏的叛徒瞄准
我们到现在还没有报仇
但是人民一直在奔走追索那首歌

❶ 指2002年4月11日委内瑞拉反对派联合部分军人发动的针对查韦斯政府的政变。——译者注

❷ 指解放者安东尼奥·何塞·苏克雷，被玻利瓦尔授予“阿亚库乔大元帅”称号，1830年在他前往基多准备说服分裂主义者的途中，被埋伏在贝鲁埃戈斯山区的帕斯托附近的政敌暗杀，时年35岁。——译者注

那首带向胜利的歌

正如变成三色[1]的美丽蝴蝶

这是那首将9月30日带向胜利、变成美丽的厄瓜多尔三色蝴蝶的歌。我们的钦佩全部致以拉斐尔·科雷亚那体现其生命的原则性勇气，致以他的坚定、不屈服于压迫和讹诈，致以他脱险后能清楚地讲明绝不允许有罪者以任何形式逃避法律制裁。

一段小小的歌谣从古吟到今，从加拉加斯一直吟到布宜诺斯艾利斯：

警惕呀，警惕，

曼努埃拉、苏克雷和玻利瓦尔，

为了拉丁美洲

你们走路都要小心呀!!

II

长了眼睛的就可以看到，长了耳朵的就可以听到，26日周日是一次最具民主性质的证明，它不仅仅证明了我所领导的政府，还证明了我们的玻利瓦尔共和国。

66.45%的登记选民在一些议会选举中表达了自己的观点和意愿（强调一下，这在我们的历史上是第一次），这是对我们坚固的民主体制最强有力的证明；同时它也是对我们所处的独裁世界里持续的媒体战的最好反击。说到这里，还有一点，我们选举机构本身就是一个自治独立的权力机构，因此我想说它不会附属于或依赖其他权力机构。

那么现在，选举过程和选举结果不仅让我们能够驱散困惑和那些所谓的“场景”，而且还要面对21世纪的这第二个十年国家的政治前景，在其框架内已经开始发展玻利瓦尔革命的第三个周期（2009～2019年）。

实际上，不能只局限于最好的“场景”或最坏的“场景”。革命的旗帜已占领高地，但却没能取得2/3的优势。这一点，我们必须以深刻的自我批评加以评估。

---

[1] 指厄瓜多尔的三色国旗。——译者注

另一方面，反革命派没能（他们形形色色的领导者还大肆宣扬）取代人民成为国民大会的最大赢家。对此，应该说他们将会付出高昂的代价。只需注意一下他们“胜利”后的胡言乱语，那很像在那个可悲的、臭名昭著的2002年4月12日，他们进入观花宫阿亚库乔大厅举行“巫婆的安息日”。

所以，我们应该回顾过去的一切（Revisar）、纠正错误（Rectificar）并重新发起进攻（Relanzar）——当然这项“3R政策”的现在提法是“3R的平方”，社会主义革命会继续前行。我们取得了一次新的胜利。这一胜利势在必得！

绝不会同资产阶级妥协、绝不会放弃革命。

我们会以情况允许的节奏和速度继续前进、继续建设社会主义，因为我们明白它需要主客观条件的共同作用。

然而，我希望大家要明白的是：任何事、任何人也不能阻止民主的玻利瓦尔社会主义革命！

在我们开展批评与自我批评时，有一点需要特别重视：在我们整个选举运动过程中，可以证实存在召集的庞大数字与转化为实际票数的差距。这就要求我们要对至关重要的2012年大选战的战略部署作出更多的调整。

那么现在，我的读者同胞，让我们看一看厄瓜多尔，它就是我们的一块明镜：右翼势力利用他们在国民大会的席位，目的只在煽动破坏稳定。而这在我国是已被事实证明了的，反对派试图给人们以他们才是主要力量的印象，而且媒体也在这样宣传。反革命议员不为新法律效力，更不会为委内瑞拉效力，他们喊道：“为了推翻查韦斯，来吧！”他们的野心就是彻底终结玻利瓦尔革命。我要对反革命们讲，要是他们允许的话，我想劝告他们：你们不要再次犯错误，高估自己的实力却低估我们的实力。如果这样，你们的代价可能会无比的高昂。最好还是学一学伴着玻利瓦尔竖琴的节拍跳霍罗波舞[1]。

同时，我要对所有的革命者说：

坚决有力地贯彻“3R政策”，但现在是“3R的平方”政策。它的应用要富有深度，因为这对我们取得2012年总统大选的压倒性胜利是至关重要的，同时

[1] 委内瑞拉的一种民间舞蹈。——译者注

对州长和市长选举也是同样重要的。现在的公式就是3R的平方了！我们需要的是将其求解……

同样地，我们还需要开展一次内部的关于竞选中我们旗帜问题的广泛讨论：属于人民的国民大会！从保证政治效能和革命质量的角度，这一点应该作为我们的训诫和我们的实践。人民行使立法者职能的时刻到来了。

III

本周四我通过推特了解到，我们已经加速了受波及家庭的搬迁工作，这是源自爱与团结的最高感召力，以求帮助那些急需救济的人。大雨还在继续，天气预报也没有任何宽慰人心的消息，所以我们还需保持警惕，采取预防措施，着手转移最危险地带的群众，同时要求得以保持同社区的联络和直接的沟通，因为他们是我们目前最好的照明灯。

IV

明天是10月4日，星期一，新的学年（2010～2011年）即将开始。解放者说得好："就叫它社会学校吧。"

从明天起，新的学年就将开始，让我们继续把整个祖国当成一所学校，让我们描绘一间间人民的教室。让我们所有人都行动起来：学生、教育工作者、父母亲和监护人、劳动者和公众。大家都要加油。革命时期的每一个学年，都该被看成一次为实现我们最终的独立而进行的战斗。

学生们、教育工作者们、父亲们、母亲们以及所有人，让我们借用玻利瓦尔的话：

> 各个民族都在以相同的步伐走向强大，这就是教育。如果教育得到发展，民族就能腾飞；教育如果倒退，那么民族也会退步。如果教育被腐化或完全被抛弃，那么这个民族也会衰落直至沉没在黑暗之中。

誓死捍卫社会主义祖国！

我们必胜！！

2010年10月10日
农业祖国！

Ⅰ

整个这个星期都以新学年（2010～2011年）的开始为标志：这个星期是继续和深化教育革命进程的一周。

我们的解放者说过："政府的首要任务是要让人民接受教育。"在进行玻利瓦尔革命的这11年中，普及教育一直是政府的首要职责，这在我们当代历史上是绝无仅有的：这一首要职责我们必须严格遵守，它的形成取决于新的社会模式和新的生活方式，没有剥削、没有支配也没有任何的异化。这就是我们正在走的路，任何东西、任何人都不能让我们离开这条道路。

我们已经恢复了作为一个教育者国家的全面效能：这是我们不可委派、不可转让于他人的责任。整个教育模式已被历史、文化、政治及社会确定下来，我们正是从这一原则出发：因为不存在中立的或非时间性的教育模式。

在向社会主义过渡的进程中，我们的教育模式必须要面向建立一种新的主观意识：新一代公民有能力充分发掘作为人类的全部潜能，从而塑造他/她的灵魂、思想和内心世界，对此，玻利瓦尔和罗德里格斯这样说："这是为了自由、为了公正、为了强大，也是为了能够更加美好。"于是这就成了一项真真切切的、影响深远的人类学根本计划，并已逐渐成为解放的实践和自由的力量。

如果说到数字的话，这里有一组数据正好说明这一点：到目前为止，我们有近1 000万委内瑞拉人在接受正规教育，这一数字还不包括社会计划[1]中接受教育的人。其准确的数字是共有970万同胞分布在从初级教育到高等教育的各个阶段。目前，委内瑞拉已成为世界上最大的课堂。这是同过去的历史性的彻底决裂：11年前，我们的入学率还总是徘徊在世界水平的最后几名。

有一项成就我很高兴提起，就是现在委内瑞拉的大学入学率在世界上排名第五位，共有210万在校生。经过11年的革命，在我们大陆上只有古巴排在我们前面。

11年前在委内瑞拉共有16.9万名教师：这一可怜的数字揭示了国家公共教育被放弃和无情地走向私有化。今天，我们共拥有58.4万名教育工作者，然而我们的目标是达到100万名：我们将通过"全国教师培训计划"实现这一目标。

让我们看看另一组鲜明的数字：刚刚开始革命时，"学校食品方案"（PAE）只能使11.9万名学生受益，而如今有超过400万的儿童和青年从中受益，增长率超过3000%！这是只有革命才能做到的。

我可以继续给出数据、列举成绩，但受篇幅所限。我要强调一项迫切需要，继续以通信和信息化战略推动"3R的平方"甚至"立方"政策，以便突出所有我们在教育领域已经做到的事情，并为正在做的事情制订计划：我们要充分发挥我们的创造力，以使这些数字和成绩成为我们的人民共同的和共享的真理。

II

我想概述一下本周我所出席的4所学校的落成典礼：4日周一，乘着本学年开始之际，我们举行了位于波图格萨州阿劳雷的"佩德罗·阿莱纳斯·玻利瓦尔"玻利瓦尔生态学中学的落成典礼，以及位于拉腊州卡布达莱的"埃克托尔·罗哈斯·梅萨"玻利瓦尔国家教育单位的落成仪式；6日周三，我们出席了位于科赫德斯州蒂纳基约的"2月4日"大学村开幕式；8日周五，在纪念"英雄的游击队员——格瓦拉"永垂不朽的日子，我们缅怀这位革命战士，我们参加了"缪

[1] 自2003年起，查韦斯实施了一系列被其称之为"Mision"的社会计划，其中涉及教育的有"罗宾逊计划"（扫盲，使之达到小学水平），"里瓦斯计划"（使之完成中学课程）和"苏克雷计划"（使之接受高等教育）。详见徐世澄：《查韦斯传——从玻利瓦尔革命到"21世纪社会主义"》，人民出版社2011年版，第163页。——译者注

勒·罗哈斯将军”玻利瓦尔生态学中学的揭幕仪式，它位于美丽的、也是“坚实的迪乌纳”[1]所在的加拉加斯巴耶区。这四所学校无论在概念上还是实现形式上都是模范的基础设施，带有深刻的社会主义、人文主义和革命意义。

关于这些新落成的学校，有必要进行一些总结。

我想说“埃克托尔·罗哈斯·梅萨”给我留下了难忘的记忆：我看到那么多小朋友收到属于自己的计算机“卡奈马”时的喜悦，并了解到他们现在拥有了在家中就可接受教育的基本工具。周一我们会交付首批的1.9万台计算机，无偿发放给本学年的24.3万名一年级的小学生和52.5万名二年级的小学生，我们的目标是：每一名小学生都能拥有自己的“卡奈马”。我们正不断消灭排斥，保证每个儿童都能获取这种新技术。

另外，我认为生态农业的学习机制是最重要的，这种机制是要在玻利瓦尔生态中学和学校进行相关的培养。选择生态农业就是选择人类的未来、选择拯救地球；就是与资本主义对生态的破坏划清界限，重新掌握印第安农业的农艺知识、加深对其的热爱。

我不能忽视，我们必须在全国加速建设大学村的需要：到明年之前我们还要再建成7个大学村，现在我们正在修复19处，但这一数字还是很保守，我不太赞同。大学市有化[2]进程不能耽搁，更不能停滞。

最后的一点感怀：在这个星期我见到了委内瑞拉男孩、女孩、男青年和女青年，这是多么兴奋而鼓舞人心的经历啊。他们是复兴祖国的时空：是美好祖国的时空。一个人回归到这群青少年当中重新做回学生，记起了学生时代的点滴在他身上留下的痕迹，这里面充满希望、几乎触及未来。同时，这个人也再次坚定了信念，没有什么比我们少年儿童的教育更重要、更关键的事了：这是对所有我们的儿女的教育。

[1] 委内瑞拉的一块综合性军事基地，里面包括司令部、军营、军事医院、军事学院、护士学校，等等。——译者注

[2] 这是由2003年“苏克雷计划”推动的高等教育市有化进程，即归地方市所有、归市管理，目的是加强高等教育的区域化和当地化，避免有排除的现象发生。——译者注

III

我要高声而清楚地说：祖国不可侵犯的利益高于一切。我想引述一句马蒂写于1873年的话："国家是各种利益的共同体，是各种传统的统一体，也是各种目标以及最'美满'、令人安慰的爱与希望相融合的统一体。"我们希望并且已经决定要使这句话产生活力。

对于上周日我们作出的关于征用阿格罗伊斯列尼亚（Agroisleña）农业跨国公司[1]的决定，我作出这样必要的反应，是因为一些部门总是热衷于以不正当的政治动机来歪曲这一措施。

人民能够意识到一直以来我们为实现土地分配的公正性以及为夺取粮食主权而付出的巨大努力。正因为如此，我们必须不惜一切代价阻止垄断寡头阿格罗伊斯列尼亚农业公司继续以价格和抬高贷款利息的手段敲诈我们的农民，以及强加给我们的跨国公司土壤毒化和生态破坏计划，这种破坏腐蚀了我们的土质，生产的农产品对环境造成很大的影响。所以我们认为这家公司是资本主义全部变态的典型例证。

有几次，有人建议他们有必要与政府推行的计划协调一致，但是这些提议并没有被理会。我们是为了国家的利益，对其进行征用的。

阿格罗伊斯列尼亚农业公司的国有化将会为粮食价格的下降和随之而来的通货膨胀率的降低、土壤的生态维护作出巨大贡献。

委内瑞拉顶尖的生态农业专家米盖尔·安赫尔·努涅斯清楚地指出：阿格罗伊斯列尼亚农业公司有大量的社会债务、劳工债务和环境债务。在事实和道理上，为将之国有化我们已经开始清偿对委内瑞拉农村的历史欠债。

在这里我要向阿格罗伊斯列尼亚农业公司的全体员工表示，政府会在我们的法律下对大家的稳定就业和享受所有的利益保障负责，正如一直以来我们都是负责任的政府。我们要依靠你们获得公司的发展和产生更高的红利服务于劳动人民。

阿格罗伊斯列尼亚农业公司现在是公共资产，是国家资产，所以我们给了

---

[1] 一家有50多年历史的西班牙跨国公司。——译者注

它一个准确的新名称：农业祖国（国家农业公司）。

大庄园主们，你们要知道，这家一直以来让你们“受益匪浅”的垄断寡头垮台了：现在是加速农业革命的时候了。

让我们引用萨莫拉将军的一句话：“土地和自由人。”

我们必胜！

2010年10月24日
“你的光芒与芬芳撒在我的皮肤上……”*

I

这些天我都在进行新一轮的外国出访，日前，我视它具有高度的战略意义。我们完成了一次大范围的旅行，它忠实反映了我们的地缘政治眼光。旅程还在继续，我想对这次我认为真正重要的出访进行一些思考。

II

我建议你们，我的读者同胞，让我们追溯到1999年：11年前，玻利瓦尔革命深知将要面临重重挑战，为了民族的最高利益，它采用了一种大胆的对外政策战略，即从根本上改变游戏规则：我们希望同全世界而不是它的一部分建立联系。从一开始，我们就明白，就像伟大的巴勒斯坦思想家爱德华·赛义德所说：“发展关系是生存之道。”

事实上，那个时期是我们学习如何靠我们自己的双脚在国际舞台上行走的时期。不要忘记，那时的我们还没有自己的主权外交政策：我们的外交政策是由华盛顿方面制定出来的。

今天我们可以完全肯定地说，我们终于有了一套令人安慰的外交政策：一些国际关系得到巩固和多样化，因为一个享有完全充分的政治独立并在国际舞

* 歌曲《委内瑞拉》中的一句歌词。——译者注

台上拥有自己声音的国家本该如此。我们是一个真实和真正的主权政府，无论对内对外我们都会作出自己的决定。

这次国际巡访重新鲜明地证实了委内瑞拉的存在。今天我们发展关系已不再仅仅是为了生存：我们已经过渡到可以进攻的程度，我们发展对外关系为了加速帝国主义强权的覆灭并确保一个均衡、和平的世界闪耀出现。

埃及伟大的国务活动家贾迈勒·阿卜杜勒·纳赛尔这样说过：今天，我们已充分认清了我们在世界上所处的位置和我们处在的区位因素所赋予我们的使命。当初，在我们还是美国佬的石油殖民地时，我们不能提升集体观念、认清区位因素，更不用说要完成这一使命了。

III

本次国际巡访主要有两个轴心：能源合作和建设多极新世界。这两个轴心是同我们的视野与实践紧密联系的。

我们巩固了同俄罗斯、白俄罗斯、伊朗、叙利亚、利比亚及葡萄牙的战略同盟。同样地，我们也已经迈出了同乌克兰友好的第一步。

在这次出访中，我们签署了大量协议，这每一项背后都体现着要使所有委内瑞拉人都能有尊严地生活的坚定承诺，以及一种在世界范围内相互理解、相互帮助的新模式。

我很确定，一个全新的世界已然诞生：现在的地缘政治版图同20世纪90年代或21世纪初的已经完全不同。

确定无疑，单极世界已经不复存在。我们的任务就是加快促进一个崭新世界的完全诞生：一个多极的并在政治、经济、社会、文化、军事和地缘政治方面都均衡的世界。而这就是我们富有远见的国父西蒙·玻利瓦尔一直谈及的世界：这是一个永远也不会陷入战争与分歧的旋涡之中的平衡的世界。

要敦促一个国际新秩序：一个能够突出各国人民真正利益的秩序，而不是依据资本程度给予绝对的优越。如果将资本优先作为国际收支的可靠基础，那么那些有权势的资本家将会继续吞噬国家经济。

我们现在高歌多极世界胜利诞生，还为时尚早：经济、金融、粮食和能源方面的情况还非常严峻。让我们回顾一下切·格瓦拉提出的指路明灯："我们应该在混乱到来前想好一两步。"委内瑞拉在逐渐做到这一点：我们在这次当代混乱的全球资本主义危机之前走好了三步。在欧洲、在美国、在世界许多地区，人们都在忍受资本主义混乱带来的可怕后果。但是，那些新的实权者一贯隐瞒事实：跨国媒体是资本主义的仆人，为了维护资本主义，可能的不可能的都会去做。

关于这一点有一组数据是相当可怕的：地球上共有60亿人口，却有超过10亿的人忍受着饥饿。这是人类历史上第一次饥饿人口的数量超过10亿。这就是最野蛮的资本主义混乱的规模。

双手应该放在胸前，而不是口袋里，然后扪心自问：继续将这种混乱和灾难合法化的意义何在？从经济实力的宝座上，强权者们在一个多世纪的时间里傲慢地对待我们：效仿我们吧、执行我们的命令吧！这就是以另一种方式告诉我们：你们应该感到满意，你们加入无法阻挡的人民的贫困化和无法停止的地球毁灭之中吧。

在目前的条件下，已经全球化的是资本的再生战略，同时还有畸变的文化模式，能够保证必要的从属地位进而保证罪恶的资本主义模式继续存在。换句话说，这就是贫穷与苦难的全球化。我们反对那些跨国媒体将我们描绘成不法分子和威胁世界稳定的不良分子。正因为如此，他们越是攻击我，我越是要去德黑兰、明斯克和大马士革，我要以此证明我们是而且以后也一直是自由的。这是一种真正意义的自由，比如，在俄罗斯的支持下，我们能以和平为目的发展核能。

IV

今天，当代地缘政治正在被迅速地重新定义，而我们是该动力的一部分。在不放弃小地区范围的情况下，我们正在扩展并深化同一些国家的联系，这些国家与我们有着共同的、坚决抵抗帝国主义霸权的政治意愿。这是在相同道德观引导下的共同实践，它应该克服旧的领土意识，从不同的侧面，埋葬当今世界体系被当成唯一的可能推销给我们。

很明显，帝国主义统治世界已经是完全不可能的了：它必然是要走下坡路的。然而，另一个事实也很明确，他们依然会在一段时间内是我们最大的威胁：我们要以最坚实的堡垒巩固我们同其他民族的战略联盟，就如同这次国际巡访，是最大限度地提高我们的反应能力。

玻利瓦尔说过，为了取得人类事业、人类世界、人类祖国的胜利，需要加倍的努力和正确的领导。

作为结束，怀着最强烈的民族自豪感，我要说，同11年前比起来，今天的世界俨然变成了另外一个，而为此我们已经作出了贡献：世界多极化已经开始真实地清晰起来。追忆着国父玻利瓦尔，让我们开始庆祝我们的伟大成就：这位远见卓识的伟人没有弄错，他将眼光定格在未来的世纪，看到委内瑞拉成为世界的中心。

当这篇随笔发表之时，我们应该正在越过大西洋，飞回我们亲爱的祖国。

我们向南飞，一路高歌："你的光芒与芬芳撒在我的皮肤上……海浪激起的浪花在我的血液里激荡，而在我的眼中映衬着你的地平线。"我们终将胜利！

2010年10月31日
永远的内斯托尔！加油，克里斯蒂娜！

I

“先生们，我不太习惯于哭泣，当有事情发生，人们向我哭诉，泣下沾襟。我不希望因为我的悲伤，致使泪流成河，但也要保持一分钟的默哀。”这出自那首感人的诗篇《维克多·巴莱拉·莫拉的宣言》，今天当苦痛将我四分五裂，它便成了一次忏悔。

这一忏悔抒发了我灵魂和内心深处无尽的悲伤，当我收到伟大的内斯托尔·基什内尔——我的战友、我的朋友、我的兄弟不幸辞世的消息，我悲痛不已。

10月28日，是这么些年我们往返委内瑞拉与阿根廷，第一次带着加勒比海和奥里诺科河的眼泪抵达布宜诺斯艾利斯，阿根廷人民痛失了一位公正勇敢的战士，这其中的巨大悲痛我们完全感同身受，甚至连一分钟、一秒钟的默哀也不能保持。

II

如何评价内斯托尔的一生，我想要强调那本由伟大的阿根廷作家爱德华多·马列亚撰写的著作《一段阿根廷的激情岁月》。这里所说的就是内斯托尔：他对祖国和人民，特别是对穷人和社会边缘人的事业充满模范的激情。这是真正的庇隆主义激情。

阿根廷的现代史可以划分为内斯托尔[1]前和内斯托尔后。正如阿根廷女作家桑德拉·卢索所说，这一前一后是由得胜而归和引以为豪的国家大计定义的。他落实了一种全社会再政治化的动力，特别是对青年的政治觉悟培养，现在已初显成效。

我将他称为“复活者”，并且我相信这并不是夸张。经受了新自由主义漫漫长夜摧残的阿根廷，在这位“复活者”的领导下，犹如一名集体意义的巨人拉撒路[2]站立起来。这样一个来自广阔土地的男人，应其人民的强烈呼声登上历史舞台，立志使这个璀璨的集体传奇成为可能。

2003年，阿根廷终于有了一份真正的、实实在在的国家计划：终于拥有了自己的经济政策，可称之为一个有尊严的国家。这是这么多年来第一次实现社会运动与一届政府在玫瑰宫[3]展开对话与合作机制。

同样地，还应该突出他结束有罪者逍遥法外现象的勇气：在他执政阶段，人权最为活跃，他是最坚决的人权保卫者。

伟大的阿根廷诗人、记者胡安·赫尔曼说得多么有道理：“他做什么都毫无畏惧，是近几十年来少有的国家领导人。他就是那个我们一直需要的人。”

不是内斯托尔当上阿根廷共和国总统，是阿根廷人民源于大地的力量和这个伟大国家的广袤历史，在那个时间和地点为我们带来的总统。

怎么能不追忆那一年？2003年，首先卢拉当选总统，接着是内斯托尔在大选中获胜，结束了我们在南美洲一直以来的孤独境地。在挫败了两次政变之后，玻利瓦尔革命已不再是孤军奋战：人民的力量塑造着时代的变迁。

III

“我不能也不愿意放弃等待，等待我们能够会面的那一天，我们间的第一个拥抱将会化解多少现实存在的困难呀，也将是两国联盟的保证，没有什么障碍

---

❶ 内斯托尔· 基什内尔，2003～2007年任阿根廷总统，是现任阿根廷总统克里斯蒂娜的丈夫。——译者注

❷ 拉撒路，是基督教《圣经· 约翰福音》中的人物，他死后4日耶稣使其复活。出自孙义桢：《新时代西汉大词典》，商务印书馆2008年版。——译者注

❸ 玫瑰宫为阿根廷总统府。——译者注

是绝对无法克服的。”这是1822年3月3日解放者何塞·圣马丁写给国父玻利瓦尔的信。没过几个月，我们的解放者们就在瓜亚基尔热情相拥了。

这第一次不朽的拥抱随着时间和距离的变迁已渐渐模糊：他们真应该穿越这180年，让我们这些圣马丁和玻利瓦尔的子孙后代可以再次彼此拥抱，重新开启面向最终的独立之路；他们应该穿越这180年，让我们的子民建立起一个战略联盟并继续深化下去。

加拉加斯—布宜诺斯艾利斯的漫漫长路已不复存在：现在，这条路已幸福地敞开，我们同内斯托尔一起走在这条路上，如同灯塔指引着前进的方向。

IV

我说过内斯托尔的一生是一段阿根廷激情的历史，也是一段南美洲、拉丁美洲的激情历史。他是一体化的锻造者、是统一体的建设者。由于他的政治领导，阿根廷得以重新与南美洲以及整个拉丁美洲相聚。

怎么能忘记在第四届马德普拉塔美洲峰会上，关于摈弃北美自由贸易区（ALCA）的问题上，他所发挥的出色主导作用。内斯托尔·基什内尔扮演的东道主角色对决定我们大陆的未来走向是至关重要的。

自马德普拉塔美洲峰会之后，一切都在改变，到了今天，帝国主义想把它的日程表再强加给我们已是相当困难，不会再像过去那样，北边音乐声一起来，我们各国政府就要理所当然地闻歌起舞。

我们多么需要他政治的英明神武来担当南美洲国家联盟秘书长的职务：内斯托尔是一位杰出的联盟秘书长；是在适当的时间和地点，可以引领南美洲国家联盟的制度巩固进程的最佳人选。

只要想到他是帮助重建哥伦比亚和委内瑞拉外交关系最好的调解员就够了；只要想到9月30日在发生反对科雷亚总统的未遂政变当晚，他在布宜诺斯艾利斯召开南美洲国家联盟会议，为表达基本而果断的立场所做的努力就够了；只要想到他在最后的日子，为动员向遭受霍乱的海地人民提供物质帮助而不知疲倦地奔走就够了。

V

内斯托尔给阿根廷留下了什么遗产呢？我看到一个为尊严而斗争的民族变成了一条滚滚向前的大河，流向布宜诺斯艾利斯，流向里奥加列戈斯[1]，向这位为他们赢回尊严的人表达敬意。这条人群的大河里有“五月广场”[2]的母亲和外婆们、学生、工人、农民，以及矿工和衣衫褴褛的人。这条河里也凝聚着马尔维纳斯群岛失踪的无名英雄，有克拉里多政策[3]的牺牲者以及新自由主义的掠夺。总之，这条大河涵盖了阿根廷的全部。

内斯托尔为我们留下了克里斯蒂娜。正如阿根廷思想家何塞·帕布罗·费因曼所说，这是他留下的最美好的遗产，她对同样的事业富有激情和奉献精神。我看到，她将痛苦深埋心底，微笑着感谢一直陪伴其左右的人民，我不会再重复，“克里斯蒂娜会更加强大”：她已经变得如同她的祖国阿根廷那般宽广，像数以百万计鼓励她、支持她的面庞那般充满无限深情，她将这些都存在心底，那放在胸前握紧的拳头已说明一切。

“永远的内斯托尔！加油，克里斯蒂娜！”这是无论走到何处，都在重复着的口号；这是一国充满感激与骄傲的人民对爱的斗争性表达；这是在向他们表达对阿根廷许下的坚定承诺的敬意，首先是对内斯托尔，现在是克里斯蒂娜，因为阿根廷从此永远地改变了。

VI

今天周日，巴西人民将书写又一页历史的新篇章。当太阳从亚马孙平原落下，当星星开始照亮阿布莱·利玛的辽阔大地，支持又一位伟大战友卢拉的人民群众，将选出另一位将带领巴西迈向新目标的爱国女性领袖。

是的，从今天起迪尔玛将成为女总统。欢迎你，同志！

---

[1] 内斯托尔出生于该城。——译者注

[2] 1976年靠军事政变上台的魏地拉军人独裁统治，在国内制造了30 000名“失踪者”的白色恐怖，大批左翼人士和进步青年失踪。1977年4月30日，14个母亲出现在五月广场的玫瑰宫前，询问她们失踪儿女们的下落，要求军政府对此作出解释。——译者注

[3] 这是2001年12月由费尔南德·德拉鲁阿政府（1999年12月～2001年12月）在阿根廷推行的限制自由使用定期存款现金、活期账户及储蓄的政策。http://es.wikipedia.org/wiki/Corralito。——译者注

玻利瓦尔早就说过："南美洲伟大的日子还没有到来。"

两个世纪过去了。我们伟大的日子就在这里。它已经来到。我们已经抵达。就要胜利。

我们必胜！

内斯托尔·基什内尔万岁！！

2010年11月7日
“不要让我们脱离正轨”

I

11月2日，周二，我们在玻利瓦尔加拉加斯欢迎胡安·曼努尔·桑托斯总统的到来。这一天是哥伦比亚同委内瑞拉的又一次兄弟会晤的日子；是继8月10日在圣马尔塔的圣佩德罗·亚历杭德里诺乡间别墅重新开启对话后的再次相聚，那次会面是以回归到解放者为我们指明的道路上来为最终目标：这是一条团结两个有着如此多的共同历史、密不可分的兄弟国家的光明大道。

当这位哥伦比亚总统抵达委内瑞拉后，我们一同前往国家公墓向我们的解放者敬献哀思、向西蒙·玻利瓦尔称之为我们永恒的相聚时刻致敬。在玻利瓦尔身上，在他美好的现存遗志里面，我们都发现了哥伦比亚人和委内瑞拉人的身影：我们感到也知道我们是一家人。

我们完成一个紧凑而富有成效的工作日程，对在圣马尔塔首脑级会议上确立的工作任务大家都付出了大量努力，这次我们对它的完成情况进行了认真而仔细的总结。如果说这是一次已经落实的立足于两国人民福利的全面合作新机制，我认为并不夸张。

请允许我插入一个必要的题外话：能在这样短的时间里，找到平息一直威胁着两国人民的冲突的出路，我们是亏欠了伟大战友内斯托尔·基什内尔多少啊。我们无比尊敬地怀念他！

这天的工作日程还包括签署了4项颇具规模的协议，下面我来一一列举：落实建立一个两国经济生产委员会；落实建立一个旅游业领域的哥伦比亚—委内瑞拉部长级委员会；落实打击世界毒品问题的合作承诺；落实在塔奇拉州拉斯第安迪塔斯地区（委内瑞拉）合作建设连接两国大桥的承诺，并预计将于2012年初竣工。

我想要强调，签署的这一系列协议是为建设一个强大的关系体系而迈出的第一步，这种关系体系基于相互的尊重、信任、真诚以及共同的利益。

我要突出的是，在这第二次会面之后，桑托斯总统和我在一个非常具体的方面达成了坚定不移的共同政治意愿：我们坚信任何人、任何事都不能让我们偏离原来的航向；我们坚信任何狂风、任何事件、任何挑衅者、任何针对我们本身的外部因素都不能使我们偏离正轨。

但是，相信很快会有机会对我们进行检验，偏离正轨的操作正在进行中，在这里，在那里，甚至在更远。

桑托斯总统：但愿不要让我们脱离正轨！

我们已经开始引导两国的关系进入正轨，我们已经以另一种方式承认、尊重我们之间的分歧并打开新的视野，成功地翻过了那一页。我们两国总统决定的每季度召开一次例会，是很有必要的。对于我们已经取得的一切，我们都该以最大的热情倍加珍惜：我们不能给那些企图在我们之间制造矛盾的人以可乘之机。希望不会有任何外部力量能够破坏我们兄弟般、和平的和富有成果的共存。

当完成11月2日一天的幸福行程，我不禁想起了我们的解放者在1827年说过的一席感人至深的话，因为对我们来说这席话中包含着一个巨大的挑战和一个同样强烈的、对承诺的呼唤："我剩下的日子不多了；我生命的2/3都已经过去；就让我在父母家等待那漆黑的死亡吧。但是，我的佩剑和我的心将永远属于大哥伦比亚，而我最后的奄奄气息也将是为了她的幸福。"

要知道，当时玻利瓦尔所指的大哥伦比亚是包括今天的哥伦比亚和委内瑞拉地区，还有厄瓜多尔和巴拿马。所以，我们是一个国家，也就是说，我们应该认真领会伟人最后的临终话语，据此采取相应的行动，实现大哥伦比亚现在和将来的幸福。

II

上周日，在《你好，总统》节目中，我们向全国宣布征用6处住宅区，另外临时占用8处。数以千计的家庭，特别是来自中产阶级的家庭，已经从中受益，这实际上是一次真正的公正行为。

我们已经决定（我们的决定是无情的）消灭房地产诈骗的有组织犯罪形式：不会再有任何一个阶层对着售房广告牌驻足观望。这些名副其实的黑社会在光天化日之下作案，耗尽了成千上万名委内瑞拉中产阶级的积蓄。

但不要说是我们在打击个人的主观能动性和占有私有财产：我们正在做的是制止敲诈和欺骗行为。我问自己：利用消费者物价指数对年轻夫妇和在职人员的非法收费是发挥个人主动性的表现吗？媒体阴沟如此关心的行使拥有私有财产的权利，行使这种权利就可以让楼房建设陷于瘫痪、就可以系统地盗窃那些相信自己就要实现拥有自己住房梦想和希望的人吗？

欺诈和不公平合同的时期已经结束了：这里有一个政府，愿意保护所有遭遇白领小贼敲诈的受害者的权益；愿意补偿给我们的同胞那些属于他们的和已经让他们花费那么多精力、做出那么多牺牲的东西；他们拥有了自己的产权，我们才能绝对地放心。

我们现在需要以5年前我们废除恶意的指数信贷和不正当的“滚球式收费”时一样的精力和解决方式采取行动：要记住《抵押债务人保护法》这一解放工具。据此，我想请求国民大会，以最大的努力尽快通过《房地产市场法》，以便让我能够回应集体的呐喊。这是一项刻不容缓的法案。

我不得不向你们发出一声呼唤，委内瑞拉中产阶级的同胞们：我们的政府正出面捍卫你们的合法利益。感受一下，你们是受到玻利瓦尔计划保护的。如果你们爱自己的祖国“正如我知道的那样”，就来同我们一起建设她吧。

III

我们完全与古巴人民和政府站在一起：上周四11月4日，68名被称为“人类”的古巴同胞在一起空难中遇难，飞机坠毁于圣斯皮里图斯省的一处郊区，这架飞机属于古巴航空公司“加勒比航空”，它覆盖古巴圣地亚哥与哈瓦那之间的航线。

失去如此多珍贵的生命，我们是多么的痛心而难过。这其中有40名古巴同胞和28名来自其他国家的同胞；这28人当中，有一位委内瑞拉心爱的女儿，祖国为此哭泣：她就是坎迪达·埃尔查尔 。

我们同68位遇难者家属和亲人共同悼念死难者，特别要分摊我们坎迪达亲属的悲伤：我们陪伴他们，就像是一家人，有着相同的无尽的爱。请你们放心，玻利瓦尔政府是不会在这个艰难痛苦的关头对你们弃置不管的。

自从我们得知这个不幸的消息，我们就开始配合古巴政府参与营救遇难者。今天及以后，革命的古巴会知道，他们可以指望我们玻利瓦尔委内瑞拉。

“流泪是因为悲伤”，正像马蒂说的，这是今天我们同兄弟古巴人民的共同感受：伟大的祖国在流泪，人类祖国在流泪。

直至最后胜利！

我们一定会胜利！！

2010年11月14日
玻利瓦尔战士！

I

11月8日，周一，我们在哈瓦那隆重庆祝了纪念《古巴—委内瑞拉全面合作协定》签署10周年。在它生效的这10年间，我们已经取得了不小的成绩。自从那个阳光明媚的2000年10月30日，当菲德尔·卡斯特罗总司令和我签署了《全面合作协定》，古巴和委内瑞拉就开始了一种两国间的、两国人民间的崭新关系模式。

10年，说起来容易，应该看到在此期间，为实现现在造福我们人民的一系列大的裨益，我们必须克服多少障碍；时至今日，这些益处越发肯定了不断加强此协定带来的成果，10年间我们的革命更加巩固，虽然我们两国都有着各自不同的特点、视角及目的，却是从同一个强大根基汲取营养的汁液。我所指的正是玻利瓦尔和马蒂的遗志，都具有同样的拉丁美洲和人类祖国的情结：菲德尔·卡斯特罗总司令是该遗志的鲜明代表。

要知道，这一协定曾是美洲玻利瓦尔替代计划（ALBA）[1]的形成基石。古巴和委内瑞拉已经制定了一条会比一体化走得更远的共同道路，重新高举我们的解放者留给我们的历史旗帜：形成一个统一的整体。这种兄弟般的统一是以合作、互补、相互依存、互相支持以及社会主义事业的完全认同作为基础：我们的社会主义不是处方或者教条，而是进行集体建设，用马里亚特吉的话讲，是各国人民的英勇的创造。

❶ 2009年6月已更名为美洲玻利瓦尔联盟（ALBA）。——译者注

古巴和委内瑞拉间深深的兄弟情谊是很有历史的。这段历史开始于玻利瓦尔同苏克雷为解放古巴而提出的计划，却因为人民的历史罪人——派斯和桑坦德而中途夭折，他们也留下了一些东西，但却是祖国的耻辱。寡头们继承了这种遗志，为将拉丁美洲打压成一个新的殖民地，无所不用其极。

对于玻利瓦尔和被多次中断甚至经历失败的独立进程，何塞·马蒂在1893年这样说道：

> 也许在他光荣的梦想里，对美洲和对他自己，没有注意到精神的统一，对拯救我们的美洲人民和他们的幸福是不可缺少的，所遭受的经历由于理论上和人为的联合没能与现实相适应，因而未能相互帮助。

为了使行动适应于现实，最合适的就是根据一个新的主观意识进行激烈的变革。马蒂本人在1891年已经给出了结论：独立的问题不在于形式的变革，而是精神的变革。在这10年中，我们两国已经切实取得了精神的变革。

这是以具有最深远影响的历史性成就为标志的10年，如果没有两国人民、两国政府间兄弟般团结一致的支持，是很难达到的。劳尔在11月8日讲得很好："到目前为止，这项协定已经为我们关系的巩固打下了关键基础。通过它的实施，我们已经落实了提高两国人民社会经济效益的行动。"

协定中我们最主要的投资在于卫生、教育、文化、体育、农业、能源储备、矿产、信息、电信和干部的全面培训方面，还有其他同样重要的方面。

从委内瑞拉来讲，"罗宾逊计划"（致力于委内瑞拉的扫盲运动）和"深入贫民区计划"（这是我国历史上第一次系统地实行社会医疗）可以充分说明这一点。因此，古巴革命对玻利瓦尔革命来说，是支持和鼓励我们为最终独立而战的强大动力。

今后，阴谋家们和无祖国人士将会被永远地遗弃在历史的粪坑中，维克多·巴莱拉·莫拉曾在20世纪60年代用一首反叛诗咒骂这群人："他们暴怒是因为古巴是最直接的希望/菲德尔的荣辱和所有的尊严随时处在战备状态。"

套用我们的解放者的话，现在我们古巴和委内瑞拉已经做的事情只是我们要在下一个10年要做的事情的序曲。

II

无耻的媒体把一个委内瑞拉战士表达尊严的坚定立场的几句话，变成了攻击祖国的借口，这是逾越了根据常理对任何形式的反对委内瑞拉的外国干预作出的判断和暗示。

无耻的媒体称赞一个毒贩从哥伦比亚攻击国家权力机构、攻击我们的制度和攻击有着漫长职业生涯的同胞的供词。祖国的荣辱观和敬业精神把我同这些同胞联系在一起。也正是这些无耻的媒体要求我们将亨利·兰赫尔·席尔瓦将军扔给那群狮子，正是因为他与那类腐败的、讨好无祖国利益集团的军人阶层有着天壤之别。

今天，有些被玻利瓦尔革命历史性地淘汰了的那个军队阶层的代言人，通过媒体，从所有对他们的享受不会有任何危险的舒适的地方，像胆小鬼一样，对我们尊敬的和爱戴的武装部队同志发起各种攻击。

国际上的某些人物已经同他们勾结在一起，然而，非常遗憾，这些人都是无足轻重的人物，代表了毫无用处的机构。我具体指的是，美洲国家组织（OEA）秘书长何塞·米格尔·因苏尔萨。他令人不愉快的声明实际上是对我们的主权的不尊重，作为资深的外交官，这种廉价的不负责任的声明所能产生的后果是可想而知的。

由于所有这些原因，都将现在这种情形变成了一个国家性质的问题、事关国家尊严和国家荣辱的问题，所以我特别邀请亨利·兰赫尔·席尔瓦将军参加11月11日周四的部长会议，向其表达我们对他的支持和确定国家的立场，重申委内瑞拉应该受到尊重。我们不要求其他。

兰赫尔将军，玻利瓦尔的战士、祖国的战士、革命的战士，是作战战略指挥部司令，而由政变媒体策划的对他的无耻诽谤，实际上是对我们无比尊严的玻利瓦尔武装力量的犯罪。

兰赫尔·席尔瓦将军所做的声明是出于一个战士对其工作的热爱：这是一位致力于改造我们玻利瓦尔武装力量的战士；那些话是一个军官出自对职业的不可亵渎的尊敬而讲出的，体现了他在应答和表述时的分寸与智慧。

我已经晋升他为司令，将军军衔，以作为对他功劳和美德的肯定。另外也作为对兰赫尔·席尔瓦所代表的所有人的肯定：他代表了所有祖国的战士；代表了恪守玻利瓦尔宪法精神及文字的战士；代表了所有社会保障和人民权利的卫士。

我的战士读者们：我们再也不会屈从于无祖国资产阶级和他们的帝国主子！

让我们永远追随玻利瓦尔："我会继续武装部队的光荣事业，只是为了获得他们给予我的荣誉、解放我的祖国并对得起人民给予的祝福。"

"我们必胜。"

2010年11月21日
解放政治！

I

11月15日，周一，我们在特蕾莎·卡莱尼奥剧院举行“2009年解放者批判性思考奖”的颁奖仪式，伟大的阿根廷—墨西哥哲学家恩里克·杜塞尔，因其作品《解放政治·第二卷·架构》夺得这一奖项。

这是在他的作品出版到第五版时获得了这项解放者奖。今天，这部作品已经成为对拉丁美洲以及世界作批判性、创造性思维演变的基本参考书。这已不再是一个奖项，至于原因，其中有一点，也许也是最重要的一点，它突出了持久地实践某种想法的至关重要性，这种想法旨在照亮为人类未来而进行伟大现代战役的道路与前景。

恩里克·杜塞尔是拉丁美洲当代哲学的领军人物之一。他是一部现在广泛流传的作品的作者，文学巨著《解放政治·第二卷·架构》又一次突出了思考淘金的条件：杜塞尔以极其严谨的态度和钢铁般的批判意识，大胆地重新思考这里和拉丁美洲的一切。

《解放政治》共3卷，分别是针对3个主要时期或者说重要时刻：一卷是世界批判性历史，一卷架构和一卷评判。在这第二个重要时刻中，杜塞尔为能将政治问题思考得深刻彻底，他铺开了一个广泛而严谨的理论框架。

杜塞尔先生在11月15日作的精彩讲座可以说相当的及时并恰如其分。我说它及时和恰如其分是因为其讲座的主旨：参与式民主与政治领导。我想用这有限的篇幅对这一主旨进行评注。

杜塞尔认为，左翼还没有充分分析过政治领导在发展参与式民主过程中的作用。领导实际上是一种服务，一种服从性、民主性、政治性的教学工作：这点确实如此，领导是在人民陷于危难之时从集体中涌现出来的角色，所以只能在一种参与式和代表性民主的框架内对其加以理解。领导角色对人民具有服从性，其应该听从于他们的要求和需要：它只能进行服从性领导。而这是一个关键，可以让我们理解正在自南美洲向我们这儿蔓延的时代的变化。

II

11月16日，周二，桑托斯总统宣布他的政府将会把毒贩瓦利德·马克莱德引渡至委内瑞拉。我想原文引用他的话："我对他（指查韦斯总统）说过，一旦走完司法程序，就会将其引渡至委内瑞拉。我是一个言而有信的人。"

这个坏蛋理应在委内瑞拉司法面前对他的无数罪行负责。

我认为，这一声明具有至关重要的作用，它再次认定了我们——桑托斯总统和我的共同政治意愿，而没有让我们偏离原来的轨道：政治意愿，对重启两国关系、使其继续蓬勃发展以及加强两国间相互信任是必需的。

美帝国企图将马克莱德引渡到美国。因为华盛顿想要利用他，制造出各种针对玻利瓦尔革命及其政治、军事领导的指控，目的是最终将委内瑞拉拉入支持贩毒国家的黑名单。

不要忘了国内国际的无耻媒体，他们已经渐渐将委内瑞拉形象定位成一个犯罪的国家，他们服从于创造军事干预条件的帝国战略。最后，他们还想将我送上国际刑事法庭。他们一定会落空的：他们无法让1989年发生在巴拿马的悲剧场景重演[1]。这里有一个人民和一支武装力量以最坚定的决心捍卫我们的主权。

我相信桑托斯总统的承诺。我也肯定哥伦比亚政府不会加入华盛顿通过其肮脏战争的实验室策划的令人作呕的把戏。

[1] 1989年12月，美国为维护其在巴拿马运河区的殖民利益，对巴拿马发动武装入侵，推翻了坚决主张收回运河主权的军事独裁诺列加（Manuel Antonio Noriega）为首的巴拿马政权。而其中一条入侵理由就是"打击毒品走私"，美国指责巴拿马政府首脑诺列加参与了国际毒品走私活动，同哥伦比亚贩毒团伙有牵连。——译者注

III

11月18日，周四，是达尼洛·安德森遇害六周年的日子。这让我们真切地回想起对这位勇敢的检察官的痛苦记忆：记忆真切，是因为他对司法的热情不会死，也没有任何人可以、将来也不可以将它抹去；记忆痛苦，是因为扼杀他清白之身的罪犯依然没有受到法律的制裁。

“不会因为你已经倒下/你的光芒就不再耀眼。”这是尼古拉斯·吉廉的让人记忆犹新的诗句。达尼洛倒下了，但是他为尊严、为真理、为生命而战的可敬精神，直到今天依然发出最耀眼和不可磨灭的光辉。

达尼洛万岁，继续奋斗吧！够了，有罪者不能再逍遥法外！

IV

海地的悲惨遭遇继续牵扯着我们的心。作为委内瑞拉人，我们无法眼见佩蒂翁[1]的人民遭遇这样破坏性的残酷现实而无动于衷：兄弟人民应该有一个更好的归宿。

在这个1月份被地震彻底摧毁的国家，已经有1 000多人死于霍乱疫情。

在联合国遮掩之下对海地的军事占领要继续到何时呢？用什么样的道德才能让海地人民停止对外国军队的抗议呢？海地不愿成为第二个波多黎各，那完全是美国佬的新殖民地，然而，这一点对联合国或者美洲国家组织来讲一点都不重要。

委内瑞拉会继续提供给海地人民一切必要的援助和支持。同样地，我们要让人们听到我们的声音，让南美洲国家联盟和美洲玻利瓦尔联盟共同加倍努力。

V

借这篇随笔，我要向明星投手菲利克斯·埃尔南德斯表示祝贺，祝贺他获得2010年度美联赛扬奖：这已经是第二个委内瑞拉人夺得这一职业棒球大联盟

[1] 亚历杭德罗·佩蒂翁（1770～1818年），海地军事家、政治家，争取独立运动领袖。——译者注

授予投手的最重要奖项；第一位是我们的约翰·桑坦纳于2004年和2006年获得了该奖项。菲利克斯的纪录是13—12——表明他得到其球队（西雅图水手队）的进攻支持屈指可数。然而，他在美联的现役球员中排名第一（2.27），投球局（249.2），在三振中是第二（232），在全垒打中是第三（6）[1]。

让我们高兴的还有，2010年度金手套奖由委内瑞拉中外野手富兰克林·古铁雷斯获得，他同样效力于西雅图水手队。在146场比赛中，他在中外场的防守几乎天衣无缝：415次接投没有失误，成为职业棒球大联盟的新纪录。

菲利克斯，富兰克林：祖国人民以你们为自豪。

VI

11月21日，周日，当这篇新的随笔发表之时，将是第六届委内瑞拉国际书展（Filven 2010）闭幕的日子。我邀请全体加拉加斯市民到弗朗西斯科·米兰达大元帅公园，让我们大家都来加入图书和阅读的快乐当中。

没错，我们正在为出版做着巨大的努力。但是，我们还需完善我们的分配能力，以充分保证图书的获取渠道。南方图书网的60家图书馆是不够的：我们需要社区图书馆和移动的图书馆。罗德里格斯说过，这就是创造：图书馆应该在人们生活和工作的地方。

我们必胜!!

[1] 在棒球比赛中，统计个人成绩时包括得分和失分（自责分，造成对方得分），所以这里他在投球局和三振中的得分分别是249.2和232，而其余两个则是他的自责分。——译者注

2010年11月28日
11月27日！

I

“真正的人会追根问底，激进的人无非就是这样的人。如果一个人不能看到事物的深层次，就不能称之为激进的人。一个人不帮助其他人获得安全和幸福，那么他也不能称之为人。”在这个过程中、在我们执政期间，不知有多少次我都没有或公开或在闭门会议上引用这些话，这是古巴伟人何塞·马蒂在他别具一格的散文《追根寻底》中给我们留下的千古名句。就像现在，充分发展中的种种大事件，正如沃尔特·马丁内斯后来说的，很少会去支持和要求这一点，然而面对使者的带有启发性的话所包含的真理和伟大之处，我已经感受到这种需要甚至可以说是要求：“使革命变得激进！”

这个周二，11月23日，我在联邦立法宫椭圆大厅举行的捍卫祖国、捍卫主权、反对帝国主义国家行为大会上这样说。我这样说了，就会以全部的责任这样坚持，那些“不祥鸟”想要摸清我话里的意图是否透露了以选择极端主义为基础的过了时的极“左”行为。而这与了解一个真实和真正的革命进程实在是风马牛不相及。

今天，这些没有教养的无祖国资产阶级必须比任何时候都更要尽一切努力去体会这些话的确切含义。这些资产阶级，没有廉耻没有祖国，他们应该清楚他们中最驰名的代表在帝国国会举行的“妖巫夜会”上的粗鲁表演是该付出代价的，也是应该受到惩罚的，他们对委内瑞拉进行猛攻，借助一家他们拥有的电视台，试图冒犯我们的人民，无视我们的法律和主权。今时不同往日，在我们国家谋生的资产阶级（很难让我称他们为委内瑞拉的资产阶级，他们不配这样神圣的资格），必须知道尊重委内瑞拉。

不用怀疑，我们将毫不动摇地“阻止亲帝国主义的、反祖国右派煽动受到蛊惑的委内瑞拉人抗击执法人员，而血染委内瑞拉街头”，我引用2010年11月25日菲德尔的《思考》里的话作为我要说的话。帝国主义浑蛋不仅威胁委内瑞拉，而且也威胁所有美洲玻利瓦尔联盟的成员国。我不想再深入更多的细节，因为菲德尔在他的《思考》中已经为我们公布了许多本周二23日在椭圆大厅所讲的内容。但是，我还要说的是，回过头来看看马蒂的《追根寻底》：“人要能够面对问题的所在，不要让其他人夺去他生活的土地和享有的自由。”在与我们相关的情况中，指的不只是一个称为乌戈·查韦斯的人，不是的；这是与绝大多数组成这个名为委内瑞拉伟大集体的男男女女相关；是与一个捍卫领土与自由的民族相关。不同于以往，这片领土已经握在这个民族手中；自由，他们也已经明白是经过几个世纪的英勇努力才赢得的。

II

22日，周一，我以委内瑞拉统一社会主义党主席的身份发出会议通知，于是，我们党的副主席和政府的副总统一起举行了我们称为的副职理事会会议。

我们必须不断总结，用以加强并增进团结、统一、进攻，以及2010年、2011年、2012年甚至以后的战役。我们要将“3R平方”政策付诸实践，作为结果，我们需要制订一项建设性方案，而这个方案只有当一种历史性的和建设性的战斗精神产生结果时，才有可能，这就需要总结过去和现在的经验，展望未来，集体实现理想中的社会。对此，国父玻利瓦尔是这样说的：

> ……如果我们不能将全体人民群众融合成一个整体，那么我们所有的道德能力都将是不够的；组成统一的政府，形成统一的立法，确定统一的民族精神。统一、统一、再统一，这应该成为我们的信条。

所以，我们应该继续建设这一我们历史上最大的政党。这里的“大”不仅仅是因为党员的数量，还因为它的质量。阿尔弗雷多·马内罗说过：“政治效力关乎革命品质。”党虽然庞大，但是要能培养出真正的革命干部；先锋队要与人民血肉相连，这样一个运动型政党才能保证社会主义的建设。

只有在这些设想之下，我们才有能力囊括所有可能的流派或趋势，他们作为政治力量会以批判性和建设性的贡献帮助我们巩固统一，另一方面也会保障同其他有着建设国家、壮大国家共同目标的政治力量的战略和策略联盟。

因此，我们针对国内的讨论，起草并通过了我们命名为“政治行动路线”的文件，旨在形成广大的爱国中心、“荣誉之战2011～2012”、政府两年计划（2011～2012年）和2012年12月的伟大战略胜利，所有这些都是为了保证包括中产阶级在内的革命、民主、和平进程的延续性。

不久，12月5日，周日我们将迎来两州十一市州长、市长选举。我们全力支持迪奥赫尼斯·艾赫尔多·帕劳竞选亚马孙州州长，路易斯·加利亚多竞选瓜里科州州长，阿赫利亚·阿吉雷竞选阿查瓜斯市（阿普雷州）市长，爱德华多·赛盖拉竞选米兰达市（卡拉沃沃州）市长，路易斯·阿庞特竞选卡里萨尔市（米兰达州）市长，路易斯·迪亚斯竞选阿里斯门迪市（新埃斯帕塔州）市长，佩德罗·内尔·卡斯特罗竞选帕纳梅里卡诺市（塔奇拉州）市长，米盖尔·马林竞选波科诺市（特鲁希略州）市长，何塞·道格拉斯·利纳莱斯竞选米兰达市（特鲁希略州）市长，里卡多·卡佩利亚竞选尼尔瓜市（亚拉奎州）市长和迪尔西奥·斯科特竞选马努埃尔·蒙赫市（亚拉奎州）市长；在苏利亚州，我们的蒂拜里奥·贝穆德斯，将作为位于马拉开波湖东岸的米兰达市市长候选人，而贾恩卡洛·迪·马尔蒂诺同志将竞选马拉开波市市长。我们相信马拉开波市民会选择他，让他重新回到马拉开波市长的位置，让这个已经遭受太多忽视的大城市向前迈进，这也是我要对其他候选人说的。我们上下一心支持他们竞选。

III

尽管从军事角度看“1992年11月27日”是一次不成功的行动，但它却是一次了不起的行动，它向全世界证明和指出了固定点政体已经真正受了致命伤，其剩下的日子已经屈指可数；海军少将格鲁伯·奥德莱曼、卡布雷拉·阿吉雷、维斯孔蒂·奥索里奥将军、卡斯特罗陆军上校和萨利马·克里马少校，他们是领导了这第二次反对卡洛斯·安德烈斯·佩雷斯兵变的爱国者。他们有着不与戴着民主面具的独裁政权同流合污的勇气与尊严。

请注意，那次兵变开始运作的日期（7月5日），而在那之前就已经走漏了风声。由此，特别应该强调的是，当时有大批我们的空军（现已称为玻利瓦尔空军）军官参与兵变：国家的荣辱最终占据了上风。11月27日兵变是一次真正的人民自发的军事起义。为了纪念这个如此让人钦佩、撼动了表面“民主”实则独裁的腐朽政体结构的壮举，我们选择在今天庆祝委内瑞拉历史上第一个玻利瓦尔空军节。

我们不能否认，从那时起，我们以我们的人民在1989年2月27日做出的英雄行为为榜样，推翻那些已经在我们祖国神圣土地上扎根的不公正、腐败和虚假的教会。让我们记住诗人维森特·维多夫罗的话：“我发出一声巨响，它形成了海洋和海浪。”这个声音将会永远贴着海浪，而海浪也会永远贴着它，就像明信片上的邮票。鹰的叫声掀起层层海浪，而收复了所有委内瑞拉人希望的锋利匕首就是11月27日的巨响，它引得路易斯·雷耶斯·雷耶斯司令驾驶F-16战斗机出动，我们革命的浪潮就此释放，革命的浪潮将永远不会消逝在海滩上。对我们来说，这种声音变成了斗争的呐喊，现在伴随我们加紧建设我们梦想中的祖国。

我们一定会胜利!!

2010年12月5日
人民与政府紧密团结!

I

委内瑞拉还从来没有像在这些天下过这么多雨水。为了让大家有一个概念，目前的降水量已经达到了1999年12月降雨水平纪录的两倍，而在那时我们遭受了巴尔加斯洪灾。接下来我们要面对极端复杂的全国紧急状态，而我们的首要任务依旧是保护人民的生命安全。

形势最为严峻的地区是法尔孔、巴尔加斯、米兰达州和联邦区。然而受到暴雨影响的地区还有安索阿特吉、苏克雷、新埃斯帕尔塔、卡拉沃沃、亚拉奎、苏利亚和特鲁希略州。我们要为痛失32条宝贵生命表示哀悼。

作为一个整体的玻利瓦尔政府，我们的武装力量和组织起来的人民都在以最大的决心应对目前的紧急状况。

自然灾害在侵蚀我们，我们必须以最高的道德精神，毫不停歇地继续战斗，直到目睹自己的梦想与希望在大水和泥浆中覆灭的同胞们重新过上幸福的美好生活。面对这样的灾害，我手捂胸口，忍受着莫大的悲痛，向祖国最下层的穷苦人加倍许下我的坚定决心。在拉佩德雷拉、在坚实的迪乌纳、在观花宫、在法布里西奥·奥赫达[1]的内生核心、在图卡卡斯、托库约嘴，我又一次听到人们意识强化的呼喊。

每一条上涨的河水，每一座淹没的小山，每一处倒塌的茅屋，都让大批委

[1] 法布里西奥· 奥赫达（1929～1966年），委内瑞拉政治家、共产主义游击队员、记者。——译者注

内瑞拉人流离失所，一个民族遭受的苦难显露无疑：坚持抗争的一国人民，即使在被人遗忘的时候，都显示出他们无比的强大；被迫在非人条件下生活的一国人民，忍受着莫大的不公和极其残酷的冷漠。就像我在本周指出的那样，我们的生活已经经历了百年的孤独。

然而，到了今天人民已不再孤独：不扭转那么多财产损失、痛苦和苦难的状况，我们就不停歇。我这么说是基于一个已经开始去实现的希望：尊严与公正完全存在于我们身边的那一天将会到来，历史遗留给我们的也是我们正在斗争使之彻底消散的社会恶梦将会被永远遗忘。

借这篇随笔，我要向我的战友埃沃·莫拉莱斯、向他的政府以及玻利维亚的兄弟人民表达我玻利瓦尔式的无尽感激，感谢他们给予我们的支持和帮助。

但我也必须要提及那些媒体阴沟令人反感的不道德行为，他们利用这次灾害和难以预料的状况，为取得政治优势，不惜恶语中伤政府。天啊，国家廉耻何在！

II

我们已经在扩大空间，以求让成千上万的受灾家庭得以容身。目前已有7万多委内瑞拉人正在避难处得到照顾。我们将尽一切努力让他们感到像在自己家里一样。特别是那些儿童，现在是12月份，我们会让他们拥有一个真正幸福的圣诞。

这些同胞应该搬出避难所，不是去那个有生命危险的地方，而是搬进一个体面的住所：他们将可以享受美好生活，而不用每逢暴雨就要受灾。出自内心的苦痛，我要说，我敢于请他们保持耐心，因为我清楚耐心是穷苦人一辈子都具备的东西。

我们不要忘记，就像玻利瓦尔称呼过自己“经受得住艰难困苦的人”，我们是他的儿女，正好可以称呼自己是经受得住艰难困苦的人们。

我请求国民大会，加快《城镇土地与住房紧急法案》的最终通过，该项法案已经在第一轮的讨论中获得通过。应该借助这一时机尽快立法并行动起来。

无疑应该按照满足需求所要求的速度建设住房。我请求私营部门自觉与玻利瓦尔政府共同努力，将应对住房结构性问题的能力最大化：到了你们完全承担社会责任的时候了。

在此先告一段落，我想提及一个我在本周宣布的重要决定。周四我批准将41亿玻利瓦尔用于在巴尔加斯、米兰达州和联邦区建设22 162套住房。

III

我想同你们一起思考，我的读者同胞，这样我们才能真正懂得我们所面对的艰难处境：资本的发展主义模式制造的环境失衡无疑是地球大气质量恶化的根本原因。

那些世界上经济实力最为雄厚的国家坚持推行一种破坏性的生活模式，但却没有能力承担任何责任。

做了这么多破坏性的行为，没人能够逃脱大自然的惩罚。地球的统治者的傲慢系统地侵犯着生态极限，全然不顾日益显得无助的人类和地球。

这次恶劣的长时间降雨给我们造成的灾难进一步证明了，我们又一次面临不公和残酷的地球悖论：发达国家不负责任地不附带措施地扰乱环境秩序，他们狂热地追求保持罪恶的发展模式，但与此同时地球上绝大多数的公民却要承受最可怕的后果。

另外，应该说，到这里为止所有我说过的话都该被附上一个可怕的现实：我国居民的很大一部分的居住条件十分恶劣，特别是主要城市贫民区的生活条件，在那里房屋都被建在了不适当的高危地带。

我们的城市和城区完全是以服从金钱利益而绘制的，没有任何城市规划可言，违反了所有的安全准则，蓄意无视人的利益。让我们记住这些惨痛的教训：我们要记住巴尔加斯的悲剧，在那个令人悲伤的1999年12月带来的摧毁与死亡。

我们继承了固定点主义历届政府因为懒散而沉积下来的社会不公的巨大负担，再加上一个“独家设计”的国家规划，给予集中于城市的资本以特殊待遇。这种情况带来的后果就是居民散乱地分布在城镇地区，形成了土地的不平等占有：平整的地方由富人占据，穷人则只能住在山丘上。此外，他们还自造了一个倒行逆施的文化模式，认为贫穷是很自然、很正常的现象，是早就应该接受的不可改变的事实，而无须正视它。

我们正处在一个历史的转折点：我们必须加快社会主义城市的诞生，建设居住舒适、生活美好的城市，赋予城市土地规划的新的意义，严格服从于保障共同利益和集体福利的目标。绝大部分人在空间上都被排斥在外的那个时期和那个模式，应该同资本主义城市一起消亡，它们只是复制和繁衍了种族隔离的空间。

IV

当这篇新的随笔发表之时，大家应该在庆祝地方选举。瓜里科州和亚马孙州的州长选举还在紧张进行中，同样的还有马拉开波市（苏利亚州）、米兰达市（苏利亚州）、阿查瓜斯市（阿普雷州）、米兰达市（卡拉波波州）、卡里萨尔市（米兰达州）、帕纳梅里卡诺市（塔奇拉州）、米兰达市（特鲁希略州）、波科诺市（特鲁希略州）、马努埃尔·蒙赫市（亚拉奎州）、尼尔瓜市（亚拉奎州）和阿里斯门迪市（新埃斯帕塔州）的市长竞选。

我号召所有人都去投票：通过投票箱表达主权意志，继续加强参与式和主人公式的民主模式。

前进吧，12月！

我们祈求上帝，现在就停雨吧……

让我们同家人一起准备迎接圣诞节。

2010年即将过去。意味着本世纪第一个10年即将过去。

2011来了……7月5日[1]！

独立到永远！

我们一定会胜利！

---

[1] 7月5日是委内瑞拉国庆日，1811年7月5日委内瑞拉成为摆脱西班牙殖民、宣布独立的第一个南美洲国家，到2011年7月5日正好是独立200周年纪念日。——译者注

2010年12月12日 经得起艰难困苦的人们!

I

看街上。
您怎么能面对这条
浸满骸骨的大河、
波卷着梦想的大河、
血流成的大河
而无动于衷呢?

整个这个星期我都无法忘记这几句如此美妙的诗，它出自古巴、拉丁美洲的伟大诗人尼古拉斯·纪廉。我止不住地思考诗中的每一个词所饱含的感情和意义。这条汹涌澎湃的大河在12年前将我们带入观花宫（上周一12月6日，是革命政府的周年纪念），这是同一条沉淀着骸骨的大河、波卷着梦想的大河以及血流成的大河，它又一次在现在如此艰难的紧要关头展示出其浩荡的胸襟。

这些日子以来，我们已经明白这是我们永远都不该忘记的，因为这鼓舞我们的革命精神与理由：我们就是“在黑暗却带着甜意的泥浆中/睁着一双双幽潭般的眼睛”，如同贝内代蒂所说，在这种眼神中我们不止一次地看到了爱的目光。

周一我们在没膝的水中，来到瓜希拉人民“这条大河”中间，想起了那个光荣的1998年12月6日[1]。我们向我们的上帝和瓜希拉的守护神们祈祷，希望可以顺应瓜希拉人民强大的内心、帮助我们度过这次灾难，它已经带来恶性降雨，造成利蒙河和巴拉瓜琼河河水泛滥。

我们将所有锡纳迈卡同胞转移到“坚实的马拉”军事基地、拉瓜希拉大学村以及所有我们可以利用起来的地带避难。

我们动用了各方面的力量，有我们光荣的玻利瓦尔武装力量，再配合上民防部门、消防部门、人民政权、弗朗西斯科·德·米兰达阵线以及古巴医疗队，这样的团结合作共同作战在我国历史上还是第一次。今天的委内瑞拉和11年前发生巴尔加斯悲剧时的委内瑞拉的区别是什么？区别就是，我再重复一遍：那时的委内瑞拉是一个无助的国家；而今天我们的国家有强大的实力可以抵御这些袭击、渡过难关并获得成功。

苏利亚人民正遭受的困境，同法尔孔、巴尔加斯、加拉加斯人民，同梅里达、塔奇拉、特鲁希略人民，同米兰达、苏克雷、新埃斯帕尔塔人民遭遇的一样，都不能不称之为悲剧。

为加强和提高地方当局和地区机构的职权，以及正常情况下赋予国家行政的权力，我决定于本周宣布苏利亚州、梅里达州、特鲁希略州和新埃斯帕尔塔州进入紧急状态。

我们通过了一项1亿玻利瓦尔的专项基金（属于近100亿玻利瓦尔的紧急状况国家基金），用于苏利亚地区的援救行动、食品配给和全面的后勤安置：5 000万拨给瓜希拉，另外5 000万拨给马拉开波湖南岸。

现在我们比以往更加有义务在全境内重新分配人力、经济以及社会资源，这同时也意味着民主革命的深化：加速向社会主义前进是解决这些悲剧事件的方式，这些悲剧是仍然统治我国的极不公正的状态所造成的结果。

我再强调一下：我们所遭受的不是大自然同我们玩的一次糟糕竞赛产生的后果。不是的。这是统治地球的不公正带来的直接后果，这种后果特别地影响了那些没有多大关联或者对造成这一系列灾害没有责任的人们：受害的是那些最穷苦的人们，是我们的人民。

---

[1] 查韦斯在1998年12月6日以56%的支持率当选委内瑞拉总统。——译者注

II

12月7日，周二，我们在社会各界人士面前履行我们的承诺，将住房钥匙交到中产阶级家庭和受灾家庭的手中，实现了我们给予全体委内瑞拉人同等的尊严。56户受灾家庭在这首次交付中受益，同样另有212户家庭摆脱了房地产及建筑黑手党们的无耻贪婪。

12月8日，周三，在视察了苏利亚州的埃尔奇沃和圣罗莎港、梅里达州的埃尔比希亚之后，我决定任命胡安·卡洛斯·罗约部长为总统特派员，专门应对马拉开波湖南岸所有地区的紧急状态，同时任命的负责人还有玻利瓦尔陆军总司令欧克利德斯·坎波斯·阿庞特少将。到目前为止，致力于全面重建工作的小分队已经组建妥当，另外正在考虑的是对受洪水影响的农业部门进行再融资和债务减免的事项。

我们创建了一个由社会主义农业发展基金（FONDAS）协调的、旨在恢复生产活动的基金：这是一个拥有2亿玻利瓦尔的专项基金，用于资助香蕉种植，以及其他一些受影响稍弱的产业，譬如水稻、玉米、可可；另外还落实了一项由国家农业公司（Agropatria）协调的蔬菜生产特别计划，该计划的初始资金为3 000万玻利瓦尔。与此同时，还将有1.5亿多万玻利瓦尔用于重建和改善农村基础设施。

在埃尔比希亚，我宣布接管43处庄园、总共20 200公顷的马拉开波湖以南的地区。

以同样的方式，我还决定了在马拉开波湖以南建设一个由我们的武装力量领导的广播电台，这是增强国家在这一地区影响力和确认我们的主权的又一方式。

我认为有必要重申我在本周五12月10日说过的话：我已经抽出鞭子和佩剑迎战我们正在进行的新的战役，这次战役不是反对帝国主义和它的爪牙（这是另一场我们不能掉以轻心的战斗），而是针对存在已久的恶习和官僚国家的不良行为。誓死同官僚主义作斗争，同官僚主义反革命作斗争！现在，街头比以往任何时候都更能成为我们为正义和平等而战斗的场所。

同样在周五，我再次劝告公共媒体要接纳人民的呼声和批评：民众的质询就在那里，通过许多声音谈论着，而政府有义务面对这种质询。

面对赋予我们的大量任务和新的挑战，我们有责任在日常生活中就做出诚实、奉献和高效的榜样。

一场洪水已经向我们迎面扑来，它造成的一片汪洋带来了数不尽的困难。环境要求我们必须紧迫而激进地开展立法。正因为如此，我已经向国民大会申请批准实施一项授权法案[1]，旨在允许行政权颁布在优先领域的法律，如住房、农业、食品、基础设施和经济领域，目的就在于有针对性地应对紧急事件。

周五，我还任命了弗朗西斯科·赛斯托（人称“法鲁科”）作为负责加拉加斯城市重建的国务部长。手中已经拥有一个在加拉加斯内建设一个新“加拉加斯”的叛乱计划，计划在第一阶段建设13 080户大众公寓。

III

在这些天的伟大战斗中，已经有几名同胞留在了战斗的路上。我想首先点出一级士官何塞·格雷戈里奥·萨米恩托，他来自玻利瓦尔国民警卫队第三地区指挥部第36边防支队，入伍8年，周三那天我在埃尔比希亚向他致以崇高的敬意。荣誉与光荣属于何塞·格雷戈里奥！

本周五，4名舍生取义的同志为实现团结与爱国的神圣使命，献出了自己的生命：莉莉安娜·阿里亚斯（41岁）、耶妮萨·加林德斯（27岁）、梅利萨·萨拉斯（44岁）和卡琳娜·卡斯特罗（31岁），她们自愿地作为厨师帮助我们的受灾同胞。为此，她们撇下了自己几个子女使他们成为孤儿：让我们来守护他们吧。我已经决定授予他和她们解放者勋章。他们是烈士、是英雄，他们为了挽救人民付出了自己的全部。

我的读者们：面对这样巨大的困难，让我们同我们的国父玻利瓦尔一道，登上坎博拉索山[2]的山巅。

---

❶ 指拥有不通过国民大会就可颁布法律的权力。——译者注

❷ 它是厄瓜多尔最高的火山，也是最高的山峰，因其距离地心最远，所以被人们誉为“最靠近太阳的地方”。——译者注

我们是玻利瓦尔的儿女！

我们敢于迎接一切艰难困苦！

团结，我们就一定会胜利！

2010年12月19日
玻利瓦尔万岁！玻利瓦尔还活着！

I

感谢上帝，天气已不是那么糟糕。这几天以来，我们已经能够十分准确地估量出暴雨造成的受灾程度。全国大部分地区都受到大雨的影响，我们能看到山丘上、桥上被撕开的口子，而在道路和堤坝上都留下了遭到破坏的痕迹。

这个星期，我们已经加快了转移速度、加大力度安置受灾群众的住房以及对13.3万多同胞的关怀与供给。我们会继续部署并投入战斗："我们不会让手臂停下来，也不会让灵魂休息"，直到将悲剧变成人民的胜利。

各级政府和我们毫不松懈的英雄人民都已展示出了无限的意志：一个组织起来的人民，今天担当起人民政权的责任。

II

我再次想到了那个雷纳尔多·伊图里萨提出的精彩计划，在9月26日大选之后我就给出回应，看看它对当前所具有的实用性：我认为实际上我们正在慢慢对管理行为再政治化。很明显，如果想让革命政治名副其实，就要走上街头同人民一起干革命。

对我个人而言，我已受到人民的质询的震撼。整整这个星期，我都在不断体味着人民惊人的历史力量，在圣罗莎港口、在埃尔奇沃、在坚实的迪乌纳、在黄色宫殿、在白色宫殿、在格兰德海滩。同时，我相信我正在履行这种质询要求我的责任：推动质询机制并广开言路，让言论不会受到任何种类的阻力。什么也不能代替同人民的直接接触。

我想重申那个我曾在同革命议员的工作会议上发出的号召，当时是纪念1999年宪法全民公投11周年：我们必须有力地重新把握这一进程的根基。

我们必须记住我们从哪里来，我们为什么以及为了什么在这里。我们必须记住我们来自“加拉加索”，来自1989年的人民抗议事件❶。我们必须记住这次革命诞生于2月4日，从那天起委内瑞拉历史进入了新纪元。我们来自于那里：来自一次伟大的人民起义！这是一次还没有结束的人民起义，它在现在这样艰难的形势下，正以各种方式表现出来。所以，正因为如此，现在我们在这里，不是为了逍遥自在，不是为了成为资产阶级，我们在这里是为了进行一场真正的革命。

今天人民比任何时候都更是质询者，从他们因遭受无穷的虐待而累积的痛苦来看，他们就是我们革命的基石。我坚持一点：人民对我们的质询、要求甚至挑战都是必要的。行使服从性的权力正是从这里做起。

我们成为政府，多亏了人民在这一进程中对我们的神圣的信任，没有什么能让我们免除这样的承诺。从我们的肩头承担着那艰苦而不可推卸的使命，即实现指导我们的原则：让正义纠正人类的一切荒谬的言行，让自由解放我们大家，让我们得以发展，让平等实现不加区别的人人平等，让独立引导我们冲向未来。

我们应该进一步将民主革命变得更加激进，而这意味着一种真正的社会主义的勇气。为此，我们正在绘制的新战略版图将在那里映射。

何塞·马蒂给我们指出了道路：“更大的勇气，更大的荣誉。”所以，我们要将荣誉授予应该得到的人。

❶ 1989年2月2日卡洛斯·安德烈斯·佩雷斯开始他的第二个总统任期，为遏制经济衰退，他出台了一系列新自由主义的经济措施，结果导致物价飞涨、人民生活水平下降、失业增加。2月27日加拉加斯发生骚乱，为镇压民众的抗议平定骚乱，佩雷斯下令出动军警，这就是所谓的“加拉加斯骚乱”或“加拉加斯事件”。详见徐世澄：《查韦斯传——从玻利瓦尔革命到“21世纪社会主义”》，人民出版社2011年版，第38页。——译者注

III

12月14日，周二，是美洲玻利瓦尔联盟成立6周年纪念日，拉斐尔·科雷亚总统来到我们中间。他带来了厄瓜多尔玻利瓦尔兄弟人民的全部的爱；重达41吨的救援物资已将这份爱表露了出来，截至目前，这批物资已从这个兄弟国家运送出来。

无论是在坚实的迪乌纳，还是在黄色宫殿的安东尼奥·何塞·德·苏克雷临时避难中心，我都不止一次地感受到这位战友、这位兄弟的博大的人品，以及他玻利瓦尔主义思想的深度。他充分表达出来的信念就是：委内瑞拉的困难就是厄瓜多尔的困难。

拉斐尔还一直记得在避难中心有150户厄瓜多尔家庭正得到照顾。我们大家团结一致共同支持这些兄弟姐妹。

拉斐尔，我们发自内心地向你和你的人民表示诚挚的感谢。

IV

12月17日，周五，是我们的国父解放者逝世180周年的日子。在委内瑞拉统一社会主义党政治研究高等学院的开课仪式上（这门课程是面向我们新当选的国民大会议员），我强调了他的光辉榜样作用，突出他不惜付出生命的牺牲精神，在我国历史上再没有谁可与之相提并论。

在玻利瓦尔身上凝聚着最伟大的牺牲，这种牺牲展现出来的精神面貌让我们能够重新认清自己。跟随他的步伐就要懂得舍弃：为了祖国的幸福可以抛弃所有。

同样是受到玻利瓦尔的启发，我要求我们的议员在思想道德上要成为一个团结和坚固的整体，让国民大会内部的亲美主义者无路可走。

我们要注意了，帝国主义就要扩张他们的侵略行为，所以我们必须不惜一切代价阻止反革命企图制造的暴力行径和普遍不稳定的局面。正因为如此，我们必须切实遵循玻利瓦尔方针：我们必须在一切方面坚决地团结在一起！

我们不要忘了，玻利瓦尔同样拥有一种为正义、为平等的深深的激情：再没有比在12月17日这天收回47处马拉开波湖南岸的大庄园对他更好的缅怀方式了；这47处庄园代表着现今依然存在的土地分配的极端不平等，而这次大水也让土地分配的不公暴露无遗。进行玻利瓦尔的革命政治就是要彻底终结这种畸形的状态。

事实上，作为这一段落的结束，我恰巧在这“180周年”之际得到一份由专家组提供的解放者遗体报告，他们自7月遗体被挖出以来一直在进行研究。据我判断，报告提供的数据是具有说服力的。从它指出遗体是属于一位年龄47周岁的男子，并且他经常骑马来看就可以相信这一点。我丝毫不怀疑：这就是我们的国父。聂鲁达的话似乎已经告诉了我们：“是的，是我。然而我是每百年醒来一次，那时人民也都醒来。”

V

同样在周五，国民大会在第二轮讨论中通过了关于我之前申请的“授权法”法案。在我刚刚提到的开课仪式上，我将其颁布：没有时间去浪费。

该法律的期限为18个月。我作为国家元首被授予了在9个领域的立法权：系统而持续地关注由于贫穷和暴雨造成的对人道主义生存的迫切需要，基础设施、交通和公共服务，住房和居住环境，重新安排土地、整体发展和城市与农村土地的使用，财政与税收，公民安全与司法保障，国家全面安全与防卫，国际合作，社会经济体制。

《授权法》的立法权是为实现我们已承担下来的挑战与承诺所必要的一种工具，它不仅可以用来应对这次雨季延长造成的灾难性后果，还可以解决资本主义模式固有的结构性问题，事实上，由于目前的危机这些问题已经加剧。

在这样紧急的状况下，又一次显现出两种观点：一种是对团结和集体福利的执着追求；另一种是世代寻求将国家像战利品那样瓜分的人的卑劣欲望。

亲美主义者一直关心的都是他们的安逸和特权，与此同时人民在绝望地哀求着我们的帮助。我们不能纠缠于少数人的卑鄙行径。我们理解现今人民的痛苦与希望是在街上、在贫民区、在田野上。正是他们质询我们，给我们指出了方向。有了他们，我们才能继续前进。

我们必须动用一切通信和信息手段，解释和阐明《授权法》涉及我们人民的范畴，以此驳斥每一个由阴沟媒体散布的谎言。在接下来的随笔中，我们将进一步推进这一重要的任务。

今天我们将继续加强在避难所的工作，精心照料我们的人民，收回并占据土地，发放圣诞券，提供住房，修筑、重修和开辟道路……

总之，建设我们的祖国。

让我们引用国父西蒙·玻利瓦尔的话："为了有益于自己的国家而抛弃一切的人，没有失去任何东西，相反他赢得了他奉献出来的一切。"

玻利瓦尔万岁！玻利瓦尔还活着！

2010年12月26日 “山之布道”

I

今年的圣诞节对我们来说具有基督教价值无法估量的人道意义。暴雨和随之而来的灾难让“复活节的牲口棚”显现。每个男人、女人和孩子的身上都能看到约瑟、马利亚以及耶稣的面庞。正如努马·莫利纳在他为穷人的使徒布道中指出的那样：“每一处避难所都是原本的牲口棚的生动再现。”

在伯利恒的那个晚上，如果不是一个避难处迎接了那个将带来福祉的孩童的降生，马利亚同约瑟还能寻找什么呢？如果不是今天我们团结而公正的避难空间，我们还能看到在其中诞生人民的生命希望吗？

我要再一次追忆卢多维科·席尔瓦（这些天国家的紧急状态让我不禁想起许多他讲过的话），他说：“没有比丧失希望更糟糕的境遇了……失去希望等于失去未来；未来在希望中得到滋养。”什么是更好的带来希望，进而享有美好生活的方式，为从未享有公正的人们取回公道？

这个12月，似乎应该授予它具有年终总结意义的荣誉。这些天以来，我们已经看到人类最善良、最美好的那一面，的确如此！然而，我们也看到了社会上一些人士所代表的最龌龊、最邪恶的一面，他们总是利用我们的兄弟和团结情谊，尽可能地发起攻击，他们不仅攻击我们的机构和玻利瓦尔政府，还攻击我们的人民，他们想要看到人民永远陷于绝望和垂死挣扎之中，这一点是我在每天的战役中一直重复的。

II

作为激进的基督徒，我明白也承认福音书是所有男男女女美好意愿的最终救赎与解放。从这层意义上讲，我想起了约翰·保罗二世在文章《你对你无家可归的兄弟做了什么？教会面对住房短缺的状况》中的一些话，这篇文章是为联合国开展的“无家可归者国际主题年”（1987年）而写的：

……“依据‘慈善工程’的精神，去找寻需要一处住所的人，而至于结果，我们只有等着由我们的主基督来评判。”（cf.Mt.25，31～46）

我们这些基督徒能无视或者回避这样的问题吗？当我们清楚地知道房子“是一个人可以来到世上、成长、发展，可以工作、哺育、受教育，可以组建一个更深远更重要的被称为‘家庭’的联合体的必要条件。”（《教育》，2，1979，314）

教会分享和分担“我们这个时代的人们的欢乐与希望，悲伤与痛苦，特别是那些穷人们，不知忍受着多少痛苦”（Gaudium et spes，1），认为其最艰巨的职责是要无私地奉献于为住房问题得到具体和紧迫的解决办法而采取的行动，是为了让缺少房屋的人们得到来自公共当局应有的重视和关注。

对用于市政发展和居住环境建设的土地进行投机的行为，对整个居住区和农村私人土地的废弃或者缺乏畅通的道路、缺乏水电供给、缺少学校或人们出行必需的交通设施，众所周知，这些都是众所周知的再清楚不过的罪恶，这是与最广泛的住房问题密切相关的。

教皇陛下在结尾说道：

我们怎样才能确定“无家可归者国际主题年”真正举办过呢，如果这之后没有或几乎没有做什么；又如果所有的一切都变成了一些没有带来任何明显好处的仪式？……所有这些都让人想起并思考耶稣的那些安慰人的话：“我的兄弟们，你们为这些人中的其中一人做过多少次的事情，就是你们为我做过的事情。”（Mt 25，40）事实上，他出生在一个牲畜圈，是他的母亲圣母马利亚用爱的双手将他斜靠在一个牲口槽里，因为在那家客栈里已没有地方给他们住（cf.Lc 2，7）；之后他在很小的时候就要逃亡，远离家乡和他的家。

亲爱的读者同胞：我用了这么长的引文是为了我们能够进行在这些神圣的日子值得进行的深刻思考；是为了让你们对关于我们道路的正确性和对此我们已经采取激进的决定的正确性得出自己的结论：因为我们是革命者，我们必须找到我们所有的弊病和问题、苦难和痛苦的根源。以前从未像现在这样，基督教信仰合一的意义已经让我们更加清楚：人生活在地球上，是在他的住所和他工作的地方成为人的，工作场所是人成长的延伸，是实现成长的地方；在家里有尊严，拥有所有的条件的尊严，才能使成长的实现成为可能。所以，我们已经决定要在根本上为我们应该享有的集体幸福立法，而这一点需要从解决住房问题开始。

III

这个星期，当我们刚刚就应对这次危机勾勒出大致的概念时，他们就开始了“狗的狂吠”。在这些狂吠中，他们无视我们的大宪章，践踏宪法精神，声称我们正在进行违背宪法精神的政变，而这正是他们在为策划的政变制造理由和前奏。

作为国家元首，我只有断然驳斥这号召违反共和国宪法和法律的煽动，这又是一次同以往的“糟粕”勾结在一起的腐朽势力干出的勾当，比如委内瑞拉商会与贸易生产协会联合会（Fedecamaras），该联合会主席本人不尊重我们的玻利瓦尔武装力量。他如此鼓动攻击共和国，是不能逍遥法外的：我再次督促检察官要依据我们的法律条文和相关规定办事。

就像在2002年发生的情况一样，无祖国的反对派玷污我们的圣诞节、打击圣诞节传达出来的精神：那是和平与兄弟般团结的精神。他们现在没能以后也将不能打倒我们！同那时一样，我们不会放弃那些鼓励我们跟随救世主基督的福祉精神。我们确信我们一定会胜利，因为我们正在战胜一切。与人民一起，我们会消灭掉所有挡在我们前面的魔鬼：他们一定会失败而且会一直失败，就像这星期他们又一次企图破坏我国的稳定而发生的那样。

我们在践行爱与正义的福音书，直至最后的结果。每天我们都在委内瑞拉所有被排斥的人当中寻找并发现圣婴耶稣。

肯定无疑的是，在祖国目前的困难时期，基督又重现在我们中间，提高声音宣讲新的“山之布道”：这是救赎与解放的好消息，它体现在今天西蒙·玻利瓦尔人民的言行之中。

山上的居民有福了！

受灾的人们有福了！

人民的战士有福了！

全国人民有福了！

因为以后在他们的国度中将会有社会公正、至高无上的爱和永久的和平……

这个王国，正在读这篇札记的男人、女人、年轻人和孩子们，就是真正的基督教国家……

就是社会主义。

就是充分享有生活。

就是在生活中生活！

2011年1月1日
2011年，新年快乐！

I

每一年都有其自己的特殊性：2010年给我们带来了挑战与困难。想想那场长时间的干旱引发的严峻电力危机就已足够，更为严重的是，还有年底暴发的强烈降雨导致的物质和人的生命的损失。

可以说：我们经受住了挑战与困难，葛兰西[1]似乎也曾这样说过，有着乐观主义的意志、有着坚定而果断的决心和自信心，此外我们还有着信念，知道同国家机构和政府作为一个整体在一起的，我们还拥有人民的坚强意志，就像已经不断显示出来的那样。

看到委内瑞拉人民这样的决心与诺言，现在甚至永远，都没有人会不感到自豪。这些挫折都是在告诫我们，如果一国人民自己进行革命并且感到是自己的革命，那么这场革命就会作为一种历史的必然性而开展起来。

我会不辞辛苦地重复一点：我们是玻利瓦尔的儿女，所以我们是经受得住艰难困苦的人民。来吧，什么样的困难都行：我们会知道如何战胜你们。

委内瑞拉正在提供的人民参与和人民做主角的榜样是多么的耀眼。依据这样的榜样，我们认为当把革命当成变革的意愿和要在这个时代书写的一段历史的时候，革命就会成为一种每天都在行使的质询活动：每天都会是一个永恒的

[1] 安东尼奥·葛兰西（1891～1937年）是意大利共产党领袖，他奠定了意大利马克思主义文学理论的基础。——译者注

现在，一个在创造未来的计划激励而下的赌注，一个全体人民制订的永久发展计划。

在我写这篇随笔的同时，我就在回顾过往的时间，我看到我们已经做了多少事，但更多的，我想到的是我们还有多少事情没有做。我们骑上时间的快马尽可能地加速，不实现我们在集体梦想中制订的计划我们就不休息。重要的是，这一进程的程度与前景都已清楚：我们体现了人民的希望，我们会让这种希望完全实现。

我们以谦逊和责任意识这样说：我们只有沿着最终取得至高无上的社会幸福的道路前进，除此之外没有其他道路可走，玻利瓦尔就是这样说的。

在国家目前的状况之下，我们已经继承并接续了几个世纪以来的持久战，因此，对我们来说，历史的时间越来越作为一种挑战出现在我们面前，但这种挑战引导我们实现一种不可征服的和自由的希望。

II

2010年用奥古斯托·米哈雷斯的话说，开始了我们共和国解放第一周期的纪念活动。我们作为继承者的这股历史激流，将我们与我们的美洲紧密地联结到一起，作为人民，在我们的印记里，它就是光和力量：这就是我们的玻利瓦尔遗志。

而在2011年，我们将以最高规格，隆重庆祝《独立宣言》签署200周年：在那个光辉灿烂的1811年7月5日，我们委内瑞拉作为自由、主权、独立的共和国而诞生，这200年是我们走自己的路、实现集体梦想的200年。所以，我们即将要共同纪念和庆祝的，不是一件小的事情。

对我们而言，1811年象征着一个为它立即显现的真实性而受到鼓舞的积极的历史记忆，这里因为它具有作出承诺的能力。正因为如此，我们针对认为独立是挫折和失败的反动论点，提出了独立的战斗性、创造性、解放性论点，认为独立是一种开放的和没有结束的承诺和计划：独立还没有完成，是有待于创造和我们正在创造的历史。

III

在12月份的最后几天，媒体阴沟就已经开始为一种2011年的灾难性舆论造势。例如，让我们看看他们是怎样攻击由1月1日起实行的、将美元兑换玻利瓦尔硬通货的汇率统一在4.3的做法的，这是豪尔赫·希奥尔达尼部长于12月30日周四宣布的决定：这是一种简化外汇管理的措施。那么，那些无祖国人士又说些什么呢？他们说我们正在为实施新自由主义的一揽子措施创造条件。当然，这纯粹是为混淆视听的无耻谎言战略。

他们老是在谈论通货膨胀（2010年最终的通胀率是26.9%，这是远远低于无祖国人士的论断的），但是他们却一直逃避为投机倒把的行为负责：以委内瑞拉商会与贸易生产协会联合会为首的垄断资本，无节制地哄抬价格、无视经济的合理性、愚弄人民群众。从现在起，我要警告他们：我们要让投机商们就范，对他们，我们不会有丝毫的犹豫。

同样，遵循相同的逻辑，他们尽量避免谈及2010年的失业率已降低到不到7%这一事实。贫困也在持续明显地减少：极端贫困人口从7.3%降至7.1%。这些数据本身就说明了一种新的国家现实。

《授权法》法案打开了一条通向人人都该享有美好生活的笔直大道：我们要加强并深化革命性法制，以彻底扭转资本主义模式下的结构性贫富悬殊和宏观社会失衡。

的确，上周日（恰好那天埃沃·莫拉莱斯同志到苏利亚州的拉瓜希拉进行兄弟友好访问），我们在“坚实的马拉”军事基地签署了第一项《授权法》法律：这第一个法律性法令规定创建西蒙·玻利瓦尔基金，用于重建被暴雨冲毁的地区，它的启动资金达到100亿玻利瓦尔。

IV

我们策马扬鞭全速奔向2011年。独立200周年的2011将会是战斗的一年和人民胜利的一年。反革命势力的企图是邪恶的：但他们将不能阻止我们人民走向社会主义的前进步伐。我们不会允许他们将国家变得一团混乱：我祈求上帝不要让任何一个同胞被极右势力的战鼓煽动过去。

2011年将会是形成伟大爱国中心的一年：我们需要一个伟大的、可以汇集所有人民力量甚至超越委内瑞拉统一社会主义党的指示中心和行动中心。

毫无疑问，2011年战役的各大舞台之一将会是国民大会。我们每一位立法者的历史责任都是艰巨的：要在思想上击败亲美主义的政客，同时还要清除人民充分行使立法权的一切障碍。

V

今天1月1日，我们刚刚参加了一位永久的斗士迪尔玛·罗塞夫同志就任巴西联邦共和国总统的就职仪式。迪尔玛代表着路易斯·伊纳西奥·卢拉·达·席尔瓦这位南美洲巨人所开创道路的延续：我们要向卢拉表达我们由衷的钦佩和感谢，因为他的团结精神和坚定性，因为他是委内瑞拉和玻利瓦尔革命真正的朋友。

我的读者同胞们：请你们接受一个热烈的拥抱，捎去我对您及您的家人的新年祝福。

欢迎你，独立200周年的2011年新年，并希望你一切都好！

我们一定会胜利！